本书为教育部人文社会科学研究项目"中国现代文学史料研究的问题与方法"(批准号：10YJC751017)成果

本书受"广州市宣传文化出版资金"资助

问题与方法

中国现代文学史料研究论稿

付祥喜 著

中国社会科学出版社

图书在版编目（CIP）数据

问题与方法：中国现代文学史料研究论稿 / 付祥喜著 .—北京：中国社会科学出版社，2017.12

ISBN 978 - 7 - 5203 - 0872 - 4

Ⅰ.①问… Ⅱ.①付… Ⅲ.①中国文学—现代文学史—史料—研究 Ⅳ.①I209.6

中国版本图书馆 CIP 数据核字(2017)第 210419 号

出 版 人	赵剑英
责任编辑	吴丽平
责任校对	朱妍洁
责任印制	李寡寡
出　　版	中国社会科学出版社
社　　址	北京鼓楼西大街甲 158 号
邮　　编	100720
网　　址	http://www.csspw.cn
发 行 部	010 - 84083685
门 市 部	010 - 84029450
经　　销	新华书店及其他书店
印刷装订	北京明恒达印务有限公司
版　　次	2017 年 12 月第 1 版
印　　次	2017 年 12 月第 1 次印刷
开　　本	710×1000　1/16
印　　张	19.25
插　　页	2
字　　数	315 千字
定　　价	78.00 元

凡购买中国社会科学出版社图书，如有质量问题请与本社营销中心联系调换
电话：010 - 84083683
版权所有　　侵权必究

序

祥喜是我老朋友，平时虽然来往不密，但遇事总会想起。时间过得很快，现在想起来已是十多年前的事了。

20世纪90年代中期，当时我还在山西作家协会，因为关注储安平和《观察》周刊，偶然也写点这方面的小文章，那时电脑搜索器尚不普及，多数文献的数据化工作也没有完成，读书研究基本还是原始工作。祥喜那时还在广州读书，他注意到了我的研究工作并和我取得联系。说实话当时我能帮助祥喜的也极为有限，至多是秀才人情，寄本书一类的事。现在想来，祥喜最终能走上学术一路并取得可观成绩，也是因缘的结果。试想一个远隔千里的陌生人，知道远处有个人在研究我们共同感兴趣的问题，还有心建立彼此间的联系，仅此即可判断祥喜对学术的一片痴情。

做学术研究，我是野狐禅。后来因得朋友关照，阴差阳错能到大学乞食，算是命好。祥喜一开始走的即是正途，所以才能在今天这样的学术台阶上一步一步成长。

2009年夏天，我们开纪念储安平先生百年诞辰学术会议，我见到了祥喜，果然是青年才俊，文笔口才俱佳。祥喜早年做过《新月》杂志事件人物考索一类的研究，对中国自由主义知识分子的史料非常熟悉，他在储安平研究方面曾提供了许多新的史料线索。他也能坐得住冷板凳，在寻索史料方面很下功夫。

祥喜并不在学术中心，供职的学校也不重要，但祥喜的研究工作却始终没有中断，说他现在成果累累，一点不是夸张。我们专业里所有最高级的学术杂志上他都发表过专业的长篇论文，我是自愧弗如，发表文章虽属俗务，但也是个事实。在当今中国现代文学研究界，青年一辈学者中，祥喜已是当然的中坚力量，我已是行将退役的老兵，看到祥喜这一代学者的成长，内心非常喜悦。

中国现代文学目前有四大前沿学术方向，一是现代文学与古典文学关系的重新发现；二是域外史料的大量始用；三是旧诗在中国现代文学史上的价值；四是地方文献获得重要史料地位。

现代文学与古典文学的关系虽不是完全的新题，但近来人们关注点由原来的学术思想转向文字语言及文体关系，对中国现代作家的评价也有从思想转向文体的倾向，所以文体特殊和语言别异的作家最受重视。

域外史料的大量始用有三个前提，一为青年一代学者外语水平普遍提高，至少一门外语基本不成问题；再为互联网时代到来，前者解决的是能不能的问题，后者面临的是有无问题。老辈学者语言不是障碍，障碍是有语言而得不到域外史料。中年一代则是语言和域外史料共同成为学术进步的困境，这两项到祥喜他们这一代学者成长起来则都不成问题了，所以他们应当在学术上比前两辈更进步；又为中国现代文学面对的主要作家普遍有域外生活经历，包括留学、游学、访问及长期居住等活动，所以始用域外史料应当是现代文学研究的常态。

中国现代文学史向无旧诗地位，但晚清多数旧诗人是跨进现代文学时域里的人，如陈三立、郑孝胥等，如何解决这个问题，近年学界多有争论，但将旧诗排除在现代文学史外，肯定需要重新思考。另外1949年后，中国传统的旧诗人并没有在一夜之间突然消失，20世纪80年代前，中国旧诗人私人刻印的旧诗集存世相当丰富，如何处理这笔遗产，也是现代文学必须面对的。

地方文献的大量始用也是近年现代文学水平提升的一个主要史料基础。史料发生的重要规则一般来说与发生地是正比关系，即愈靠近史料发生地史源线索愈丰富，也愈有得到的可能。以往因为现代文学限于中文系训练习惯，对史学方法多有偏废，较少普遍始用地方文献，而今天这个局面已大为改观。

我平时和祥喜很少交流，但这次读他的书，感觉他是自觉意识到现代文学尤其现代文学史料研究可能发生变革的许多方向的，本书就是他在这方面的研究成果。陈寅恪给陈垣《敦煌劫余录》序中的一段话，常为我们所引用，但得此真谛还不是很容易。陈寅恪说："一时代之学术，必有其新材料和新问题。取用此材料，以研求问题，则为此时代学术之新潮流。治学之士，得预于此潮流者，谓之预流，其未得预者，谓之未入流。"

祥喜新书完成，让我写句话，我愿再引陈寅恪的话与祥喜共勉。是为序。

谢　泳

2017年12月23日于厦门

目　　录

前言 …………………………………………………………………… （1）

第一编　理论与思考

中国文学史料研究主要成就及存在的问题 ………………………… （3）
  一　20世纪前期中国文学史料研究主要成就 ………………… （3）
  二　近年中国现代文学史料研究存在的新问题 ……………… （17）

现代文学史料研究主体的三个"危机" …………………………… （24）
  一　越古、越专、越细的文学史料越有价值？ ……………… （24）
  二　对史料或理论的偏执 ……………………………………… （28）
  三　对研究方法的迷信 ………………………………………… （32）

现代文学史料研究的程序与意义 …………………………………… （36）
  一　史料研究程序设定的历史过程 …………………………… （36）
  二　建立科学合理的现代文学史料研究程序 ………………… （41）
  三　现代文学史料学研究的多方面意义 ……………………… （45）

"编年研究"的理论意义与学术评价
  ——兼答杨洪承教授 …………………………………………… （48）
  一　历史依据和现实考虑 ……………………………………… （48）
  二　"编年"作为主体的理论意义 …………………………… （53）
  三　学术评价的方法和态度 …………………………………… （58）

第二编 应用与实践

现代文学史料的搜集与整理 ……………………………………… (65)
  一 史料搜集的"四心"和两个原则 …………………… (65)
  二 史料的新来源：完整版本的"九页" ………………… (69)
  三 史料的整理 …………………………………………… (74)
  四 史料的尽量扩张与聪明的整理 ……………………… (82)

现代文学全集与选本的编纂 ……………………………………… (87)
  一 全集与选本的史料价值比较分析 …………………… (88)
  二 选本的分类 …………………………………………… (96)
  三 全集与选本编纂面临的问题及其对策 …………… (106)

于右任早期诗集《半哭半笑楼诗草》补校 …………………… (114)
  一 心愿 …………………………………………………… (116)
  二 爱国歌 ………………………………………………… (116)
  三 神州少年歌 …………………………………………… (117)
  四 改革诗八首 …………………………………………… (118)
  五 吊李和甫秉煦 ………………………………………… (120)
  六 自由歌 ………………………………………………… (120)
  七 兴平怀同学诸子 ……………………………………… (121)
  八 游清凉山寺题壁 ……………………………………… (121)
  九 失意再游清凉山寺题壁 ……………………………… (121)
  十 狂歌 …………………………………………………… (122)
  十一 从军乐 ……………………………………………… (122)
  十二 赠茹□□ …………………………………………… (123)
  十三 观我生 ……………………………………………… (124)
  十四 和朱□□先生步施州狂客元韵 ………………… (124)
  十五 兴平咏古 …………………………………………… (124)
  十六 书愿 ………………………………………………… (127)

十七　吊古战场 ······ (127)
十八　发愿编《世界真理发达史》与《世界妖魔出没史》
　　　以诗督之 ······ (127)
十九　读《李鸿章》 ······ (128)
二十　咏史 ······ (128)
二十一　杂感 ······ (128)

史实遮蔽与形象建构
　　——《北方学者对于大众语各问题的意见》辨伪及其思考 ······ (130)
　　一　刘复、刘梦苇、赵元任等不可能出席谈话会 ······ (130)
　　二　《意见》是一篇通过剪辑拼接而成的伪作 ······ (132)
　　三　《意见》作伪者及其作伪动机 ······ (133)
　　四　思考：史实遮蔽与形象建构 ······ (140)
　　附录　北方学者对于大众语各问题的意见 ······ (144)

新月社若干史实考辨 ······ (151)
　　一　新月社名称由来和缘起 ······ (153)
　　二　新月社始末 ······ (156)
　　三　新月社创始人和新月社成员 ······ (164)
　　四　新月社不是文学社团流派 ······ (170)

蔡孝乾和叶荣钟的《中国新文学概观》校读 ······ (174)
　　一　蔡孝乾和他的《中国新文学概观》 ······ (175)
　　二　叶荣钟和他的《中国新文学概观》 ······ (182)
　　三　多元比较视野下的蔡著、叶著 ······ (187)

第三编　文学史编写中的文献史料问题

现代文学史编写中的文献史料问题
　　——《中国现代文学三十年》（1998年版）的瑕疵及补订 ······ (195)
　　一　"本章年表"中的瑕疵及补订 ······ (196)

二　正文中的瑕疵及补订 …………………………………………（201）

当代文学史编写中的文献史料问题
　　——以陈思和《中国当代文学史教程》为考察对象 ……………（209）
　　一　《教程》的选文 ……………………………………………（209）
　　二　《教程》的正文 ……………………………………………（212）
　　三　几点思考 ……………………………………………………（216）

中国小说史编写中的文献史料问题
　　——黄霖等著《中国小说研究史》勘误 ………………………（223）
　　一　史实纰误 ……………………………………………………（223）
　　二　错字、漏字 …………………………………………………（225）
　　三　所引著作出版年代错误 ……………………………………（229）

比较视野下的中国文学史著作之史料错讹 …………………………（231）
　　一　十类史料错讹 ………………………………………………（232）
　　二　文学史编写中的几种史料关系 ……………………………（244）

第四编　现代文学史料学建设

奠定现代文学史料学基础的力作
　　——评谢泳《中国现代文学史研究法》 ………………………（255）
　　一　"中国现代文学史料学"的命名 …………………………（256）
　　二　现代文学史料学的对象 ……………………………………（258）
　　三　"史料先行" …………………………………………………（260）
　　四　现代文学史料应用的道德 …………………………………（261）

建立现代文学史料学仍然任重道远
　　——评刘增杰《中国现代文学史料学》 ………………………（265）
　　一　基础理论滞后成为制约现代文学史料学的瓶颈 …………（266）
　　二　对学科系统复杂性和不确定性的认识不足 ………………（270）

三　现有相关成果不能满足学科理论化、系统化要求 …………（275）

附　论

树立文学史料新观念的必要性和可能性 ……………………（281）

主要参考书目 …………………………………………………（285）

后记 ……………………………………………………………（288）

前　　言

一

　　2004年以来，文献史料之于中国现代文学研究的意义，越来越受到重视。借助于清华大学、徐州师大、河南大学的系列会议，以及《中国现代文学研究丛刊》和其他一些杂志的"笔谈"的不断推动，这一话题已经引起了中国大陆学界的普遍关注。① 时至今日，笔者认为，我们已经无须在一般意义上来继续强调和倡导文献史料对于中国现代文学研究的特殊作用了，但是这么说并非否认或有意忽略中国现代文学研究在史料方面的薄弱。由于社会历史环境的制约和"贵古贱今"学术观念的影响，也由于现代文学学科鲜明的"当代性"特点，现代文学领域长期盛行"以论代史""以论带史"的研究理路；重理论而轻史料，已成为主导这个学科的基本取向。这样一种与历史"不及物"的研究在学科发展的某一特定阶段或许在所难免，但应当承认，这种学风与现代文学研究中普遍存在的"思想过剩"和"理论泛滥"的弊病是有一定因果关系的。为什么不少著述几乎通篇不引用任何史料？为什么史料整理如编选文集等被排斥在

---

① 参见近年关于中国现代文学史料的各种讨论：2004年，北京大学中文系和苏州大学文学院联合举办的"中国文学史研究国际学术研讨会"，同年在河南大学召开的"史料的新发现与文学史的再审视"学术研讨会；2005年第6期《中国现代文学研究丛刊》推出的"文献史料专号"；2009年11月于中国现代文学馆召开的"中国现代文学新史料的发掘与研究国际学术研讨会"；2013年11月于杭州召开的"中国现当代文学史料与阐释"学术研讨会。

学术评价体系之外,不被视为学术研究成果?① 对史料的漠视或轻视,不得不说仍然是中国现代文学研究和学科建设的一个"脆弱的软肋"。这也从侧面反映现代文学研究的浮躁和学科的不成熟,必须引起学界足够的重视与反思。

当然,我们也应当看到学界在现代文学史料工作方面所取得的成绩。多年来,不仅出现了唐弢、王瑶、朱金顺、陈子善、刘增杰、解志熙等现代文学史料家,而且陆续出版了一些现代文学资料,如《中国现代文学史资料丛书》等。2003年以来,接连召开数次颇具规模和影响的"中国现代文学史料学术研讨会",以及每年发表数以百计的相关论文,也反映了现代文学史料研究已成为一个不可小觑的"新热点"。有学者预言,如果说20世纪八九十年代"重写文学史"所体现的观念创新是现代文学研究的一次意义重大的"战略转移",那么现在提出并强调对现代文学史料的重视则可说是又一次重要的"战略转移"。

然而,形势虽乐观,存在的问题也比较突出,乃至相当严峻。解志熙在2004年时注意到:"由于许多可敬的从事现代文学文献辑佚和整理的先生们往往只安于埋头工作,默默奉献出他们的成果,却很少把他们的经验和工作方法写下来,所以现代文学文献研究迄今似乎仍限于自发的或自然的状态,顶多只是在个别的师生间私相传授,而缺乏古典文献学那样被共同意识到的学术传统和被大家自觉遵守的工作路径,以致使有志于现代文学文献研究的年轻学子们在今天仍然难免暗中摸索之苦。"② 这自然是值得引起学界注意的问题,但此后经过众多学者的努力,尤其是经过国家社科基金项目资助、教育部人文社科研究项目资助等来自官方的对文献史料研究的有计划、有规模的扶持和倡导,中国现代文学史料研究已基本摆脱了"自发的或自然的状态"。《中国新文学大系》第五辑(1976—2000)、

---

① 钱理群和孙玉石都曾指出,高校与科研机构在评职称和进行学术考核时,考察标准对史料研究"不屑一顾":"且不说至今还有人将史料研究工作视为'小儿科',在职称评定中史料研究的成果不予承认的现象还时有发生。"(钱理群:《重视史料的"独立准备"》,《中国现代文学研究丛刊》2004年第3期。)"即使一些好的成果,一拿到那个会上,不是嗤之以鼻,就是看成二等、三等的。"(孙玉石:《积极倡导 努力落实》,《中国现代文学研究丛刊》2004年第3期。)

② 此语出自解志熙2003年12月在清华大学"中国现代文学的文献问题座谈会"上的发言。转引自祝晓风《2005,见证文学研究"史料年"》,《中华读书报》2005年11月9日。

《中国当代文学60年（1949—2009）》《中国当代文学编年史》等的出版，便是明证。就当前及今后一段时期而言，比较缺乏的是对中国现代文学史料研究存在的问题的思考和探究。有意识地对中国现代文学史料研究进行总结，发现问题、提出可行的解决对策，是很有必要也有意义的。

在中国现代文学史料研究已有一定基础的背景下，不仅有学者发出了建立现代文学史料学的呼吁，更有一批学者已身体力行。1985年马良春先生呼吁"建立中国现代文学史料学"，此后，朱金顺的《新文学资料引论》（1986），樊骏的《这是一项宏大的系统工程——关于中国现代文学史料工作的总体考察》（1989），谢泳的《中国现代文学史研究法》（2010），刘增杰的《中国现代文学史料学》（2012），徐鹏绪等的《中国现代文学文献学研究》（2014），不仅是对"建立中国现代文学史料学"的积极响应和实践，更是"奠定中国现代文学史料学基础的力作"。虽然许多有志于此的专家学者已着先鞭，写出了有分量的专著或论文，但是当笔者检视相关的成果，基本印象是，专门探讨中国现代文学史料的文章不多，著作更少；研究质量良莠不齐。而且，多数属于具体的史料发掘整理或者介绍此类方法的文章和著作，有的研究者对史料的应用仍未摆脱"以论代史"或"以论带史"的窠臼。基于这样的研究现状，本书紧扣中国现代文学史料研究存在的问题，从中选择亟待解决、有研究价值的一些予以专门探讨，提出自己的意见，以期就教于方家。

二

基于前文对相关研究现状的分析，本书的价值在于立足于现实问题，盘整中国现代文学史料研究成果，检讨以往在研究意识和方法上的缺陷，为"中国现代文学史料学"的建构奠定基础，乃至提供一个雏形和架构；揭示中国现代文学史料工作存在的问题，为现代文学研究以及文学史编写提供经验教训，呼吁学界同人对之予以高度重视，共同推进这项惠及学科历史、现实和未来的工作。

在研究方法方面，贯穿全书的一个基本方法或原则是：从中国现代文学史料研究的历史和现状出发，不迷信理论、不拘囿于定论、不盲从权威，依据相关材料作出自己的分析与判断。从中不难看出，笔者看重方法论意义上的"问题与方法"意识。

所谓"问题与方法"意识,可以拆分成两个既独立又彼此联系的问题。

首先是"问题意识"。人文社科研究的方法可分成两种:一种是演绎法,即通过一个概念或观点演绎出另一个概念或观点,最终由这些概念或观点之间的相互联系,建立起学科体系。另一种是归纳法,即通过归纳概括相同或相似的问题,得出具有普遍性、共性的东西。在学术研究中,这两种方法经常交错使用,但总体而言,演绎法更为普遍,归纳法尤其因问题而产生的归纳,并不多见。学术研究中的问题意识,就是在研究实践中贯穿这样一种意识,即从收集和归纳学术领域发生的问题出发,讨论本学科应予关注和解决的问题,由问题构成本学科的基本框架。从问题出发,这是人文社会科学研究的一个重要意识。胡适当年提出的"大胆假设,小心求证",尽管以西方实验主义为理论渊薮,但其"大胆假设"建立在"大胆提问"的基础上,这是值得肯定的。胡适为我们提供了一种以问题为起点的人文社会科学的研究范式。

我们还是回到问题意识这个话题。笔者所说的问题意识大致应包括以下几个环节:发现问题、综合问题、分析问题、解决问题,这些环节构成了一个完整的问题意识。在本书中,限于篇幅和具体需要,侧重于发现问题和解决问题。因为,如前文所述,中国现代文学史料研究乃至建立中国现代文学史料学面临的主要困难,不在于史料贫乏,而在于史料工作中存在的诸多问题长期得不到解决。比如说,各类中国现代文学史著作迄今已有几百部,有影响的优秀著作却不多。若是追究其中的原因,现代文学史编写中存在的文献史料问题难辞其咎。但遗憾的是,极少有人愿意指出各种史著当中的文献史料错误,以至于以讹传讹。笔者对此很重视,因此在本书中以四篇文章指出并分析文学史编写中的文献史料问题。

除了问题意识,方法意识也应当引起重视。这里所说的"方法意识"不是指研究方法的引进和选择,更不是对研究方法本身的重视,而是从方法论上质疑现有研究方法的有效性和可行性,在此基础上提出改进的意见。中国现代文学史料研究不应主张把研究方法绝对化,看成是对传统文献学、版本学、校勘学等学科方法的自然承袭——否则,无异于置中国现代文学史料研究方法于自我封闭,因而应强调研究方法的自我批判、学习、修正、补充、换位、分享等。中国现代文学史料研究关注的是反映中国现代文学各种文学现象、文学思潮和文学事件，这些都是由各种不同的原始条件决定的，因此我们在选择研究它们的方法时必须具体问题具体分析。我们应坚决摒弃那种以不变应万变，以一种先在的、不变的方法来研究中国现代文学史料的做法。质言之，从学术史角度检视中国现代文学史料研究的方法，或者示范比较行之有效的研究方法，是很有必要的。因此，在本书中，笔者的"方法意识"体现在两个方面。其一，指出某些现有的中国现代文学史料研究方法的缺陷和不足，提出改进的建议，如第二编指出中国现代文学全集与选本编纂方法存在的问题并提出对策。其二，以实例方式展示文献辑佚和史料整理方法，如依据相关史料，考订新月社若干史实，或者使用文学批评性"校读"方法研究新发现的日据时期台湾人撰写的两部"中国新文学史"。

学者李怡说："在所有的学术趋向中，都存在它的'问题与方法'，我们必须要正视它可能存在的'问题'，也有必要检讨它已经形成的'方法'。"① 的确，面对中国现代文学史料研究已渐渐成为一种学术潮流的实情，我们应该对"问题与方法"意识保持一份格外的热情。

三

本书在框架设计方面，总体上遵循理论与应用研究相统一的思路。其内容大致分作以下四部分：

第一编是理论与思考，从理论上系统总结中国现代文学史料工作。首先，鉴于学界已有一些关于20世纪后期以来中国现代文学史料研究工作的总结，因而指出"现代文学史料研究主要成就及存在的问题"，总结回顾20世纪前期中国文学史料研究工作，在此基础上，特别指出最近几年在现代文学史料研究中出现的新问题。接着，指出并分析现代文学史料研究主体存在三个方面的"危机"：认为越古的文学史料越有价值，越专越有价值，越细越有价值；对文学史料价值的认识走向两个极端，形成史料

---

① 李怡：《中国现代文学研究的文献史料：问题与方法》，《汕头大学学报》（人文社会科学版）2005年第1期，第14页。

派与理论派；迷信研究方法。最后，探讨现代文学史料研究的程序。

第二编是应用与实践。先是指出现代文学史料搜集、整理和史料编纂中出现的问题，提出相应的解决办法，接着是几篇从不同角度、运用不同方法展开的现代文学史料研究文章。因此，本编实际上由发掘整理和应用文学史料的一组文章构成。考虑到现代文学史料搜集与整理、现代文学作品全集与选本的编纂，是近年现代文学史料研究的热点和重点，出现的问题也比较集中，故分别予以有针对性的总体讨论，借此揭示现代文学史料搜集整理和全集选本编纂的方法原则等。又，学术界虽然已就现代文学史料研究的方法作出过总结和讨论，如朱金顺在《新文学资料引论》一书中比较全面、系统地总结了新文学史料研究所采用的朴学方法，但这些传统的研究方法显然不能满足新时期以来中国现代文学史料研究的需求。因此，笔者在本部分中，既采用传统的方法来发掘整理史料，也运用新的方法（如"校读"法）来分析、研读史料，同时也利用新史料考察一些被学界忽视的文学史问题。例如，《于右任早期诗集〈半哭半笑楼诗草〉辑补》采用传统的辑佚和校注方法，整理新发现的于右任早期诗集《半哭半笑楼诗草》的佚作；《新月社若干史实考辨》运用新史料来发现和解决新问题；而《蔡孝乾和叶荣钟的〈中国新文学概观〉校读》，则运用文学批评性"校读"法研究佚文佚作。

第三编是文学史编写中的文献史料问题。主要考察文学史编写中的文献史料问题。中国现代文学史料研究面临的主要问题，不是学界的史料意识薄弱，而是史料应用存在诸多问题。这些问题，又比较集中体现在文学史编写当中。因此，本编指出并研讨现代文学史编写中的文献史料问题、当代文学史编写中的文献史料问题和小说史编写中的文献史料问题。为了突出针对性和代表性，在实际论述中，以影响较大的钱理群等著《中国现代文学三十年》、陈思和主编《中国当代文学史教程》、黄霖等主编《中国小说研究史》等著作为例。

第四编是现代文学史料学建设，主要以近年出版的两部中国现代文学史料学研究专著（谢泳的《中国现代文学史研究法》和刘增杰的《中国现代文学史料学》）为中心，探讨中国现代文学史料学的建构问题，在此基础上指出，"建立中国现代文学史料学仍然任重道远"。

以上四编，可谓笔者从事现代文学史料研究的一些心得体会及收获。

需要说明的是，由于笔者另有一部专门的书《中国现代文学史料学通论》（即将出版），详细阐述了对现代文学史料学理论的见解，故而为避免重复，本书第一编理论与思考仅收入四篇相对零散的文章，其篇幅和论述的深度、广度都显得有些不够，敬请有需要的读者参见《中国现代文学史料学通论》。

此外，本书第二、三编集中体现了笔者试图创新现代文学史料学研究写作体式的意识，至少主观努力是如此。笔者主要出于两方面的考虑：一是鉴于学术论文体式"八股化"及现代文学史料研究特性，创新论文体式，在笔者看来至关重要。假如一个学者一辈子只用一种论文体式，首先是不可能的，其次是"千文一面"迟早会令人生厌。二是由于众所周知的原因，长期以来，文学史料工作不受重视，此类成果尤其史料汇编被国内多数研究机构和教育部门排除在科研成果之外。这无疑挫伤了文学史料工作者的积极性。怎样才能在短期内让有关部门和研究机构改变观念，使文学史料工作获得应有的尊重、其成果价值获得客观公允的评价？笔者的意见是，创新文学史料研究论文体式是可供选择的捷径。许多文学史料研究论文和书籍之所以没有被视为科研成果，主要是因为它们的写作体式未能凸显科学研究的"含金量"，文学史料研究被人看作"剪刀加糨糊"的粗浅工作。既要像一般学术论文和著作那样具有明显的学术含金量，又要体现中国现代文学史料研究的特色，这是创新现代文学史料研究写作体式的难点。在本书中，第一编当中对"编年研究"学术评价的探讨，第二编当中对文学史料研究传统方法和写作体式的继承创新，第三编当中以三种不同的体式论述文学史编写中的文献史料问题，虽说只是创新文学史料研究写作体式的尝试，尚存在诸多缺陷和不足，但笔者的本意在于抛砖引玉，期待学界同人批评指正，提出更多、更好的写作体式和研究方法。

第一编

理论与思考

中国文学史料研究主要成就及存在的问题

考虑到樊骏先生的长文《这是一项宏大的系统工程——关于中国现代文学史料工作的总体考察》①以及刘增杰先生的《中国现代文学史料学》"源流篇"②，对中国现代文学史料工作作了比较全面、系统的总体考察，已无须赘述，本篇的任务是，一方面另辟蹊径，从中国文学史料研究的全局视野，回顾总结20世纪前期的中国文学史料研究；另一方面，指出樊文和刘著没有谈到的近年中国现代文学史料研究存在的若干新问题，并作出思考。

一 20世纪前期中国文学史料研究主要成就

现代中国社会经历着剧烈的动荡。外敌侵略、国内战争和其他政治动乱、文化震荡，多次对历史文物和文献造成严重的破坏，给文学史料工作造成了极大困难。尽管在这样的背景下，仍有诸多有志学者不顾艰辛困苦，致力于文学史料发掘整理，取得了重要成绩。

（一）大批新史料的发现促使文学史料的来源和类型多样化

1925年，王国维受清华学生会邀请作公开讲演时说："今日之时代，

---

① 参见樊骏《这是一项宏大的系统工程——关于中国现代文学史料工作的总体考察》（上、中、下），《新文学史料》1989年第1、2、4期。
② 参见刘增杰《中国现代文学史料学》，中西书局2012年版，第3—96页。

可谓之发见时代,自来未有能比者也。"① 20世纪前期中国文学史料研究最突出的成绩,就是新史料的发现。所谓新史料,据陈寅恪解说,"并非从天空中掉下来的,乃指新发现,或原藏于他处,或本为旧材料而加以新注意、新解释"②。也就是说,新史料分为两类:一类"原藏于他处",另一类"本为旧材料而加以新注意、新解释"。

"原藏于他处"的史料原本不为人知,后被发现。这类文学史料在20世纪前期层出不穷,金毓黻总结了六种"最有价值者":"一曰殷墟之甲骨文字,二曰敦煌及西域各地之汉、晋简牍,三曰敦煌石室之六朝、唐人所书卷轴,四曰内阁大库之书籍档案,五曰古代汉族以外之各族文字,六曰各地之吉金文字。"③ 当然这类史料不止六种,如1927年郑振铎在巴黎和伦敦发现的古代文学文献史料,不论数量还是价值,都弥足珍贵,却不在这六种之内。

还有一种"本为旧材料而加以新注意、新解释"的新史料。这类新史料原先大都为人们所知晓,但直到20世纪前期才被当作文学史料加以重视,其范围相当广泛,包括集部以外诸书、民间曲调、日常实物等。不止"集部之书","进入民国后,'六经皆史'的观念更进一步发展到把过去的文字记录全部看成历史材料"④。这样的文学史料在以往是不被留意的。

依据"新注意、新解释",可以把旧材料转变为新史料,这体现了史料观念的更新。18—19世纪的乾嘉学派,虽然识文字、通训诂、精校勘、善考证,其目光却从未离开中国历代文献典籍。在他们看来,即便最广义的"史料"也只包括过去一切文字记录。进入20世纪初,王国维创"二重证据法",不仅使"地下之新材料"取得与"纸上之材料"并肩的地位,极大地丰富了文学史料的内容、拓展了文学史料范围,而且这两类史料相互印证为史料辨伪提供了方法论方面的保障。到30年代,"二重证据法"发展为"三重证据法",即"取地下之实物与纸上之遗文互相释

---

① 王国维:《最近二三十年中中国新发见之学问》,《学衡》1925年第45期。
② 蒋天枢:《陈寅恪先生编年事辑(增订本)》,上海古籍出版社1997年版,第96页。
③ 金毓黻:《中国史学史》,河北教育出版社2000年版,第382—383页。
④ 顾颉刚:《当代中国史学》,上海古籍出版社2002年版,第90页。

证""取异族之故书与吾国之旧籍互相补正""取外来之观念,以固有之材料互相参证。"①"地下之实物""异族之故书"以及"外来之观念"得到重视并加以利用,遂使20世纪前期文学史料的来源和类型比前代丰富多样。

1. 文学史料来源更加丰富

文学史料的来源从国内档案馆、图书馆和私人藏书,扩展至海内外一切藏书场所;从地上的文献,扩展至地上和地下一切文献与文物。

例如,郑振铎的《插图本中国文学史》(北平朴社出版1932年版)以丰富新鲜的史料著称。书中不仅使用敦煌文献,还大量引用本人及他人在海外发现的古籍善本和珍稀图片。

尤须提到五四以后报纸杂志等新媒体成为重要的文学史料来源。

尽管晚清时期梁启超就发现"自报章兴,吾国之文体,为之一变"②,但报纸杂志却长期被排除在文学史料之外。姑且不提五四新文化运动以前的文学史写作,即便1922年胡适撰写的《五十年来中国之文学》、1929年陈子展出版的《中国近代文学之变迁》,论述"文学革命"兴起的诸多原因时,都忘了报刊出现的意义。倒是英年早逝的历史学家张荫麟在1928年仔细讨论了报章作为新史料的重要性:

> 又近世有一种新史料,为古人所未能梦见,厥为报纸(中国在唐代已有朝报,然其性质不能与近日报纸比)。此种史料之重要,西方史家已深切感及,惟今日中国史家尚鲜注意之。③

张荫麟接下来讨论了报纸作为史料的三大优点,以及可能存在的九种弊病。可惜当时的中国文学史研究者似乎并未留意这篇论述报纸杂志文章之史料价值的宏文。当然,这么说并不意味着文学界无人把报章视为史料。大约从20世纪30年代初期开始,越来越多的文学史写作把报纸杂志

---

① 陈寅恪:《王静安先生遗书·序》,载《金明馆丛稿》二编,上海古籍出版社1980年版,第219页。
② 参见《清议报》第100册,1901年。
③ 张荫麟:《论历史学之过去与未来》,《学衡》1928年第62期。

作为新文学史料主要来源。文学史写作之倚重报刊，"很大程度上得益于阿英的积极尝试。"① 阿英不仅编辑出版《晚清文艺报刊述略》（包括《晚清文学期刊述略》《晚清小报录》和《辛亥革命书征》三种；前两种收集近现代文艺报刊史料），还将报刊史料引入文学史写作，编成《晚清小说史》（1937）。据统计，中国现代文学期刊有3504种。② 这些期刊，在新文学诞生之后不久就成为新文学选本的主要来源。如1918年8月许德邻编的《分类白话诗选》（崇文书局出版，该书又名《新诗五百首》），收诗233首（组）。"此集为初期新诗之最完备的选集，各主要杂志、主要报纸上的著作，网罗靡遗。就资料言之，此集当为最佳。"③ 这些期刊还成为现代文学研究和文学史写作的主要材料。如朱自清的《中国新文学研究纲要》（1932），其材料主要来自《新青年》，《每周评论》《小说月报》《论语》《语丝》《晨报副刊》等期刊。

2. 出现了口述史料、分体史料、专题史料和书话等新的史料类型

近代以来文学观、文学史观的流变，刺激了文学史料的类型不断拓展。最先是小说戏曲在清末民初成为多数人认可的史料类型，接着在五四新文化运动激荡下，民间的歌谣、说唱、鼓词等相继被列入史料范围。刘半农不但相信"歌谣中也有很好的文章"④，还与沈默尹、周作人等在北京大学面向全国征集歌谣，并予以公布、刊发。当时有人明确指出："歌谣是民俗学中的主要分子，就是平民文学的极好的材料。"⑤ 歌谣运动在文学史料学上的意义，并非只意味着增添了一种新的史料类型。以往的史料仅限于文字形式的文献和非文字的实物，而刘半农他们征集的歌谣却有不少直接来自民间的口头流传。1920年8月郭绍虞撰文论及歌谣："不管是田夫野老的所唱，是樵人渔父的所唱，或且出之于十三四女孩儿的口中，就歌辞来讲，情景总是很深，趣味总是很浓，声韵又是无不调和

---

① 陈平原：《大众传媒与现代文学序》，载《假如没有"文学史"……》，生活·读书·新知三联书店2011年版，第127页。
② 参见刘增人等纂《中国现代文学期刊史论》，新华出版社2005年版，第3页。
③ 《中国新文学大系·史料索引》，良友图书印刷公司1936年版，第296页。
④ 刘半农：《国外民歌译·自序》，北新书局1927年版。
⑤ 常惠：《我们为什么要研究歌谣》，《歌谣周刊》第3号，1922年12月31日。

的。"① 口头流传的歌谣被纳入文学史料，标志着一种新型史料开始被认识，这便是口述史料。

民歌等口述材料被确认为史料之一种，意味着在小说戏剧史料之外，出现了一种新的分体史料。20 世纪 20 年代末 30 年代初期，新诗史料、辞赋史料、骈文史料、韵文史料等分体史料都得到一定程度的整理出版。

这一时期还整理出版了一些专题性史料。妇女专题史料，如施淑仪编《清代闺阁诗人徵略》(1922)；宗教诗歌史料，如张仕章编《中国古代宗教诗歌集》(1926)。

除了上述，现代作家和文学研究者写作的书话，也成为一种新的文学史料。与古人书跋和书事笔记不同，近代以来书话的版本目录色彩褪减，注重介绍现代书刊的内容、版本、流布和递传状况，是史料搜集、整理、辨析、阐释等方法的总结，属于掌故类、史料研究心得一类的文献。朱金顺谈论唐弢的书话写作时说："写书话，既是他的散文创作，也是他的新文学版本研究。也许后者更被他看重，作为文学史家，他的研究是从原始资料的收集和开掘开始的。研究的笔记，获得新版本的题跋，就变成了一则则的书话。"② 主要以新文学版本为研究对象的书话，其本身具有一定的史料价值。例如唐弢的书话《线装诗集》详细描述《忆》《志摩的诗》等集子的装帧形式，保存了新诗集装帧方面的史料信息。除了唐弢，周作人、阿英、赵景深、周越然也出版过书话文集，另外，茅盾、老舍、郭沫若、叶圣陶、朱自清等新文学作家都有书话问世。虽然如此，书话作为一种新史料的价值，至今仍未得到学界充分认识。整理出版现代作家书话，仍是任重道远。

3. 小说戏剧史料成为主要的史料类型

在新兴文学史料类型中，小说戏剧史料的数量最多、影响最大。

20 世纪以前小说戏剧属于"不登大雅之堂"的文类，直到世纪之初中国古代小说和戏剧研究才在西方影响下草创。当时处于西学东渐、自新图强的特殊历史文化语境下，人们关注的是小说戏剧的社会启蒙功能，偏重于论的一面，即便在文学史写作中提及，也大多点到为止，因而小说戏

---

① 郭绍虞：《村歌俚谣在文艺上的位置》，《歌谣周刊》第 12 号，1923 年 4 月 1 日。
② 朱金顺：《新文学书话叙考》，《中国现代文学研究丛刊》2005 年第 6 期。

剧史料的收集未能受到应有的重视。进入20世纪，随着小说戏剧在文学中的地位上升，小说戏剧史料迅速成为重要的文学史料类型。其间，不仅涌现了一批文学史料名家，如戏曲史料名家王国维、董康、郑振铎，小说史料名家鲁迅、阿英，还出现了一批堪称经典的小说戏剧史料书籍。

  1909年王国维出版的《曲录》共辑入曲目3178种，此书不仅为他以后的戏曲史写作奠定了坚实基础，而且成为后来戏曲史研究者必备的基础性资料；1916年王国维与罗振玉将从日本三浦将军处发现的《大唐三藏法师取经诗话》小字本影印出版，第二年，他们又将在日本发现的《大唐三藏法师取经诗话》编入《吉石盦丛书》影印出版。董康对古典戏曲史料的整理之功不可没。1917年他所辑《诵芬室读曲丛刊》是"20世纪戏曲研究史上第一部古典戏曲理论史料和戏曲史料汇编"；1926年上海大东书局出版的《曲海总目提要》，汇录了自元至清代乾隆年间684出杂剧与传奇的剧情考证、故事来源和作者简历，其中颇多今已失传的作品，弥足珍贵，被誉为中国所有记载剧本的书籍中内容最丰富和详尽的一部。董康另著有《曲目韵编》2卷，计北曲588个，南曲1061个，成为研究中国南曲与北蓝、古戏曲音乐不可或缺的参考资料。继王、董之后的郑振铎在发掘整理和出版戏曲史料方面的贡献尤为突出。如1938年郑振铎从苏州某书贾处买下《脉望馆钞校本古今杂剧》（又名《也是园古今杂剧》）64册，包括钞本173种，刻本69种，共计242种，其中136种是湮没了300多年的孤本，像《破窑记》《五侯宴》等29种元人杂剧系首次发现。书中的内府本杂剧每出后附有"穿关"，注明演出装扮、服饰、道具等，为研究明代宫廷演出的舞台美术提供了详尽的资料。这个重大发现，"在近五十年来，其重要，恐怕是仅次于敦煌石室与西陲汉简的出世的"①。

  小说史料方面，古代小说目录的编纂引人注目。作为一种学术专科，古代小说目录的编纂经历了三个时期：黄摩西、徐兆玮、鲁迅——准备期，郑振铎、董康、马廉——发轫期，孙楷第——创建期。② 鲁迅、郑振铎等先生钩沉、编纂的古代小说书目及其史料价值，今已众所周知。而孙

---

① 郑振铎：《跋脉望馆钞校本古今杂剧》，载《郑振铎文集》第7卷，线装书局2009年版。
② 参见潘建国《中国古代小说书目研究》第七章"古代通俗小说专科目录的创建"，上海古籍出版社2005年版。

楷第编纂的三种古代小说书目，却很少有人提及。这三种书目（1932年撰的《日本东京所见小说书目》六卷、《大连图书馆所见小说书目》一卷、1933年撰《中国通俗小说书目》十卷），"对于初研究小说的人是有益的"①。孙楷第《中国通俗小说书目》的出版，"意味着具有学科意义的通俗小说专科目录的正式建立"②。其在通俗小说书目研究史上具有里程碑意义。除了古代小说目录方面取得如许成绩，近现代小说目录的编纂也成绩突出。阿英成书于20世纪40年代、50年代正式出版的《晚清戏曲小说目》，收晚清戏剧161种，晚清小说1070种（创作小说462种、翻译小说608种），1957年又出增补本，收创作小说478种，翻译小说629种，共计1107种，较前增补37种。这个书目在20世纪80年代之前对于一般近代文学研究者具有引路人的作用。直到今天，许多研究近代小说和戏剧的人都以此书为参考资料，其史料价值和历史贡献不可抹杀。

（二）文学史料整理出版的热情空前高涨，成绩卓越，出现了相关方面的史料专家

论及20世纪的文学史料工作，不能不提"整理国故"运动。胡适发起这场运动，固然与当时方兴未艾的新文化运动有关，但也与他本人对古籍整理工作的认识和态度不无关系。胡适在1922年9月1日的日记中写道：

> 从前我们以为整理旧书的事，可以让第二、三流学者去做。至今我们晓得这话错了。③

这句话说明他开始改变以往轻视文献史料整理的观念。正因为认识到"整理旧书"并非只配"让第二、三流学者去做"，所以即便是像胡适这样的新式学者也觉得应该参与进来。

---

① 孙楷第：《日本东京所见小说书目·重印日本东京所见小说书目提要序》，人民文学出版社1991年版。
② 潘建国：《古代通俗小说目录学论略》，《文学遗产》2000年第6期。
③ 《胡适的日记》下册，中华书局1985年版，第445页。

胡适不光是口头上呼吁"整理旧书",他还身体力行,以研究白话小说的学术问题为切入点,完成《红楼梦》《水浒传》《醒世姻缘》等小说考证。在胡适从事小说考证之初,中国学术界对小说史料的发掘整理正处于起步阶段。蒋瑞藻的《小说考证》于1920年出版,所汇集的一些小说资料极为杂乱。鲁迅的《古小说钩沉》《唐宋传奇集》《小说旧闻钞》整理钩沉了若干种小说文本;1923年出版的《中国小说史略》在史料建设上的最大贡献,在于对明清小说分类。胡适在研究中也曾参考过这些资料,但多数资料是他通过各种方式和各种渠道获得的,更重要的是他采用了新的科学方法进行细密深入的考证,解决了许多学术难题。

"整理国故"不仅得到刘师培、吴梅等旧派学者响应,还受到新文学作家重视。文学研究会对"整理国故"作了积极的回应。他们强调说:"现在研究文学的人,往往把'整理国故'和'新文学运动'看作两件绝不相涉的事情,并且甚至于看作不能并立的仇敌。其实这是绝大的冤屈!因为他们俩在实际上还是各有各的位置,各有各的真价,尽有相互取证、相互助益的地方。"①"整理国故就是新文学运动当中一种任务,他的地位正和介绍外国文学相等。"② 郑振铎主持的《小说月报》"整理中国旧文学"横跨了三个栏目——"论丛""整理国故与新文化运动"和"读书杂记"。此外,新文学作家还有过两次大规模的集体"整理国故"举动。第一次是1927年6月,《小说月报》第17卷以号形式出版"中国文学研究"专号,分上下两册,80余万字。作者阵容集中了当时的精兵强将,除国学大师梁启超、陈垣外,大部分都是新文学作家,如郑振铎、沈雁冰、郭绍虞、俞平伯、朱湘、刘大白、台静农、滕固、陆侃如、许地山、胡梦华、谢无量和钟敬文等。第二次是赵家璧主编的《中国新文学大系(1917—1927)》,1935—1936年由上海良友图书印刷公司出版。全书分为10卷,阿英编选。《建设理论集》《文学论争集》和《史料索引》选辑近200篇理论文章。编选创作的7卷,共收小说81家的153篇作品,散文33家的202篇作品,新诗59家的441首诗作,话剧18家的18个剧本。这一套文集保存文献的用意及其史料价值,是毋庸置疑的。由各方面代表

---

① 王伯祥:《国故的地位》,《小说月报》第14卷第1期。
② 余祥森:《整理国故与新文学运动》,《小说月报》第14卷第1期。

作家参与编纂《中国文学新文学大系》，此后成为整理出版文学史料的一种传统，至今已出到第5辑（1976—2000）。

"整理国故"主要是用新的科学方法整理文献古籍，当时差不多与它并行的歌谣运动，则把文献史料的价值取向引至民间化立场，眼光从贵族转向平民，从雅致转向通俗。1918年刘半农、沈默尹、周作人等以北京大学的名义向全国征集民间歌谣，1920年12月15日沈兼士、钱玄同、周作人在《北京大学日刊》联名登出了《发起歌谣研究会征求委员》的启事；1922年，创办《歌谣》周刊。这一系列行动，虽然由北京大学的教师发起，却得到了民众多方面的热情支持。"本是一校的刊物，而竟引起全国各省各地的爱好者，以至苏联、英、美、法、德、日的学者们的注意，购买《歌谣》周刊并通信访问。作文的也不只本校教授同学，甚至印刷工人，学校工友，都投稿写文章讨论。那时真是想不到的热闹。也真有爱好者而入了迷，每逢星期一，一早就跑到北大一院号房等着周刊（朱自清就是其中一位）……"① 在歌谣运动的引领下，来自民间的口头和书面形式的歌谣、传说故事、童话、谚语等都被纳入文学史料范围。

在20世纪20年代歌谣运动、"整理国故"运动的基础上，30年代出现了整理出版古代戏曲史料的热潮。其中，以京剧史料的搜集整理最引人注目。齐如山的《中国剧之组织》《京剧之变迁》《国剧身段谱》《脸谱》《国剧简要图案》等书，为京剧研究作出了重大贡献。周明泰著《几礼居戏曲丛书四种》（1932—1940），收录《都门纪略中之戏曲史料》《五十年来北平戏剧史材》《道咸以来梨园系年小录》（后易名为《京剧近百年琐记》）、《清升平署存档事例漫抄》4种戏曲史料书籍等，均是研究京剧的重要参考资料。此外，还有张次溪所编《清代燕都梨园史料》（1934）和《清代燕都梨园史料续编》（1937）、王芷章撰《清代伶官传》（1936）、天柱外史撰《皖优谱》（1939）。

郑振铎在古代戏曲史料整理方面作出了杰出贡献。郑氏极为重视戏曲史料的发掘、收藏和刊印。他编订的最早的戏曲目录当属《中国的戏曲集》，收"所见过的戏曲选集"12种。接着编订了《关于中国戏曲研究

---

① 常惠：《回忆〈歌谣〉周刊》，《民间文学》1962年第6期。括号内的话系作者常惠所加。

的书籍》,收"所见过和所知道的关于中国戏剧研究的书籍"30种,为《重订曲苑》《增补曲苑》《新曲苑》《中国古典戏曲论著集成》的编订提供了必要的目录依据。而《中国戏曲的选本》则收个人所见所知、最流行的选本16种。此外,他还在戏曲作品、著作版本的收藏与鉴定,曲文献点校等方面取得瞩目的成绩。① 郑氏还很重视史料的运用。他的几种文学史著作,从1927年出版的《文学大纲》到1938年出版的《中国俗文学史》,莫不以史料(尤其珍稀史料)丰富著称。《插图本中国文学史》完稿后,他自豪地声称:"本书所包罗的材料,大概总有三分之一以上是他书所未述及的。"②

如果说20年代的主要成就在于文献古籍的发掘、整理和出版,30年代和40年代则以有意识地整理出版新文学史料为特色。关于新文学史料的整理出版,尚在新文学诞生不久就有人在做。但那时此类工作属于自发性质,直到30年代才有了自觉的意识。刘半农在五四前后搜集了8位诗人的26首白话新诗手迹,"当时所以搜集,只是为着好玩,并没有什么目的,更没有想到过了若干年后可以变成古董。然而到了现在(1933年——引者按),竟有些像起古董来了。"冯沅君在1933年看到这批手迹,感慨地说:"那已是三代以上的事了,我们都是三代以上的人了。"③第二年,张若英在《中国新文学运动史资料》"序记"里坦言,他也有刘半农、冯沅君那样的体会。张若英甚至感觉到新文学史料的整理和出版,已经非做不可。因为,"在不到二十年的现在,要搜集一些当时的文献,也真是大非易事。要想在新近出版的文学史籍里,较活泼较充实的看到当时的一些运动史实,和文献的片段,同样的是难而又难。"他进而意识到了整理出版新文学史料的重大意义:"为着搜集的不易,与夫避免史料的散佚,择其主要的先刊印成册,作为研究的资料,在运动上,它的意义是很大的。"④ 正因为整理出版新文学史料的意识从自发到了自觉阶段,这一时期不仅有《中国新文学大系(1917—1927)》这样大规模的集体之

---

① 详见李占鹏《论郑振铎戏曲典籍整理的学术成就与文献价值》,《求是学刊》2007年第2期。
② 郑振铎:《插图本中国文学史·例言》,朴社出版部1932年版。
③ 刘半农:《初期白话诗稿·序》,星云堂1933年影印版。
④ 张若英:《中国新文学运动史资料·序记》,光明书局1934年版,第2页。

作,有张若英《中国新文学运动史资料》那样由个人编纂的史料集,而且整理新文学书目也提上日程。例如,1933年9月出版的王哲甫的《中国新文学运动史》一书附录《新文学创作书目一览》,其中有新诗集100种。1937年1月《文学》第8卷第1号刊出新诗专号,这本厚达299页的带有总结性的专号除刊有茅盾《论初期白话诗》、穆木天《郭沫若的诗歌》、石灵《新月诗派》等诗论外,还刊出曲鸿、韩学勤、柳倩合辑的《新诗集编目》,编目共收录诗集400多种。抗战期间,出现了记录抗战文学的史料集,如阿英的《抗战期间的文学》(1938)、卢冀野的《民族诗歌论集》(1940)和蓝海的《中国抗战文学史》(1947)等。蓝海的《中国抗战文学史》"为建国前最后一部新文学史类的著作,也是新文学研究中第一部阶段史"①,但作者有意做保存史料的工作。"写这本小册子的目的便是企图弥补一部分缺陷,保存一部分史料,使它不至全部失散。"② 毋庸置疑,这些文学史料的整理出版,为新文学史写作奠定了基础。1930年左右编辑出版《中国文艺论战》《鲁迅论》的李何林后来说:"这两本资料性的书给我在十年后编写《近二十年文艺思潮论》打下了初步基础,也培养了我以后教学'中国现代文学'、'文学理论'、'鲁迅研究'的兴趣。"③

(三)文学史料的发掘、整理和出版促动文学史写作多元化、文学史类型多样化

中国文学史著,多数是为了教学需要编写的讲义。由于是讲义,在具体编写时自然要切合教学实际需要。比如,教师不便也没必要口述或在黑板上抄写讲授中需要引述的材料,以免学生听不懂或占用课堂时间。所以,20世纪初期的文学史讲义以相当大的篇幅摘录作品原文。黄人《中国文学史》皇皇数百万字,摘录作品原文占去三分之二。刘师培的《中国中古文学史》,甚至几乎全是资料。据此我们可以说,重史料、少阐述

---

① 黄修己:《中国新文学史编纂史》,北京大学出版社2007年版,第108页。
② 蓝海:《中国抗战文艺史·后记》,现代出版社1947年版,第165页。
③ 李何林:《李何林谈他的生平经历和文学生涯》,载《李何林全集》,河北教育出版社2003年版,第504页。

是早期讲义型文学史写作的基本特征。

到了20世纪20年代，不断发现的新的文学史料格外引人注目。为了阐释新发现的文学史料，教师必须在讲义中作出分析、讨论，有时甚至还有必要考订新史料的真伪，这样一来，阐述在文学史著中的篇幅加大。另外有些编者，由于本人既有深厚的史料积累又有独到的文学见识，故难免在文学史写作中时而发表议论，如鲁迅编写《中国小说史略》。在此背景下，以阐述为主的专家型文学史写作应运而生，并且迅速成为主要的文学史写作方式。如胡适、胡怀琛、陈子展、罗根泽、杨荫深等人的文学史写作都如此。

一般的读者，既不需要大量阅读史料，也不需要了解专家对文学史的精深见解。也就是说，不论重史料的讲义型文学史写作，还是重阐述的专家型文学史写作，都不能满足一般读者的需求。赵景深注意到这点，他说：

> 从来编中国文学史的，有几点我不大满意：……（二）不合普遍阅读，许多现今出版的文学史，只可供文学专家的参考，不能当做普遍的读物。一则份量太多，二则列举太多，三则嫌其干燥。[①]

鉴于这种情况，赵景深决心写出一部"能当做普遍的读物"的文学史，这便是1928年出版的《中国文学小史》。这是一部普及型的文学史。赵景深认为，普及型文学史写作，必须"分量不可太多，只列举些重要的文人而有集子可读者，并附举易得的、价廉的书目"，"用较美的叙述，使人读起来略感到一点兴趣"。[②] 不过他同时也指出，即便普及型文学史写作，也需要"新鲜的材料"，因为"新鲜的材料是普通读者希望读到的"。

讲义型、专家型、普及型三种文学史写作相继出现，体现了文学史写作多样化的趋势。在编者对史料发掘整理的影响下，这三种文学史写作方式经常互相转化或兼容。比如，当年鲁迅的初衷是编写《中国文学史略》讲义，由于他事前做过大量的古小说钩沉、考证，不知不觉间，就以专家

[①] 赵景深：《中国文学小史·绪言》，光华书局1928年版，第1—2页。

[②] 同上书，第2页。

的眼光和方式来编写这部书。

  以今人的眼光来看,文学史写作方式的多样化,满足了不同读者的需求,是文学史写作步入成熟阶段的表现。但笔者所作的统计表明,在三种文学史写作方式中,专家型最常见,尤其在20世纪30年代以后,约占总数的三分之二。前文已述,专家型文学史写作以阐述为主。由于这种阐述是夹杂大量术语的专家之言而非日常用语,在专家型文学史写作成为主流的背景下,文学史写作离普通读者越来越远,文学史书籍越来越不"好看"。更严重的是,强调阐述在文学史写作中的地位,很容易把人引向"以论代史"的歧途。40年代之后的文学史写作,大多有这个毛病。

  20世纪前期的文学史料工作,不但影响文学史写作的方式,还是文学史类型化的直接动力。

  新史料对于中国学术可谓居功至伟。王国维说:"古来新学问起,大都由于新发现。"① 陈寅恪也说:"一代之学术,必有其新材料与新问题。取用此新材料,以研求问题,则为此时代学术之新潮流。"② 就20世纪前期文学史写作而言,不论小说戏剧史等分体史写作在30年代成为潮流,还是妇女史、文艺思潮史等专题史的出现,都与相关新史料的发现有直接关系。试以小说戏剧史写作为例。

  文学革命时期,无论小说戏剧自身的创作还是有关古代小说戏剧史的研究,都开始走向建立规范、形成学科的成熟阶段。这一时期发现的许多重要古代小说戏剧材料,迅速被史家自觉地吸收进史著中。连俗文学中的宫调、宝卷、弹词等,也被视为有价值的新史料。如柳村任的《中国文学法发凡》"采撷叙述了很多特殊的新材料:像五代的变文,宋明戏文宫调讲史散曲以及明清的宝卷弹词之类"③。这些新史料,成为中国小说戏剧史写作发展的原动力。敦煌文献对王国维写作宋元戏曲史的触动,鲁迅辑录《古小说钩沉》《小说旧闻钞》为他编写《中国小说史略》所做的准备,乃众所熟知的实例。1923年胡适指出:"古小说的发现,尤为这个时期的特色。《宣和遗事》的翻印,《五代史平话》残本的印行,《唐三藏

---

① 王国维:《最近二三十年中中国新发见之学问》,《学衡》1925年第45期。
② 陈寅恪:《陈垣敦煌劫余录序》,载《金明馆丛稿二编》,上海古籍出版社1980年版。
③ 柳村任:《中国文学法发凡·自序》,文怡书局1935年版,第6页。

取经诗话》的来自日本，南宋《京本通俗小说》的印行，都可以给文学史家许多材料。"① 直到1932年郑振铎仍观察到："近几十年来，已失的文体与已失的伟大作品的发见，使我们的文学史几乎要全易旧观。绝不是抱残守缺所能了事的。"② 郑氏因此不无感慨地说："研究中国小说史和戏剧史的人，真要觉得如今是一个大时代。假如你写了关于这方面的一部书，每过了一二年，准保你要将你的著作修改一下。因为新的材料一天天的出现，逼得你不能不时时刻刻的在搜集、在研究。"③ 新史料的发现，"逼得你不能不时时刻刻的在搜集、在研究"，迫使不愿抱残守缺的史家去"重写文学史"。

20世纪前期的中国文学史料研究虽然取得上述主要成就，但是也存在一些难以忽视的问题。

第一，"在当时，中国现代文学史料工作还没有作为一项专门的学术任务，提上研究者的工作日程"④。1949年以前，虽有阿英、唐弢等做了一些新文学史料的搜集整理工作，但毕竟在民国学人中只是个别现象。而我们已从上述看到，20世纪前期中国文学史料研究主要成就，绝大部分属于古代文学方面的，极少属于中国现代文学史料研究的成就。像胡适、鲁迅、郑振铎、闻一多、朱自清等既是重要的新文学作家又是学者，花费了很多精力和时间在古代文学史料收集整理上，也显示出这方面的功力、见解和成就，却很少顾及中国现代文学史料研究工作。可以说，1949年以前，包括新文学作家在内的多数学者，对中国现代文学史料工作是比较忽视的，他们甚至尚未具备这方面的意识。

第二，20世纪前期的中国文学史料研究虽取得上述主要成就，但在史料范围方面，仍然存在一些缺漏：

（1）大量海外文学史料未被发现和整理。由于历史原因，海外保存着大量珍贵的文献。19世纪以来，中国国内虽已陆续整理出版或公布了

---

① 胡适：《日本译中国五十年来之文学序》，载《胡适学术文集·新文学运动》，中华书局1993年版，第161页。
② 郑振铎：《插图本中国文学史·例言》，朴社出版部1932年版。
③ 郑振铎：《幻影》，载《郑振铎文集》第5卷，人民文学出版社1988年版。
④ 樊骏：《这是一项宏大的系统工程——关于中国现代文学史料工作的总体考察》（中），《新文学史料》1989年第2期。

其中一部分，但由于 20 世纪前期处于民族危机和解放战争背景下，不仅民间学者无力大量复制、整理出版，政府部门也无暇顾及，以致尚有许多珍稀古籍不为中国文学史研究者所知。

（2）19 世纪以来大量地下文献陆续出土，这对古典文学研究来说是一个巨大的福音。但许多出土文献尚未公布，原始资料还掌握在考古发掘人的手中，已整理公布的出土文献在文字释读等方面还存在很多争论，导致研究和利用出土文献方面存在许多困难。

（3）民间流传的史料的重要性目前尚未得到学界的足够注意。包括谱牒、石刻、文书、日用杂书、剧本、唱本、民谣等在内的民间文学史料是学术研究的珍贵资料，但其流传范围相对狭小，收藏分散，有的一直口头流传，由于尚未得到整理，湮没失传的可能性很大。

（4）地区性、民族性文学史料基本上一片空白。地区文学史、民族文学史是中国文学史的分支，相关的文学史料是研究中国文学史写作与地域文化、民族文化之间关系的不可或缺的资料。遗憾的是，据笔者所知，仅 1943 年出版的徐梦麟《云南农村戏曲史》，保存了一些云南民间剧本和曲目。

以上四点缺漏，一定程度上可谓 20 世纪前期中国文学史料研究工作留给后人的难题。毋庸置疑，这四点也是 1949 年以后中国现代文学史料研究面临的刻不容缓的任务。

二 近年中国现代文学史料研究存在的新问题

在王瑶、唐弢、马良春、朱金顺、陈子善、刘增杰、解志熙、谢泳等几代学者的倡导下，近年来，中国现代文学史料工作受到越来越多的重视，相应地，学界在这方面取得的成就十分可观。遑论成绩最丰硕的新文学史料研究，即使总体上明显处于滞后状态的中华人民共和国文学（"当代文学"）史料研究，也在经过半个多世纪的艰难探索后，从认识到实践两个方面都取得了显著成就。[①] 但也存在几点应当引起注意的新问题：

---

① 详见吴秀明、章涛《当代文学文献史料研究的历史与现状——基于现有成果的一种考察》，《文艺理论研究》2012 年第 6 期。

（一）发掘整理工作迎合社会思想文化变动，以致出现不少不可靠的"新史料"

虽然"以史带论"已成为学界基本的共识，某些急功近利的研究者仍然有意无意地"以论代史"。比如，改革开放后，一度被"遗忘"的新月派成员沈从文、徐志摩等，成为文化界热捧的现代作家。一些论者怀着替新月派"翻案"的动机，搜集鲁迅、梁实秋之间论战的相关资料，得到不少贬低鲁迅、抬高梁实秋等新月派的"新史料"。这种情况，牵涉了文学研究中新史料的可靠性问题。

现代文学新史料的种类可谓丰富多彩，但大体可以分作文学作品、作家、文学现象、文学思潮等几大类。应该承认，在这几大类新史料中，只有语言文字所构成的作品才是我们研究的最可靠的"实在"。每个社会历史中的作家都处在变化中，譬如创作《志摩的诗》的徐志摩与《猛虎集》的作者徐志摩，就有较大差别，前者充满浪漫主义的激情，后者流露出颓废、茫然的意识。其实，作家不是也不可能是一个完全自我封闭的存在，我们对他的描述和评价，总是以他外在的社会性活动为标识，因此以作家为内容的新史料，可作为研究的参考资料，却不可作为独立的依据，因其不具有可靠性。文学现象、文学思潮作为文学外部研究的内容，同样不具备稳定的可靠性。与之相反，文学作品本身自它产生以后，就作为一个封闭的文本而存在，不论人们如何解读、阐释，它始终如一。据此，我们得出一个认识：文学作品以外的新史料的价值其实最终还是体现在它们与作品认知、作品解读的关系中。也就是说，文学作品以外的新史料只有在它们有助于人们对文学作品及其意义的把握时才有价值，否则就只能是一堆废纸。当然，这么说不是要否认文学作品以外的新史料的价值，而是想强调：如果不是为了更好地研究文学作品，而是怀着窥视作家生活隐秘的心思或其他目的，迎合社会思想文化变动中的趋势，发掘所谓"新史料"并视为珍宝，那便可能把现代文学新史料的发掘与整理引入歧途。在近年出现的"翻案"性新史料中，我们已经看到了不少不可靠的"新史料"不断被发掘整理。好像我们能够在一直受到正面宣传的作家身上找到一点污点或者艳闻一类的野史，就是惊人的发现，而在长期受到社会主流批判的作家身上找出一点光彩，也足以颠覆乃至重写文学史！

（二）制度性、地域性障碍

无须讳言，时至今日，某些规章制度和地域观念仍是中国现代文学史料研究中的障碍。樊骏在《这是一项宏大的系统工程——关于中国现代文学史料工作的总体考察》一文中曾指出，大陆图书馆的"思想观念、方式方法、体制、作用等都不同程度地存在着'重藏轻用'的偏向"。他以两位学者在大陆江南各地图书馆不同遭遇的事实为例，指出其封闭垄断的方式、方法与体制如不改革，依旧故我，那么"那些珍藏起来的图书文献，不管内容如何重要，数量如何庞大，保管又如何妥善，只要不为人们所应用，与根本不存在没有多大区别，也就谈不上有什么实际的意义和价值了"①。樊骏所说的现象今天依然存在，并无实质性的改变。不仅如此，制度性、地域性越发成为现代文学史料研究尤其搜集工作的障碍。尤须提及的是，档案制度在研究者和文献史料之间砌出了一道高墙。樊骏注意到，直到20世纪80年代，中国的档案制度"在很大程度上限制了档案馆充分履行自己的职责，同时也使不少人因此不敢轻易前往查阅，更多的人或许还根本不知道自己可以从那里看到别处无法提供的大量有价值的资料。与一些档案事业发达的国家相比，我国档案馆的业务是相当冷清的，远远没有发挥它在社会生活各领域所应有的积极作用"②。而20世纪80年代以后，虽然颁布《中华人民共和国档案法》，"通常的档案保密三十年即可解密，但实际的执行并不理想，至今为止及时解密者所占的比例还不到总档案数的40%。这不仅限制了档案馆的功能作用，而且对当代文学研究及其史料学建构带来直接的影响"③。鉴于这一情况，吴秀明教授撰文提出："在当下，尤其需要突破现行档案制度的束缚，拓宽史料研究的内涵与外延。只有这样，才能使当代文学史料及其制度建设在'全景敞开权力'的情景下

---

① 樊骏：《这是一项宏大的系统工程——关于中国现代文学史料工作的总体考察》（下），《新文学史料》1989年第4期，第210页。
② 同上书，第212页。
③ 吴秀明：《论当代文学史料研究的时空拓展及其档案制度障碍》，《文艺研究》2014年第3期。

切实有效地得以推进。"① 笔者完全赞同这个提议。这里想补充的是，不但要清除类似档案制度这样的制度性障碍，还要撤弃狭隘的地域观念。所谓狭隘的地域观念有二：一是指各地方修建的现代作家纪念馆、文学馆等，各自把一些珍稀文献史料视为地方上的"镇馆之宝"，轻易不展出，甚至秘不示人；二是忽视或轻视台港澳现代文学史料研究和海外华文文学史料研究。由于历史原因，台港澳现代文学和海外华文文学曾长期被大陆学界排斥或轻视，以致大陆馆藏台港澳和海外华文文学史料寥寥无几，有人于是讥笑说："要在图书馆觅得一本境外的文学读本，可能比自费去新、马、泰的旅游还要困难"，"个人收藏的要超过国家图书馆"。② 21 世纪以降，随着华文文学研究的不断深化和拓展，台港澳现代文学史料和海外华文文学史料的发掘与整理逐渐为大家关注。然而，在多数大陆的现代文学研究者看来，它们在中国现代文学史料中仍然处于附属或次要的地位。以致有识之士不停地呼吁：华文文学史料的建设刻不容缓。③

（三）文体意识相对薄弱，缺乏从文体角度对戏剧、散文等文体史料的发掘和系统整理

以往人们发掘、整理资料，大多以作家、流派、社团作为归纳单位，这样固然是不错的，却也遮蔽了作家、流派、社团在文体方面的丰富性。这几年，各种以文体为脉络的专史（通史和断代史）多起来，如杨义先生的《中国现代小说史》、陈平原先生的《中国散文小说史》。以文体为研究脉络的专史和论文，显然需要相关的以文体为选编单位的资料。1931 年陈梦家选编的《新月诗选》，对于研究新月诗派之重要意义，乃众所周

---

① 吴秀明：《论当代文学史料研究的时空拓展及其档案制度障碍》，《文艺研究》2014 年第 3 期。

② 李安东：《流水不腐，户枢不蠹——世界华文文学研究中若干问题讨论》，《复旦学报》2003 年第 5 期。

③ 袁勇麟：《一项刻不容缓的工作——浅谈华文文学研究的资料建设》（《香港作家》2000 年第 6 期）、《一个宏大的系统工程——世界华文文学史料学管窥》（《世界华文文学论坛》2002 年第 1 期、《华文文学》2002 年第 2 期）、《史料建设与学术规范——以〈台港文学概论（修订本）台湾文学部分为例〉》（黄万华主编：《多元文化语境中的华文文学——第十三届世界华文文学国际研讨会论文集》，山东文艺出版社 2004 年版）。

知。1993年方仁念选编出版的《新月派评论资料选》，如今也成为研究新月派必不可少的资料。徐志摩的诗歌、散文为世人熟知，而实际上他的小说创作也取得了相当的成就，但他的小说散布在多种报纸杂志上，有些收入《徐志摩全集》，有些没有收入，以致人们不能对他的小说一窥全豹。顾永棣、顾倩编的《徐志摩小说全集》（学林出版社2005年版），可谓弥补了这一缺憾。鉴于此，如果我们能够加强文体意识，发掘、整理出版《新月派戏剧资料》《新月派散文资料》《新月派译诗译文》等资料书籍，将会促进我们对新月派的了解、深化对该派的研究。

（四）缺乏史料首发权意识

"史料的首发权"这一提法，来自谢泳教授在厦门大学中文系开的一门课"中国现代文学史料概述"。尽管后来谢泳在《中国现代文学史研究法》一书中详细阐述过"史料的首发权"，但至今了解的人不多，我们在这里借花献佛，重述一下他对史料首发权的两点强调：

> （一）史料的首发权，主要指第一个发现史料的人，这里的发现包括两个意思，一是指出史料的出处并在相关文献中最早使用了该史料；二是指最早公开某项史料的运用范围，并强调了其重要性。
>
> （二）强调史料的首发权，主要是为了尊重史料发现者的贡献，在这方面，发现史料的意义虽然不能和科学发现相比，但在基本的意义上，二者有相似的地方。①

就谢泳强调的上述两点，对照学界对史料来源的注释，容易发现我们多数人缺乏史料首发权意识。主要表现在两个方面：

一是史料的发现者自身缺乏首发权意识，在公开史料时不注明史料来源，没有有意识地强调其"首发性"。例如，《新文学史料》2005年第1期披露了《徐志摩一九一九年日记》，日记整理者宋炳辉先生就这份长达万言的日记缀以详尽的考辨和说明，文中多处引用陈从周等人的文章，却没有注明出处，甚至连引用他自己发现整理的

---

① 谢泳：《中国现代文学史研究法》，广西师范大学出版社2010年版，第197页。

《徐志摩一九一九年日记》也没有注明整理者，这导致后来研究者引用这份日记时，对他的整理之功不置一词，乃至事后有人质疑该日记整理版的可靠性。①

二是史料引用者缺乏首发权意识。引用史料时应在注释中注明其出处，这是现行的学术规范，也是学术道德的要求。然而，现行学术规范所说的"出处"，只包括作者、题目、发表时的刊名或出版机构、出版时间，没有首发者的名字。比如20世纪50年代初期《新文学史料》发布《闻一多家信》时，交代了这批信的发现者和发现的经过，但后来这批信收入《闻一多全集》，没有注明这些信息，以致现在的研究者从《闻一多全集》引用这批信时，已多数不知发现者和发现经过。

倘若研究者在引用史料时没有注明首发者，是因为其根本就没有首发权意识，尚属客观原因，那么下面这种情况，则属于研究者主观上有意忽视首发权——有的研究者明明知道他使用的是别人首发的史料，却在自己的研究中，故意不明确说明自己史料的来源、不注明首发者，忽略首发者及其工作，好像这些新史料及其学术意义是自己首次发现的。无须讳言，这种情况在考据性文章中最常见。

研究者有意忽视首发权的原因，固然各人不同，但时下一个不成文的学术规则，恐怕也难辞其咎。那就是，由于学界很看重一手资料，以至形成一条约定俗成的看法：转引或注明经他人发现、整理的资料，远不如一手资料有价值。为了给读者造成自己使用的是一手资料的印象，一些研究者明明是看到别人首发或首次引述了一则史料，却不说明是从别人那里看到并获得了史料方向，而是直接注明史料的作者和出处。尽管这种情况并非不符合学术规范，却是有意忽视首发权，是对首发者劳动的不尊重，当然也有不诚实的嫌疑。

鉴于上述，呼吁广大研究者重视和尊重史料首发权：

（1）发掘、引用或研究新史料时，注明首发者及其工作，至少注明首发者，并将这一标注内容作为学术规范，以示对自身或他人工作的尊重与纪念。

---

① 《徐志摩一九一九年日记》发表后，陈学勇撰文指出经人整理之后的日记中一些疑点。详见陈学勇《〈徐志摩一九一九年日记〉的一些疑点》，《新文学史料》2005年第4期。

（2）一手资料固然可贵，但只要转引资料与原文对照无误，其价值并不比一手资料低，何况以他人研究成果为基础，本来就是学术研究的题中应有之义，因而我们要改变轻视转引资料的观念，要如实、不厌其烦地标注出新史料的首发者及其工作。

现代文学史料研究主体的三个"危机"

时至今日，人们已经普遍接受中国现当代文学史研究存在"危机"的事实。从20世纪80年代中期学界提出"重写文学史"口号，到90年代市场经济建设大潮下"文学边缘化"的惋叹，再到最近几年关于"文学终结论"的讨论，无不集中体现出对中国现当代文学史研究若干危机的警惕与忧虑。这些危机大都聚焦在中国文学自身，属于中国现当代文学史研究本体性危机，而据笔者观察所及，对于中国现代文学史料研究的主体性危机，尚未引起学界应有的注意。所谓中国现代文学史料研究的主体性危机，主要表现为研究者的文学史料观念存在以下三个方面的"危机"。

一 越古、越专、越细的文学史料越有价值？

首先是认为越古的文学史料越有价值，越专越有价值，越细越有价值。关于越古的文学史料越有价值的观念，在唐代陈子昂、韩愈、柳宗元等作家的古文理论、宋初和明代复古运动中已有所体现，并作为一种对后世影响较大的文论思想延承下来，至清代乾嘉学派以降，文学史料的历史年代成为人们衡量中国古代文学研究成果学术成就高低的一个价值尺度。笔者以着重号特别标示"中国古代文学研究成果"，是因为乾嘉以后，"越古越有价值"只存留在古代文学研究中，在现代文学史研究乃至现代文学史料研究中起先不明显，然而微妙的变化始终存在——一些以研究中国现代文学起家并取得卓越成就者，纷纷"返古"。文学革命初期，胡适以与旧文学完全决裂的姿态宣告旧文学为"死文学"、力倡新文学；进入20年代，他却突然发起"整理国故"运动，对《水浒传》《红楼梦》等古典文学作品产生浓厚的研究兴趣，晚年甚至沉迷于《水经注》。闻一多是 20 年代著名新诗人和新诗评论家。大约在 1928 年之后，闻一多开始埋首古籍研究，基本上退出了诗坛；闻一多的弟子、新月诗派后起之秀陈梦家步其后尘，成为著名古文字学家、考古学家。当代学者中也不乏类似的例子。以一人之力完成三卷本《中国现代小说史》、蜚声海内外的杨义先生，最近几年，从现代返回先秦，致力于"还原先秦诸子体温"①；而以"文学三论"影响 20 世纪 80—90 年代学术界的刘再复也基本上停止了现代文学史研究，转到对《红楼梦》《水浒传》等古典名著的研读，尤为推崇《红楼梦》，近年出版了"红楼四书"。此外可为实例的学者，还有陈平原转向近代教育史研究，汪晖转向中国古代思想文化史研究，等等。这些著名学者离开他们原本擅长并有相当研究基础的现代文学史研究领域，"返回"古代，固然为古代文学研究带来新的视野、注入新鲜血液，而且他们个人学术兴趣的转移只是私人事件，他人无权干涉也无须指摘，但对于现代文学史研究却无疑是个遗憾。倘若"尊古""返古"成为多数中国现代文学史料研究者奉行的价值尺度和研究取向，则现代文学史料研究"人才凋敝"的危机指日可待。

与"越古越有价值"承袭唐宋以来的文学思想传统不同，"越专越有价值，越细越有价值"主要是近代以降文学部门分科越来越细的结果。严格说，中国古代的文学研究，总是与史学混合，多数时候只作为史著的一部分，以"艺文志""文苑传"之类的形式出现，因而古代中国没有具有学科意识的文学研究，有则自 20 世纪西学分科引入中国之后。梁启超在 1902 年说："今日泰西通行诸学科中，为中国所固有者，惟史学。"② 这已暗示出中西学术分科衔接之初面临的困境。在实际操作中，近代中国学人大都取文学学科专门化和细化的思路，以之作为分科的指导思想，由

---

① 大约从 2007 年开始，杨义先生把精力转向中国古代文学尤其先秦诸子文献研究，陆续发表《〈论语〉还原初探》（《文学遗产》2008 年第 6 期）、《〈庄子〉还原》（《中华读书报》2009 年 2 月 18 日）等论文，并在中国传媒大学、浙江师范大学等高校讲演"先秦诸子发生学"，"还原先秦诸子体温"（参见《触摸诸子体温——社科院学部委员杨义先生来我校畅谈"先秦诸子发生学"》），中国传媒大学新闻网（http://bunews.bjfu.edu.cn/cate_31/detail_14798.html）。

② 梁启超：《新史学》，载梁启超著、夏晓虹点校《清代学术概论》，中国人民大学出版社 2004 年版，第 231 页。

是形成"越专越有价值,越细越有价值"的治学价值取向。晚清时薛福成主张建立专精的学问;章太炎在20世纪初就很看重当时分科意识的增强,他说,"近来分科越多,理解也越明"①;傅斯年注意到:"中国学问向以造成人品为目的,不分科的",以桐城派为例,"清代经学及史学正在有个专门的趋势时,桐城派遂用其村学究之脑袋叫道,'义理、词章、考据缺一不可'!"傅斯年认为:"学术既不专门,自不能发达。"② 这就把学科分类的原则或价值取向,平行移到了学术研究的专业化、细化。就现代文学史料研究而言,"专业化"体现为现代文学史料研究主体专家化,现代文学史料研究成为少数学者掌握的"私器"。而且,现代文学史料研究的内容细化、生僻化,语体术语化。现代文学史料研究在离现实生活越来越远的同时,自动删减了普通民众读者。现代文学史料研究甚至有可能变成某些人博取名利的工具,或者个人的消遣和小摆设。这种学术风气,在国学界、史学界也有所出现,其以1921年北京大学国学门的设立为滥觞,此后国内高校纷纷起而效之。1923年4月,东南大学国文系议决设立国学院;1925年底,厦门大学也开始筹建国学研究院;1928年,傅斯年、陈寅恪、李济和赵元任等在广州中山大学创办中央研究院历史语言研究所。这些专业研究机构,下设多个细小的研究单位,例如北大国学门就由"三室五会"构成③;历史语言研究所刚创办时,下设文籍考订、史料征集、考古、人类及民物、比较艺术、汉语、西南语、中央亚细亚语和语言学九组。这种把学科细化的研究分工,不仅加速了学术研究的专业化,而且人为造成了学科之间、专业之间的隔膜。钱穆在30年代初就对此表示不满,指责当时的学术研究"茫不识其会通",主张"义理自故实出"④;1941年4月,他批评"现在人太注意专门学问,要做专家",指出"通人之学尤其重要"。⑤ 抗战时期,马一浮在四川乐山办复性书院,

---

① 章太炎:《留学的目的和要领》,载《章太炎的口语文》,辽宁教育出版社2003年版,第54页。
② 傅斯年:《革新高等教育中几个题目》,载《傅斯年全集》第6册,联经出版事业公司1980年版,第22页。
③ 陈以爱:《中国现代学术研究机构的兴起——以北大研究所国学门为中心的探讨》,江西教育出版社2002年版,第84页。
④ 钱穆:《钱序》,载罗根泽主编《古史辨》第4册,上海古籍出版社1982年版,第4页。
⑤ 严耕望:《钱穆宾四先生与我》,台湾商务印书馆1994年版,第48页。

称:"书院之设,为专明吾国学术本原,使学者得自由研究,养成通儒。"① 这些呼吁和身体力行的努力,不管是否徒劳,起码体现那一代学者已有人意识到了研究专业化、细化的缺陷,并希望救弊补缺。1949 年后新中国以苏联高等教育体制为蓝本,院系大调整,分科更加精细,到今天,文学专业已建立起第一级至第三级学科②。并且,追求研究专业化、细化的倾向,扩大到了文学期刊的栏目设置和审稿标准中。

被视为新文学发源地的《新青年》,是一本包容政治、文学和哲学等学科的综合性杂志;20 世纪 20 年代创办的文学杂志如《创造》季刊、《语丝》及《新月》等,既发表文学作品也刊载文学评论;30—40 年代,尽管出现了像《诗刊》《词学季刊》之类的文学专刊,多数仍是文学研究与创作并举。专业化、纯学术研究性质的文学期刊的出现,应该始自高等院校创办的专业刊物。1928 年傅斯年等在中山大学创立的历史语言研究所,出版《国立中央研究院历史语言研究所集刊》,此刊仅收录该所研究人员撰写的有关古代中国的史学、语言学、考古学、人类学及文字学之学术论文。此后创办的高等院校期刊,大多沿革此纯学术编办方针,如 1941 年 6 月创刊的《国立浙江大学文学院集刊》,就是鉴于"大学文学院为一国学术思想孕育发皇之方",因而有必要"集同人等讲授研治之所得,刊为此编"。③ 文学期刊的这种分野,延续到了今天。当代中国文学期刊,大体可分两类:一类主要由作协、出版社等社会机构主办,以刊发文学作品为主,同时也发表文学批评和理论研究文章,如《人民文学》《十月》《收获》《小说月报》《诗刊》等;另一类主要由高等院校和现代文学史料研究机构主办,如中国社科院文学所主办的《文学评论》、中国现代文学馆主办的《中国现代文学研究丛刊》、中国文艺理论学会与华东师范大学合办的《文艺理论研究》等,都只刊发纯学术性质的论文。第一类拥有各种文化层次的读者,每期发行量一般在 5000 份以上,而第二

---

① 马一浮:《书院之名称旨趣及简要办法》,载《马一浮集》第 2 册,浙江古籍出版社、浙江教育出版社 1996 年版,第 1169 页。

② 对于高等教育过于专业化之弊,我国当代教育界已有清醒认识。中国大陆的北京大学、复旦大学、浙江大学、中山大学及台湾地区部分高校,均成立了以通识教育为宗旨的学院。此乃幸事,唯遗憾文学界尚未在学术研究中,对过于"专业化、细化"的价值取向有足够的警惕。

③ 《发刊词》,《国立浙江大学文学院集刊》第 1 号,1941 年 6 月。

类的读者比较狭窄，仅限于拥有相关专业知识背景的读者，每期发行量很少超过 5000 份。在市场经济建设时期，部分第二类期刊面临严峻的生存危机，入不敷出，于是出现了向作者征收版面费补贴刊物出版的现象，这无疑成为学术腐败的温床。近几十年来学术期刊发表文学论文数量急剧增长，文学史料研究整体水平却并没有随之大幅度提升，很大程度与此有关。

追求研究专业化、细化的倾向，还扩大到了文学类学术期刊的审稿标准中。综观近 30 年来海内外出版的文学类学术期刊，差不多每期发表的文章都以微观研究占绝大多数，似乎越具体、越细致的研究，就越有学术价值，就越能获得发表的机会。至于具有打通文史哲意识的跨学科、多学科的宏观研究，不多见。

无须回避，过于专业化、细化，可能导致现代文学史料研究成为一种自我封闭、自言自语的话语。

需要指出，我们反对"越古的文学史料越有价值，越专越有价值，越细越有价值"的观念，但不认为古代、近代中国文学和专业的、细致的现代文学史料研究没有价值。王国维主张"学术三无"（"学无新旧也，无中西也，无有用无用也"），这个观点未必具有普适性，但笔者相信，文学史料研究的价值，不能以文学作品的时代，文学现象和文学问题的大小、层次高低为标准。衡量现代文学史料研究者及其成果的贡献大小、水平高低的标准，只能是其在科学基础上，在多大程度上推进现代文学史料研究和学科的发展，对人们的生产和生活具有何种意义。

二 对史料或理论的偏执

现代文学史料研究主体存在的第二个"危机"，是对文学史料价值的认识走向两个极端，形成史料派与理论派。"史料派"指以文学史料之搜集、整理、考订、辨伪为现代文学史料研究的中心工作；"理论派"主张现代文学史料研究必须以系统的理论观念为指导，以理论观念诠释中国文学。从理论与实践的关系来看，这两个学派其实各自偏执于现代文学史料研究的一方面。史料为现代文学史研究的基础，而文学理论是建筑现代文学史大厦的柱梁。所以，二者对于现代文学史研究而言，都是必不可缺的、相辅相成的。但是在实践中，现代文学史研究者不幸很早就各趋极端，形成了尖锐的对立。史料派视理论派为空中楼阁，认为其研究任意主观、缺乏科学性；而理论派又视史料派为支离破碎，其工作为"剪刀加糨糊"、算不上学术研究。

限于篇幅，我们不能对史料派和理论派的得失展开全面评论，但是不得不指出，这两派在现代文学史料研究中产生的某些流弊近年来呈现泛滥之势。

史料派的最大流弊在于他们的研究与时代脱节。他们深信文学发展的规律性、文学史的客观性，并预设这些规律和客观性都可以通过史料得到完全的体现。只要占有尽量多的史料，就可以通过对史料的"考证"恢复文学的"本来面目"，"回到文学现场"。为了保证史料还原文学本来面目的真实性，他们认为研究者必须剔除自身对所处时代的感应等各种主观因素，"让史料说话"，因而否认史料与研究者所处时代之间有任何联系。

由于否认史料与时代之间的联系，他们对史料的处理，就只能是彼此孤立的考索和求证，而缺乏对不同史料的疏通，遑论整体性的观照。所以，尽管我们赞赏史料派"上穷黄泉下碧落，动手动脚找东西"① 的精神，也感激他们对史料的辨伪，但绝不以为这就是现代文学史料研究的止境。事实上，史料派对现代文学史料研究的最大负面影响，在于使研究者迷信史料的客观性，相应地对史料阐释的客观性也深信不疑。典型的例子，莫过于对文学史著作的依赖。可以说，1949 年以后成长起来的现代文学史料研究者，多数人对中国文学的基本认知，主要从文学史著作获得。尤其 21 世纪是一个信息化时代，各种知识信息的更新日新月异。面对海量知识信息，人们很难静下心来通过长期大量阅读文学作品，逐渐形成对文学史的整体认知。因而以概括文学现象、评述文学经典作品为主要内容的文学史著作，越发成为依赖的对象。对此，当代学者已有察觉，陈平原在一篇谈论当代中国文学史教育的文章中不无沉痛地说："恰恰是大

---

① 1928 年，傅斯年说："我们不是读书的人，我们只是上穷碧落下黄泉，动手动脚找东西。"（傅斯年：《历史语言研究所工作之旨趣》，载国立中央研究院历史语言研究所集刊编辑委员会编《国立中央研究院历史语言研究所集刊》第 1 本第 1 分，商务印书馆 1928 年版。）此语影响甚大，后来被公认为是傅斯年的座右铭。本文借用傅斯年此言，说明现代文学史料研究中史料派矢志挖掘整理史料的精神。

学中文专业的文学史教学，在我看来，最需要认真反省。……学生们记下了一大堆关于文学流派、文学思潮以及作家风格的论述，至于具体作品，对不起，没时间翻阅，更不用说仔细品味。这么一来，系统修过中国文学史（包括古代文学、近代文学、现代文学、当代文学课程）的文学专业毕业生，极有可能对'中国文学'听说过很多，但真正沉潜把玩的很少，故常识丰富，趣味欠佳。"[1] 这种依赖文学史著作而不是大量的作品阅读的倾向，最终可能导致人们认识、了解的文学史，只是"想象共同体"，离文学史真相甚远。

如果说史料派的缺陷是现代文学史料研究与时代脱节，那么理论派的缺陷则恰好相反，即现代文学史料研究与时代结合得过分密切。史料派是"为史料而史料"，不考虑史料之外的因素，对于史料之外的时代漠不关心。理论派则不然，他们研究文学并不是从材料出发，而是先有某种理论观念，然后运用材料证实这种理论观念的正确性，用胡适的话来说，就是"大胆假设，小心求证"。容易看出，理论派的研究并不是纯学术的，而是服务于某种现实目的，比如为现实社会的政治运动或文艺理论思潮寻找依据。无须讳言，20世纪30—40年代的解放区现代文学史料研究和新中国成立后近30年的现代文学史料研究，都属于理论派。这时期出版的文学史著作，基本上属于对主流政治意识形态的文学史式图解。1951年出版的王瑶的《中国新文学史稿》（上册），把中国现代文学史视为一个逐步朝向毛泽东在1942年延安文艺座谈会上指出的既定的方向或"目的"发展的运动："中国新文学的历史，就是在无产阶级思想的领导、党的领导的方向下成长和发展起来的。"[2] 1955年，丁易的《中国现代文学史略》进一步强化意识形态的标准，把作家分别定为革命的、进步的或资产阶级的；与此同时，中国现代文学被定义为"在无产阶级和统一战线的领导下，为人民大众服务的、反帝反封建、反官僚资本主义的文学"[3]。直到1979年，唐弢主编的《中国现代文学史》还继续遵循文学史研究与

---

[1] 陈平原：《"文学"如何教育》，载《当代中国人文观察》，人民文学出版社2004年版，第244页。
[2] 王瑶：《中国新文学史稿》上册，上海文艺出版社1982年版，第19页。
[3] 丁易：《中国现代文学史略》，作家出版社1955年版，第4页。

现实政治紧密结合的标准,仍然将中国现代文学定义为"无产阶级领导下的人民革命事业的一个组成部分",强调"文艺斗争是从属于政治斗争的"①。到了80年代,在"重写文学史"浪潮下,尽管年轻一代学者反拨了文学史研究中的政治标准,通过重读文学作品,开始勾勒不同的现代文学史料研究图景,但是他们提出的诸如"二十世纪中国文学""中国新文学整体观"等概念,显示出他们对史料的轻视和对理论创新的热衷——这很可能是重写文学史虽然取得一些成绩,却问题重重的深刻原因。

理论派对90年代以来现代文学史料研究的明显影响,在于把西方文化理论引进现代文学史料研究之后,呈现出泛文化研究的态势。② 比较直观而有代表性的体现,就是文学外部研究引起异乎寻常的普遍重视。其中又以文学报纸杂志热比较引人注目。以文学报纸杂志为研究对象的成果,一般不注意挖掘报纸杂志中隐藏的史料,而只是把报纸杂志简单放置在文学社团流派或文艺思潮发展的脉络上加以考察,以至"近几年来逐渐走热的刊物研究,除去一些有一定价值的深度研究之外,如对通俗文学中的报刊研究应视为有意义的研究,而更多的研究却是针对无甚学术意义的盲目无效研究,尤其是一些小报小刊的研究,一旦成为风气,那只能说是对文学史研究生态的破坏"③。虽然我们承认,文化研究的引入,已成为近年中国文学学科新的生长点,一定程度上弥补了现代文学史料研究的缺陷。但正如温儒敏所言,文化研究进入现代文学史料研究,"有点像双刃剑",我们"要警惕其已经在对现代文学史料研究构成某种'威胁',在不断消解现代文学史料研究的'文学性'"④。

由上述可见,理论派对现当代现代文学史料研究是有消极影响的。钱锺书曾对理论派提出质疑,认为"那些冠冕堂皇、体系严密的理论大厦,迟早会坍塌,变成无人光顾的遍地瓦砾";延续钱锺书这种思路,近年陈

---

① 唐弢:《中国现代文学史》第1卷,人民文学出版社1979—1980年版,第9、13页。该书第3卷由唐弢与严家炎合编。
② 参见姚朝文《文学研究泛文化现象批判》,生活·读书·新知三联书店2008年版。
③ 丁帆:《关于建构百年文学史的几点意见和设想》,《文学评论》2010年第1期。
④ 温儒敏:《困扰学科发展的几个问题》,载温儒敏等《中国现当代文学学科概要》,北京大学出版社2005年版,第404页。

平原提出一个"重建"而非"重写"文学史的计划。① 他们的言辞和做法略显激进,但中国现当代现代文学史料研究长期笼罩在外国(主要是西方)文学理论的阴影下,理论派对此难辞其咎。或许长期笼罩在西方阴影下,显示出中国文学与国际接轨的努力,而且表明中国现当代文学成为世界文学理论的延伸,但这种牺牲现代文学史料研究自身特色与自我发展的多样性的"国际接轨",代价也太大了。

笔者无意于否认史料派与理论派对现代文学史料研究作出的贡献。虽然他们给我们今天的现代文学史料研究带来危机,他们留下的研究业绩却成为今后现代文学史料研究发展的基石。不过也应该指出,这两派在观点上有需要调整的地方:史料派自觉排斥"疏通",自我孤立,既不与现实相关联,也排斥文学理论;理论派则与之相反,特别注重与现实的关系,甚至把现代文学史料研究当成理论阐释的过程,于是不幸成为西方模式的俘虏,更极端者乃至以为西方某时期出现或流行的理论观念具有普世价值,适用整个现代文学史料研究。这些,不仅限制了现代文学史料研究者的视野,而且严重削弱了他们独立解决问题、创新理论的能力。史料派排斥理论,而理论派在现代文学史料研究方面以西方舶来品代替创新。其结果是殊途同归,大家最终足以炫耀于世的,只有对史料(材料)的占有。最近几年,有无新史料(材料)和引用一手二手史料(材料)的多少,以及文学批评中有没有运用新的理论观念,竟然成为学界评判现代文学史料研究价值的约定俗成的重要标准。

三 对研究方法的迷信

现代文学史料研究主体存在的第三个"危机",是对研究方法的迷信。中国的现代文学史料研究者,不论史料派还是理论派,都很看重研究方法,并强调他们使用的方法是科学方法。因此,近代以来中国的文学界一直相信一种观念,即现代文学史料研究的进步主要依靠方法的进步。这个观念确实很有道理,但是由此产生的对方法的迷信,也给现代文学史料研究带来了危机。所谓对方法的迷信,指涉三种情况:(1)相信方法具

---

① 参见陈平原《重建文学史》,《现代中国》2009年第12期,第226—228页。

有客观性,因而使用该方法进行研究后得到的结论也必定是客观的、科学的;(2)相信只要方法问题解决了,一切问题就迎刃而解;(3)相信新方法的使用必然导致现代文学史料研究的进步,至少能够提升现代文学史料研究的价值,或者从相反的方面说,倘若某时期的现代文学史料研究停滞不前或学术价值不高,就归咎于研究方法陈旧或者方法使用不当。

有意思的是,虽然人们迷信方法,却对方法并未分门别类,同样的方法可以用在不同的学科上,形成一法多用的情形。这种情形,在五四时期和20世纪80—90年代表现比较明显。五四时期的胡适和后五四时期的郭沫若等,其治学领域可以横跨文学、历史、哲学等多个学科,至于学理工科者横跨到人文科学及社会科学研究,比如李四光、丁西林等,更蔚为大观,个中原因除了这些学者确实具备此类天纵才能,还应注意到他们相信科学方法具有兼通文理各学科的普适性。① 1985年被称为"方法年",各种国外理论和方法蜂拥而至,目不暇接的人们几乎不加辨别地套用各学科理论和方法。到90年代以后,"一法多用"往往被误以为是"跨学科研究"。其实,那些套用其他学科方法的尝试,大多并非真正意义上的"跨学科研究",常常是借用另一学科的概念术语、方法视角来立竿见影、现炒现卖地充作"手术刀",对中国现代文学中的一些作家作品、文学思潮和文学现象生硬地强施解剖。这样的"跨学科研究",尽管有时也能提供新颖的视角、予人以启发,但多数时候可谓借别的学科方法在现代文学史料研究中显摆"杂耍"。

以上说明,对方法分门别类是有必要的。笔者细察现代文学史料研究方法,发现它可分作三类:一是现代文学史料研究独有的方法,如文学批评性"校读";二是现代文学史料研究及其他人文科学共有的方法,如归纳法、演绎法等;三是原属其他学科而被引进的方法,如承袭自文献学、版本学等传统学术的方法,以及来自西方的心理分析、定量分析等。其中,现代文学史料研究独有的方法,少得可怜,人们大量使用的都是非现

---

① 胡适在谈到科学方法时说:"科学的方法,说起来很简单……在历史上,西洋这三百年的自然科学都是这种方法的成绩;中国这三百年的朴学业都是用这种方法的结果。"(胡适:《治学的方法与材料》,载《胡适文选》,亚东图书馆1931年版,第472页。)胡适在此文中呼吁青年要"多学一点自然科学的知识与技术"(第489页)。在他看来,自然科学方法完全可以适用于人文科学研究。

代文学史料研究独有的方法。就此而言，若说迄今为止的现代文学史料研究方法，是多个学科研究方法的汇集，恐非为过。这么说不是要证明中国的现代文学史料研究没有方法论，我们只是想指出，现代文学史料研究没有相对固定的方法，就技术层面而言，现代文学史料研究一直在不断汲取其他学科的方法为己所用。这显然有鼓励广泛吸收其他学科方法的意图，但我们必须郑重提出警告：切不可迷信方法。从经验科学中总结出来的方法，要求一定的适用条件，都有其局限性。至于新方法的使用，更隐藏着无数的陷阱，它很可能是一座迷宫，而不是指引研究者奔向结论的康庄大道。由于这种特性，现代文学史料研究方法不能通过教育训练直接获得，而必须通过研究者耐心而辛苦地摸索、总结形成。钱穆曾告诫弟子："今之来者势须自学自导自寻蹊径，此虽艰巨，然将来果有成就，必与依墙附壁者不同。"① 这个"自学自导自寻蹊径"的过程，其实也是研究者文学思想观念的形成过程。思想是现代文学史料研究方法的源泉。所有的现代文学史料研究方法，最初都来源于某种思想。一种现代文学史料研究方法由粗疏到精密，是研究者的文学思想与文学实践经验长期磨合的结果。只是由于后来方法具体化，人们使用广泛了，思想的内容逐渐剥离，仅剩下工具性的外壳。从思想与方法的这种密切关系可知，现代文学史料研究方法是研究者主观思想的产物，不具有客观性。研究者使用什么方法，其本身就存在一个价值判断与选取的过程；如何使用方法，又取决于研究者的文学理论观念。因此方法或新方法的使用与否以及如何使用，不能决定现代文学史料研究的价值。何况，不管怎样，方法只是现代文学史料研究的手段，不是目的。

对方法的迷信，往往导致现代文学史料研究者武断、附会和诈伪的学术品格。研究者坚信自己使用的方法是客观的，继而以为研究结论的科学性不言而喻，这一点极大地提升了他的自信，于是措辞武断、论证附会在所难免。从读者来说，倘若他迷信方法，就会相信现代文学史料研究只是少数具备专业知识与技能的人才能从事的行业，于是赋予现代文学史料研究者一层神秘而尊贵的面纱。有些研究者遂以专家乃至权威身份，借现代

---

① 钱穆：《致余英时书》，载《钱宾四先生全集》第53册，联经出版事业公司1998年版，第407页。

文学史料研究进行虚假理论宣传，为教条主义粉饰，为错误立场辩说，这些都是诈伪的表现。

现代文学史料研究本质上是思想性的社会活动。科学方法应用到现代文学史料研究上受到诸多限制。科学方法在应用科学领域发挥巨大威力，然而未必能在现代文学史料研究中收到同样的效果。首先，很多科学方法无法应用到现代文学史料研究上。科学方法中最常见的实验方法，就无法应用到现代文学史料研究。科学方法通过直接观察研究对象获得第一手的资料，现代文学史料研究却一般只能间接通过文献资料获得对对象的认知。其次，自然科学家使用科学方法能够得到精确的结论；现代文学史料研究者即便运用科学方法，也不能得到精确的结论。归根结底，这都是因为现代文学史料研究者总是不可避免地受到文学观念、情绪波动和社会意识形态等内外因素的影响。科学方法能够帮助现代文学史料研究者靠近精确的结论，但倘若迷信科学方法，以为它必然导致科学的结论，就大错特错了。

一时代有一时代之学术；现代文学史料研究不能超越所处的时代。其主体存在上述"危机"并不可怕，可怕的是研究者可能对"危机"麻木不仁，以至我们的现代文学史料研究越来越远离新的时代、新的现实，使人们对它敬而远之，产生越来越大的隔膜感，甚至厌弃感。

（刊于《社会科学论坛》2016年第11期，收入本书时有修改）

现代文学史料研究的程序与意义

这里有一个至关重要却容易被忽视的问题：文学史料究竟通过什么程序进入我们的研究视野？或者说，我们通过怎样的程序才能保证所需的文学史料是有效的和可靠的？尾随这个问题的另一个问题是，现有的文学史料研究的程序有何弊端，如何改进？

从 20 世纪初期开始，梁启超、傅斯年等就注意到并论及史料研究的方法，但是史料研究的程序，却极少有人提及。本文拟以史料研究为中心，探讨中国现代文学史料学研究的程序。

一　史料研究程序设定的历史过程

中国现代文学史料研究无疑属于史料研究的一部分，因此要探讨中国现代文学史料学研究的程序，必须先了解史料研究程序设定的历史过程，也就是说，了解现有的史料研究程序，是通过怎样的历史过程逐步确立的。

1922 年公开发表的梁启超《中国历史研究法》[①]，最早以"新史学"的眼光探讨史料学，但关于史料研究的程序，仅在论述"史料之搜集与鉴别"时涉及，这说明近代意义上的史料研究程序，最早被设定为两步，即先搜集史料，然后鉴别。之所以如此，是因为梁启超感于晚近史料浩瀚无边，且"散在各处，非用精密明敏的方法搜集之，则不能得"，认为史料研究程序的第一步，须是掌握"搜集史料之法"。又鉴于史料"真赝错

[①] 1922 年梁启超的《中国历史研究法》在《改造》杂志发表之后，于次年 1 月由商务印书馆初版发行（初版本以"《中国文化史稿》第一编"为副标题）。

出，非经谨严之抉择，不能甄别适当"，于是有史料研究程序的第二步，即鉴别史料。①

梁启超对史料研究程序提出"两步"法，虽是针对晚近以来史料的繁杂和流散，却抓住了史料研究的两个关键点，因此影响深远，几乎被后世各种关于史料研究程序的设计所吸纳。当然，也应该指出，梁氏的"两步"程序，比较粗略、笼统，尚有较大的缺漏。

1919年胡适在《新思潮的意义》一文中揭橥"整理国故"的旗帜之后，整理国故运动便在民国知识界兴起。② 20年代初北大研究所国学门的创立和"古史辨"派的崛起，更把整理国故运动推向高潮。无须质疑，整理国故运动把"整理"视为史料研究程序的重心。为此，胡适陆续发表《研究国故底方法》《再谈谈整理国故》《拟"整理国故"计划》《〈国学季刊〉发刊宣言》等多篇文章，介绍和讨论"整理国故"的方法，并且从《水浒》《红楼梦》等古典小说的整理入手，身体力行。胡适将"整理国故"的步骤设计为四步，并解释其缘由：

> 因为古代的学术思想向来没有条理，没有头绪，没有系统，故第一步是条理系统的整理。因为前人研究古书，很少有历史进化的眼光的，故从来不讲究一种学术的渊源，一种思想的前因后果，所以第二步是要寻出每种学术思想怎样发生，发生之后有什么影响效果。因为前人读古书，除极少数学者以外，大都是以讹传讹的谬说，如太极图，爻辰，先天图，卦气之类，故第三步是要用科学的方法，作精确的考证，把古人的意义弄得明白清楚。因为前人对于古代的学术思想，有种种武断的成见，有种种可笑的迷信，如骂杨朱墨翟为禽兽，却尊孔丘为德配天地、道冠古今！故第四步是综合前三步的研究，各家都还他一个本来真面目，各家都还他一个真价值。③

---

① 参见梁启超《中国历史研究法》，上海古籍出版社1998年版，第69页。
② 详参卢毅《国故与新潮之争评述——兼论"五四"时期"整理国故"运动的兴起》，《人文杂志》2004年第1期。
③ 胡适：《新思潮的意义》，《新青年》第7卷第1号，1919年12月。

胡适以"疑古"的眼光看中国古典文献，看出"整理国故"之必要，并结合西方"科学的方法"（主要是实验主义），把史料研究的程序设计为四步。为引述方便，我们不妨把这四步概括为：第一步整理史料，第二步分析史料，第三步考证史料，第四步使用史料。这个"四步"法缺少了梁启超"两步"法中的搜集史料，放大了整理史料，增加了分析史料和使用史料。胡适这个"四步"法的主要积极意义在于：一是比梁启超的"两步"法要明确、具体，更切合史料研究的实际需求；二是这四个步骤依次展开，符合史料研究的逻辑，以第二、三步为例，必须先对史料进行分析，发现其中真伪性存疑的史料，然后才有考证；三是提升了史料整理的地位，并提出了一些对后世影响很大的整理史料的具体方法和原则；四是把考证抬到极高的位置，虽因此引来人们的议论与批评，但对于纠正中国古代文学史料学、中国现代文学史料学对考证的藐视，有一定的意义。不足之处在于：（1）过于看重整理尤其考证在史料研究程序中的作用和地位，这一点受到时人和后人诸多诟病；（2）整理国故运动中的"整理"，其实包含了第二、三步，如胡适在《拟"整理国故"计划》中提出的"整理"的五个最低限度条件，包括校勘和考证①，如此，则第一步与第二、三步有重复；（3）"第四步是综合前三步的研究"，如此主张显然模糊了"四步"之间的逻辑关系；（4）总体上说，胡适的史料研究程序及其具体方法，始终没有跳出中国"乾嘉学派"和西洋中古僧侣所搞的"圣经学"的窠臼，"所以在现代社会科学方法发展的对照之下，适之先生的治学方法，事实上只能算是现代学术中的一种'辅助纪律'（auxiliary discipline）"，他终究"停滞在'训诂'、'校勘'阶段的'治学方法'"。②

到 20 世纪 20 年代后期，胡适本人对"整理国故"有所悔悟，写于 1928 年 9 月的《治学的方法与材料》一文，一般被学界视为胡适对"整理国故"首次公开的自我忏悔。其实，早在 1926 年 6 月 6 日的北大国学

---

① 参见胡适《拟"整理国故"计划》，载《胡适遗稿及秘藏书信》第 13 册，黄山书社 1994 年版。按，这份《拟"整理国故"计划》写于 1923 年 10 月 28 日，其首次发表时间不详。

② 胡适：《胡适口述自传》，唐德刚译注，广西师范大学出版社 2005 年版，第 294—295 页。

门第四次恳亲会上，胡适发表的告别演讲，就已经表达了自我忏悔。从这份演讲稿可以看出，胡适不仅意识到自己提倡"整理国故"所产生的流弊，而且更为关键的是，他开始认识到过于强调史料的整理环节的偏激即拘囿于中国古代文献史料，这意味着某种新的史料研究程序观念的萌芽。不过，当时的学者虽大都认同胡适对"整理国故"流弊的反省，却不同意他对史料研究方法与材料的反思①，以至三四十年代的史料研究程序，大多沿袭胡适的"四步"法。

有的学者试图以马克思主义史学理论指导史料研究程序的设计，其中引人注目的有冯友兰在20世纪50年代提出的新"四步"法：

> 历史学家研究一个历史问题，在史料方面要作四步工作，每一步的工作都必须合乎科学的要求。
> 第一步的工作是收集史料，这一步工作的要求是"全"。
> 第二步的工作是审查史料，这一步工作的要求是"真"。
> 第三步的工作是了解史料，这一步工作的要求是"透"。
> 第四步的工作是运用史料，这一步工作的要求是"活"。②

从字面上看，冯友兰提出的"在史料方面要作四步工作"（不妨简称新"四步"法），不同于梁启超"两步"法和胡适"四步"法，但究其意思，仍可见前者的影响，尤其是胡适"四步"法的步数（四步）和"考证""分析""使用"这三个步骤，都被保留下来。冯友兰把"审查史料"的方法分作"内证"和"外证"，也就是"考证"，至于"分析史料"和"运用史料"，也与胡适"四步"中的"分析""使用"差不多。当然，冯友兰新"四步"法主要依据马克思的相关论述。他在提出"四步"法之前，先引述毛泽东、马克思关于史料工作的言论：

> 马克思是这样说的："说明的方法，在形式上当然要与研究的方

---

① 胡适的演讲稿以及学者对他自我忏悔的评议，均请参见《研究所国学门第四次恳亲会纪事》，《北京大学研究所国学门月刊》第1卷第1号，1926年10月。
② 冯友兰：《中国哲学史史料学》，江苏教育出版社2006年版，第2页。

法相区别。研究必须搜集丰富的材料，分析它的不同的发展形态，并探寻出这各种形态的内部联系。不先完成这种工作，便不能对于现实的运动，有适当的说明。不过，这层一经做到，材料的生命一经观念地反映出来，看起来我们就好像是先验地处理一个结构了。"（《资本论》，第2版跋，载《资本论》，中译本，第一卷，十七页）①

马克思上述之言指出的材料研究，可依次拆解出几个步骤，即先"搜集丰富的材料"，接着"分析它的不同的发展形态"，然后"探寻出这各种形态的内部联系"，最后"对于现实的运动，有适当的说明"。把这几个步骤与冯友兰的"四步"相对照，不难发现，二者基本上只是表述不同而已。这样就不应该感到奇怪，为何冯友兰的新"四步"成为影响至今的代表性的史料研究程序。

冯友兰同时指出："史料学的任务在于解决与前三个步骤有关的问题，第四个步骤已不属史料学的范围。"② 冯友兰认为第四个步骤——运用史料——不属于史料学范围，可能是受到马克思所说的"说明的方法，在形式上当然要与研究的方法相区别"的启发，把"运用史料"定位于"说明的方法"（如编写史学著述）。如果我们对史料研究作广义的理解，那么，"运用史料"应当包括在内。如史料的综合分析，史料的选择，论证过程中援引史料的数量与质量问题等。

冯友兰"四步法"中的第二步即"审查史料"的要求是"真"，显然指的是审查史料的真伪，因此这一步实际上就是史料的鉴别，属于史料整理的范畴。冯氏"四步法"中的第三步"了解史料"，要求对史料的认识和把握要"透"（通透），这与胡适"四步"法中的第二步"分析史料"差不多。冯氏"四步法"相对于胡适"四步"法的进步之处在于：第一，确定了收集史料为第一步，由此弥补了胡适"四步"法的缺漏；第二，以精练的语言概括了每一步的要求，"全""真""透""活"分别把握住了每一步在实践中的要领，对史料研究者极富启示意义。国外学者对史料学研究的探讨，除了冯友兰引述的马克思的主张，还有德国朋汉姆

---

① 冯友兰：《中国哲学史史料学》，江苏教育出版社2006年版，第1页。
② 同上书，第2页。

(E. Bernheim)、法国朗格诺瓦（Ch. V. Langlois）和瑟诺博司（Ch. Seignobos）、美国付舲（Ferd Morrow Fling）等，他们的著作或编译中，对史料或史料学有所论述。比如，苏联的学者一般把史料研究程序设定为发现、研究和利用史料三个步骤。①

二 建立科学合理的现代文学史料研究程序

以上从"史料"这个大范畴简述史料研究程序的历史过程，并未针对中国现代文学史料研究。若说中国现代文学史料研究程序的最早设计者，当属新文学史料大家阿英。虽然阿英未曾直接提出中国现代文学史料研究的程序，但是"从《中国新文坛秘录》野史式的秘闻实录，到《中国新文学运动史资料》秩序化的海选整合，到《大系·史料·索引》结网式的文献目录谱系图，三本史料集构成阿英修史的三个阶段，有一个从芜杂到有序、由点到面的推进过程"②。阿英的中国现代文学史料研究实践经历了"一个从芜杂到有序、由点到面的推进过程"，这体现了他把中国现代文学史料研究程序从总体上设计为两步，即对史料的整体考察和具体研究。可贵的是，阿英不是把这两个步骤分割开，而是将之结合在一起。比如，阿英在编选史料时，注重紧扣史料反映的中心，以整体性的考察将各个材料根据情况定位列次，以便所选史料能够多层次多角度反映史实。当史料众多、篇幅有限之时，就必须先剪裁，阿英采取的步骤是：以整体性思维为线，把史料反映的文学历史的具体的点和面串联起来，进行发展的联系的勾勒，尽可能完整地体现出有关文学历史的发展脉络。《中国新文学运动史资料》（1934）便是如此。阿英首先把中国新文学运动的发展历程作为一个整体考察的线索，将这段历史分为七个小段落（也就是七个面），然后阿英斟酌挑选每个面当中的具体的点，以横向的具体研究来弥补丰富纵向的每个线面上整体考察的不足。阿英这种整体考察与具体研究相结合的研究程序，为编选中国新文学史料尤其新文学运动史料提

---

① 参见《苏联大百科全书》第10卷"史料学"条目，程家钧译，人民出版社1972年版。
② 姚玳玫：《1933—1935年：新文学史料汇编中的"阿英框架"》，《中国现代文学史研究丛刊》2013年第5期，第61页。

供了可供使用和借鉴的方法。李何林的《中国文艺论战》（1930）、《近二十年中国文艺思潮论》（1939）便采用了这种程序和方法。

阿英对中国现代文学史料研究程序的另一个重要贡献，是汲取中国传统朴学和西学所长，首倡中国现代文学史料的保存，并以实际行动树立起这方面的榜样，使保存成为中国现代文学史料研究程序中一个重要环节。阿英是最早具有新文学史料保存意识并身体力行的学人之一。"一九三二年冬……把所藏的新文化运动初期的书报杂志，全都带到了上海。就在翻检资料的时候，回想当年，不仅感到了恍如隔世，也觉得许多不曾辑集材料，就此埋没下去，真是可惜的很。于是，便私自打算，想把其间重要的部分挑选出来，编成一部文献的书，既可以免散佚，便检阅，在文学运动方面，也是很有意义的。"① 至 20 世纪 30 年代，新文学已有将近十年的历史，曾经轰动一时的新文学史料正在变黄、发霉，并且有些已经或随时有可能毁于战火。正是这种对史料遗失的忧心忡忡，促使阿英有意识地保存新文学史料。1933 年以"阮无名"为笔名，阿英推出第一本新文学史料集《中国新文坛秘录》，第二年出版《中国新文学运动史资料》。阿英选编的新文学史料汇编，从选编方法、编辑体例等方面，为中国现代文学史料的保存出版树立了榜样，影响深远。比如，有学者认为："《中国新文坛秘录》是一本很好的资料书，编者收集了重要的史料，加以编排，并有说明，这种体例是可取的。"② 阿英负责的《中国新文学大系·史料·索引》为后继的史料索引的编写提供了范例。"阿英编的《史料索引》卷，搜罗资料之广泛，编选之精确，在中国现代文艺出版的历史上堪称独步；也为我们后继者的工作，树立了楷模。"③ 上海文艺出版社出版的《中国新文学大系·史料·索引（1927—1937）》卷乃至此后出版的《中国新文学大系·史料索引》系列，基本沿袭了阿英的结构框架。

继阿英之后的中国现代文学史料研究专家，王瑶、唐弢、严家炎、樊骏、孙玉石、刘增杰、陈子善、解志熙、谢泳等，都曾对中国现代文学史

---

① 陈播：《拓荒与开掘的先锋——纪念无产阶级文艺战士阿英诞辰一百周年》，载晓光编《阿英纪念文集》，中国戏剧出版社 2000 年版，第 13 页。
② 朱金顺：《新文学资料引论》，北京语言学院出版社 1986 年版，第 42 页。
③ 《中国新文学大系·史料·索引二（1927—1937）》，上海文艺出版社 1987 年版，第 1183 页。

料研究程序的设定作出了一定的贡献。比如，王瑶明确指出，中国现代文学史料研究完全可以也应该借鉴中国古典文献研究，重视整理和鉴别材料①；唐弢的中国现代文学史料研究乃至程序设定，"从一开始就有一个很高的起点，而不只是一种单纯的技术性操作"②，这对于避免中国现代文学史料研究及其程序设定拘囿于个人研究兴趣和研究需要，具有重要的启示意义。新一代中国现代文学史料研究专家中，刘增杰对中国现代文学史料研究源流的梳理、对中国现代文学史料研究家的叙录，解志熙把中国现代文学史料发掘整理与校读有机结合，谢泳对中国现代文学史料使用规则的总结和重视，金宏宇对新文学版本研究必要性的强调，等等，都展示了中国现代文学史料研究程序的设定，既有对传统的继承，更有突破，因此呈现出中国现代文学史料研究程序在继承中发展的趋势。

正是在胡适的"四步法"和冯友兰的新"四步法"基础上，汲取阿英等中国现代文学史料研究家的合理意见，80年代以来的中国现代文学史料研究程序一般分作四步，即搜集、整理、保存、使用。比如，樊骏那篇被严家炎誉为"中国现代文学史料学这个分支学科的里程碑式的著作"（《这是一项宏大的系统工程——关于中国现代文学史料工作的总体考察》）③，不但多次把中国现代文学史料研究称为"收集、整理、发表出版、保管等工作"，而且全文基本上按照这个程序依次论述。看得出来，把中国现代文学史料研究程序分作搜集史料、整理史料、保存史料和使用史料四步，顺应了中国现代文学史料研究程序在继承中发展的趋势。它不但以历代学者对史料研究程序的设定为基础，而且结合了中国现代文学学科发展和文学史研究需要。即便如此，为建立更加科学合理的中国现代文学史料研究程序，笔者认为，以下几点是应该引起注意的：

第一，这四步中，史料的搜集包括收集旧史料和发掘新史料，史料整

---

① 王瑶的原话是："在古典文学的研究中，我们有一套大家所熟知的整理和鉴别文献材料的学文、版本、目录、辨伪、辑佚，都是研究者必须掌握或进行的工作；其实这些工作在现代文学的研究中同样存在，不过还没有引起人们应有的重视罢了。"（《关于中国现代文学研究工作的随想》，载《王瑶集》第5卷，北岳文艺出版社1995年版。）

② 樊骏：《唐弢的现代文学研究》，载《中国现代文学论集》，人民文学出版社2006年版，第83页。

③ 严家炎：《序言》，载樊骏《中国现代文学论集》，人民文学出版社2006年版，第2页。

理包括鉴别、编目、注释，史料保存包括收藏性质的保存和编辑出版，史料使用包括检索和引录。每一步的实施，既要有对史料的整体认识和把握，也要有具体的文学历史知识和史料研究的能力。比如，史料鉴别，就须掌握版本学、目录学等方面的知识和技能。因此，史料整理绝不是一些人认为的那样，无非"剪刀加糨糊"。应该认识到，史料研究程序中的每一步，都包含一定的学术含量。鉴于此，学界不但要纠正轻视乃至忽略史料研究的偏见，还要从学术体制、学科建设方面，体现对中国现代文学史料研究的重视。比如，应在现代文学学科内部积极主动地改革当前的学术评论，改革本学科专业刊物的编刊思路，努力对同行的文献研究成果给予与理论研究成果同等的重视、同样的发表机会和同样认真的评论。在这方面，《中国现代文学研究丛刊》《新文学史料》《现代中文学刊》等学术期刊可谓表率。

第二，上述四步，自然是相对于一个完整史料研究程序而言的。人们在实践中无须恪守这个程序，步步实施。事实上，由于许多重要的中国现代文学史料已经整理出版，绝大多数现代文学史研究者需要做的只有最后一步（使用）。是否各人可以选择其中的任何一步或多步？笔者认为，这要酌情处理。如果依据研究兴趣和研究需要，是可以从史料研究程序中选择一二予以进行的；若是贪图方便，随意选择，不但不可以，而且害人害己。不少人意外发现新史料之后，立即公开发表，既不顾真伪，也不予以校勘、考订，结果导致其中的错误没有及时纠正，以讹传讹，贻害他人。例如，前些年网络上盛传一份据说林徽因写给徐志摩的"情书"，有人不加考证，在徐志摩、林徽因的传记中引用，作为徐志摩林徽因相爱的证据。后来，经人辨伪，证明所谓林徽因"情书"系当代人伪造。[①] 1989年，樊骏发现："对史料不经考证便轻易使用，正影响着我们研究工作的科学性。只要稍加留意，不难在一些研究成果中发现史料上的谬误；有的看上去言之凿凿，却经不起推敲，多问上几个为什么，就暴露出其中的破绽。"[②] 如古人言，"尽信书不如无书"。为了确保史料尽可能"近真"

[①] 详见陈学勇《难以置信的林徽因佚简和绝对可信的佚诗》，中华书局2004年版。
[②] 樊骏：《这是一项宏大的系统工程——关于中国现代文学史料工作的总体考察》，《新文学史料》1989年第2期，第155页。

"求实",应该从第一步即史料收集做起,步步为营,毕竟这个四步构成的史料研究程序,既凝结了几代学者的经验,也符合科学研究的逻辑。

三 现代文学史料学研究的多方面意义

中国现代文学史料学研究的根本任务,就是要为现代文学研究服务,这可以说是现代文学史料学研究的实践意义。关于这点,我们在本编第五章已有论述,在此不赘言。除此之外,现代文学史料学研究还有多个方面的意义,都是不容忽视的。

首先,现代文学史料学研究是对历史文化遗产的批判继承。历史文化遗产是人类社会在历史发展中遗留、沉淀下来的物质成果和精神成果,它既是人类历史发展的痕迹,更是人类改造大自然和社会的成果,是人类智慧的结晶。继承历史文化遗产是人类积累实践经验的主要方式,也是开拓创新的基础。学习和总结历史文化遗产对于每一个民族都是重要的任务,对于文学史料学研究尤其具有重要意义。这是因为,无论古代的还是现代的文学史料,作为史料遗产,都属于历史文化遗产,因此现代文学史料学研究也是继承历史文化遗产的一种方式。事实上,文学史料学研究中的史料收集整理,其本身就是对文学史料的学习和总结。

在过去相当长的时间里,人们对史料这种历史文化遗产(以下简称史料遗产)的继承往往出现两极分化倾向。一种倾向是过于"崇古",即迷信古人留下的史料遗产,不分真伪、良莠,一概照收,比较有代表性的观点便是把六经视为反映中国文化的精髓,只讲继承,不容许质疑或很少质疑,虽有清代学者章学诚提出"六经皆史",仍未能改变六经的"圣典"地位。另一种倾向是过于"疑古",任意阉割、随意剪裁史料,乃至摧残史料。例如秦始皇"焚书坑儒"、清代"文字狱"及"文化大革命"时期"破四旧",其对史料遗产的粗暴践踏,都是十分极端的对待史料的态度。

毋庸讳言,上述两种倾向在当下和今后仍有程度不同的表现。但是多数情况下,我们在史料的遴选和鉴别时,并非全盘照收,而是依据一定的文学观文学史观予以批判的整理。抗战时期毛泽东同志在谈到历史遗产的继承问题时说:"学习我们的历史遗产,用马克思主义的方法给以批判的总结，是我们学习的另一个任务。"① 这个"任务"，就现代文学史料学研究而言，我们已经较好地做到了。在现代文学史料学研究中，批判地继承史料遗产已成为学界共识。

其次，现代文学史料学研究不但为现代文学研究奠定资料方面的基础，更为现代文学研究带来观念上的更新，拓展研究的深度和广度。现代文学史料是现代文学研究依据的材料，因此现代史料学研究既是现代文学研究的前提，也为其提供坚实的基础。但是现代文学史料学研究的意义，更在于它为现代文学研究带来观念上的更新。王国维把敦煌文献中的通俗诗、通俗小说等视为文学史料的一种，不但拓展了文学史料的类型，更带来了"文学"概念外延的扩大，遂引发俗文学研究的兴起。② 相反，现代文学史料学研究的局限，也可能对现代文学研究产生负面影响。如有人注意到，"长期以来，现当代文学研究界的文学观特别是文体观存在着一定的盲区，原因之一是受制于研究者对文学史料的开掘与选择"③。史料学研究往往带来新史料的发现，而新史料可以导致新的方法、新的观念。胡适在《治学的方法与材料》一文中，不仅强调了新的史料、新的材料可以带来观念的更新，而且详细论证了新的材料可以导致新的方法的产生，"故材料的不同可以使方法本身发生很重要的变化"④。新史料带来的新观念、新方法，往往能够拓展研究的深度和广度。

最后，现代文学史料学研究有助于培养实事求是的治学态度，纠正急功近利的不良学风。中国古代和近现代治学严谨的学者，都有着讲求真实的优良学风。例如，司马迁的秉笔直书，清代乾嘉学派在"订讹规误"时不留情面，梁启超强调"求真"二字为"最重要之观念，为吾侪所一刻不可忘者也"⑤，傅斯年提出史料研究的"求真""近实"原则，马克思主义史学家如郭沫若、翦伯赞、陈旭麓等注重实事求是。在现代文学史

---

① 《中国共产党在民族战争中的地位》，载《毛泽东选集》（四卷合订本），人民出版社1967年版，第499页。

② 详见付祥喜《20世纪前期中国文学史写作编年研究》，北京师范大学出版社2013年版，第15页。

③ 赵普光：《现代文学史料学》，《长江师范学院学报》2010年第1期，第16页。

④ 胡适：《治学的方法与材料》，《新月》第1卷第9期（1928年11月10日）。

⑤ 梁启超：《中国历史研究法》，上海人民出版社2014年版，第93页。

料学研究中,也要养成严肃认真、求真求实的治学态度。而史料学研究作为长时间默默无闻、艰苦细致的工作,也要求研究者养成"板凳须坐十年冷"的精神,自觉抵制急于求成的浮躁心态,这有助于纠正市场经济时代学界出现的急功近利的不良学风。

"编年研究"的理论意义与学术评价

——兼答杨洪承教授

笔者的《20世纪前期中国文学史写作编年研究》（北京师范大学出版社2013年版。以下简称拙书，引文凡出自该著者均只标注页码）出版以来，引发一些同行的关注和讨论。其中，杨洪承教授新近发表长篇书评《"新编年体"在史料整理与学术研究之间徘徊——评付祥喜〈20世纪前期中国文学史写作编年研究〉》（载《文艺研究》2014年第5期。以下简称杨文，引文凡出自该文者不再标注出处），对拙书采用的"新编年体"（"编年研究"）有"一些困惑和不解"，他说："该著性质究竟是属于研究类还是资料整理类？"进而质疑其创新程度和价值。笔者觉得，他提出的问题涉及对"编年研究"理论意义的理解与学术价值的评价，值得讨论，所以写此文予以阐述，同时作为对杨教授的回答。

一 历史依据和现实考虑

杨文把拙书采用的体例称作"新编年体"，恕笔者不能接受。以"新"作为学术概念的命名，恰是笔者不满的。自新文化运动以来，但凡以"新"字冠名的名词，大都暗含与"旧"相对立，比"旧"更高级、更能代表发展趋势的意思。如新文学相对于旧文学便是如此。"新编年体"隐含的新旧对立思维，容易引导人们的目光聚集在相对于传统编年体而言的"新"之上，从而忽视其本身。而用"编年研究"指代书中采用的体例，能够反映出研究者融合编年体与学术研究著作体例的全部命意,"编年"和"研究"才是这种体例特征的典型体现。何况,以"编年研究"融合编年体与研究体,还有一定的历史依据和现实方面的考虑。

"编年研究"的历史依据,主要表现在两个方面:其一,弥补改进编年体的缺陷不足,是自宋代以来绵延不绝的学术努力;其二,学界早已出现"编年研究"类成果。

关于第一个方面,拙书已有简略叙述("绪论",第26—27页)。由于杨文对此视而不见,笔者不得不在这里重复书中所述。编年体是中西史学领域共有的一种古老文体,其优长可谓众所周知。但正如海登·怀特所指出:"缺乏一种叙事的结局往往是编年史的标志。与其说它没有结论,不如说它完全中断了故事(历史)。在编年史家自己眼前,它开始打算讲述一个故事,但一开头就被打断了;事情仍无法得到说明,或者说,事情无法以一种类似于故事的方式得到说明。"① 这就指出了编年体的根本缺陷在于缺少或没有历史叙事。编年体一般具备时间—人物—地点这三个叙事要素,它缺少的是"情节结构的清晰展开",即"缺少对历史事件进行系统而清晰的梳理,缺乏关于历史的整体性叙述及随之而来的、清晰的历史构形"②。由于编年体存在缺陷不足,对它进行弥补和改进是必要的。大致从宋代开始,史学家发明了三种叙述方法来改进编年体,这三种方法就是追叙法、预叙法和类叙法。司马光主编《资治通鉴》时,为解决史料鉴别问题,写成《通鉴考异》三十卷,附随《资治通鉴》并行,由此创造了史料考异法,呈现出把史料整理与编年相结合的努力。近代史家和现当代中外学者也试图创造或引进一些方法来弥补、改进编年体。如德国历史学家赫尔舍尔希望建立一种"新编年史"③,即"既继承传统编年史的客观性和丰富性,又注意展示历史事件的不同故事序列,重建历史的叙事性和整体性"④。当代学者陈文新主编十八卷本《中国文学编年史》

---

① 海登·怀特:《故事性在实在表现中的作用》,载陈启能、倪为国编《书写历史》,上海三联书店2002年版,第168页。

② 甘浩、张健:《编年史体例与中国当代文学史编纂》,《陕西师范大学学报》(哲学社会科学版)2011年第5期。

③ 参见 L. 赫尔舍尔《新编年史:一种史学理论的纲要》,陈新译,《世界哲学》2003年第4期。

④ 甘浩、张健:《编年史体例与中国当代文学史编纂》,《陕西师范大学学报》(哲学社学科版)2011年第5期。

（湖南人民出版社2006年版。以下简称《文学编年史》）时，有意识地进行了编年体体例的创新①，试图找到"如何在关注细节的同时又关注'古今之变'"的办法。他自述说："在这方面，我们受到法国年鉴学派的启发。该学派的后期代表布罗代尔（F. Brandel）明确提出了'长时段'概念。""将'长时段'概念引入编年史研究，我们意识到：以往的编年史仅仅关注可以系年的事实是不够的，文学史家应将更长的时段纳入视野，并致力于从特殊转向一般，从个别事件转向一致性，从叙事转向分析。历史事实只是原料，更重要的是在史实之间找出因果关系，作出相应的阐释。"② 因此《文学编年史》不仅在体例上作了调整，在叙述类型上也提出并践行编年叙述。最近，陈文新先生在一篇文章中肯定了编年叙述的价值和意义："编年叙述可以兼顾作家叙述，而作家叙述的完整性有助于增强编年叙述的整体感。"③ 笔者很赞同陈文新先生改进文学编年史体例和叙述方法的思路，关于这一点，在拙书中有许多具体的体现。拙书对一些史著的评介，采用了多种叙述方法，以助读者把握文学史写作的历史源流，获取整体感。对于同类的文学史著作或同一作者的不同著述，或者联系其前后因果，或追寻源流沿革，力求弥补编年体之不足。例如，在叙述刘贞晦写作《中国文学变迁史略》时，提示他曾在林传甲任教的京师大学堂就读，而他编写该书时，胡适、鲁迅等文学史家在北京大学文科任教，由此，可粗略梳理出一条北京大学国文科（后为中文系）文学史写作的线索。对于这样一种自宋代以来绵延不绝的弥补改进编年体缺陷和不足的趋势，不应该被扼杀，这种努力也不应该被简单否定。

关于第二个方面，能够举出的例子虽然不多，却足以说明，把编年体与研究体相结合的"编年研究"已有成例。为了增强编年体在描述时代风会和大局判断方面的能力，陈文新先生在其主编的《文学编年史》的

---

① 陈文新在《中国文学编年史·总序》（湖南人民出版社2006年版）中对全书体例做了说明，该书《晚清卷》主编王同舟也有专论探讨编年史的体例。另可参见方维规《编年史刍议——简论十八卷本〈中国文学编年史〉的体例创新》，《社会科学论坛》（学术评论卷）2007年第6期。

② 陈文新：《编年史："狐狸"与"刺猬"如何相处》，《南京师范大学学报》（社学科学版）2007年第3期。

③ 陈文新：《〈剑桥中国文学史〉商兑》，《文艺研究》2014年第1期。

体例方面作了一些创新，其中每一"阶段"与"时代"之前，分别设"引言"与"绪论"。"引言"与"绪论"是常见的学术研究论著形式，《文学编年史》引进这两个形式，以便重点揭示文学发展的阶段性特征与时代特征。有论者认为，"这一体例的设计，强化了编年体文学史的表现力"①。除了《文学编年史》，还有其他一些著作和论文。笔者在中知网输入题名"编年研究"，得到9篇题名精确包含"编年研究"的论文，其中硕士论文4篇、博士论文1篇。在中国国家图书馆检索题名精确包含"编年研究"的著作，也有数部。如果加上诸如《明代文人结社编年辑考》《鲁迅诗歌编年译释》等采用具体的"编年研究"的著作，那么，此类书籍的数量粗略统计有几十部。尤须提及的是，2013年出版的几部中国现代文学编年史，如获得学界盛赞的刘福春著《中国新诗编年史》（人民文学出版社2013年版）、钱理群总主编《中国现代文学编年史——以文学广告为中心》（北京大学出版社2013年版）、张大明著《中国左翼文学编年史》（社会科学文献出版社2013年版），多少带有一些"编年研究"的色彩。其中，张大明的《中国左翼文学编年史》把中国左翼文学分作三个时期（"篇"），每个时期（每篇）包括"本篇要略""本篇正文"和"本篇结语"三部分。如此体例，与拙书把20世纪前期中国文学史写作史分作四个时期（"章"），每个时期（每章）包括"概论"和"编年"两部分，可以说是异曲同工。此外，在自然科学界，也出现了一些题目包含且体例比较接近"编年研究"的学术史课题和成果，比如2010年获得中国科协委托项目特别立项的《"三钱"学术思想编年研究》，"以编年史方法，揭示'三钱'学术思想发展历程"，"按时间顺序进行编排，并对重要条目进行扼要归纳和点评"②，《中国天然气地质学进展编年研究》一书（石油工业出版社2008年版）的体例为先绪论、后分期编年。尽管这些著作、论文，与拙书的体例和方法未尽相同，但是都或多或少体现了把编年体与研究体相结合。既然学界早已出现一些至少比较接近"编年研

---

① 王同舟：《十八卷本〈中国文学编年史〉的体例探索》，《武汉大学学报》（人文社会科学版）2007年第2期。

② 《中国科学技术史学会2010年工作综述》，载豆丁网（http://www.docin.com/p-492209037.html），2014年6月17日检索。

究"的成果，杨洪承教授仍对拙书的书名感到"困惑和不解"，这倒是让笔者"困惑和不解"了。

采用融合"编年"与"研究"的"编年研究"，也是出于现实因素方面的考虑。

其一，编年体可弥补中国文学史著述之不足。回顾百年来占主导地位的中国文学史著述，我们的一个强烈印象是：西方文学理论、文学史观念影响留下的烙印极为鲜明，以至在西方"纯文学观"下，经史子中诸多中国古代文类在文学史著述中被删汰或忽略。而编年体以客观记录文学事实见长，可以有效阻止西方文学理论、文学史观念对中国文学事实的简单阉割。基于此认识，近年来一些学者在反思八九十年代的"重写文学史"时，普遍倾向于以"编年"弥补中国文学史著述之不足。如赵京华认为，"编年史注重原始材料和历史的客观性，它将为文学史研究中的实证方法提供有力支撑。这对于我们今天应对理论爆炸和方法论盛行的学术界现状，重提实证主义的态度，也会有所帮助。"[①]《中国当代文学编年史》主编张健"考虑到中国当代文学在学科积淀和现实境况上的特殊性"，认为"这项工作就更带有'夯实基础'的科学意味"。[②]

其二，众所周知，作为实证研究基础的文学史料工作至今仍没有受到应有的重视。樊骏、钱理群和孙玉石都曾指出，高校与科研机构在评职称和进行学术考核时，考察标准对史料研究"不屑一顾"："且不说至今还有人将史料研究工作视为'小儿科'，在职称评定中史料研究的成果不予承认的现象还时有发生"[③]，"即使一些好的成果，一拿到那个会上，不是嗤之以鼻，就是看成二等、三等的"[④]。目前，仍有不少高校和科研机构不把选编文集、文学史料汇编乃至编纂书目、年谱、编年史纳入科研成果。这种情形不仅打击了史料工作者的热情，也阻碍了史料整理成果的出版发表机会。毋庸置疑，长此以往，极不利于学科发展。笔者多年来一直关注文学史料收集整理，于是想，为什么文学史料整理成果没能像学术研

---

① 赵京华：《文学编年史与阅读的解放》，《文学评论》2014年第3期。
② 孙妙凝：《在静默中构建当代文学的"清明上河图"——访北京师范大学文学院教授张健》，《中国社会科学报》2013年12月29日。
③ 钱理群：《重视史料的"独立准备"》，《中国现代文学研究丛刊》2004年第3期。
④ 孙玉石：《积极倡导 努力落实》，《中国现代文学研究丛刊》2004年第3期。

究论著那样获得学术体制的认可呢？问题的关键在于，许多文学类书目、年谱、编年史过于强调其史料性，而很少贯穿文学观文学史观、凸显编者的创见，以至于此类成果普遍被视为没有多少学术创新。既如此，把文学史料整理与学术研究相结合，未尝不是一种解决问题的尝试。笔者看到陈文新先生创新编年体、解志熙先生提出并践行文学批评性"校读"时，更坚定了把"编年"和"研究"相结合的信心。杨洪承教授不了解这个情况，想当然地认为笔者这样做是因为"无学术自信"。学术研究是否必须有学术自信，尚待商榷。笔者认为，盲目、空洞地讲自信其实是不得要领，学术研究需要的是踏实地下功夫、一步一步推进，自信与否存在于这种努力之中。一个人如果愿意积十年之功做一件事情，那么他对这件事情的自信早已包含其中。退一步说，假如我们认定文学史料整理与学术研究相结合就是"无学术自信"，就是"一种学术取巧行为"，这其实变相地否定了学界已有的此类成果的学术贡献。

总之，"编年研究"既有一定的历史依据，也有现实因素方面考虑，可以说是历史必然、现实需要。它不仅顺应了自宋代以来史家弥补改进编年体缺陷不足的趋势，而且学界早已出现"编年研究"类成果，其中不乏优秀的著作。部分史家在不同时代不同学术区域致力于融合"编年"与"研究"，这是已经表现为统一的意志行动，有助于在编年体与研究著述体例之外，寻求一种有效融合二者的著作和论文体例，以便满足文学史研究、文学史写作的某些需要。近年来"编年考证""编年译释"或批评性"校读"等概念及相关成果的陆续出版发表，体现出学术界在这方面作出的积极探索和实践。

二 "编年"作为主体的理论意义

"编年研究"试图融合编年体与研究体，并不意味着在实践中二者平分秋色。实际上，从方法论上讲，要完全做到"编年"和"研究"不偏不倚几乎是不可能的，因而在具体实践中必须有所偏重。如吴海发《鲁迅诗歌编年译释》（中国社会科学出版社 2010 年版）、阿袁《鲁迅诗编年笺证》（人民出版社 2011 年版），都是在编年之下展开具体研究。质言之，"编年研究"须以"编年"为主体、"研究"为辅助，因为，以"编年"为主体在理论上较之"研究"为主体更具优势。这首先体现在"编年研究"借鉴学界同人的经验①,对传统的编年体作了一些改进,以期在充分发挥编年体长处的同时,又能尽量弥补其短处。具体表现在以下两点:

其一,设计时间段。编年史通常以"年"为基本单位,"年"下辖"月","月"下辖"日"。这种向下的时间序列,可以有效发挥编年史的长处。"编年研究"在采用这一时间序列的同时,另外设计了一个向上的时间序列,即在"年"之上设"时期"。这种设计,旨在克服一般编年体在时间序列方面的不足。并且,把这种时间序列与章节设置相联系,具体为:"时期"与"章"相对应,"章"下按"年""月""日"编次。

其二,书前有"绪论"、每章之前有"概论",以便重点揭示文学史写作的总体特征和不同时期的特点。

仅就这两点本身而言,"编年研究"在体例上对传统编年体局限的突破及其理论意义是明显的。"编年体史籍时间框架的建构,以自然时间作为轴心,包括著作的主体时间的定位与内容编排中时间链的组合两个方面。其中主体时间是核心,由年代表示。"② 在"年"之上设"时期",以"时期"作为主体时间,扩大了编年体的时间容量,有助于编年史家在更广阔的范围内规范著作的框架边沿与范围,也能够引导读者获得跨越年份的观察历史的视域。当然,即便如此也难以克服编年体在时间链方面存在的缺陷。"编年研究"的时间链仍然具有相对的自闭性,在自然时间序列中,同一历史事件的前后过程常被割裂成零碎状态。为尽可能弥补这种缺陷,"编年研究"设计了书前"绪论"和章前"概论"。如此,可补一般编年史过于零散、缺乏纵向联系之不足,既能体现总的特征,也可以辨明不同时期的特点。尤其是,"概论"追求宏观上系统展示文学史写作的社会环境,其中包括文学现象、文学机构以及重要文化政策、活动与事件的介绍,以便把握时代的社会和政治背景,展现整个文学史写作的时空

---

① 笔者在拙书中主要借鉴了陈文新先生在十八卷本《中国文学编年史》中对编年体的创新。与陈先生的编年体例有所不同的是:他以"年"为基本单位,"年"上设"阶段","阶段"上设"时代",而笔者以"年"为基本单位,"年"上设时期;他在每卷卷首和每章章前各设"绪论"和"引言",而笔者把每章分作"概论"和"编年"两部分。

② 周晓瑜:《编年体史籍的时间结构》,《文史哲》2004年第1期。

轮廓。

"编年研究"在理论上较之"研究"为主体的优势和意义,还在于这一体例能够让版本学、目录学、校勘学等文献研究方法和史著评价在编年之下各尽其能。编年中的时间序列一方面规范了这些研究方法的时空范围,另一方面主体时间下限的开放性和时间链的变异形态可为具体的研究方法的运用创造良好条件,从而促进其各尽其能。这一点,恰是工具书性质的"陈本""吉黄本""黄本""陈飞本"所缺的。杨洪承教授无视这个事实,煞有介事地说:"但是就对各种著作的作者和版本的介绍、成书过程的梳理和目次的收录整体而言,'编年'部分不仅基本编排序列没有变化,就是全书开头的'说明',也与上述工具书的'凡例'交代完全相同。"拙书"对各种著作的作者和版本的介绍、成书过程的梳理",是笔者阅读文学史著作、查阅相关资料所得,虽有参考、吸纳学界成果之处,但绝大多部分是独创,连史著目次也经过了笔者的校勘。如黄节《诗学源流》的目次,笔者在注释中说明了"序""周秦间诗学""六朝诗学""宋代诗学""明代诗学"等章节在1919年版中有所修改、整章被删、删去部分内容等情况（第128页）。王哲甫《中国新文学运动史》的目次中,笔者也指出陈玉堂《中国文学史书目提要》漏录"胡适的历史观念论及国语文学说"中的"论"字（第371页）。类似这样的例子,在书中并不少见。至于杨文说"全书开头的'说明',也与上述工具书的'凡例'交代完全相同",只要读者把拙书"说明"与上述各本的"凡例"对照,便可清楚——不但没有"完全相同",连文字方面的部分相同都不存在。

以"编年"为主体,也比较适合中国文学史写作研究以史著为主要考察对象的特点。关于"中国文学史写作",杨洪承教授作了界定:"准确地说,'中国文学史写作'是指以中国文学史著作为专门考察对象的写作。"定义指出了中国文学史写作以中国文学史著作为考察对象,这是应该肯定的。但"专门"一词指示出中国文学史著作是中国文学史写作唯一的考察对象。事实上,中国文学史著作只是主要的考察对象,除此之外,中国文学史写作至少还要考察史家的文学观文学史观以及具体的文学史写作行为（包括史家述史的背景、经过和史料遴选、史著体例的选择、谋篇布局等）。黄修己先生的《中国新文学史编纂史》"描述自1920年代初胡适的论著迄今八十多年间新文学史编纂的艰辛、曲折过程,评介数十部有代表性的各类新文学史著,展现几代新文学史家的业绩和学术风貌"①。该书在主要考察中国新文学史著作、兼及史家评述方面,为后继者树立了典范。倘若中国文学史写作的考察对象只有史著,则无异于视史著为自足的文本,置中国文学史写作研究于自我封闭。所以说,杨洪承教授对"中国文学史写作"的概念作出貌似简略、"准确"的定义,实为将复杂问题简单化。"这多少反映出研究中对科学性的轻视。"在此认识下,让我们回到"编年研究"以"编年"为主体的讨论,则容易明白,以编年体而不是其他方式梳理总结各时期中国文学史著作,是比较适合中国文学史写作研究以史著为主要考察对象这个特点的。

虽然中国文学史写作研究以史著为主要考察对象,但是限于篇幅和研究者个人精力,对几百部史著一一进行详尽研究是不可能的。在此情况下,研究者至少有三种选择:一是像黄修己先生那样,从中挑选影响比较大、有代表性的史著予以研究;二是像"陈本""吉黄本""黄本""陈飞本"那样,做成文学史书目;三是对史著进行编年。毫无疑问,三种选择各有优势和不足。第三种的优势在于既能够突出和保证以史著为主要考察对象,也可以在编年之下具体探讨史家的文学观文学史观以及具体的文学史写作行为。把史家纳入考察视野,从侧面肯定了史家写作文学史的主观性及其对文学史著的影响。对此,笔者在拙书"绪论"中有所论及:"文学史的'历史性'与'文学性'相辅相成,不可分割。'文学的历史'是可以转化为'文学史编纂'的,这种转化的行为,就是'文学史写作'。使用'写作'而不是'编纂'或'编撰'、'编著',强调了这种转化行为的主观性和作为行为结果的预设性。"(第22页)此言对"写作"主观性的强调,并不意味着对"编纂"或"编撰""编著"主观性的否定——这也是笔者部分认同以前学者所说的"文学史编纂""文学史编撰""文学史编著"的原因。事实上,无论文学史的"编纂"或"编撰""编著"还是"写作",都不可避免地包含史家的主观性,这已是不存在争议的文学史知识。笔者只是认为,用"写作"替代"编纂"或

---

① 黄修己:《中国新文学史编纂史》,北京大学出版社2007年版。引文出自该书"内容简介"。

"编著"等词，更加能够突出"转化行为"的主观性。杨洪承教授说："付祥喜为了强调'写作'具有主体的转化行为，而否定'编纂'或'编撰'、'编著'中间实际也包含的主观性因素，这是没有道理的。"我很惊讶，他居然可以这样曲解人意。

以"编年"为主体，必然导致"编年"占去全书多数篇幅，这容易让读者产生"本书体例和绝大部分的内容就是'长编'、'汇编'"的印象。如果把"编年研究"成果归为纯粹"研究"型或以"研究"为主体的学术著作，其"整体分量是不够的"。杨洪承教授发现并指出这点，有助于我们改进"编年研究"。但他据此指责"全书整体作为研究类型有一定比例的失衡"，"缺乏研究型学术著作应有的深度和广度"，却多少有点强人所难。要知道，全书或全文"有一定比例失衡"、不够匀称，是学术著作和论文比较常见的现象。这里面包含了作者在谋篇布局时，对篇目主次、内容详略的考虑。试想，假设所有的著作和论文都比例十分匀称，就像工厂流水线上生产出来的一样，岂非成为另一种形式的"八股文"？何况，"编年研究"不要求也难以做到"研究型学术著作应有的深度和广度"。

笔者在做"20世纪前期中国文学史写作编年研究"这个课题时，面对的是409部史著，笔者能够做到和需要做到的，是以编年方式比较全面地展示它们的基本面貌，并且挑选其中体例和观点有创新、影响大或某方面比较特别的史著，予以相对有"深度和广度"的评介。这也就是说，笔者写作拙书的立意本身就不是把它当成一部纯粹或主体是研究型的学术著作，这也是"本书试图融学术性、实用性为一体"（"说明"，第1页）的原因之一。因而书中即使出现一些"不痛不痒""缺乏研究型学术著作应有的深度和广度"的论述，也情有可原，应该在多数读者的意料之中。何况，至少在笔者看来，书中并不缺乏有一定"深度和广度的研究"。比如，书中对林传甲《中国文学史》版本沿革的梳理、初成时间的考证和内容述评（第118—122页），指出胡适《五十年来中国之文学》出现两种标题并予以考辨（第171—172页），等等。如果硬是要求笔者对409部史著都一一进行有"深度和广度"的"研究"，并非笔者能力和精力所及。事实上，既无此一一进行有"深度和广度""研究"的必要，也不具备可行性。因为，有些没有多少学术价值的史著，不需要进行"深度和广度""研究"。如 1939 年 5 月出版的郭绒一《中国小说史》，早在 1944 年就被人指出"抄袭"。2006 年学者齐裕煜指出："这部著作并没有多大的学术意义，基本上是抄袭鲁迅和其他一些研究者如胡适、郑振铎等人的东西，全书并没有多少自己的创见。"① 所以，笔者在拙书中主要叙述学界对该书涉嫌抄袭的披露（第 508—509 页）。此外，有些史著，笔者至今未能亲见。比如，笔者从日本一家图书馆检索到，中国文学史家中根淑曾于 1900 年出版《支那文学史》一书。虽从该图书馆获知出版信息和大致书目，却被告知不允许阅览全书。既然不能阅览该书，自然无法进行"深度和广度""研究"。笔者只好在拙书中留下"其他待访"（第 84 页）的遗憾。

以"编年"为主体既然有上述理论意义，我们在实践中以文学史料整理为主、学术研究为辅实乃题中应有之义。因此，类似拙书那样采用"编年研究"体例的论文和著作，其主体仍是编年史，而非令人"困惑和不解"的模棱两可。就拙书而言，这个定位是明确的。"绪论"交代说："（本书）采用编年研究方法"（第 32 页）。而拙书主体内容，如杨洪承教授所承认，"呈现为'编年'和史料辞书"。既如此，杨文所说"本书所谓的'新编年体'明显在史料整理与学术研究之间徘徊"及其论证，是站不住脚的。需要提及，杨文开卷表示，对于"该著性质究竟是属于研究类还是资料整理类？""有一些困惑和不解"，第二编也说"'新编年体'明显在史料整理与学术研究之间徘徊"，可是，接下来却以确定无疑的语气说，"书的内容呈现为'编年'和史料辞书"。并多处予以指陈。这种前后矛盾，可能是作者的疏忽，但容易让人觉得，作者对于他提出的"'新编年体'在史料整理与学术研究之间徘徊"的说法，态度犹疑，不够自信。

三 学术评价的方法和态度

"编年研究"的重心落在"编年"之上，而不是"在史料整理与学术研究之间徘徊"，那么根据具体问题具体分析的唯物主义原则，对于"编

---

① 齐裕煜：《中国古代小说史研究概述》，《长江大学学报》2006 年第 6 期。

年研究"类成果，就不能笼统地用一般的学术评价方法。质言之，对"编年研究"类成果的学术评价，不能简单套用评价学术研究或史料整理的标准。我们应该以史料整理成果的评价标准为主，适当参考学术研究成果的评价标准。这一点，在现行学术评价体系下可能不容易被接受，因为，学界已经形成评价学术研究论著的大致方法和标准，而且据此评价学术成果也成为一种思维定式。这样说并不意味着没有人打破惯性，能用评价"编年研究"类成果必需的方法去考量。一些学者在评价阿袁的《鲁迅诗笺证》时，就做到了从文学史料整理成绩和学术研究创新两个方面进行客观评价。①

从杨文来看，杨洪承教授未能打破上述思维定式。不过，与众不同的是，杨教授自己预设了一种理想化的评价学术著作的方法。按照他的预设，即便是"编年研究"类中国文学史研究成果，如拙书，也必须是研究型的学术著作，或是史料汇编、史料长编或辞书。于是在这个预设观照下，"编年研究"以及像拙书这样的成果，注定"在史料整理与学术研究之间徘徊"。不仅如此，他的学术评价还预设了双重标准。一方面，肯定在学界已经产生较大影响、受到好评的"吉黄本""黄本""陈飞本"等多数史著属于"创新和对前人成果的推进"，他说："'吉黄本'比其先出版的'陈本'多收录中国文学史著作二百余部；'黄本'又以集中收集整理台湾出版的中国文学史著作为最大特色；而'陈飞本'不仅自述'本书于 2000 年底以前出版之"专史"著作尽力收罗，——总计 2885 部'，而且董乃斌为该书写的'序言'里也充分肯定其对'诸书有不同程度的延伸'以及'所收书目仅限于专史'之特点。"另一方面，对于拙书收入笔者发现的 63 部史著和笔者首次采用"编年研究"方式整理研究中国文学史著作，予以轻描淡写，说成是与上述几本工具书的"不同之处"，借此否定了拙书及"编年研究"的"创新和对前人成果的推进"。（后来他干脆说，拙书的"内容不过是史料的铺叙转述"。）更有甚者，他预设了理想化的评价学术著作的"最高标准"（"也是最低标准"）。按照这个"最高标准"，他发现，"作者对史著整体的定位，并没有超出在黄修己的'编纂史'、董乃斌等的'史学史'以及同类的中国文学史已有研究成果

---

① 参见《学者赞许〈鲁迅诗笺证〉功夫扎实》，《中华读书报》2011 年 4 月 27 日。

中的基本评价。"于是断言："就研究学术指向言，该书并没有真正达到中国文学史写作研究水平所应该提供的学术内容。"如果他预设的这个"最高标准"被学界普遍采用、他的这个推理也成立的话，将来恐怕不再有人涉足学术研究，遑论发表著作。因为，按照他的理想化的预设和推理，倘若我们要做中国文学史学史研究，就必须"超出在黄修己的'编纂史'、董乃斌等的'史学史'以及同类的中国文学史已有研究成果中的基本评价"。这个说法类似于此，即如果你要写揭露封建大家庭没落的长篇小说，就要超越曹雪芹的《红楼梦》；如果你编写《中国小说史》，就要超越鲁迅的《中国小说史略》。这显然是荒谬的。杨洪承教授以理想化的预设裁定一切，略有不符合就予以否定，致使其文带有学术虚无主义的色彩。毋庸讳言，类似的预设立场和结论的现象，在当今文学批评界并不少见。文学批评者应该对预设立场和结论保持足够警惕，因为，"如果批评者的站位与姿态已预先确定，批评的指向就不在文学和文本，而在表达和证明立场。文本是脚料，文学是借口，批评只是凭借文学的历史深度证明立场正确，凭借文学广泛生动的本征，增强立场的说服力和影响力。"①

除了方法，学术评价的态度也很重要，如果态度有问题，也是很难客观、公允地评价"编年研究"类成果的。考虑到这么说过于笼统、抽象，而杨文中反映的学术评价的态度问题在现有学术评价体系下有代表性，不妨就它再作一些讨论和思考。

杨文开卷说，"笔者"初见拙书"很是兴奋"，对它抱有"很高的期待"，由于"书名的'编年研究'给笔者带来一些困惑和不解"，于是产生了"该著性质究竟是属于研究类还是资料整理类？"的疑问。接下来，他的姿态还是貌似客观的，甚至宣称"我们应该客观地评述"，可是当他看到书中"内容不过是史料的铺叙转述"，并不是他想要的"学术研究"著作时，言辞间便按捺不住内心的失望情绪，诸如"更多的是读后的困惑""不合理""不认同"等词句不断跳出来。在依照个人的理想化预设裁定一切、动辄否定之余，情绪变得急躁、态度变得偏激起来，斥责著者"轻视科学性""急切要出成果""心态浮躁""学术取巧"。像这样因个

---

① 毛莉：《当代文论重建路径：由"强制阐释"到"本体阐释"——访中国社会科学院副院长张江教授》，《中国社会科学报》2014年6月16日。

人好恶而偏激地给人扣帽子，显然超出了学术讨论的范畴。这应该是学术评价忌讳的。我们在评价"编年研究"类成果时，尤需警惕。因为，"编年研究"类成果兼具史料整理与学术研究的某些特征，容易让一般人产生"指向模糊的困惑"，于是有可能心生反感，作出偏激的脱离学理的评判，这既不利于学术批评生态的建设，也对被批评者不公平。

有意思的是，杨文还写了这样一段话："'编年研究本'的作者在'后记'中说，该书是其博士后研究报告《浙籍文学史家群体研究》的'姐妹篇'。也就是说，作者先后完成了两个中国文学史研究方面的成果。作者2009—2011年在博士后流动站工作，2012年获得该项目，2013年成果出版。几年的时间，能有如此学术收获，应该肯定作者主观上的勤奋和努力，可是，客观地看，他是否受当下学术环境的负面影响？笔者在阅读本书时，能够隐约感觉到字里行间的急躁。"说实话，这样仅凭只言片语就下结论，还要强加于人，一方面使笔者感到讶异：笔者什么时候"受当下学术环境的负面影响"，以至被杨洪承教授"客观地"看见了？另一方面，笔者为他的主观武断感到遗憾。杨洪承教授和笔者仅在两次学术会议上见过面，其间没有过交谈。从杨文看，他对笔者学术经历和拙书成书过程的了解，仅限于拙书"后记"中寥寥数语的自述。因而为避免上面这段杨文中的话造成读者对笔者的误会，也为证明其批评态度的主观武断，实在有必要陈述拙书的缘起和成书过程等。

笔者对中国文学史著作版本的关注，肇始于2002年冬中国人民大学彭明教授在其"五四书屋"中和笔者的一番长谈。此后，开始有意识地搜集整理中国文学史著作版本，并先后得到陈子善、黄修己等先生的鼓励。从2009年暑期开始，为进一步扩大范围搜集海内外1949年前出版或成书的各种中国文学史著作，奔波于北京、上海、广州、台北、大阪等城市，又托人从国外如哈佛燕京学社图书馆复印资料。2012年拙书获得国家社科基金后期资助项目立项，对笔者是莫大的激励。由于申请项目资助之前该课题已基本完成，为了履行一年结项的承诺，也为了把课题尽力做好，笔者投入了几乎全部工作之余的时间。

在学术积累的不断增长中，笔者开始着手中国现代文学史料的整理和研究，而拙书采用"编年研究"比较全面地展示和初步总结1949年以前中国文学史著作，只是研究计划中一部分内容。如果说，完成于2009年的博士论文《新月派考论》则是对"编年研究"当中史料辑佚和史实考证的锤炼，那么，《20世纪前期中国文学史写作编年研究》《浙籍文学史家群体研究（1909—1949）》是对"编年研究"的正式实践和拓展性探索。回顾这段过往经历，虽说拙书和笔者的博士后研究报告，是对十年积累的总结，而不是像杨洪承教授以为的那样，"几年的时间，能有如此学术收获"。但是作为一名青年研究者，笔者的思想尚不够成熟、学术积累仍嫌薄弱，拙书难免挂一漏万、存在一些缺陷，这是笔者目前和将来努力的方向。

最后，关于"编年研究"，笔者相信它作为一种学术事实，会得到越来越多的学者认同。① 拙书以相对"另类"的形象在2013年"编年史热"② 中出版，并非完全出于偶然，在拙书以及2013年"编年史热"的背后，其实隐藏着近年来中国现代文学史研究从重视理论转向重视史料、实现"战略转移"的趋势——关于这一点，笔者将另文阐述。在笔者为"编年研究"乃至中国现代文学史料研究略尽绵力的过程中，欢迎学理范围内的、不曲解人意的批评指正，笔者愿意和这样的批评者对话，共同推进学术交流。

（刊于《文艺研究》2014年第10期）

---

① 最近，曾在日本做访问学者的H君相告，有一位研究中国戏曲史的日本学者已经着手做"中国古代戏曲文献编年研究"的课题。该学者是否受到拙书启发，仍未可知。不过，出自该学者之手的参考书目，在较前的位置列入了拙书。

② 2013年出版了多部与中国现代文学史相关的编年史著作，如刘福春著《中国新诗编年史》（人民文学出版社2013年版）、钱理群总主编《中国现代文学编年史——以文学广告为中心》（北京大学出版社2013年版）、张大明著《中国左翼文学编年史》（社会科学文献出版社2013年版）。"相关的研讨会和座谈会也陆续召开，在京城彷佛掀起了一场不大不小的'编年史热'。"（赵京华：《文学编年史与阅读的解放》，《文学评论》2014年第3期。）

第二编

应用与实践

现代文学史料的搜集与整理

史料搜集和史料整理，可谓中国现代文学史料研究工作中最基础的步骤。可能正是由于这是研究中最基础的，其重要性往往被忽略。至今仍有一些人以为，史料搜集整理就是"剪刀加糨糊"，几乎没有技术含量。事实上，遑论以史料鉴别、史料价值评估为主要内容的史料整理，就连史料搜集也绝非从故纸堆中把相关文献材料分拣出来那么简单。史料搜集和整理，都需要遵循一定的原则，都需要掌握一定的专门技术和文化知识。

一 史料搜集的"四心"和两个原则

史料的搜集包括收集旧史料和发掘新史料。旧史料是已经整理出版，或多数人知晓甚至普遍使用的史料。一般情况下，收集旧史料就像按照书单到图书馆找到想借的书刊一样，因此应该承认，这确实是没有多少技术含量的工作。但是有些少见或绝版的旧史料，收集起来却不大容易。比如，多数新文学版本印数不多，经历天灾人祸之后，虽有重版，但初版本已是一书难求。要收集到想要的新文学初版本，需要的不单是等待的耐心和持续寻觅的毅力，更要有能够从旧书堆中把它挑拣出来的眼光。此外，一般人认为，旧史料中只有民国版本因其印量少而难以寻觅，其实，新中国成立初期和"文化大革命"时期出版的旧书刊，也未必好找。如路翎的《燃烧的荒地》，峻青的《马石山上》，李瑛的《野战诗集》，白桦的《山间铃响马帮来》，等等，都是许多人有所闻而久觅不得的旧史料。

相对于收集旧史料一般可以按图索骥而言，发掘新史料由于一般无迹可寻，能否如愿以偿似乎只能靠运气。无须讳言，许多新史料都是"意外"被发现。这很容易产生一种误导，让人以为发掘新史料只能凭好运气。由此，新史料的发掘者的心态，要么是"等着天上掉馅饼"，要么是依据一点线索"守株待兔"，总之，是消极、被动的等待而不是积极、主动的寻觅。这种心态，是长期以来新史料发掘工作的一大障碍。现代文学新史料的发掘工作进展缓慢，成效不大，很大程度上与这种心态有关。诚然，好运气和耐心的等待都可能带来新史料的发现，但作为一种常规性的学术活动，发掘新史料不能如此消极、被动。

(一)史料搜集要有"四心"

总结现代文学史料研究前辈专家相关论述，并结合我们的个人经验，笔者认为现代文学史料的搜集要有"四心"：

首先是要"有心"，也就是要有搜集史料的意识。"意识到史料的可能出处是搜集史料的意识，找到史料是搜集史料的结果。有意识，不一定有结果，但没有意识，一定不会有好的结果。"① 只有从思想上重视史料搜集工作，才能成为这方面的"有心人"。

史料搜集的意识，不单指"意识到史料的可能出处"，也包括搜集史料的准备。这个准备不只是心理准备，更包括对相关史料现有状况的掌握和最新情况的了解。心理方面的准备，既包括要有长时间搜集史料的耐心和毅力，也包括承受坐冷板凳的清苦和最终不能如愿的失败感的能力。搜集史料如同大海捞针，一般不会一蹴而就，需要在较长时间里不断搜罗、寻觅，因此要有这方面的耐心和毅力。搜集史料过程中，只有枯燥的文献史料相伴，要能够承受清苦、耐得住寂寞。即便如此，几经周折也未必能够找到需要的史料，这就要求搜集史料者还必须做好最终一无所获的心理准备。此外，搜集史料要不断、及时掌握相关史料现有状况和最新情况，只有这样，才能确定史料搜集的方向、判断某种史料是否属于作家佚作。当然，要及时掌握相关史料现有状况和最新情况，意味着必须保持一定的阅读量。与中国古代文学史料相比，现代文学史料的数量不止多过百倍，存在形态也更加多样化，更加分散。凭一己之力阅读几乎所有现代文学史料，是不可能完成的任务。我们只能选择那些与自己兴趣或注意的方向相关的史料来阅读。即便如此，需要阅读的数量恐怕也十分惊人。对此，我

---

① 谢泳：《中国现代文学史研究法》，广西师范大学出版社2010年版，第69页。

们认为,除了依据个人阅读兴趣和研究需求来尽量缩减阅读量之外,就只能强调在进行史料搜集之前,先要对于现代文学史料的基本状况有一个大概的了解。只有这样,才可能知道哪些是旧史料,哪些是极少有人提及甚至无人提及或十分罕见的新史料。也只有这样,才能依照线索,顺藤摸瓜,找到史料的出处,并把它挖掘出来。

其次是要有"多心",也就是要有"求全""求多"的精神,大量占有史料。搜集史料,要大量地、详细地占有材料。只有比较全面地掌握了某方面的史料,才能进入研究,尽量接近事实本身。恩格斯曾经说过:"唯物主义的认识的发展,哪怕是单单对于一个历史实例,都是一种科学工作、要求多年的冷静钻研,因为这是很明白的,单靠几句空话是做不出什么来的,只有大量的、批判地审查过的、透彻地掌握住了的历史资料,才能解决这样的任务。"[①] "对于一个历史实例",尚且要掌握大量的历史资料,那么,对于比较全面、系统的研究而言,自然更加需要掌握大量的相关资料。

再次是要有"慧心",有史料研究的问题意识。所谓史料研究的问题意识,不是了解史料的数量,而是为了解决史料研究中的问题,有意识地扩大史料范围,随时注意新史料的发掘整理现状。这是一种积极、主动搜集史料的行为,也比较契合史料扩展、演变的规律。有些材料在此问题上不重要或不属于中国现代文学史料,在彼问题上可能很重要、可以作为中国现代文学史料使用。比如,南京第二历史档案馆的档案,对于多数中国现代文学史研究者来说,是不可用的非文学史料,倪墨炎却利用这些档案研究国民政府查禁现代文学书刊,提出令人耳目一新而可信的见解。随时注意新史料的发掘整理现状,原本属于科学研究中对有关领域研究现状的跟踪调查,其必要性不言而喻。在中国现代文学领域里,新史料时有发现和整理出版,尤其是最近几年,现代文学史料的钩沉、辑佚工作受到注意,新的资料常常被公之于世。史料搜集者若是局限于旧史料,不留意、不跟踪史料发掘整理的最新情况,显然是不够的,依据旧史料研究出来的成果,往往出现错误。何况,只有随时关注学术界动态,注意新史料发掘整理最新情况,才能确定哪些材料是"新"的、哪些是"旧"的。

---

① 恩格斯:《政治经济学批判》,人民出版社1955年版,第177页。

最后是要有"恒心"。史料搜集一般不可能一蹴而就，费时较长。有时历尽艰辛，仍收获甚微，甚至徒劳无功。尤其是在急功近利、浮躁的学术风气的影响之下，史料搜集工作让不少人觉得费力不讨好。面对这些，史料搜集者必须有坚持不懈、甘心坐冷板凳的恒心。

(二)史料搜集应遵循"贪多求全""宁缺毋滥"的原则

史料作为客观存在，其本身不存在有用或无用的价值区分。可是，在学术研究中，人们为了满足具体的研究需要，习惯把史料分作有用和无用两类。比如说，文学作品是文学研究的主要对象，属于有用的史料，而那些与作品生产、传播、阅读的关系甚微的材料，则是无用的。那么，"无用"的史料，要不要发掘出来？我们的主张是，分两种情况，按照不同的原则分别处理。

首先，对于那些已确定或可以确定为某现代作家史料的材料，应该遵循贪多求全的原则，不论长短，不论有无用处，都尽收囊中。2005年人民文学出版社新版的《鲁迅全集》，规定"增收的文字要求相对成文，具有一定的完整性，并表达一定的思想内涵，只言片语或日常生活记事性文字，不具有'作品'特性，不予收入"。这样做，也许可以"维护《鲁迅全集》的严肃性"，却在一定程度上失去了《鲁迅全集》的完整性。韩石山编《徐志摩全集》(天津人民出版社2005年版)，在这方面做得比较好，连徐志摩登在《晨报副刊》上短短几个字的"编辑附言"也不肯放过，因而这套书是迄今为止最齐全的。书中收入的《小启一则》："张家瑞、钱寿二君鉴：请示详址，以便送函。前开地址均未递到。"《更正》："本刊上期姜华君《松花笺引言》中薛涛误印苏涛，合应更正。"在多数人看来，这两段例行公事的文字没有什么史料价值。但对于研究徐志摩编辑思想的学者而言，却可能是有价值的材料。《小启一则》可见徐志摩与《晨报副刊》作者之间的联系，《更正》亦可见徐志摩办刊态度的严谨、认真和勇于纠正刊印错误。

其次，对于尚不能确定系是否为作家"佚文"的史料，应该宁缺毋滥。1926年夏天出版的《晨报副刊》上，曾分期连载"懋琳"的多幕剧《母亲》。从文本判断，全然没有沈从文的风格，各种沈从文自编或亲自校阅的《沈从文文集》也从未收入过，而《沈从文全集》(北岳出版社2002年版)不加辨析地认定"懋琳"是沈从文当时使用的笔名，收入了该剧。无确切的证据，却草率地视为佚文收入《沈从文全集》。2005年版的《鲁迅全集》便明确表明宁缺毋滥的选编原则:"要有可信的证据证明为鲁迅的手笔,经严格鉴别后才能收入,而有争议的信件和文章暂不收入。"新发现却暂时不能确定的信件和文章,算不算佚作,要不要收入文集?由发现者自己决定。既可像2005年版《鲁迅全集》编委会那样,"有争议的信件和文章暂不收入",也可采取解志熙、王文金编校《于赓虞诗文辑存》(河南大学出版社2004年版)的办法,他们对于那些尚不能确定是否于赓虞所做的文章,没有笼统地编入,以免混淆,但也不轻易放弃,而是编入《疑似于赓虞佚文辑存》以附录方式保存在书末。

二 史料的新来源:完整版本的"九页"

在多数人看来,所谓"史料"应该是整本书刊或成篇的文章,也就是通常意义上的文献。史学家傅斯年把史料大致分作两类(直接史料和间接史料)①,如此确实拓宽了"史料"的范畴,但仍然限于文字记载。笔者觉得"史料"的范畴应该更广些,文献只是史料的一部分,除此之外,史料还包括非文献,即不以文字形态存在的实物、口述史料等。凡是记录历史、反映历史的物件,都可视为史料。就此而言,文学史料不仅可以是文学作品,也可以是与文学作品的创作、出版、发行、传播等有直接关系的一切实物,因而,即便是图画、照片、器物、山水乃至作家故居等,都可成为文学史料。在这种认识指引下,完整版本的"九页"无疑属于史料的一部分。

所谓完整的版本的"九页",取自新文学版本研究专家金宏宇先生,他说:"一个完整的版本应该有九种因素,即封面页、扉页、题辞或引言页、序跋页、正文页、插图页、附录页、广告页、版权页。我们可以称之为'九页'。"② 不论从版本信息还是文本信息来看,完整版本包含的

---

① 参见傅斯年《中国古代文学史讲义》,载欧阳哲生主编《傅斯年全集》第2卷,湖南教育出版社2003年版,第43页。

② 金宏宇:《新文学版本之"九页"》,《人文杂志》2006年第6期,第103页。此文作为附录收入金宏宇《新文学的版本批评》(武汉大学出版社2007年版)。

"九页"都具有不容忽视的史料价值,理应成为现代文学史料的新来源。为论述方便,下面主要以中国现代文学期刊为例。

(一)将完整版本的"九页"视为版本信息,则为版本汇校、文献校勘提供了重要的史料信息

先看封面。尽管现代文学期刊和书籍的封面,大都朴素、简洁,却仍然包含丰富的版本信息。现代文学期刊封面一般由图画、刊名、卷次、出版日期、出版机构、本期目录(一般列出的是主要文章)构成。图画是刊名的图像表达,如《青年杂志》(后改为《新青年》)封面图画,是一群朝气蓬勃的青年学生,既切合了刊名,也透露了刊物的读者定位;《北斗》创刊号的封面图画,是夜空中的北斗星;《拓荒者》的封面图画,是富有力感的劳动者;而新月派出版的系列刊物中,《晨报副刊·诗镌》的封面图画,是由闻一多设计的飞翔的奔马,飞马脚踏"诗镌",《新月》天蓝色的封面上印着黄色的刊名"新月",容易让人想起一轮金黄的新月悬挂在深蓝的夜空,这个封面设计直观地诠释了刊名"新月"的象征意义,表明了编办者通过贡献微薄之力("纤弱的一弯"新月)迎接美好光明未来("未来的圆满")的信心和期待。

现代文学期刊的刊名,既是办刊宗旨的高度凝练,也显示了创刊时期文化思想的新动向。据粗略统计,1915—1919 年创刊的文学期刊中,刊名带"新"字的有 9 种(如《新青年》《新潮》等),可见文学革命前夕文学界"革新"愿望之强烈;五四运动后,文化界求"新"之意更加急切,"新"迅速成为一种时尚,以"新"命名的期刊如雨后春笋出现,仅 1920 年就有 8 种、1921 年有 5 种,此后 10 年(1922—1931)间,共有 20 种。① 总体上看,文学革命前后一段时间(1915—1921)创刊的文学期刊,大多以"新"命名,显示出当时文学界力求革新的思想趋向;文学革命结束至南京国民政府成立(1922—1927)期间创刊的期刊,从刊名来看,显示出各种文学思潮和流派"百家争鸣"的局面,有维护传统文学的《学衡》(1922 年 1 月创刊)、《甲寅》(1925 年 7 月 18 日创刊),

---

① 根据刘增人等纂《中国现代文学期刊史论》(新华出版社 2005 年版)一书中《中国现代文学期刊叙录》统计,下同。

有高举浪漫主义旗帜的《创造》季刊（1922年3月15日创刊）及创造社系列刊物，有左翼文学的先期基地《语丝》（1924年11月17日）、《莽原》（1925年4月24日创刊），也有宣扬、实践自由主义文学的《现代评论》（1924年12月13日创刊）、《晨报副刊·诗镌》和《晨报副刊·剧刊》（徐志摩主编）。1927年"四一二"政变后，南京国民政府成立，在反对国民政府"文化围剿"过程中，左翼文学迅速成为主流，因而至抗战爆发前（1927—1937）的10年间创刊的期刊，多数采用具有斗争号召力或大众化倾向的刊名，如《文化战线》周刊（1928年1月创刊）、《战线》周刊（1928年4月1日）、《奔流》（1928年6月20日）、《大众文艺》（1928年9月20日创刊）、《拓荒者》等。于是，中国现代文学期刊的刊名呈现出一个特征，即凡是作为文学革命阵地的期刊刊名，大都以"新"命名，维护传统文学者以具有古典文学韵味的文字命名，新月派等自由主义文学期刊，大都以"现代"（如《现代评论》《现代》）或能明确标识纯文学（如《诗镌》《新月》《诗刊》）或不偏不倚的宽容态度（《独立评论》）的文字命名，而左翼文学的期刊刊名，大都与斗争和民众有关。这是就整个现代文学期刊刊名而言，如果我们对某种或几种期刊刊名的得名缘由、刊名变迁等进行详细考察，将会有意想不到的发现，从而发掘出不易被人们觉察的有价值的新史料。

期刊封面上列出的目录，一般是编者推荐的重要文章（倘若列出所有文章，则一般以黑体标识），因而我们可以把它看作编辑对本期文章进行综合评价后的结果，即列在封面上的重要文章，体现了编辑的编辑意图。

多数文学期刊的封面、扉页、目录和刊名出现在同一个版面，但也有一些有单独的扉页。《新月》月刊封面和目录之间夹着一张扉页，上书"新月月刊第×卷第×期"，由于封面已标出卷期，绝大多数扉页几乎没有史料价值，但第四卷第一期扉页印着"新月月刊第四卷第一期特大号"，这期共有142页，在各期《新月》中确实是"特大号"。《新月》各期页数是不确定的，有的只有73页（第四卷第二期），有的有124页（第二卷第七期），有的两期合在一起也只有78页（第三卷第五、六期）。《新月》各期页数不统一，由编辑随意定，导致每期厚薄不一，却按照相同价格销售（即便"特大号"也是如此），这体现了注重刊物内容、忽视商业利益的编辑心理。相同的情况,徐志摩主编《诗刊》季刊时也出现。当新月书店经理和总编辑抗议《诗刊》第二期"本子似乎是太厚了些",以致销售亏本,徐志摩不仅不吸取教训,反而把《诗刊》第三期做得更厚,自我解嘲说:"书店即使亏本我们也只能转请他们原谅了。"①

文学期刊目录,在了解期刊栏目、区分重点与一般文章方面的作用和意义,是明显的。一般来讲,排在卷首的文章是本期最有分量的,这是编辑特别推荐给读者的。同期文章在目录上的排序,体现了编辑对这些文章优劣的一种综合评价。由于这个缘故,胡适的文章一般刊登在《新月》卷首,而朱湘甚至因为徐志摩没把他的《采莲曲》排在《晨报副刊·诗镌》卷首而与徐闹翻。这里需要提出的是,个别目录上的文章与实际印出的文章有出入。比如,《梦家诗集》第三版就是如此。该书目录中第五卷只有12首诗,而正文里实际印了13首,还有一首《城上的星》未被编目。后来一些出版社重版《梦家诗集》时不察,目录中没有补上《城上的星》,如人民文学出版社2000年版。

中国现代文学期刊乃至部分文学书籍,都有夹带刊登广告的习惯。这些广告,虽然有夸张之弊,却仍不失为记录当时社会的第一手资料。譬如,20世纪二三十年代的期刊界,存在一种互相免费刊登目录广告的现象。《新月》就常与《小说月报》《文艺月刊》《生活周刊》《独立评论》等互登广告,这些广告一般包含刊物的卷次、出版日期、出版机构等,对于了解这些期刊的出版信息、目录等是有用的。比如《一般》《秋野》等几种刊物,现在已找不到原刊,通过它们刊登在《新月》上的广告,可以增加了解。此外,《新月》还大量刊登了新月书店新书广告,尽管这些新书广告篇幅短小,却多数是精美的文章,不乏凝练、灵动和诗意,理应成为现代广告词写作的经典范文。它们既具有明确的宣传目的,是典型的广告词,更是微型的评论,它们多数词约义丰、精辟入微地把握作品的特点和作家风格。尤为可贵的是,这些广告具有相当的史料价值,对于作品修改、版本变迁,文学运动、文艺斗争,作家与编辑关系,等等,都有清

---

① 徐志摩:《叙言》,《诗刊》1930年第3期。收入《徐志摩全集补编·散文集》,上海书店1994年版,第392、393页。

晰的呈现。①

至于版权页对于中国现代文学研究的意义特别是重要的史料价值，已有朱金顺先生专文讨论②，此处不赘述。

（二）将完整版本的"九页"视为文本信息，则其为文本解读和阐释提供了重要的依据

如众所知，文学作品的创作日期直接关涉创作背景，而了解创作背景是进行文本解读的前提之一。但是并非所有作家作品都标注了创作日期。为了解决这个问题，学界一般的做法，是以作品发表的时间作为创作的时间。而所谓作品发表时间，指的大抵是发表该作品的报纸杂志的出版时间。如此又引出一个新问题，即由于某种原因，报纸杂志特别是期刊的实际出版日期与刊物版权页标出的日期，有出入。例如，《新月》杂志本该出版 63 期，实际上只出版了 43 期，其中相差 20 期，说明刊物曾一度脱期拖延出版。在徐志摩主编时期、梁实秋主编时期和叶公超主编时期，刊物扉页和版权页都标明了出版日期，因此人们引用《新月》刊登的文章时，都转引了这些标明的日期，以之作为文章发表日期。而实际上，其中多数标明的出版日期，只是预定的而不是实际的，个别标明的出版日期与实际出版日期，相差达 6 个多月。此外，在罗隆基主编时期（第三卷第二期至第四卷第一期），除第四卷第一期扉页和版权页标明了再版日期外，第三卷第三期以后都没有标出版日期，说明在罗氏主编时期，《新月》经常不能按时出版。由于罗氏主编时期《新月》没有标出版日期，给人们引用这段时期的《新月》带来麻烦，甚至导致在引用刊物中的文章时，对出版日期标注出现混乱。这就有必要结合《新月》提供的部分文本信息，考订其每期实际出版日期，借此准确了解《新月》文学作品的时间背景。又如，长期以来，人们因为新月派梁实秋与鲁迅等左翼作家的论战，而将新月派与左翼文学对立起来看待。如果人们知道新月书店居然在《新月》上为左翼作家胡也频、丁玲的小说做广告，而且措辞充满

---

① 详见付祥喜的博士学位论文《新月考论》第九章第五节"'小题大做'的新月书店广告"，该文收藏于广州市中山大学图书馆。

② 参见朱金顺《新文学版权页研究》，《文学评论》2005 年第 6 期。

肯定与赞许，也许就不会用决然对立的眼光看待新月派与左翼文学的关系。

所以，完整版本包含的九种因素，能够以其客观性补文本解读和阐释容易过于主观之不足，或者直接影响读者的阅读体验。

尽管完整版本包含的九种因素具有不容忽视的史料价值，但近年出版的一些书籍在进行版本汇校、文献校勘与全集、文集、传记、年谱的编撰时，对已得到确证的包括九种因素在内的新史料视而不见。例如，胡适一生藏书甚丰，并且看书时喜欢直接在书中写题记、眉批和校语，有些长达数百言，多数寥寥数语，而言简意赅，是研究胡适思想、寻绎其学术研究思路的珍贵资料。20世纪90年代初，楼宇烈整理北大图书馆收藏的胡适的有关禅宗史书籍，计有20余种，将其中有胡适题记和眉批、校语的书籍15种辑出，共得130余则，撰成《胡适禅籍题记、眉批选》一文，发表在《胡适研究丛刊》第一辑①。遗憾的是，其中有关文学的部分，至今无人整理出版。

三　史料的整理

1929年，傅斯年在《史学方法导论·史料论略》中说："假如有人问我们整理史料的方法，我们要回答说：第一是比较不同的史料，第二是比较不同的史料，第三还是比较不同的史料。"他还强调："史学便是史料学：这话是我们讲这一课的中央题目。史料学便是比较方法之应用；这是我们讨论这一篇的主旨。"② 按照傅斯年的说法，史学只是史料学，史料学只是比较方法之应用。这个观念，究竟对不对呢？欲知答案，还得从"史学只是史料学"说起。

傅斯年提出"史学只是史料学"，虽然奠定了中国的史学研究的国际地位，傅斯年本人也被标举为"史料学派"的盟主，却也因此惹来诸多

---

① 参见楼宇烈《胡适禅籍题记、眉批选》，载《胡适研究丛刊》第1辑，北京大学出版社1995年版。

② 傅斯年：《史学方法导论·史料论略》（1929年），载《傅斯年全集》第2册，联经出版公司1980年版，第338、339页。

争议。围绕这一主张,各种赞成或反对的态度尖锐对立,迄今为止,仍是聚讼纷纭的公案。检视众多相关论著,大都脱离傅氏当年提出这一主张时的语境,单就"史学只是史料学"一语展开讨论,由此难免见仁见智。其实,如中山大学历史系的桑兵教授所发现:"傅斯年提出'近代史学只是史料学',始于《历史语言研究所工作之旨趣》,完整的表述,却是《史学方法导论》。该讲义可能并未完稿,但其中重要的几讲已有傅斯年本人所写的系统文本作为依据,有助于理解其近乎口号的观念,避免断章取义或隔义附会。"① 以《史学方法导论》为主要材料,辅以《历史语言研究所工作之旨趣》等,可发现,傅斯年提出"史学只是史料学"是针对史料整理研究而言的,而"比较不同的史料"即是史料整理研究具体方法中最需强调的一种,因而才有傅氏在《史学方法导论·史料论略》中三次强调"整理史料的方法"是"不同史料的比较"。除了比较研究法,傅斯年还谈到把握扩张史料与新旧史料,整理材料与"聪明考证",以及考订与"大事"的关系,等等。毫无疑问,这是对中国学术史上影响很大的依据现代史学观念探讨史料整理及其方法。傅氏的探讨和结论,虽然对中国现代文学史料研究也是适合的,但毕竟学科针对性不同。因而下文专门探讨中国现代文学史料的整理及其方法,仍是必要且有意义的。

(一) 整理关系到中国现代文学史料研究工作的成败,是史料研究程序中比较重要、最显功力的步骤

我们的史料研究程序中为什么要有整理这个步骤呢?

首先,比较简单明了的一个道理,就是史料的扩充是无限的,而每个人的寿命和精力是有限的。举一个很浅显的例子,在中国古代文学史料中,唐宋两代的史料比秦汉要多,至明清,则又远比唐宋要多。到了现代,由于报纸杂志等新式文学史料以铺天盖地的方式出现,其数量超过古代文学史料的总和;进入21世纪,仅网络文学史料的数量就无法统计,只能用海量来统称。面对如此浩瀚而且必定更加浩瀚的文学史料,倘若不加整理,任何个人和集体的有生力量都无法穷尽,于是只能发出庄子那种"吾生也有涯,而知也无涯,以有涯随无涯殆已"的感叹了。

---

① 桑兵:《傅斯年"史学只是史料学"再析》,《近代史研究》2007年第5期,第26页。

其次，搜集史料这个步骤解决的只是史料的来源问题。搜集而来的史料无论新旧，都是最初始的原材料，零乱分散，沙砾与珍珠俱在，时间关系也十分混乱，不便于马上就引用，需要予以整理。整理工作做得比较好的史料，编目和标题清楚，便于查阅检索，时间明确，便于定位年代，内容可靠，增添研究论著的客观性和说服力。反之，整理工作做得比较差的史料，不但使用不便，不能为论著增加客观性和说服力，还连带论著中其他史料的可靠性受到读者质疑。一般来说，搜集到的史料未经整理或整理很差就投入出版和使用环节，将会害人害己。就此而言，整理关系到史料研究工作的成败。尤其是，倘若整理过程中没有对史料进行必要的辨伪，错把假史料、无价值的史料奉为圭臬，则无论之后的出版和使用如何费尽心机，也终将徒劳无功。如果把史料研究程序比拟为产品的生产流程，那么，整理便是产品的加工过程，至于史料的辨伪，则是产品出厂前的质量检查。既如此，则史料的整理，显然不是一般人认为的"剪刀加糨糊"那么简单，而是史料研究程序中比较重要也最显功力的步骤。史料整理不仅需要冷静、不怕枯燥、耐得住寂寞的心态，更需要掌握诸多史料整理必需的专业知识和技能，比如，要有一双能够辨伪的"火眼金睛"。

（二）中国现代文学史料整理的根本目的是"近真""求实"，基本方法是去粗取精、去伪存真

中国是史学大国，史料整理的历史悠久，积累了丰富的经验。历代学者留下许多关于史料整理的著述，提出了不少有益的方法。如梁启超在《中国历史研究法》（1926）中总结出诸多整理史料的具体方法，傅斯年提出了整理史料的比较研究法，而陈垣更撰文详细陈述"中国史料整理的方法"[①]，中国现代文学史料研究专家如朱金顺、马良春、刘增杰等也曾在相关著述中予以介绍和讨论。总之，前人总结和提出的史料整理的具体方法，可谓形形色色、成百上千，已无须赘述。目前学界比较迫切需要的，是从根本上探讨史料整理，提出一些普遍使用的方法。

就中国现代文学史料整理而言，其根本目的是什么？基本方法又是什

[①] 陈垣：《中国史料的整理》，《史学年报》1929年第1期。本文为陈垣在燕京大学现代班的讲演，由翁独健笔录。

么？我们的回答是，中国现代文学史料整理的根本目的，与中国现代文学史料研究的根本目的是一致的，即"近真""求实"；其基本方法，是去粗取精、去伪存真。

先讨论根本目的。所谓"近真"，即尽量靠近文学历史；"求实"即寻求史实真相。虽然整理史料的直接目的，因人而异，可谓千千万万，但归根究底，所有人共同的目的只有"近真""求实"。退一步说，如果整理史料不以此为目的，则其整理工作很可能因为偏离文学历史和史实真相而失之于主观，如此则丧失了史料的本性和研究意义。据此来看，明白史料整理的根本目的是"近真""求实"，可使整理工作不至偏离其应有的轨道，尤其是可使史料整理工作有一个适当把握的"度"。

如何把握史料整理中的"度"，是长期困扰学界的一个难题。如上所述，史料整理如同产品的加工。一个产品究竟加工到什么程度才合适？对此，在工业界，对于每种产品的加工都有成文和不成文的规定，这些规定往往精确到用极小的度量单位来标注。文学不同于自然科学，因而在文学史料研究界，对于史料整理的"度"，无须有那么细致、精确的规定。但也不能没有规定。假如没有此类规定，如何把握史料整理的"度"，就完全由各人自定，于是容易导致在史料整理中随意评判、擅自修改和增删史料，有时一页之中多至数处、十多处，文义全变，令人不知所云、无法卒读。这种虽经整理但不准确甚至存在较多错误的史料，给研究者设置了重重陷阱，可能会误导研究者。如果以"近真""求实"作为史料整理的"度"，就容易使一般人明白，为了确保史料的"真""实"，整理中任何随意判断、擅自修改和添加，都是忌讳的、不可取的。

再说史料整理的基本方法。去粗取精、去伪存真是中国史料整理的通用方法原则。由于中国现代文学史料距离今天比较近，多数史料保存完好，有一些人认为，中国现代文学史料整理不需要或不存在去粗取精、去伪存真。朱金顺的《新文学资料引论》（1986）和《新文学考据举隅》（1990）可证实，对中国现代文学史料进行去粗取精、去伪存真，是完全有必要的。尤其《新文学资料引论》一书，以全书半数以上的篇幅介绍、讨论新文学资料的考证、版本、校勘、目录等整理方法，附以大量实例，实在是一本讲授为何以及如何对新文学资料进行去粗取精、去伪存真的优秀教材。

中国现代文学史料整理中的去粗取精,应分两个步骤:

第一个步骤是删减、排除那些没有什么文学性质或者与现代文学创作关系不大乃至无关的史料。搜集史料理应视野开阔、内容广泛,如此则很可能把那些没有文学性质也与现代文学创作无关的史料也"误收"进来。作为史料整理工作的最初一步,便是先要把那些"误收"的史料删减、排除出去。这里必须特别注意"删减""排除"的依据和区别。那些文学性质不强或者与现代文学创作关系不大的史料,应该酌情予以删减,而不是一概排除。只有确定没有文学性质或者与现代文学创作无关的史料,才必须排除。如此,才既能避免误收,又不至于犯类似"倒洗澡水时把澡盆里的孩子一起倒掉"的错误。

第二个步骤是舍弃那些与研究兴趣、研究需要无关的文学史料。在文学史料整理中,应该考虑到一个情况,那就是纯粹做文学史料搜集整理工作的人不多,绝大多数人进入中国现代文学史料研究领域,是为了获取自身研究感兴趣或研究需要的材料。鉴于此,文学史料整理应该也可以有适当的针对性,即针对多数人的研究兴趣、研究需要,舍弃那些与研究兴趣、研究需要无关的文学史料,以便缩小史料范围、减少阅读量,为之后的文学史料出版和使用提供便捷。

(三)"精校,不改,慎注"原则

这是解志熙在他的文章里提出的辑佚原则。[①] 钱理群认为,"精校、不改这两条,实在是切中时弊的,而且是学术研究的可靠性的一个基本保证。"[②] 这是精辟之见。笔者认为,解先生提出的这条原则,适用于现代文学史料整理。"精校"自不必说,"不改""实在是切中时弊"!笔者记得,20世纪末唐德刚翻译的《胡适口述自传》,大陆版居然比台北版少两万多字,书中涉及政治敏感的地方,大多以"……"替代,有的甚至被整段删改。这是令人遗憾的。又如:徐志摩1925年旅欧途中写给新月社同人的一封信,详及新月社历史与现状,是研究新月派的重要文献。此信

[①] 解志熙:《刊海寻书记——〈于赓虞诗文辑存〉编校纪历兼谈现代文学文献的辑佚与整理》,《中国现代文学研究丛刊》2004年第3期。

[②] 钱理群:《重视史料的"独立准备"》,《中国现代文学研究丛刊》2004年第3期。

原刊 1925 年 4 月 2 日《晨报副刊》，为《欧游漫录》的第一节，其标题为《给新月》。晨光辑注《徐志摩书信》（湖南文艺出版社 1986 年版）收入时把标题改为《致新月社朋友》，此后多种徐志摩文集采用此题名，以至笔者"按图索骥"，在《晨报副刊》找不到该文，曾怀疑《给新月》与《致新月社朋友》是两篇不同的文章。而最值得一提的，是近年有不少人喜欢按照当代汉语规则删改他发现的新史料，比如把"我底妻"改为"我的妻"——像这一类的改动，一般人都看得出来，另外一些所谓"语法疏通"的改动，就完全有可能使原文面目全非。举一个浅显的例子。以今天的汉语语法规则看，鲁迅的《狂人日记》《故乡》等名篇存在大量语法错误，读起来也拗口，倘若一一删改，读起来朗朗上口了，意思也明晰了，可它们还是鲁迅的作品吗？因此，当笔者整理两封徐志摩佚信手稿（一封写给江绍源、一封写给丁在君）时，考虑到徐志摩喜欢用短句，标点比较随意——这恰好体现了他行文的风格——笔者保留了手稿中的标点，对于手稿中存在的笔误，比如"相念之极"，一方面在正文中照录，另一方面作注："原件为'相'字，应为'想'字之误。"这样，既能保持手稿原貌，又不致误导读者。当然，这就涉及了辑佚的另一个原则，慎注。

不过，目前较严重的问题，似乎不是注释不谨慎，而是多数人根本就不给新史料作注。这显然与现代文学界轻视文献注释有关。已出版的现代作家文集中，只有鲁迅等少数几个著名作家的作品享有详细注释的"殊遇"。这种轻视文献注释的思想亟待改变。现代文学即使从文学革命算起，也差不多有百年历史了。这一百年里，风云变幻，当代人对现代作家与其作品已产生隔膜，尤其随着现代作家一个个辞世，作品中或隐或明的许多插曲、典故乃至语言习惯，多数后人无从明了，因此，给佚作加注释是很有必要的。

（四）按照门类、形态不同，分类整理中国现代文学史料

在顾及中国现代文学史料特性的前提下，可以整合学界已有的史料整理方法，按照门类、形态、载体的不同分类整理中国现代文学史料。

1. 按照性质、时间、地域、民族和语言分门别类整理史料

（1）按性质分门别类整理史料。即把搜集来的中国现代文学史料，不依其来源，而以其性质加以分类整理。例如，按照作品、传记、回忆录、研究论述等分类。这样的分类，既消除了史料来源的界限，也突出了文学史料的性质。

但这样的分类，只是突出了文学史料的一般性质，尚不足以揭示其多样性，因此对史料还需细致分类。例如，作品之下，可按照文体不同进一步分类，文体之下还可按照不同作家分类。这样，大类之中再分小类，小类之中再分更小的类别，一直分到不可再分为止。经过这样的层层分门别类，既显出了文学史料的一致性，又显出了特殊性。如此，则以文学史料的性质为核心，建立起庞大的史料整理体系。

（2）按时间先后整理。搜集来的史料，时代关系往往十分混乱，如果不加整理，极易发生张冠李戴的错误，用后期的史料来说明前期的历史现象，或误把前人的转述当作当事人的记述。因此，按照时间先后对搜集来的史料进行整理，是有必要的。

然则，按照时间先后整理史料，首先要解决一个问题，即这个"时间"指的是文学史料产生的时间（如作品创作时间），还是文学史料内容反映的时间，抑或文学史料首次公开的时间（如发表出版时间）？由于文学史料内容反映的时间，不同时代不同人都能直接从史料中看出来，因此整理史料时，一般不予考虑。剩下的两个时间，多数情况下相同或比较接近。比如，鲁迅创作《狂人日记》的时间在1918年4月，首次发表在1918年5月4日出版的《新青年》上。既然二者相同或比较接近，按照任何一个时间来整理史料均可。但是有些文学史料的产生时间与公开时间相差很大，比如郭路生等《今天》诗人群的许多诗歌写于"文化大革命"时期，直到"文化大革命"结束后才获得公开发表的机会。类似的还有老作家丰子恺秘密创作的《缘缘堂续笔》（1971—1973）等。有些文学史料甚至直到被发现为止，尚未公开过。比如，作家日记和书信因其涉及个人及其亲友隐私，一般要等到作家逝世后才可能公开。可见，对于那些史料产生时间与首次公开时间相差很大的文学史料，不能笼统按照一种时间先后整理。比较合适的做法，是从研究者兴趣或研究需要出发，以其中一种时间为主，同时参考另一种时间，并予以说明。在这方面，韩石山编《徐志摩全集》（天津人民出版社2005年版）做得比较好，既注明单篇作品初载出处和时间，一般也说明写作时间，甚至还标出收入文集的时间。

对于有些时间模糊甚至没有时间标记的史料，需要参考相关文献予以考订。值得一提的是，不可轻信史料中标注的时间。因为，有些史料中标注的时间并不准确。这种情况，在民国时期出版的期刊和书籍中经常出现。比如，为了躲避国民政府的出版检查，一些左翼作家在三四十年代出版的文学作品的版权页，故意把出版日期提前或延后。类似的情况，在期刊中更常见。期刊一般有固定的出版周期，但是受战乱等因素影响，多数期刊难免延期出版。出于各种考虑，出版者大多仍然按照正常出版周期标注出版时间。比如，徐志摩等主编的《新月》月刊，除了第一、二卷按照正常周期出版之外，其他两卷共20多期杂志的实际出版日期，与版权页标注的不相符，有几期甚至实际上延期6个月。①

（3）按照地域整理。随着人们对地域文化与文学之间关系的研究逐渐深入，地域文学（或地理文学）在近年颇有兴起之势。这就引发了对地域文学史料的需求高涨。比如，在中国各城市中，上海的城市文化史研究最引人注目，也比较成熟。相应地，上海文学史的研究在本埠可谓热门课题。适应于上海文学史研究需要，2011年出版了一部130多卷，约6000万字的《海上文学百家文库》。其他城市也整理出版了多种城市文学作品集，如2010年青岛市文联编辑出版了一套5卷本，约200万字的《青岛60年文学作品选》。以省为单位的文学史料集也有编辑出版，如湖南省民间文艺家协会编印了《湖南少数民族民间文学资料选编》，广东省作协组织编辑出版了《新中国60年广东文学精选丛书》，等等。毋庸置疑，按照地域整理文学史料，不失为一种能够满足特殊文学阅读和研究需要的方法，但必须谨慎。按照地域整理文学史料，必须解决一个问题，即如何界定各地域文学的性质和范围。以《海上文学百家文库》为例。何谓"海上文学"？编者在"出版说明"中作了如下界定："海上文学是由上海本土的作家和来自浙江、江苏、四川、广东、安徽、湖南、福建、东北等地的作家共同创造的。"这个定义，显然不够准确，且过于宽泛。如果说地理位置上临近大海、受海派文化影响的上海、浙江、江苏、安徽、广东、福建作家创作的作品属于"海上文学"，尚且说得过去，其他省份

---

① 参见付祥喜《〈新月〉实际出版日期考》，载《新月派考论》，中国社会科学出版社2014年版。

如湖南、东北文学则很难讲是"海上文学"。再有,"上海本土的作家"是指祖籍在上海还是指从小到大一直生活在上海?那些"等地的作家"是指曾经客居过上海还是目前居住在上海?"海上作家"的作品,指的是以"海上"为背景的,还是在"海上"创作的?在按照地域整理文学史料之前,类似这样的问题,是首先要解决的。解决这些问题,须遵循一个原则,那就是,要充分考虑到文学作品本身的主旨和语言等因素,而不要拘囿于作家籍贯、居住地,以免将他们的作品强行纳入主观限定的"地域文学史料"之中。

2. 按照不同形态整理文学史料

文学史料的形态比较复杂,有地上形态、地下形态,文字形态、实物形态,第一手资料、第二手资料,直接史料、间接史料,等等。限于篇幅,这里只探讨按照不同载体整理文学史料。中国现代文学史料的载体比较多样化,除了古代已有的金石、简牍、绢帛、纸张之外,还有古代所没有的录音片、照片、胶卷、录像带、录音带、光盘、磁盘等。中国现代文学馆的馆藏通典,按照现代文学史料存在形态的不同,分作图书、报刊、手稿、信函、书画、实物、照片、视频档案资料、音频档案资料等。

四 史料的尽量扩张与聪明的整理

史料的尽量扩张有没有必要?恐怕绝大多数人的回答是肯定的。然而,物极必反。若是片面追求史料的尽量扩张,甚至为争取新史料的首发权而刻意钻营,则令人扼腕;若是在研究中一味扩张人所不见的新材料而不读基本书,长此以往,则令人忧虑。聪明的史料整理者应延续前贤未竟之业,在前人基础上找罅缝、寻破绽、觅间隙,于是得一见解,成一家之言。若一味看前人未见史料,以为如此可免拾前人唾余,实属可悲。

言及史料的尽量扩张,我们在这里需要谈的是搜集史料的方法。搜集史料固然要涸泽而渔、要有锲而不舍的精神,但一味蛮干是不行的,还必须讲究方法。方法得当,可事半功倍。这里介绍几种搜集史料的方法,这是一般学者常用的,也是行之有效的方法。

(1) 确定研究目的和问题。目的明确,才能有的放矢;问题清楚,方可切中肯綮。目的和问题不同,搜集史料的范围必然不同。所以,无论搜集史料还是整理史料，首要便是确定自己的研究目的和问题，根据研究目的和问题去按图索骥查找有关史料。或许有人会说，确定研究目的比较容易，因为任何研究工作必然有自己的具体的目的，可是问题却难以确定，甚至难觅芳踪。此言反映了不少研究者"为研究而研究"的心态，没有带着学术研究的问题意识去从事这项工作。鉴于此，先要树立研究当中的问题意识，即要有这样的意识：我们的研究是为了解决某方面的问题。要以问题为出发点，带着问题去搜集所需要的相关史料。机会总是给那些有准备的人。只有心中装着问题，才有可能抓住机会、发现新史料。若是一时间并无问题，也要在无问题处找问题。徐志摩因飞机失事遇难后，照理说不再有作品发表。可笔者总觉得徐志摩的亲友可能会发表他的遗作，然而发表在哪儿呢？笔者带着疑问翻阅旧报刊，结果在储安平主编的《中央日报》副刊上发现一首署名"徐志摩遗作"的新诗《远山》。

（2）因类法。现代文学史料数量十分巨大，不予以分类排比，是很难厘清头绪的。根据研究需要，分类搜集史料，便成为常用的搜集史料的方法。梁启超颇重视因类搜集法，他说："大抵史料之为物，往往有单举一事，觉其无足轻重，及汇集同类若干事比而视之，则一时代的状况可以跳活表现。"① 现代文学史料研究的先驱阿英，在他编选的《中国新文学大系·史料索引》中，把现代文学史料分为11类，即总史（总体评价五四新文学运动的文字）、会社史料（新文学团体与期刊史料）、作家小传、史料特辑（与新文学运动相关的史料）、创作编目（包括创作总目以及专著、文学史、文艺思潮、批评研究、各体创作编目）、翻译编目、杂志编目、中国人名索引、日本人名索引、外国人名索引、社团索引。这个分类有助于后人搜集相关史料。

（3）追踪搜寻法。此法指的是研究者一旦发现某史料信息，便追踪寻找，循此一直到找到某史料或未见新的踪迹方休。梁启超很重视史料的追踪搜寻法，并形象地称为"随心所欲，无孔不入，每有所遇，皆不放过"。傅斯年用"上穷碧落下黄泉，动手动脚找资料"来描述此法。而朱金顺则在其《新文学资料引论》中把追踪搜寻史料的方法称为"涸泽而渔"。

---

① 梁启超：《中国历史研究法》第五章，上海古籍出版社1998年版。

（4）披沙拣金法。此法并非刻意寻觅新史料，而是从普通史料（旧史料）中寻找特别的史料。这可分作两种具体情况。一种是某特别史料藏在许多普通史料当中，需要披沙拣金才能找到。另一种是通过在普通史料中找到某特别史料，再由某特别史料找到相关的其他特别史料（此处颇有触类旁通的意思）。关于从普通史料、旧史料中找出新史料，下文还将叙及，这里暂且不表。

（5）利用各种工具书。工具书是专供解释疑难或翻检资料的书籍，犹如过河的桥梁，是治学的得力助手。借助工具书提供的资料线索，可以有效快捷地寻找到所需要的史料。现代文学的工具书种类繁多，按其功用，大致有如下几类：首先是用于解答疑难的字典、词典类，如《中国现代文学辞典》《现代派文学辞典》等，从中可以便利地查到专业知识或资料；其次是为搜集史料指引线索的目录、索引类，如《民国时期发行书目汇编》《中国新文学大系·史料索引》《中国现代作家笔名索引》等。刘增人等编纂的《中国现代文学期刊史论》（新华出版社2005年版）辑录了3500余种期刊目录，所辑录的现代文学期刊条目，透露了编办时间、编者和主要撰稿人等信息，可谓"一项中国现代文学期刊研究的壮举"[①]。

（6）通过调查、采访收集史料。此处的"调查"即田野调查，现代文学史料的搜集乃至鉴别，都可以采用田野调查法。刘增杰先生在《中国现代文学史料学》一书中曾谈到此法，并以亲身经历为例，说明此法的实际操作。刘先生不及谈到的是，田野调查是获取口述史料的重要方法。第二次世界大战以后，西方颇盛行"口述史学之法"，这是一种通过有计划的访谈和录音，取得某一特定问题的第一手口述凭证为基础，经过对照和筛选进行历史研究的方法。口述史学方法也是搜集中国现代文学史料的基本方法之一。其实，通过调查、采访收集口述文学史料的研究方法在中国有悠久的历史。《诗经》中不少诗歌系采自民间口述。《新文学史料》《炎黄春秋》等杂志刊载了不少现代作家的口述记录。其内容丰富、生动，人物有血有肉，栩栩如生，读来倍感亲切。与出自他人之手的文献史料相比较，这些口述史料更容易让读者获得对作家及其时代的感性

---

① 赵普光：《一项中国现代文学期刊研究的壮举——评刘增人等编纂〈中国现代文学期刊史论〉》，《鲁迅研究月刊》2006年第7期。

认识。

上述之法，可以帮助人们达到史料的尽量扩张的目的。然则，史料的尽量扩张固然必要，但扩张史料的前提是，已经读过并掌握了旧史料。这就要求处理好新旧史料的关系。傅斯年在《史学方法导论》中明确指出：

> 必于旧史史料有工夫，然后可以运用新史料；必于新史料能了解，然后可以纠正旧史料。新史料之发见与应用，实是史学进步的最要条件；然而但持新材料，而与遗传者接不上气，亦每每是枉然。从此可知抱残守缺，深固闭拒，不知扩充史料者，固是不可救药之妄人；而一味平地造起，不知积薪之势，相因然后可以居上者，亦难免于狂狷者之徒劳也。①

陈寅恪也有类似主张。他说：

> 必须对旧材料很熟悉，才能利用新材料。因为新材料是零星发现的，是片断的。旧材料熟，才能把新材料安置于适宜的地位。正像一幅已残破的古画，必须知道这幅画的大概轮廓，才能将其一山一树置于适当地位，以复旧观。②

上引两位先贤之言，值得我们学习、深思。首先，"必须对旧材料很熟悉，才能利用新材料"，熟悉相关旧史料是发掘、整理新史料的前提与基础。其次，"必于新史料能了解，然后可以纠正旧史料"。新史料能纠正或补充旧史料，但前提是"必于新史料能了解"。如何才能"于新史料能了解"？整理是也。任何史料只是对文学历史某方面的记录，具有不完整性和片断性，即使现代文学史料繁多，对于文学历史的记载也不可能全面，不可能得到完整保存，那么，没有整理，则难以显其志、成其篇。关于史料的整理，人们往往误以为，只是一般抄录拼凑的"笨工夫"。其

---

① 傅斯年：《史学方法导论》，载欧阳哲生主编《傅斯年全集》第2卷，湖南教育出版社2003年版，第335页。

② 蒋天枢：《陈寅恪先生编年事辑（增订本）》，上海古籍出版社1997年版，第96—97页。

实，里头大有学问。史料向来有直笔、曲笔、隐笔之别，一般整理者限于搜集、排比、综合新史料，虽能以"新"吸引人、以量多见长，但其实鱼目混珠，且只见其表，未见其里，充其量只是"为他人作嫁衣"。聪明的史料整理者，能够发掘与阐发新史料的隐曲面，并与旧史料相呼应，从而使旧史料化腐朽为神奇。"与旧史料相呼应"有两层意思：一是零散的新史料连成一片，二是旧史料在新史料观照下得以重组。就中国现代文学或作家全部作品而言，新史料比如作家佚作，只能反映某些方面，因而是片断，必须与旧史料联系起来才能获得相对全面、客观的解释；旧史料已被学界反复运用、阐释，只有与新史料相观照，才能激发新的生命。

所谓"发掘与阐发新史料的隐曲面"，学界通常使用的方法有两种：一为述而不作式的辑录，一为校评。辑录只要求抄录新史料，稍加贯串，使史事真相适当显露出来。此法须对新史料予以考辨、文字梳理，再加以精心组织，使原本杂乱无章的零散史料于纷繁中见条理，使史料之新意自然呈现。校评，既作史料考辨、校勘、注释，更要作出评议。校评重在运用史料，对史料作文学批评，以达成自己所观察所理解的新结论。校评较深刻，也较难写。名家虽大都兼用这两种方法，但各有所侧重。解志熙教授近年整理现代作家佚作[①]，侧重后者，以批评家的眼光分析佚作，证成新解，故其文往往光辉灿然，令人玩味不已。笔者曾试图在辑佚新月派作品时使用校评法，结果，虽勉强作成数篇，却存在过分强调别解而令人不可信的弊病。于是意识到，校评法不是浅学之士模仿其技巧就能修成正果，若一意孤行，可能会走火入魔。

---

① 参见解志熙《考文叙事录——中国现代文学文献校读论丛》，中华书局2009年版。在该书中，解教授提出将文献学的"校注法"引申为批评性的"校读法"，并以这种研究方法整理、研究他新发现的现代作家佚作。

现代文学全集与选本的编纂

关于"选本"的定义，目前学术界尚未达成共识，选本的概念还比较模糊，往往对选本和总集不加分辨。如方孝岳在《中国文学批评》（生活·读书·新知三联书店1986年版）一书行文中，就直接把总集等同于选本，最近有研究者甚至认为"'选本'是古人对文学作品、特别是对诗文的选录"①，把近人和今人编的选本排除在外。比较多的意见认为选本是总集的一种，如张伯伟《中国古代文学批评方法研究》（中华书局2002年版）、邹云湖《中国选本批评》（上海三联书店2002年版），都持这种观点。这种说法扩大了"选本"的内涵而缩小了外延。因为如此界定，将会把别集中的选本排斥在外。

所谓别集，就是单个作家的作品集。中国古代的文集一般分为总集和别集两类。按照编纂体例不同，总集又分为网罗宏富的全集和择优选精而成的选集（选本）。别集也如此，也分为全集与选本，比如说龚自珍的别集，就包括《龚自珍全集》和《定庵文集》（选本）。因此总集并不能完全涵盖所有选本，别集中也有选本。但并非所有从总集和别集中选编而来的文集，都是全集或选本。那些随手检阅而得，只要是名家名作便一概入选的本子，是"碰本"，不是全集或选本。全集和选本必须是精心挑选出来的，有目的、有意义的文集。

本文试图对中国现代文学选本（以下简称选本）作出如下界定，即按照一定的编选原则和宗旨，对现代文学作品进行筛选取舍，辑录而成的作品集。而中国现代文学全集（以下简称全集），则指按照一定的编选原则和宗旨，精心编成的中国现代单个或多个作家的作品集。

---

① 樊宝英：《选本批评与古人的文学史观》，《文学评论》2005年第2期。

一　全集与选本的史料价值比较分析

全集与选本之间，既有区别又有交叉。全集中一般包含多种选本，有时甚至由选本汇合而成，所以在全集的编目中，一般保留了选本的书名和编次。从出现的时间先后来看，先有选本后有全集。不单最早出现的古文全集与古文选本如此，即使就某个当代作家作品的全集与选本的出现时间而言，也是如此。文学选本的历史非常悠久，早在先秦，中国古代文学的第一部选本——《诗经》就产生了。按照传统儒家对书籍的划分，最早的全集是《楚辞》，因为《诗经》属于经部不属于集部。但近代以后，学者们倾向于认为，西晋挚虞《文章流别集》是最早的全集。这部书今已亡佚，现存最早的文学全集是南朝萧统的《昭明文选》。

就现代以来的单个作家来说，一般先出版选集，作家逝世后才出版全集。例如，汪曾祺先是出版小说集《邂逅集》、散文集《蒲桥集》等，1997年汪曾祺去世，第二年由北京师范大学出版社出版《汪曾祺全集》。当然也有作家在世时出版全集，比如1930年上海合成书店出版的《冰心女士全集》、1931年上海新文化书局出版的《沫若全集》、2009年人民文学出版社出版的《王蒙全集》，季羡林在世时，也出版《季羡林全集》①。

一般来说，全集比选本保存了更多更详细的文献史料，弥补了人们读选本不能窥全豹的缺憾。由于这个缘故，如果对某一领域或某个作家形成整体印象，作出总体评价，就一定要有全集。鲁迅对此深有体会，他说："倘要论文，最好顾及全篇，并且顾及作者的全人，以及他所处的社会状态，这才较为确凿。"② 比如，《三家村札记》在20世纪60年代影响很大，乃至产生轩然大波，不仅遭到"四人帮"查禁，三位作者还遭受肉体和精神的残害。若是把这些杂文分别放进邓拓、吴晗、廖沫沙的文集里，且与其他文章混排，一般读者很难了解"三家村札记"的整体性以

---

① 参见季羡林全集编辑出版委员会编《季羡林全集》（第1—30卷），外语教学与研究出版社2009—2010年版。2007年，季羡林授权外语教学与研究出版社出版《季羡林全集》，并亲自督责指导结集出版事宜。全书共分30卷，第1—3卷在2009年6月出版，第4—30卷陆续在2010年出版。而季羡林于2009年7月11日病逝。

② 鲁迅：《题未定草》，载《鲁迅杂文全集》下册，北京燕山出版社2011年版，第1215页。

及思想文献价值。

尽管全集与选本相比较，有上述长处，但从整体上而言，选本的文献史料功用和价值仍然要大过全集。这是因为，全集的功用和价值主要在于保存和提供比较完整的作家作品，而选本除此之外，还具有以下几方面价值。

（一）阅读和传播价值

首先是阅读价值更明显。这个"更"，是相对于全集而言的。全集的篇幅宏大，价钱不菲，阅读颇费时间，而选本价钱便宜，还省去了不必要的翻检之劳，为读者节省了时间和精力。此外，与全集不加选择、不分优劣地提供给接受者所有相关作品不同，选本的作品是经过编者评判过的。编者要先阅读作家全集，尽可能对所有作品加以评判，论定高下、排定座次，然后才择优编辑成书，为当代人和后人提供一个学习借鉴的范本。鉴于选本具有更高的阅读价值，鲁迅说："评选的本子，影响于后来的文章的力量是不小的，恐怕还远在名家的专集之上。"[①] 朱自清也说："读诗家专集不如读诗歌选本。选本虽只能'尝鼎一脔'，却能将各家各派鸟瞰一番。"[②]

其次，传播价值也明显。选本往往是编者判定的优秀作品，或是被同时代人所激赏的作品，或是宣传某种流行理论观念的作品，因而选本常常被人们传颂和研习，扩大了作品的流传。有时编者有意识地选编趣味相同或相似的多个作家的作品，使他们的流派特征得到凸显，从而提升入选作家的影响，扩大作品的传播范围。如九叶诗派存在于西南联大时期（1938—1946），但直到1981年《九叶集》出版，辛笛、郑敏、唐祈、唐湜、杜运燮、穆旦等诗人被确认为"九叶诗派"之后，九叶诗派才作为一个文学流派引起学术界关注，他们的作品才广泛出版。

选本对于没名气的作家的功劳尤其大。历史上，许多诗人一生只作过

[①] 鲁迅：《且介亭杂文二集·题未定草》及《集外集·选本》，均出自《鲁迅杂文全集》，北京燕山出版社2011年版。

[②] 朱自清：《〈唐诗三百首〉指导大概》，载《朱自清古典文学论文集》，上海古籍出版社2009年版，第358页。

几首好诗,如果不借助于选本,早已湮没无闻。比如新月诗派当中的朱大枏、杨子惠,发表的诗不多,又二十出头就病逝,如果不是陈梦家把两人的诗作选进《新月诗选》①,恐怕如今早已无人知晓他们了。"文化大革命"时期进行"潜在写作"的诗人也是如此,如果没有"文革"后《潜在诗选》等选本出版,恐怕北岛、食指、根子等当代诗人不会像现在这样广为人知。

(二) 评估作品和打造经典

选本之"选"本身就是一种批评。"选录诗文的人,都各人显出一种鉴别去取的眼光,这正是具体的批评之表现。"② 选本的批评,不是通过言论得到表达,而是通过选本中作品的选择和排序得到体现。在选本中,除了选家"导读""鉴赏"之类的适当议论,最大的创造空间实际上就是作品的选择和排序。选家正是充分利用这个创造空间,把自家的文学观念和审美趣味,通过作品的选择和作品排列的先后、主次以及篇幅的大小,毫无顾忌地体现出来。就此而言,选本是一种"无声"的文学批评,它往往比那些以文章形式出现的批评,火力更猛,效果更明显。

正是因为看中了选本作为一种特殊的文学批评形式的功用,人们让它担负起培养审美情趣的任务。一般的作者和读者,他们不太可能像文学研究者那样以全面占有第一手资料为阅读前提,因此基本上都以选本作为文学读本。这样,就使选本担负起培养读者审美情趣的任务成为可能。如在1949年以后的30年里,中国诗歌选本大都是主流意识形态的产物。这些诗歌具有的明朗、乐观、单纯、质朴的风格,充满革命乐观主义精神,被诗人们竞相效仿。不仅于此,这30年的诗歌选本还对那些与这种审美情趣不吻合的诗歌往往予以排贬。比如,九叶诗派是20世纪40年代诗坛的重要诗派,但"五六十年代大陆出版的现代文学史著作、教科书、新诗

---

① 《新月诗选》共选18位新月诗派诗人作品,其中收录朱大枏诗作6首,杨子惠3首。参见陈梦家《新月诗选》,新月书店1931年版。

② 方孝岳:《中国文学批评·导言》,生活·读书·新知三联书店1986年版,第4页。又,张伯伟《中国古代文学批评方法研究》(中华书局2002年版)把选本列为六种"最具民族特色"的批评方式之首。

选，以及全面综述中国诗歌发展史的文章，对这个诗派都一字不提"①。

选本不单是促进审美情趣的形成，在较长时期里，甚至有什么样的审美情趣就会产生什么样的选本。譬如，2011年出版的《中国新诗总系》第1卷（姜涛选编），对郭沫若诗歌的选取标准，与1935年出版的朱自清选本（《中国新文学大系·诗集》，上海良友图书印刷公司出版）有明显的不同。朱自清在选择郭诗时，较多倾向诗意想象的美学趣味，而姜涛则"是从五四思想特征与现代艺术变革的审美新元素来挑选的"②，所以朱本有姜本所没有的《别可见，离》《雾月》《南风》《黄海中的哀歌》《两个大星》等。但是，我们公认的代表作《凤凰涅槃》《天狗》《立在地球边上放号》朱本没有选录，而姜本则选入了。正是不同的审美情趣，决定了朱本与姜本成为两个不同的新诗选本。

选本还在暗中对作品价值进行评估并打造经典。我们再以新诗选本为例。自新诗初创以来，这种自我拣选、自我经典化的工作实际上便已存在。仅在1920—1922年的两年之间，当时就出现了四种新诗选本③，其中，编者在《新诗年选·弁言》中写道："自从孔子删诗，为诗选之祖。"此言从表面上看，是将新诗选本置于从《诗经》到《唐诗三百首》这样的历史线索中，表明新诗选本符合诗选的传统；它的背后，其实却是以"孔子删诗"为榜样，建构新诗经典的一种想象。进入50年代，"年度诗歌选本"成为诗选的重要方式，并在进入80年代之后逐渐形成"历史惯例"。到了21世纪，随着中国社会进入信息化时代，网络等各种便捷的发表渠道和版面媒介刺激着诗歌大量生产。此时诗歌选本通过去粗取精来过滤诗歌生产，重建诗歌经典作品，因而"年度诗选"以浓缩精品的形式产生相对精良的结晶，不但为读者的阅读提供了视觉上的便利，而且营造了中国当代诗歌蓬勃发展的氛围。由于这个缘故，诗歌选本成为读者了解一定时期内诗歌经典作品的主要途径。

以"第三代诗歌"为例。这个诗歌流派在当代文学史上确立的经典

---

① 洪子诚：《当代文学概说》，广西教育出版社2000年版，第85页。
② 王泽龙：《〈中国新诗总系〉的经典意识》，《文艺争鸣》2011年第6期。
③ 这四种新诗选本分别是：1920年1月上海新诗社出版的《新诗集》（第一编），1920年8月上海崇文书局出版的《分类白话诗选》，1922年6月上海新华书局出版的《新诗三百首》，以及1922年8月上海亚东图书馆出版的《新诗年选》（1919年）。

性形象，就与最早的两个选本有很大关系，即徐敬亚、孟浪、曹长青主编的《中国现代主义诗群大观1986—1988》（以下简称《大观》）和唐晓渡、王家新主编的《中国当代实验诗选》（以下简《实验诗选》）。在《大观》序言中，徐敬亚以非常坚决的态度表示了与朦胧诗的决裂，认为朦胧诗对社会对艺术的冲击导致了"第三代诗歌"的"更大面积的'泛滥'"。他把"第三代诗歌"称为朦胧诗的"果实"，认为"它（指朦胧诗）的果实否定了它，并推进淹没了它"。①这就塑造了"第三代诗歌"既是朦胧诗发展的结果，又是朦胧诗掘墓人的独特形象。唐晓渡的选本态度和徐敬亚基本一致，在《实验诗选》的"序"中，他将朦胧诗称作"第三代诗歌"的先行者②，认为这并不意味着北岛等朦胧诗人是不可推翻的偶像，在接下来的序文中，唐晓渡毫不犹豫地说："只要不是出于狭隘的自我标榜，或者基于自卑的自我戏剧化，向北岛们的挑战就是题中应有之义。"为了塑造这样的形象，《大观》《实验诗选》差不多把朦胧诗和"第三代诗歌"一网打尽。

选本更在塑造经典作家的过程中发挥了极其重要的作用。我们现在公认的现当代经典作家，为什么有些在某个时期被人忽视，原因很可能就是选集里没有选他，后来他的作品被选入多了甚至有了全集，他才变得"重要"。例如在1949年以后30年里的作家作品选里，沈从文的小说基本上没有被收入，他的小说选本也很少出版，他那时甚至难以忝列"著名作家"行列。到了80年代，沈从文的选本突然多起来，而从90年代以迄于今，情况发生了根本变化，现代文学作品选不能没有沈从文。类似的情况，还有被"重新发现"的张爱玲、汪曾祺等。

（三）文学史的价值

选本是一种"寓鉴赏的批评"或"寓批评的鉴赏"，是鉴赏与批评的

---

① 徐敬亚：《历史将收割一切》，载徐敬亚、孟浪等编《中国现代诗群大观1986—1988》，同济大学出版社1988年版。

② 唐晓渡说："不言而喻，实验诗之所以成为可能，以诗人的主体意识的觉醒和高扬为前提。在这方面，以北岛为代表的一代青年诗人被公正地认为是开先河者。北岛们对当代诗歌最重要的贡献就在于此。"（参见唐晓渡、王家新主编《〈中国当代实验诗选〉序》，春风文艺出版社1987年版。）

统一，它包含了以读者为重的一种思维理念。选本以读者为重心，不仅是对文学作品的流传，更是对文学作品的解读乃至文学史的建构，具有重要的意义。

选本特别是教材型选本的编选原则，大都体现出为读者服务、为读者考虑的意识。如中央电大中文系编的《中国当代文学作品选》（1987年修订本）"编选说明"写道："由于一部分要求阅读的作品在教材中未作专门分析，给同学们的学习带来一定的不便。所以，在这次编选过程中，我们在作品后面附上了'阅读提示'。"王庆生主编的《中国当代文学作品选》，甚至在"前言"中明确提出，以"为人民服务、为社会主义服务"作为选编的基本原则，考虑到有些好作品没能入选，编者"写了57篇作品内容提要，故事梗概，有的节选了作品的一部分"，以便给读者提供阅读概览。

为了更好地为读者服务，有些选编者专门撰写了"导读"，还有的为每篇作品撰写简约的"分析"。这些"导读""分析"，外观短小精干，数十字，数百字，最多就是一千多字，却能使读者迅速捕捉文学形象，激发读者的再创作，促进读者对文学作品的接受。张志忠主编的《中国当代文学作品导读》①一书，在引论中概述中国当代文学，描述中国当代文学发展的整体轨迹，然后按照文体分别导读各时期重要作品。对每篇作品的导读，先予以节选，接着是"作者介绍"和"作品分析"。"作品分析"不仅指出作品的特点，还分析人物形象和情节结构以及语言风格。最后是"延伸阅读文献"，列举该作品的重要评论文章索引，以便拓展读者对作品的理解。

选本当中的作品分析，千字以内占绝大多数，无论是对作品文学史地位的论断、语言的把握，还是文意内涵的阐发、艺术特点的剖析，都显得极为深入细致。刚才提到的中央电大中文系编的《中国当代文学作品选》（修订本），在每篇作品后附加"阅读提示"。该书第一卷选录诗人闻捷的《苹果树下》和《舞会结束以后》。其"阅读提示"，先是指出两首诗属于诗人创作的组诗《吐鲁番情歌》中的代表作，接着指出闻捷爱情诗对劳动的重视，在此基础上，分析《苹果树下》《舞会结束以后》对爱情与

---

① 参见张志忠主编《中国当代文学作品导读》，北京大学出版社2005年版。

劳动关系的赞颂。"阅读提示"还分析了两首诗的地方色彩和民族特色，以及朴实无华的语言。

无论是作品"导读"还是"阅读提示"，都很好地起到了帮助读者理解作品的作用。其中不少编者的导读和分析，还超越一般的单纯鉴赏，贯穿了文学史意识。编者结合时贤和自己对作品的理解，进行生发与创造，使作品的价值由潜呈显，从而构成了当代人重写文学史的资源之一。每一种选本的"导读"和"分析"，都构成一种新的解读，其重心落在了读者的品评上，这便构成文学史的一种当代存在形式。正如接受美学大师姚斯所说："一部文学作品并不是一个自身独立向每一个时代的每一位读者均提供同样观点的客体，它不是一尊纪念碑，形而上学地展示其超时代的本质，它更多地像一部管弦乐谱，在其演奏中不断地获得读者新的反响，使文本从其物质形态中解放出来，成为一种当代的存在。"[①] 中国现代文学的选本以读者为重心，可以说事实上把读者之维引入了作品作家的历史研究之中，使选本成为当代人重写文学史的参照。

（四）文体史料价值

文学研究须以文学作品作为主要研究对象，而对文学作品自身特点的观照，还必须依靠文体学的方法。所以韦勒克、沃伦指出：文学文体学"将成为文学研究的一个主要组成部分，因为只有文体学的方法才能界定一件文学作品的特点"[②]。但一般的文学爱好者并不关心文体学。在通常情况下，他们主要通过两个途径了解文体：一是单篇作品的文体，二是按照文体编排的选本。单篇作品虽必定具有文体特征，但"独木不成林"，它的文体特征不明显，难以引起普通读者注意；因而第二种途径即各种文体的选本，不期而然地成为人们了解文体的主要途径。事实上，选本利用规模效应呈现文体特征，容易引起读者对文体的关注，也能帮助读者更清晰地辨别不同文体。或许由于这个缘故，按文体分类进行选文或选诗，构成中国文学选本的主要特色。挚虞的《文章流别论》、萧统的《文选》、王夫之的《唐诗评选》等，大体都呈现了按照文体选编作品的这种传统。

---

① 姚斯：《接受美学与接受理论》，辽宁人民出版社1987年版，第26页。
② 韦勒克、沃伦：《文学理论》，生活·读书·新知三联书店1984年版，第191页。

新文学作品，从一开始就以文体选本的方式出版，胡适的《尝试集》、郭沫若的《女神》以诗选的方式打造了新诗的最初规范，鲁迅的《呐喊》打造了白话短篇小说的规范，30年代出版的《中国新文学大系》第一辑，以选文、选诗的方式，确认和巩固了新文学各种文体的规范。1949年后出版的各文体选本，同样反映了不同时期人们的文体观念。

在"十七年文学"时期，"高、大、全"成为小说尤其长篇小说的文体标识，那时候出版的多数小说选本，莫不以此为标准；20世纪80年代后，这种关于小说的文体标识受到质疑和批判，随着"寻根"文学、"先锋"文学兴起，小说的文体边界开始模糊，文体革新受到重视。进入90年代，由于"图像时代"到来，文学被日益边缘化，影响大不如前，许多文体都在悄悄发生变革，作家借助新文体制造陌生化效果吸引读者，扩大影响。如韩少功尝试词典体，写成《马桥词典》（1996）。《马桥词典》不仅是后现代式的小说创作，同时也是当代小说文体变革的标本。① 当然，并非所有的文体都发生变革。《中篇小说选刊》等大型文学期刊面对社会转型、消费文化兴起，仍然执着地坚守文学阵地，使中篇小说生产与流播受到的冲击降低为最小限度："文体自身的优势和载体的相对稳定，以及作者、读者群体的相对稳定，都决定了中篇小说在物欲横流时代获得了绝处逢生的机缘。这也是中篇小说能够不追时尚、不赶风潮，能够以'守成'的文化姿态坚守最后的文学性成为可能。在这个意义上，中篇小说很像是一个当代文学的'活化石'。"② 换句话说，《中篇小说选刊》等大型文学期刊，是见证市场经济时代中篇小说保持自身文体特征（主要是纯文学文体特征）的很好史料。

虽然相对于全集而言，选本有着上述种种功能和价值，但我们也不能忽视选本存在的问题和不足。鲁迅指出："选本所显示的，往往并非作者

---

① 《马桥词典》以马桥人日常用词为引子，选用115条词语讲述了一个村庄的风俗人情及特定年代的历史等。人们阅读单行本《马桥词典》，与其说是读小说，不如说是体验20世纪90年代后期创新文体的经历，那时候后现代主义正在中国形成理论和创作热潮，"颠覆""解构"成为许多人的口头禅，于是打破传统的小说文体特征，成为一些人的呼声，而《马桥词典》的词典体满足了这种需要，它假借词典文体的共时结构改变或弱化了小说的历时叙事传统，产生了"原生态"的错觉。

② 孟繁华：《序：一个文体和一个文学时代——中篇小说三十年》，载孟繁华编《1978—2008中国优秀中篇小说》，现代出版社2009年版，第1页。

的特色，倒是选者的眼光"，因为选本"可以借古人的文章，寓自己的意见"。① 朱光潜也说："编一部选本是一种学问，也是一种艺术。顾名思义，它是一种选择。有选择就要有摒弃，这就可显示选者的好恶或趣味。"② 由此看来，编者在选本中掺入个人喜好或偏爱，以致选本难免反映编者的个人好恶以及当时的风气。尽管优秀的编者，总是尽量避免主观，但所谓客观公允的选编原则，只是一个理想，事实上都不免有所偏向。有偏向就有问题和不足。其中最明显的，也许就是读者读选本，自以为读到的是精华作品，"殊不知却被选者缩小了眼界"，看到的只不过是编者眼中的"精品"。以至经编者删减涂抹，朱自清只剩下"荷塘月色"的迷蒙，周作人不过是挨了场北京的"苦雨"（周作人选集名为《雨中的人生》），沈从文成为专门吟唱湘西牧歌的"边城浪子"，而"先锋派"作家余华俨然是一位冷血的外科医生。这是需要引起编者注意的。

因此，对于一般读者（特别是初学者），宜选择选本，选本为他们提供必要的知识，获得一个大概的认识。而对于有志于深入研究现代文学的人们，选本固然重要，但它毕竟反映的只是研究对象的冰山一角，故仅有选本史料是不够的，还必须阅读全集和其他更多的文学史料，以便获得整体系统的观照和把握。

二　选本的分类

探讨中国现代文学全集与选本，不能不谈到分类。现代文学全集的分类比较简单，常见的是按照作家分类，如《鲁迅全集》《郭沫若全集》《巴金全集》等。也有一个或几个作家某种文体或专题的全集，如《冰心儿童文学全集》《徐志摩诗全编》等。现代文学选本的分类要复杂得多。同其他文献史料一样，文学选本的存在形式不是稳定不变的，而是随着载体、文艺观念等不断扩展，不同时期选本的分类也不尽相同。隋唐时期出

---

① 鲁迅：《且介亭杂文二集·题未定草》，载《鲁迅全集》，人民文学出版社2005年修订版。

② 朱光潜：《谈文学选本》，载《朱光潜全集》第九卷，安徽教育出版社1993年版，第217—218页。

现了雕版印刷术，使复制和传播各式纸质选本成为可能。到了近现代，由于铅字印刷术的成熟和机械印刷广泛投入使用，报纸杂志成为文学传播的主要载体，选本的分类更广泛。进入21世纪，又出现了网络和手机这两种新兴的文学传播载体，相应地，文学选本的分类中又增添了网络文学选本和手机文学选本。与此类似，西方文艺理论和文类思想自近代以来不断传入中国，改变中国传统的文学观念，导致文体逐渐丰富，出现了小说、诗歌、散文、戏剧、杂文、报告文学、理论研究等多种文体。载体和文体的扩展，直接导致文学选本的类型发生变化。鉴于文学选本分类的复杂情况，下文拟按功能、载体、题材、文体、时间、语言、民族、地域这八个遴选文章的标准，对现代文学选本进行梳理分类。

1. 按照功能的不同，有教材选本、读物选本、专业选本

第一，顾名思义，教材选本指作为教材或辅助教材使用的选本，也就是通俗意义上的中文教材，其中大多为经典作品，偶尔也收录学生习作，用来作为课堂教学或学生阅读练习的实例。1903年，我国的基础教育建立了分科教学的新学制，开始设置中文（国文）科，从此，中国才有了现代意义上的中文教育和中文教材。在这以前，中文教材主要是儒家经典选本和古诗文选本。如属于儒家经典选本的《诗经》《论语》《孟子》《大学》《中庸》，属于古诗文选本的《唐诗三百首》《古文观止》等。近代以来的教材选本，可以依据适用的教育程度不同，分为各年级中文教材，如小学《语文》、中学《语文》和大学的《中国当代文学作品选》。也可以根据编选标准和内容的差异，把教材选本分为三种：一是依据历史编年，二是依据文学体裁，三是历史编年和文学体裁综合。多数选本属于第三种，即按照文学体裁分卷，每卷之内按照作品发表的时间先后排序，如王庆生主编的《中国当代文学作品选》[1]，按照小说、诗歌、散文、戏剧、报告文学等体裁分为数卷，每卷按照历史编年，以《报告文学》卷为例，排在最前的是发表于1951年的《谁是最可爱的人》[2]，最后的是1991年发表的《沂蒙九章》[3]。谢冕、洪子诚主编的《中国当代文学作品

---

[1] 参见王庆生主编《中国当代文学作品选》，华中师范大学出版社1997年版。
[2] 参见魏巍《谁是最可爱的人》，《人民日报》1951年4月11日。
[3] 参见李存葆、王光明《沂蒙九章》，《人民文学》1991年第11期。

精选》①，也属于历史编年和文学体裁的综合。

教材选本具有以下几个特征：

（1）强调思想教育功能。长期以来，中国文学教材编选都十分重视"文道统一""文以载道"，也就是把思想性与艺术性同时作为遴选作品的依据。凡是选进教材的作品，都具有一定的思想教育意义，这是中国教材编选的一个传统。往早说，1923年，著名语文教育家叶圣陶与顾颉刚合编的《新学制初中国语教科书》对选文的要求，就是"以具有真见解、真感情、真艺术、不违反现代精神，而又适合学生的领受为标准"②。新中国成立以来历次的中小学语文教学大纲，对语文教材的选文，同样也都十分强调积极健康的思想内容与优美的艺术形式的统一。如1963年中学语文教学大纲中说："课文必须是范文，要求文质兼美，具有积极的思想内容和优美的艺术形式，足为学生学习的典范。"1978年的中学语文教学大纲说："课文要选取文质兼美的文章，必须思想内容好，语言文字好，适合教学。"1996年供试验用的高中语文大纲指出："选文要文质兼美，有助于培养学生的高尚道德情操，有助于增强爱国主义精神和提高社会主义觉悟，有助于培养学生热爱中华民族优秀传统文化的思想感情，有助于树立辩证唯物主义和历史唯物主义观点。"

（2）注重培养读者运用语言文字的能力或者文学鉴赏能力。根据中小学和大学教学大纲，中小学语文教材注重培养学生运用语言文字的能力，而大学文学教材，则注重培养文学鉴赏能力。

（3）教材选本的目录、体例等，要与课程的教学目标和教学要求相符合。就目前国内已有的教材来看，其中不乏精善者，但多数教材选本存在不少问题。如有的当代文学教材，因片面追求所选"文学作品"与"文学史"的对应，而忽略了"作品选读"对知识传授、能力培养和方法训练的独特的层次性要求。

（4）注意可接受性。这里所说的"可接受性"，主要包括两个方面：一是选材要考虑特定年级学生的接受能力，深浅适度。宋代大教育家朱熹

---

① 谢冕、洪子诚：《中国当代文学作品精选》，北京大学出版社2002年版。
② 叶圣陶、顾颉刚编：《编辑大意》，载《新学制初中国语教科书》，商务印书馆1923年版。

深谙这一点,他说:"小学是学其事,大学是学其理。"[1] 中小学语文教材选用的作品,是运用语言的典范,而大学文学作品选本,则应具有很高的诗、史价值。二是选材要适合学生的生理心理特点,具有一定的趣味性。

第二,读物选本指的是作为普及性读物选编的文集。读物选本大多是扩展学生知识面的课外读物,比如陈思和、黄玉峰主编的《中学文学读本》[2],以文学史为主要线索,试图"通过阅读和教学这套文学读本,使中学生大致能了解中国文学的发展变化线索及其审美特点"。近年来,读物选本的阅读和选编出现了偏执。由于"人们没有更多的空闲时间,只追求有实际效用的目标","流行读物成了文学的通常形式,人们以为这就是精神食粮。在这样的阅读中,已经感受不到自然的文笔所带来的惊奇和兴奋,也不会与之进行精神交流,更不能通过一个作家的眼睛去发现人类的普遍的心灵","人们的'读物'阅读口味,逐渐滑向肤浅、平庸",读物的选编者也追逐这种阅读的时尚,"追逐炒作制造的一个个的焦点、热点,开始迷恋畅销书排行榜,争做市场化的明星作家的偶像粉丝"。[3]

第三,专业选本是指为了文学研究而选编的文集,分为两类:一是研究资料,如《郁达夫研究资料》《赵树理研究资料》《老舍研究资料》等;二是工具书,如《中国现代文学作品辞典》《中国现代作家辞典》等。

2. 按照载体不同,分为报纸杂志选本、书籍选本、网络选本、手机选本

第一,报纸杂志选本,分为选刊选本和选刊作品集两类。前者如《散文选刊》《小说月报》《中篇小说选刊》《长篇小说选刊》,后者是选刊上的作品精选,如《小说月报:风味小说·天津卷》,此书系《小说月报》编辑部把刊登在《小说月报》上的带有天津地域特色的小说精选之后结集出版。

第二,书籍选本指的是各种以书籍形式出版的选本,以作家选集居多。

---

[1] 朱熹:《朱子语类》卷7。
[2] 参见陈思和、黄玉峰主编《中学文学读本》,广西师范大学出版社2011年版。
[3] 杜浩:《文学的低落与读物的"滥觞"》,《团结报》2010年5月20日。

第三，网络选本是网络上出现的各种文学选本，按照最初发表形式的不同，分为原创网络文学选本和转帖网络文学选本。原创网络文学选本的作品，最初发表在网络上，如新浪网读书频道"原创文学"栏目刊登的数以万计的文学作品。① 转帖网络文学选本，起先大都发表在报纸杂志等纸质传媒上，甚至本身就是书籍形式的选本，被网络版主制作成电子书形式或网页形式，转帖在网页上，如白鹿书院、天涯在线书库的"现代作家选""当代作家作品选"。据调查，几乎所有文学网站都设置了专门的网络选本栏目，供网民阅读、下载现当代作家名作。超大容量是网络选本的优点，它的缺点是，要么整本转帖选本书刊，要么所选作品的质量良莠不齐，鱼目混珠。如梦远书城的"名家文集"栏目，汇集了近百位现当代著名作家的文集，如"韩少功文集"，既有长篇小说《马桥词典》《暗示》，也有韩少功的成名作中篇小说《爸爸爸》《西望茅草》，有近年的散文集《山南水北》，甚至有他那篇著名的文学评论《文学的"根"》。但也存在一些问题，如现代作家居多，当代作家仅有贾平凹、韩少功、苏童、阎连科、石钟山、韩寒、周梅森等数十人；而且随意转帖作家作品充数的现象比较明显，如"张一弓文集"②，仅有 3 篇短篇小说，竟然没有在 20 世纪 80 年代引起轰动并改编成电影的那篇小说《流泪的红蜡烛》。

第四，手机选本是指以网页形式或者 txt 文档格式出现，供手机用户阅读的文学作品集。2009 年 8 月 18 日，盛大文学与《文学报》合作启动仪式在上海举行，双方首次合作的内容是，《文学报》主办的《微型小说选报》将组织大量优秀作品提供给盛大文学无线平台的 3G 手机小说平台，此举标志着手机选本进入新的发展阶段。21 世纪以来，随着手机技术的飞速发展和手机用户急骤增加，手机文学成为新兴的文学形式。由于受到手机屏幕和容量的限制，手机文学以选登现当代文学作品为主，原创作品较少。手机文学具有字词简洁、篇幅短小的特点，所以手机选本选登的都是短小有趣的散文、小说或新闻、时评。其中，《读者》《读者文摘》

---

① 参见新浪网读书频道"原创文学"栏目（http：//vip. book. sina. com. cn/）。
② 参见梦远书城的"名家文集"栏目（http：//www. my285. com/ddmj/zyg/index. htm）。此"张一弓文集"贴出的 3 篇小说《黑娃照相》《浪漫的薛姨》《远去的驿站》，既不是张一弓的代表作，也不是近作。

《青年文摘》上的文章，因其篇幅精短、内容隽永，成为手机选本的主要来源。

有必要指出，手机选本并非恒定不变，而是随着文学载体的扩张和变换，它的载体也会发生变化。譬如作家刘震云的长篇小说《一句顶一万句》，先是以报刊选本的形式在《人民文学》2009年第2、3期连载，这年4月，长江文艺出版社出版该书单行本，数月后，图书版的《一句顶一万句》以电子书形式出现在新浪网读书频道，2011年8月下旬，该书获第八届茅盾文学奖之后，部分章节以手机选本形式，供手机用户阅读。按照载体分类的选本具有的这个规律，显示了选本分类的易变性。产生易变性的原因，一是市场需要同一选本有不同的载体，以便满足读者的不同需求；二是科学技术的发展使不同类别的选本之间互换成为可能。同时，还要注意到，选本的载体互换具有稳定性。不管载体如何变换，选本并没有发生质的变异，它的语言、叙述和基本结构等呈现出相当的稳定性。所以，选本的载体发生变换，一般不会影响选本的阅读质量。

3. 按照题材不同，分为专题选本和作家选本

专题选本一般包括文学流派选本（如《新月诗选》《朦胧诗选》）、文学社团选本（如《文学研究会作品选》）和文学思潮选本（如李怡编《中国新写实主义文艺作品选》[①]）、女性作家选本（如谢冕主编《中国女性诗歌文库》[②]、刘锡诚等编《当代女作家作品选》[③]）、文学论争选本[如丁茂远等主编的《中国当代文学参阅作品选》（12卷）[④]]。其中，文学思潮选本在八九十年代出版较多，但大都没有引起学术界注意，如李怡、璧华编的《中国新写实主义文艺作品选》1980年在香港出版后，没有再版，今已罕见。此书选登了1978年十一届三中全会后两年内发表在大陆文艺期刊上的中短篇小说，如《李大顺造屋》《乔厂长上任记》《乔厂长后传》《清水衙门》《飞天》《调动》《草原上的小路》等15篇作品。考虑到这本书在1980年出版，不仅可见选编者过人的文学敏感，而且此

---

① 参见李怡编《中国新写实主义文艺作品选》，七十年代杂志社1980年版。
② 参见谢冕主编《中国女性诗歌文库》第16卷，春风文艺出版社1997年版。
③ 参见刘锡诚等编《当代女作家作品选》，花城出版社1980年版。
④ 参见丁茂远等主编《中国当代文学参阅作品选》第12卷，福建人民出版社1991年版。

书很可能是最早的新写实主义选本。

作家选本可分为单个作家选本（如沈从文的《湘行散记》、余秋雨的《文化苦旅》）和多个作家选本（如《中国现当代文学作品选》《中国当代文学作品精选》）。

4. 按照文体不同，分为小说、诗歌、散文、戏剧、杂文、报告文学、理论等选本

1935—1937年出齐的《中国新文学大系》第一辑，是中国最早的大型现代文学选集，此书按照文学体裁分为理论、小说、诗歌、散文、戏剧、文学论争、史料共10种选本。其中不少篇什是脍炙人口的名作，对新文学的创建起了积极作用，其他的也大多在思想或艺术上有一定的代表性。① 近年出版的《新中国60年文学大系》，由王蒙担任主编、中国作协创作研究部选编，共分《中篇小说精选》《短篇小说精选》《小小说精选》《诗歌精选》《散文精选》《散文诗精选》《报告文学精选》《儿童文学精选》和《文学评论精选》等分卷，囊括了新中国成立60年以来文学领域中一流作家的代表作以及各个体裁的经典篇章，系统回顾和总结了新中国成立以来在文学创作方面的成就。此书价值显而易见，但在选编上也存在一些不足，比如限于篇幅，对那些篇幅较大的作品，只摘录精华部分，令人感到缺憾，而且有的摘录部分并非作品中的精华。收录的本子有的也不是善本，例如，关于姚雪垠的《李自成》，书中采用的是精补四卷本，该版本系由姚雪垠生前创作秘书俞汝捷在姚雪垠原著的基础上经过精炼、压缩、补写和订正而成。据说冯天瑜先生评价，俞先生的增补工作"同高鹗功业相类"，而实际上精补本并非善本。因为，精补本"填补了20万字的原著缺漏，还将原著300多万字节略为190万字，共计210万字。结构上，原著的5卷12册被整合为四部曲，每部以一句五言杜诗作标题"。俞汝捷说："实际上每一章我都至少节过两遍，有的节过三遍甚至四遍。"② 如此精补后的《李自成》，已非姚雪垠的原著，比如说，原著采用了大量白话口语，精补本却主要是文言化的白话。

除了"大系"中的各文体选本，还有各种文体的单行本，如《中国

---

① 《中国新文学大系》至今已出第五辑，后四辑也按照文体分卷。
② 李竞：《俞汝捷精补〈李自成〉》，《文学报》2008年1月3日。

现代名家短篇小说选》①《艺术家韩起祥——贾平凹小说精选》。②

5. 按照选编作品时间不同，分为年度选本和时期选本

年度选本和时期选本，都采用了中国传统书籍编排方法，即时间为经，体裁为纬。譬如，赵家璧主编的《中国新文学大系》第一辑，基本按照发表时间先后，选编了1917—1927年发表的各种文体的作品，属于大型时期选本。由于近现代中国战乱频仍，民国时期，年度选本和时期选本都极少。新中国成立后有所增多，改革开放以来，年度选本和时期选本的出版出现空前繁荣的景象。

90年代以来，几乎每年都有各种体裁的文学作品选本出版，如《2007年中国中篇小说选》③《2007年中国散文选》④《2007年中国诗歌选》⑤、《2007—2008年中国文学评论双年选》。⑥ 时期选本也如雨后春笋出现，除了冠名"中国现代文学作品选""中国当代文学作品选"的选本之外，还有适应"20世纪文学""新时期文学""八十年代文学""十七年文学"等概念的选本，如《二十世纪中国文学作品选》⑦ 分诗歌、小说、散文、戏剧四卷，每卷按照某体裁作品发表时间先后编排。

年度选本和时期选本，集中反映一定时期的文学创作图景，清晰勾勒文学发展轨迹，具有较高的文献史料价值。但也存在一些问题，比如说，为了抓住出版时机，年度选本的编选大多仓促，花城出版社出版的"2007年年度选本"，赶在2008年元旦或之前出版，考虑到出版周期需要一两个月，则2007年11月、12月发表在文艺期刊的小说、诗歌、散文等，都不在入选范围内。

6. 按照语言的不同，分为国语选本和外国语选本

国语选本由白话文学作品选、文言作品选组成。五四文学革命以后，白话文迅速取得文学语言的统治地位，但这并不意味着文言文在文学创作

---

① 《中国现代名家短篇小说选》，外文出版社2003年版。
② 参见贾平凹《艺术家韩起祥——贾平凹小说精选》，人民文学出版社2006年版。
③ 参见谢有顺编《2007年中国中篇小说选》，花城出版社2007年版。
④ 参见李晓虹编《2007年中国散文选》，花城出版社2008年版。
⑤ 参见王光明编《2007年中国诗歌选》，花城出版社2008年版。
⑥ 参见郜元宝编《2007—2008年中国文学评论双年选》，花城出版社2009年版。
⑦ 《二十世纪中国文学作品选》由江苏教育出版社出版。诗歌卷由何言宏、高永年士选编；小说卷由贺仲明、王文胜编选；散文卷由杨洪承、沈义贞编选；戏剧卷由杨洪承、贺仲明编选。

中消失。相应地，白话文学作品选占绝对地位，也并不意味着不再有文言作品选。多数现代作家，有的甚至曾是白话文运动的先锋，在五四以后创作了不少古体诗。比如，鲁迅仅在1932年就写了近10首古体诗，后被编进《鲁迅旧体诗集》出版。现当代作家中，除了鲁迅，郭沫若、周作人、郁达夫、施蛰存、钱锺书、张中行等都出版过古体诗集。著名的《天安门诗抄》①，第一辑为古体诗和词、曲、挽联。

外国语选本指用汉语以外的语言选编出版的中国现当代文学作品选。比较常见的，是现当代作家的小说单行本的外译本，如鲁迅的《阿Q正传》先后被译成10多个国家语言出版，中国当代作家中比较受英语世界关注的可能是莫言，仅葛浩文（Howard Goldblatt）就英译了6部莫言的作品。② 除了单行本，还有少量选集，如葛浩文、刘绍铭编的《哥伦比亚中国现代文学作品选集》（The Columbia Anthology of Modern Chinese Literature，2007）。"他山之石，可以攻玉。"外国语选本不仅是中国现当代文学走向世界、赢得世界声誉的必由之途，它作为文献史料，也可资观照其他国家和民族对中国现当代文学的看法。

7. 按照民族不同，分为各民族文学选本

直到新中国成立以后，少数民族文学才得到重视，五六十年代出版了一批少数民族作家的作品，进入21世纪以来，少数民族文学作品的选编，更受到各级政府和文化机构的重视。如《当代维吾尔族文学选》《苗族作

---

① 参见童怀周编《天安门诗抄》，人民文学出版社1978年版。"童怀周"是一个化名。1976年12月，北京第二外国语学院汉语教研室的16位教师，自发组织起来搜集和整理天安门诗文。他们把这个小组取名为"童怀周"——取"共同怀念周总理"之意。1977年1月，周总理逝世一周年之际，"童怀周"刻印成一本《天安门革命诗抄》；7月1日，编印完成第二集。11月，"童怀周"在第一、二集的基础上进行了校订和整理，并以原拟编为第三集的诗文补入，合为一本，定名为《天安门革命诗文选》，1978年12月由人民文学出版社出版的《天安门诗抄》就是在此基础上编选而成的。（参见黎之《回忆与思考——〈天安门诗抄〉出版前后》，《新文学史料》2001年第2期。）

② 葛浩文已翻译的6部莫言作品是：(1) Red Sorghum（《红高粱》），Viking，1993，Penguin Modern Classic，1994；(2) The Garlic Ballads（《天堂蒜薹之歌》），Viking，1995，Penguin Modern Classic，1996；(3) The Republic of Wine（《酒国》），Arcade Publishing（US）and Hamish Hamilton（UK），2000；(4) Shifu, You'll Do Anything for a Laugh（《师傅越来越幽默》），Arcade，2001；(5) Big Breasts and Wide Hips（《丰乳肥臀》），Arcade，2004；(6) Gife and Death Are Wearing Me Out（《生死疲劳》），Arcade，2008。计划翻译的莫言作品有1本：Death by Sandalwood（《檀香刑》），Funded by Guggenheim Foundation。

家作品选集》①。自 2003 年起，民族出版社陆续出版了"当代白族作家丛书""当代侗族作家丛书""当代苗族作家丛书"等少数民族作家文集，仅《当代苗族作家作品选集》，共 25 卷，是苗族有史以来汇集作家最多、规模最大、规格最高的文学作品选集，入选作家 100 多位，其中当代苗族作家有李敖、姜穆、肖仁福、侯钰鑫、谢家贵等。中国作协在民族文学选本出版方面，起到了重要的作用。2010 年 1 月，中国作家协会组织编选的《新中国成立 60 周年少数民族文学作品选》（6 卷 20 册）由作家出版社出版。与以往的选本不同，这套选集先是面向社会征集少数民族作家作品，然后对征集到的 3000 多万字的稿件进行认真审读和遴选，从中编选出中篇小说卷（5 册）、短篇小说卷（4 册）、诗歌卷（4 册）、散文卷（2 册）、报告文学卷（3 册）、理论评论卷（2 册）。长篇小说以目录形式存目。这些作品集中反映了新中国成立 60 年来少数民族文学创作的优秀成果。

8. 按照地域不同，可分为各省市作家作品选和港澳台作家作品选

新中国成立后，各省市作家作品的选编出版也受到重视。80 年代以来，在国家和各省市文化部门尤其各地作协扶持下，地方作家群纷纷崛起，呈现出地域文学创作空前繁荣的景象。就作品选而言，湖南、山西、上海、浙江、广东、贵州等省市比较引人注目。例如，《当代湖南作家作品选》《新时期湖南文学作品选》《山西中青年作家作品精选》《广东公安作家文学作品选》《新世纪贵州作家作品精选》《贵州三十年诗歌选》等。其中，"文学湘军"成为新时期中国文学的一道景观，涌现出了韩少功、唐浩明、何顿、彭学明、王浩文、阎真等当代著名作家。文学湘军的繁荣，促成了多种湖南作家作品选的出版，如《湖南新时期十年优秀文艺作品选》（1989）、《当代湖南作家作品选》（1997）、《当代湖南文艺评论家选集》（1999）、《当代湖南戏剧作家作品选集》（1999）、《文艺湘军百家文库》（2000）等，集中展示了文学湘军实绩。

直到香港（1997）、澳门（1999）回归祖国前几年，港澳台文学才受到中国大陆现当代文学研究者的重视。不仅文学史书开始专章叙述港澳台文学，港澳台文学选本也多起来。选本最多的是香港金庸、梁羽生、古

---

① 参见侯钰鑫、乐黛云等编《苗族作家作品选集》，民族出版社 2008 年版。

龙、黄易等人的武侠小说，和琼瑶（台湾）、岑凯伦（香港）、张小娴（香港）等女作家的言情小说。这里需要提及《台港文学选刊》，它是中国大陆第一家专门介绍台港澳及海外华文作家作品的文学期刊，创办于1984年9月。迄今为止，已先后介绍了2000多名台港澳及海外华文作家的作品，其中佳作经常被《小说选刊》《小说月报》《新华文摘》《读者》等刊物转载，或被选入各种图书，在推广港台文学和海外华文文学方面产生积极影响。被评论家誉为"大陆文坛（包括海外华人）了解台港作家及其创作的一个'窗口'，而且是最重要的'窗口'"[①]。三毛、亦舒、钟晓阳、张晓风、席慕蓉、朱天文、朱天心、西西、黄碧云、龙应台、李昂、施叔青、董桥、钟理和、王鼎钧、余光中、聂华苓、琦君、李敖、柏杨、陈映真、白先勇等港台作家的一些作品，都是通过《台港文学选刊》被大陆读者认识。尤为难得的，是该刊虽刊名为"台港"，但视角扩展到海外。90年代开始，开辟"东南亚小说界""欧美华文小说林""三角洲""椰风蕉雨""新移民故事""海外文叶""寻梦北美""羁旅文学"等栏目介绍海外华文佳作，编发有"北美华文作品专号""初露曙光——微型小说十二家""菲华五人作品选""澳华诗抄""新加坡五月诗社诗选"等专辑。最近几年，为收集和保存文献史料，还专门开辟了"文学档案馆""文坛春秋"等栏目。不妨这样说吧，《台港文学选刊》不仅是至今大陆最重要的台港文学和海外华文文学选本园地，也是台港文学和海外华文文学文献史料保存的重要基地。

以上说的是选本的分类。至于全集的分类，从理论上讲，与选本并无二致，但实际上，常见的全集只有专题性全集和作家全集两种。这两种全集的具体分类，与专题选本和作家选本基础相似，故在此不作赘述。

三　全集与选本编纂面临的问题及其对策

近几十年来，现当代文学全集与选本的编辑出版出现了相当繁荣的景

[①]　此言出自台湾评论家孟樊。参见蔡凛立《从开阔处看生长——〈台港文学选刊〉主编杨际岚访谈录》，龙源期刊网（http：//qikan.tze.cn/Template/default/StandPage.aspx？type=Editor&titleId=98&uid=98）。

象。但在繁荣的背后，也隐藏着颇多亟待解决的问题。笔者择其要者分别评述如下，以期引起学界同人关注：

（一）全集不"全"

出版个人全集，长期以来在中国内地不仅是一种文化资格，更是一种政治待遇。只有在文学史上有相当地位、作出贡献，或者受到主流意识形态认可的作家，才有机会出全集。90年代以后情况发生了变化，出全集不再是名家的专利，甚至连网络写手等普通作者出版的全集也比比皆是。尽管如此，从编者角度而言，编辑出版作家全集仍非易事，有时甚至是一项费力不讨好的工作。2009年《吴晗全集》由中国人民大学出版社出版，主编是90岁高龄的常君实老人。常老在《吴晗全集》第一卷扉页上亲笔题写了这么一段话："从1996年到2008年12月，我用了12年时间编辑完成了'三家村'邓拓、吴晗、廖沫沙三人全集，计《邓拓全集》5卷、《吴晗全集》10卷、《廖沫沙全集》5卷，共20卷，1000多万字。其中《吴晗全集》《廖沫沙全集》从收集资料着手，查找吴晗的作品资料用的时间尤多。"尽管常老付出多年辛劳，有些人却抱怨《吴晗全集》不全，漏收了一些重要篇章。殊不知，全集之所以不"全"，是因为有着难言的苦衷。

1. 因客观原因，佚文难以穷尽

现当代作家的作品、言论，最初往往发表在报纸杂志上，然后结集出版。有些作品因作家笔名众多而很难寻觅，出版全集时不免会有遗漏。也有的由于忘记而漏选，或者出于某种原因被删掉。1935年5月，杨霁云编辑出版的《鲁迅全集集外集》，收录了鲁迅1935年前没有收入集子的诗文。1938年复社出版20卷《鲁迅全集》后，唐弢编成《鲁迅全集补遗》（上海出版公司1946年版）和《鲁迅全集补遗续编》（上海出版公司1952年版）。后来的事实表明，唐弢的辑佚工作不是结束，而是鲁迅作品辑佚的新的开始。例如，1979年有《鲁迅佚文集》[①] 出版，1980年有《鲁迅演讲资料钩沉》[②]，到新的16卷本《鲁迅全集》问世，其中有一卷

[①] 参见《鲁迅大辞典》编纂组《鲁迅佚文集》，四川人民出版社1979年版。
[②] 参见朱金顺《鲁迅演讲资料钩沉》，湖南人民出版社1980年版。

为《集外集拾遗补编》①。

2. 不注意前后版本的差异

2003年9月，规模空前的44卷本《胡适全集》由安徽教育出版社出版。有学者发现，这套《胡适全集》第一卷所使用的底本有问题，以致漏收了若干篇章。② 据编者说，第一卷的内容是《胡适文存》一集，"以亚东图书馆的1928年版为底本，并参考亚东图书馆的1923年版和台北远东、远流版校勘整理而成"。选用初版本，这原本没有错，问题是，1930年出版的《胡适文存》第十三版比之前的版本都要好。1930年1月28日胡适写的《十三版自序》中说，"这一版的校勘胜过以前的本子"。由于编者不用1930年版而用1928年版为底本，导致这篇《十三版自序》没有收入《胡适全集》之中。

作家的著作，经常会有多个版本。全集编纂时，到底采用哪个版本作为底本呢？一般来说，初版本是最好也最常用的底本。但也不可一概而论。如有人主张，最好以最后的版本为底本。因为，作者生前最后修订过的版本，它反映了作者最后的见解和他所达到的最高水平。对此，比较好的对策是，"不可拘泥，各个作者及其著作的情况千差万别，还得考虑到环境和条件给予作者的限制，既有后出版本优于先出版本的，也有相反的情况，总之是择善而从，选定一个比较起来最好的版本作底本，以之为基础，再与其他版本进行校勘，写出详细校记，以明各版之异同，从中可以看出作者见解变迁的过程。"③

3. 不出校，而是直接改易

在校勘时，根据不同版本或其他资料等判断正误、记载异同，写出校勘记，在校勘学上简称为出校。出校的目的，一是记载诸本异同，使读者一本在手，同时可知悉其他各本情形；二是记载对原文的改易根据，使读者知文之所自；三是依据他校发现讹误，却无版本根据，不便改动原文，只好在校记中说明。显见出校既是校勘的一种结果，也是有效避免版本错

---

① 《集外集拾遗补编》系《鲁迅全集》第8卷，人民文学出版社1981年版。
② 参见朱正《略论〈胡适全集〉第一卷使用的底本和第四卷校勘问题》，《博览群书》2005年第9期。
③ 朱正：《略论〈胡适全集〉第一卷使用的底本和第四卷校勘问题》，《博览群书》2005年第9期。

讹的重要方法。现代文学全集校勘，比较常见不出校，而是直接改易作品，这就容易产生一些严重问题。比如，凤凰出版传媒集团、凤凰出版社于2010年出版的《萧红全集》，对采用的版本没有任何交代，且很多存在版本异文的地方，自以为是地"改正"了。2014年北京青年出版社出版的五卷本《萧红全集》，迄今被视为最新、"校勘最细致"的版本，但此版本所录全部作品，并未出校。这样就遗留了几个问题：

（1）未能展现萧红作品的修改情况。"萧红的著作，尽管生前作者本人改动较少，但后人由于现代汉语的规范、语境的变迁等原因，对其作品有过多次的修改。"① 这些修改详情，虽然大都不是出自萧红之手，但无疑是萧红作品版本流变史、传播史的重要组成部分。

（2）直接改易底本，人为地造出"新版本"。

4. 为尊者讳或因爱惜羽翼，有意不收某些篇章

如"文化大革命"期间，有不少作家迫于政治压力写下一些趋时媚俗或违心之作，后来出全集时，都不予收入。尤其是作家书信和日记，由于牵涉尚在世的名人及其有关隐私，加之家属的介入，一般都不收入。例如，外语教学与研究出版社2009年出版的《季羡林全集》"遵照先生嘱托，对目前尚未整理的信札、部分日记（如《北大日记》）不予收录"。古人刊行全集，都是在去世以后，因此古人在世时公开的作品不多，可以尽量琢磨，少留遗憾。今人不一样，随写随刊，晚年清点，"悔其少作"或"悔其此作"是常事，又懒得修改或不便修改，怕再次公开印行有损"形象"，故索性不收入全集。这对作者或家属来说自然可以理解，但此种情况的确让编纂全集者感到为难：不收入则全集不"全"，硬是要收入，又要得罪作家或家属，甚至有可能被告上法庭。

我们认为，既然编的是作家全集，就应该而且必须完整、真实地呈现作家形象，正反两方面的文献史料都要保留下来。在这个意义上来讲，编纂出版全集，主要不是为了作者，而是为了读者——不是一般读者，而是那些拿着放大镜"吹毛求疵"的研究者。因此，在编辑整理上应忠实于历史本真，不论作品的正反和优劣，它们都是作家某一时期创作历程的反映，都应该收入进来。

---

① 《萧红全集·后记》，载《萧红全集》，黑龙江大学出版社2011年版。

5. 因避时忌而不敢收录

如吴晗1954年《在北京市干部文化教育工作会议上的讲话》、1955年《在北京市农村青年文化学习动员大会上的讲话》、1959年《建议成立首都博物馆筹备处》、1959年《国庆工程设计审查报告》等文章，便因为相关单位的领导说要送北京市委领导和中央有关部门审查批准，常君实主编的《吴晗全集》未予收录，这是令人遗憾的。

6. 认为没有价值而不愿收录

比如安徽教育出版社2009年出版的《胡适全集》，没有收入胡适晚年的日记。其实，胡适晚年在美国做"寓公"期间，广泛结交美国文化界人士，并和唐德刚等留美学生接触频繁，这些在日记里都有流水账式的记录。虽为只言片语，却体现了胡适晚年心路历程，是胡适研究的重要文献史料。另外，许多作家同时具备多重身份，比如曹文轩、葛红兵以及王安忆等，既是当代作家也是大学教授，他们写小说也写学术论文，有时还编写教学计划和授课讲义。将来为他们编全集时，那些与文学无关的论文、教学计划、讲义，要不要收录？有人认为不必收录。如外研社出版的《季羡林全集》，便没有收入季羡林在北京大学的一些授课讲义。

当然，尽量求"全"、做得比较好的也不是没有。如杨洪承主编的《王统照全集》，收录了非纯文学的论文，韩石山主编的《徐志摩全集》，连徐志摩编辑刊物时撰写的《领取稿酬通知》也收进去。那些"领取稿酬通知"，看似毫无价值，却有助于了解徐志摩与当时文人的交往。

7. 因系集体合作完成，而不收录

原本属于合作完成，却以个人、集体名义署名的作品，如何收录作家全集是一个问题。直接收录合作者之一的某位作家的全集，自然不恰当，这既涉及作品权属问题，也涉及全集编选体例问题。对此，有些作家全集的编者索性不予收录。如《鲁迅全集》（中国文联出版社2013年版），竟然没有收录著名的《两地书》。因为，编者确定了一项编选原则："本套书有所收，如收录了鲁迅的多部译作；有所不收，如《两地书》因一半为许广平的作品，没有收录。"也就是说，由于《两地书》是鲁迅与许广平合著（署名鲁迅、景宋），而不是鲁迅一个人的著作，便"没有收录"。令人不解的是，该全集第20卷全本收入《中国矿产志》［该书光绪三十二年（1906）出版，署名为江宁顾琅、会稽周树人合纂］，这显然又违背了上述编选原则。

8. 为健在的作家出全集，导致缺漏

多年以前，张岱年在老而弥健地撰写新作的时候，《张岱年全集》（河北人民出版社 1998 年版）就已出版了，同样的事也发生在季羡林、王蒙身上。2009 年《王蒙全集》出版后，王蒙一直在写小说，如 2013 年发表了新修订的 70 万字的长篇小说《这边风景》、出版了新中短篇小说集《明年我将衰老》，2014 年《上海文学》3 月号发表了王蒙的小说新作《荣获斯大林文学奖纪盛》。作家生命未息，写作未止，何必要超前僭称全集呢？

（二）选本编纂须处理的几种关系

任何选本或多或少带有选编者的主观倾向，因此不同时期的选本总能反映选编时期的某种文艺思想观念。选本总是随着社会政治经济和文化环境的变化而变化。20 世纪 90 年代以前，文学选本的命运主要取决于政治和文化环境，90 年代以来，则主要取决于市场。在市场经济时代，文学选本的命运只有两种：一是在书店内"积满灰尘"，一是在市场上"风行一时"。这么说，文学选本似乎是一个任人打扮的小姑娘，实际上，与 90 年代以前选本听命于政治和文化不同，20 世纪末以来，市场让各种中国文学选本自己"说话"——选得好，自然会受到青睐，没有自身特色、目光短浅地跟风，必然遭遇尘封。这个道理很浅显，却不是所有的选编者都懂。而要编好选本，须处理好几种关系。

1. 主流与非主流作家作品

一方面，鲁迅、郭沫若、茅盾、巴金、沈从文、老舍、曹禺、艾青、赵树理、柳青、路遥、王蒙、贾平凹等构成了现当代文学的主流作家，他们的作品成为现当代文学选本必不可缺的内容。必须承认，主流作家作品很重要，他们其人其作应该得到重视。但另一方面，无论是从文学史发展线索来说，还是就文学现象而言，都不只是主流作家作品在发挥作用，非主流作家作品也在其中扮演着重要的角色。何况所谓"主流"和"非主流"是相对的，会随时应势地发生嬗变。比如，在 1986 年出版的《中国现代文学三十年》及其配套作品选中，沈从文被视为非主流作家，只占极少的篇幅，到了 20 世纪 90 年代，沈从文的作品受到重视；而 1996 年修订版《中国现代文学三十年》，则以一章的篇幅专门论述沈从文的小说，沈从文获得与鲁迅、郭沫若、巴金等主流作家相当的地位。相反，在90年代之后出版的一些当代文学作品选中，赵树理的作品减少，甚至不予入选。

文学向来是中心与边缘、主流与非主流、强势与弱势之间彼此互动互融的产物，而不是主流作家作品或文豪名家的光荣榜和排行榜。只有具有海纳百川的包容气度，选本才能相对真实地呈现文学历史的面貌。

2. 经典与精品

经典作品是指具有代表性、权威性的传世之作，它需要经受历史的严格筛选，具体又可分"文学经典"与"文学史经典"两种。而精品是一定时期文学精髓，它主要是指作品的质量，而不是指代表性和权威性。鲁迅的小说大多是新文学中的精品，却只有《狂人日记》《阿Q正传》《孔乙己》《故乡》等几部是新文学经典。经典一般都是精品，但也有例外。如卢新华的《伤痕》是新时期"文学史经典"（伤痕文学经典），却并非精品。

经典是历史选择的结果，它通过完整有序的谱系和结构的编排，确立作家作品在文学史上的地位，并且从中推衍出一套清晰稳固的价值判断标准，使之成为文学传统。所以，经典强调的是作品的历史性，精品则暗示了一种普适性的审美标准。当我们用纯粹的审美眼光看待作品，我们习惯于把文本视为自足性的审美客体和意义结构，并不关注互文性以及文本之外的东西。显然，经典与精品之间存在潜在张力和矛盾。最明显的一点是，支撑着文学史叙事的那些经典作品——不论五四文学、十七年文学还是新时期文学，从纯文学立场来看，问题多多。其中之一就是：有些经典如同博物馆里的展品一样，自身丧失或并不具备多少审美价值，但在文学史书写中往往又无法绕开。相反，有些精美的作品，文学史从未提及，却能给读者"阅读惊喜"和审美愉悦。如胡适的《两只蝴蝶》，语言直白，采用传统的五律样式，可谓毫无美感，但仍是新诗史中绕不开的经典，因为它是第一首白话诗。而文学史中很少提及的作品，如徐志摩的小说、贾平凹的散文，但它们却写得美轮美奂。针对经典与精品的这种"矛盾"，明智的做法就是协调折中，将隐含在经典与精品背后的"纯文学"意识和"文学史"眼光、审美自主性与历史理解力融会贯通，综合起来进行考虑。

如果选本的自我定位不是确立或强化"经典"，编者就可以放宽尺度和视野,从文学事实出发,在铆定公认的经典之外,尽可能地打捞和筛选"精品"。也就是说,兼顾两者,既保留名家经典,又钩沉无名佳作。这种做法在满足读者"经典期待"的同时,也给他们以"发现的喜悦",是符合文学事实的,它有助于延长选本的生命力。

3. 市场需求与选本原则

选本出版后必须进入图书市场。在商品经济时代,市场让选本自己"说话",选本的销售量很大程度上取决于自身质量。大凡好的选本,都是几经比较淘汰后沉淀下来的精品妙章的汇聚。这意味着选本的筛选有一个广泛阅读、去粗取精的过程,它既需要一定的时间,更需要坚持一定的编选原则。由于图书市场竞争激烈,图书出版周期越来越短,出版社都想在时间上抢占优势,于是仓促组稿,有些原本可以被收入的精品可能被排除,这样,选本的质量很难得到保证。如《2004年散文排行榜》,选文只到10月,好像11月、12月没有任何美文似的;错别字也很多,明显没有认真校对。多年从事当代诗歌年度选编的张清华表示,有些很好的诗作,由于"无法见容于我们时代的趣味和所谓标准","每一次编选都不得不放弃"。他认为,"筛选的过程不仅是'去粗取精',更是一个从俗和妥协的过程——不得不屈从于公共审美经验的专制,它看起来是健康、高雅、向上、和谐,却又总是绕过真实和深刻。"① 此言在当下具有相当的代表性,反映了选编者为了满足市场需求,调整选编原则的无可奈何。

市场需求与编选原则之间难免发生矛盾。市场需求的是符合大众趣味的文学作品。有时候,大众喜爱的作品按照编选原则看未必是"纯艺术的"和"好的",而按照编选原则认为好的作品,也未必受到大众喜爱。所以,在市场需求与编选原则之间,我们显然更认同"有原则"地满足市场需求的这样一种选本:它能够最大限度地体现一定时期内文学创作的成绩并显示文学所发生的变化。因为,指望某种选本会成为千古绝唱,不如希望它能够反映某个时期的文学概貌来得更现实和更可靠。

[刊于《广州大学学报》(哲学社会科学版)2012年第2期]

---

① 张清华:《2003年诗歌阅读札记》,《理论与创作》2004年第2期。此文为序言收入《21世纪文学大系:2003年诗歌卷》(春风文艺出版社2004年版)。

于右任早期诗集《半哭半笑楼诗草》补校

光绪二十九年（1903）冬，孟益民、姚伯麟在陕西三原付印刊行《半哭半笑楼诗草》，主要收入于右任（时名于伯循）1898—1902年创作的诗作。次年春，该诗集被清廷查禁，焚毁殆尽，迄今为止，很少有人见过于右任这本早期诗集，一般认为，此诗集已亡佚。虽有于右任自定或他编的诗集中收录了部分诗作，但毕竟难窥全豹。2014年夏，笔者在台北"故宫博物院"收藏的清代军机处档案中发现一份手抄的《半哭半笑楼诗草》（以下简称抄本），署名"铁罗汉"，附在陕西巡抚允升光绪三十年（1904）三月二十一日写给军机处的咨文后面，共47扣，每扣6行。此件现收藏于台北"故宫博物院"图书处，军机处档案，档案号160516。

虽是光绪三十年（1904）春陕西巡抚允升作为于右任反清"罪证"被咨送清廷的抄本，非原刊，但将之与迄今为止收录《半哭半笑楼诗草》最早、最多的王陆一笺本《右任诗存笺》（1930年印行，以下简称王陆一笺注本）对校，可见抄本收入的诗歌数量和内容的完整程度都远远高过王陆一笺注本，抄本比较完整地保留了《半哭半笑楼诗草》的原貌。考虑到因时间久远，王陆一笺注本已鲜为人知，以下予以简要介绍。

于右任刊行的诗集，除《半哭半笑楼诗草》外尚有《变风集》（1926）、余寄文编《右任诗存》（1926）、王陆一笺注《右任诗存笺》（1930）、刘延涛编《右任诗存》（1956）、台北版《于右任先生诗集》（1978）等。其中，余寄文编《右任诗存》（李瑞峰校，铅印本，线装1册）因印行时间较早，流传较少，而容易被人视为善本。其实，1926年问世的《右任诗存》，虽收入于右任光绪年间诗作6首，但此诗集按照编年体编排，开卷第一首《赴试过虎牢关》作于光绪二十九年（1903）——在《半哭半笑楼诗草》印行之后。虽然编者余寄文极其喜爱于右任的诗,"所见必抄录之",却因《半哭半笑楼诗草》遭清廷禁毁,在20世纪20年代早已难觅。因故,余寄文在《右任诗存》"编后附记"中不无遗憾地说:"然此册辑先生诗尚未及半。"①

也有人认为1956年出版的刘延涛编校《右任诗存》②是"迄今最权威的版本",其理由:一是这本诗集经于右任寓目,"可视为诗人的自定本";二是1978年台北"国史馆"出版的《于右任先生诗集》和20世纪80年代以来中国大陆出版的各种于右任诗选本,也基本上都依据刘延涛编校本。考虑到该诗集"编校伊始,于先生即嘱不得为溢词"③,以及编者刘延涛在50年代与于右任交往密切④,说"这本《诗存》……可视为诗人的自定本",自然是可信的。之后的于右任诗集或诗选"多参考该书",也是事实。但有个情况不能忽略,那就是,刘延涛编校本所收入民国十年以前21首诗,均来自王陆一笺本⑤。虽然王陆一笺本多次重版,但收入的民国元年十年以前诗作未变,而且1930年的初版本最早披露"民国纪元十年前"诗作。遮言之,自1904年《半哭半笑楼诗草》遭清廷禁毁后,各种于右任诗集或诗选收入的民国元年十年以前诗作,归根结底都源自王陆一笺本,故其版本价值不言而喻。

王陆一笺《右任诗存笺》,1930年印行,铅印本,线装1册,共6卷,卷一收"民国纪元十年前"诗作11题21首。卷前有柳亚子的以诗"题词"8首。卷一末尾有王陆一的附语,说是该卷经于右任"手定"后,所收诗作仅"存四分之一"。查《半哭半笑楼诗草》抄本所收诗作篇数,可证此言非虚。抄本共收诗22题70首,比王陆一笺本多11题49首。此外,收入王陆一笺本的诗,仅七绝《署中狗》保留原貌,其余都有不同程度的删减和修改。毫无疑问,抄本远比王陆一笺本及其他本子要

---

① 余寄文:《编后附记》,载于右任《右任诗存》,余寄文编、李瑞峰校,1926年铅印本。
② 参见《右任诗存》,刘延涛编校,台北中华丛书委员会1956年版。此书为线装本,上下两册。
③ 刘延涛:《右任诗文存编后记》,载《右任文存》,台北中华丛书委员会1957年版,第66页。
④ 刘延涛曾为于右任秘书,二人亦师亦友,曾编修10本《标准草书》留传后世,而刘延涛编撰有《民国于右任先生年谱》(台湾商务印书馆1981年版)。
⑤ 刘延涛编校本所收民国前诗作与王陆一笺本相同,而且仍保留王陆一笺本卷一首页标注的"王陆一笺"字样。

完整。又，据陕西巡抚允升在光绪三十年三月二十一日给军机处的咨文：

> 据署布政使樊增祥访闻，西安府三原县举人于伯循有《半哭半笑楼诗草》，语多悖逆。密饬三原县知县德锐赉司一本，转呈到院，详加批阅，实属有心倡逆。未敢稍事姑容，除将该举人先行奏革严拿惩办外，相应抄录原诗咨呈。

由允升之言可知，他呈送军机处的《半哭半笑楼诗草》抄本，是以三原县知县德锐交送的《半哭半笑楼诗草》刊印本为底本，而且允升强调"抄录原诗咨呈"，这说明，除了可能有的笔误和故意隐去的人名（如"茹□□"）之外，抄本与《半哭半笑楼诗草》刊印本一致。既如此，抄本应是目前能见到的各种《半哭半笑楼诗草》本子中最完整、准确的。

本文依循抄本中的秩序，排列各诗。诗中原有的于右任自注，均按原稿位置誊录，并以括号与正文区分。本文以《半哭半笑楼诗草》抄本为底本，对校王陆一笺本。凡两种本子共有的文字，均加着重号；同一行诗中出现异文，则以注释标出王陆一笺本不同之处。另，两种本子的《署中狗》一诗完全相同，故不予辑录。循此体例，抄录如下：

一 心愿

无畏多悲属善男，四围魔鬼一齐戡。愿雁苦恼航千亿，心醉英雄拜再三。万岁万岁自由死，苍天苍天顽梦酣。现身血海百无法，剩好头颅酷似谭（人谓予貌似浏阳）。

二 爱国歌

大抵古国推震旦，神明胄裔四万万。山奇水秀民物雄，雄霸地球操左券。无端欧风墨雨掀天撼地来，国权人权殆哉岌岌投豕圈。污秽神器辱种族，干净乾坤留支蔓。君不见德意志民族散漫衰微时，祖国齐歌日耳曼。自古英雄铸世运，黄金铁血建埃及（以利多买三朝为黄金时世）。结人心,造舆论,招国魂,立宪法,抗拉丁法葡班诸国,制条顿英德荷诸国。① 大陆摧倒斯拉夫俄奥诸国,远涉重洋攻撒逊英美诸国。同胞同胞快若何,报国庶展丹心寸。歌成欲哭欲舞默无言,造化小儿可否肯首随吾愿?

三　神州少年歌

推倒奴性绝依傍,少年挺立舞台上。心愿结比铁石坚,腕力雄称山河壮。苍茫放眼瞻前途,曙色渐放争欢呼。坚忍不拔真可爱,满腔愤火热血储雄图。欧墨文化正心醉,揽辔忽倡保国粹。笔下刀痕醒世文,眼中血渍忧时泪。新书出版辄下拜,搥胸拍掌称痛快。霹雳雷霆万千钧,光明轰开政学界。无情一阵罡风来,汹汹众口谈破坏。诘问时贤造论心,痛恨支那多腐败。人虐天饕岁复岁,何如称早②触起佛兰金仙怪(佛兰金仙怪物者,傀儡也,机关枨触,则跳跃杀人,惟纵其酣卧乃无事,故西人多以此比拟中国)③。我闻目瞠舌挢胆颤心惊不能止,差以毫厘谬千里。失足血海当如何,四面渔人歌声起。造时误时险万状,突冲总宜回头望。黄河流

---

① 梁启超在《新民说》中把"地球民族"分作五大类,其中"白色民族之重要者三":"(甲)拉丁民族(Latin)法葡班诸国;(乙)斯拉夫民族(Slavonians)俄奥诸国;(丙)条顿民族(Teutons)英德荷诸国"。(《新民说》,辽宁人民出版社1994年版,第10页。)

② "称早"今作"趁早"。

③ 佛兰金仙怪即为英国女作家玛丽·雪莱(Mary Shelley,1797—1851)1818年出版的小说Frankenstein中的主人公,一位"科学狂人",曾用墓地和解剖室中的尸体组装成一个没有姓名、没有灵魂的怪物,怪物被注入生命后,渴望伴侣,不得,遂不断杀人。1898年1月1日发表于《国闻报》的王学廉译自英文的《如后患何》中有云:"中国既寤之后,则将为佛兰金仙之怪物。斯怪者任其卧则安寝无为,警之觉则大奋爪牙起为人害。……呜呼!佛兰金仙之怪物一机械之巧耳,知之则不足畏。若夫,中国物博人众,用西国之法以困西国之民,其将为欧洲之害,迥非金仙怪物所可比者,是则大可畏也。"严复在文后加按语:"佛兰金仙怪物者,傀儡也,见于英国秀谐理之小说,傅胶革宛革,挺筋骨以为人,机关枨触,则跳跃杀人,莫之敢当,惟纵其酣卧乃无事。论者以此方中国,盖亦谓吾内力甚大;欧之人所以能称雄宇内者,特以吾之尚睡未醒故耳。"这一说法,很快被梁启超采纳,1898年4月,梁氏在保国会第二次会议和流亡日本时所写的《自由书·动物谈》中,都把中国比喻作佛兰金仙(睡狮)。于右任在诗中对佛兰金仙的解说,显见是引录了严复之语。"何如称早触起佛兰金仙怪",意为不如趁早唤醒中国这头睡狮,让她起而反抗。

四 改革诗八首

血

骷髅堆起太平开（阁龙②初寻得加里比岛，时其土人以食人为事，骷髅堆起），流血才为济变才。肝脑中原留纪念，牺牲七尺造将来。草菅世界强权派③，菜市④男儿大舞台。滚滚满腔何处洒，舍身殉国莫悲哀。

泪

声嘶力竭泣呜呜，酣睡同胞唤未苏。锦绣江山供⑤泪眼，英雄事业剩穷途。几经挫折皆和血，无数泪珠当纳租。阮籍唐衢无智甚，狂招额勒吉来图（西人称额为哭智）。

舌

说法森严现广长，穷魂饿鬼齿牙张。人权天赋交三寸，言论自由战列强。长挢难逃劣败数，争存不舔诸侯王。乾坤破坏君应该烂，辛苦艰难想备尝。

---

① "徒觉"，不知不觉之意。元代诗人王冕有诗云："禾苗徒觉充秀实，野草亦解回颜容。"（《喜雨歌为宋太守赋》）

② "阁龙"即哥伦布。意大利籍耶稣会传教士艾儒略（1582—1649）在其完成于明天启三年（1623）夏天的《职方外纪》卷二第一次向中国人介绍了"阁龙"（哥伦布）的航海事迹。日本明治维新时期亦以"阁龙"称哥伦布，如日本人冈千仞1879年5月作《〈万国史记〉序》云："及阁龙（哥伦布）捡出西大陆，始明地球圆转之理"（见冈本监辅《万国史记》，明治十二年版）。梁启超在《二十世纪太平洋歌》中更明确说："阁龙，日本译哥伦布以此二字。""加里比岛"今作加勒比群岛，哥伦布于1493年11月3日抵达此岛。据说，哥伦布当年在旅行笔记中把当地土著描写为吃人肉的野蛮人。作者所注即据此。

③ 此句原为"草菅世界新公理强权派"，疑"新公理"为衍词，理由有二：一是"草菅"为轻视之意，如此则"草菅世界新公理"与诗人对"新公理"的向往不符；二是"草菅世界强权派"，这种不畏强权的胆气，与下句不怕喋血菜市口的豪气比较吻合。

④ "菜市"当指北京菜市口，清代处决犯人的地方。"菜市男儿大舞台"一句，颇有效仿谭嗣同等"戊戌六君子"为维新变法喋血菜市口之意。

⑤ "供"应为"共"。

胆

放胆乘时革缪讹，大刀阔斧劈支那。危崖稳贴三分足，浩气生吞万丈魔。冒险凿开新国土，沥诚击破旧山河。浑身错落横何物，侠性时流有许多。

魂

遗魂恍惚百无聊，四顾环瀛唱大招。唤起三千年梦寐，祛除廿四纪风潮。医巫技罄神仍乱，心腹疾深鬼正骄。回首扶桑频怅望，大和气魄上摩霄。

粹

元阳暗损药无灵，保粹吾师井上馨①（日人变法时，井上馨倡保国粹）。漫逐欧风销特性，好存汉胆炼真形。万流澎湃狂时障，独立精神醉后醒。公德养成非易事，每看历史忆前型。

笔

锋铓②惨淡锐如刀，濡尽全球革命潮。腕力生风摧敌手，管城开府佐文豪。万钧气魄轰顽梦，一线光明绚彩毫。猛见文坛奴性破，上天下地独君高（笔有刻"惟我高者"）。

铁

千锤百炼伱③纷纷，入死出生性不焚。造物多情磨好汉，霸才假力铸人群。残枪仗胆俾斯马④（普自德赖赐得残枪而胜法，故俾尝曰："天下可恃者，非公法，惟黑铁耳、赤血耳。"），大冶添煤达尔文⑤（达为帝国

---

① 井上馨（1836—1915），日本明治维新的9位元之一。
② "锋铓"今作"锋芒"。
③ "伱"同"尽"。
④ "俾斯马"即俾斯麦（1815—1898），德意志帝国首任宰相。1862年9月26日俾斯麦在下院首次演讲中说："当代的重大问题并非通过演说和多数派决议就能解决的，而是要用铁和血来解决。"从此俾斯麦被冠上了"铁血宰相"的绰号。
⑤ "达尔文"指的是社会达尔文主义。帝国主义以社会达尔文主义为理论依据，故于右任先生在注中有"达为帝国主义之原动力"之说。

主义之原动力)。现象神州成大错，枪林弹雨结奇氛。

五　吊李和甫[①]秉煦

和甫和甫，命短心苦。好战场，肯信途穷无用武，好男儿，轻残七尺委黄土。无聊直向灵鬼灵山哭，有愿共留来世来生补。痛定思痛君如何？抱恨定料黄泉多。谗入交乱伤骨肉，隐痛难明起风波。知己负君君负我，前恭后倨多差讹。湘累怨极神情乱，横死庶解人疑难。一瞑不顾如亲何[②]，土蚀寒花封痴汉。执笔三年不成声，至此肝肠寸寸断。招和甫，归来看，九原悟否谗言烂。(笔拙伤心处不能写万一，负此死友。)

六　自由歌

某抚臣，□人也，庸而顽，阅卷见"中国"二字必痛斥之，他事更可知矣，感而赋此。

不自由，毋宁死，俯首帖耳非男子。天赋人权有界限，蛮奴蛮奴侵略手段横至此。言论风生真理出，心血点点争淋纸，蛮奴蛮奴箝束言论竟如是。思想不新世无救，思想新时复诟訾，蛮奴蛮奴压制思想胡为尔。行为牺牲造人群，出版著作输新理。我今放胆铸将来，蛮奴蛮奴破坏出版有何技。要知此权我不自弃人焉夺，墨特涅[③]故智[④]今难使，蛮奴蛮奴到底直作小人耳。不自由，毋宁死，争不得，势不止，蛮奴蛮奴洗眼请看流血史。

---

①　王陆一笺本中题作《吊李和甫》，题下有作者所加之注释："君名秉煦，高陵人。为余最早一同志。以家庭之谗言，忧愤自尽。其父雨田公，救余脱险者也。"

②　"如亲何"，王陆一笺本作"亲何安"。

③　"墨特涅"即梅特涅(1773—1859)，奥地利政治家，曾长期担任奥地利帝国外交大臣。梅特涅在奥国积极实施高压统治，全国实行书报检查制度，钳制言论自由。

④　"故智"应为"故技"。

七　兴平①怀同学诸子②

心事沉沉欲语谁，怀人果否人相思。孤灯午夜凄愁绝，忽忆联体风雨时。转战身轻气③正酣，无端失足堕骚坛。近来进步毫无趣，诗意凭陵陆剑南④。

八　游清凉山寺⑤题壁

漫天风雨满腔愁，宗教式微慨末流。儒谬僧迂齐腐败，绝龙乏象抱奇忧。

九　失意再游清凉山寺题壁⑥

板荡乾坤寄此身，百无聊赖作诗人。登高痛哭英雄朽，题壁生开培塿榛。老辈输君称铁汉（闻贺复斋题联有"百炼此身成铁汉"句），秋风撼我转金轮。神州积习何堪问，羞死奇才步后尘。

万千兴会怅登临，得罪苍苍罚苦吟。落叶横飞偏碍眼，残秋散步肯灰心⑦。手无阔斧开西北，足住穷途哭古今⑧。回首东山⑨频怅望⑩（系贺复

---

① "兴平"即陕西省兴平县。
② 王陆一笺本中题作《兴平寄王麟生、程搏九、牛引之、王曙楼、朱仲尊诸同学》。
③ "气"字，王陆一笺本作"意"。
④ "陆剑南"即陆游（1125—1210），因陆游曾长期在剑南道（唐太宗贞观元年，废除州郡制，改益州为剑南道，治所位于成都府，因位于剑门关以南，故名）任职，且著有《剑南诗稿》，而得名。于右任推崇陆游，其早年诗作隐然可见陆游的风格。
⑤ 清凉山寺，在陕西省三原县鲁桥镇北，清末理学大师贺复斋曾在此讲学。
⑥ 抄本中《失意再游清凉山寺题壁》共两节，王陆一笺本仅录第二节。
⑦ 王陆一笺本为"高僧时到一论心"。
⑧ 王陆一笺本为"足驻长途哭古今"。
⑨ "东山"指在清凉山寺住持正谊书院的贺复斋（1824—1893，名瑞麟，字角生，号复斋）。
⑩ 王陆一笺本为"为问东山人在否"。

斋讲学处），末流腐败一沾襟①。

十　狂歌

　　龙象绝迹豚犬来，英雄竖子皆驽骀（如此安得免破坏？）。会见堆起骷髅台，骷髅台成太平开。

十一　从军乐

　　神州人物老朽腐败竟至此，奴隶马牛在咫尺。②同胞同胞危若何，袖手旁观应愧死。③为奴何如为国殇，碧血烂斑照青史。仰天高唱从军乐④，生不当兵非男子。男子堕地志四方，破坏何妨再修理。天赋头颅换太平，流血请从我辈始。不然心力腕力笔力镕合冶一炉，铸就支那奇绝横绝节烈士。否则分功分力任义务，步步为营如束矢。要知公法公理皆虚言，惟有黑铁赤血直可恃。世界强权我强种，种强外权无由使。噫吁嘻！种强外权无由使！无由使，真乐只，乐莫乐于吾国强，国强兵民庶足齿。君不见古来强国斯巴达，尚武精神横脑里，烈烈一国如一军，同仇敌忾卫桑梓。十八世纪横行西半球上拉丁民，不能二字非所拟。当时对敌英将鼐利孙，不知畏字空傍倚。亦有和魂汉才和胆洋器同文同种之东洋，武士道风雄无比。回首波兰印度埃及阿弗干，前车覆辙病委驰。杜兰斯哇非律宾，可敬可爱可歌可泣侠心毅魄当步履。试看环球九万里上滴滴点点文明何由来，都是英雄以躯以血以泪以舌以胆以铁钩得至。文明价，费不赀，牺牲生命身家财产果购来，九原融融泄泄也含喜，英雄英雄使我拜舞欢呼曷⑤能已。心醉英雄妒⑥英雄，痛恨无时忘拊髀⑦。俾斯麦，真人豪；麦坚尼，

---

① 王陆一笺本为"末流为尔一沾襟"。
② 在王陆一笺本中，此诗开头两句为"中华之魂死不死，中华之危竟至此"。
③ 王陆一笺本删去这10个字。
④ 王陆一笺本为"从军乐兮从军乐"。
⑤ "曷"为文言语气助词，此处为"岂""怎么"之意。
⑥ "妒"古同"妒"，意为忌妒、忌恨。
⑦ "拊髀"，以手拍股，表示激动、赞赏等心情。

真骄子；天何幸，速其死。维多利亚化去霸业随之衰，德法俄美群起争染指。经营中国政策出愈奇，前畏黄祸今俯视。① 破心胆，裂目眥②，百无法，诟欧美。侮国实系侮我民，吾曹伈伈俔俔③奴颜婢膝胡何为④？豪杰⑤当自早前程，依赖朝廷时难俟⑥。何况列国民族⑦帝国主义相逼来，风潮汹恶廿世纪。天演界中优胜劣败理昭然，不力争存何靡靡。醉生梦死顽固徒，淘汰人群如糠秕。愤火中烧焰射天，无理取闹尤足耻。争劝争地争自由，志愿应当铭骨髓。大呼四万六千万同胞，吐气扬眉拔地倚天伐鼓搉金⑧奋起。

十二　赠茹□□⑨

烈士头颅侠士心，长松绝涧挺⑩风尘。现身酷类⑪乡先达⑫，大蟹横行孙豹人⑬（渔洋《题豹人像》有"落落琴声大蟹行"句）。

---

① 王陆一笺本为"君不见白人经营中国策愈奇，前畏黄人为祸今俯视"。
② "眥"同"眦"，意为看。
③ "伈伈"，小心恐惧的样子。"俔俔"也作"睍睍"，眼睛不敢睁大的样子。"伈伈俔俔"意为小心害怕或低声下气的样子。
④ 王陆一笺本为"伈伈俔俔胡为尔"。
⑤ "豪杰"，王陆一笺本为"吾人"。
⑥ "俟"，意为等待。
⑦ "列国民族"在王陆一笺本中为"列强"。
⑧ "搉"，撞击；"金"，指代金属制造的乐器。
⑨ 王陆一笺本中此诗题为《赠茹怀西》，并注"名欲可"。茹欲可（1885—1914），字怀西，陕西省三原县鲁桥人，籍泾阳县茹王堡。清朝政治人物、同进士出身。茹欲可与于右任同窗好友，皆出于三原宏道大学堂（即原宏道书院）。1914年茹欲可病逝后，于右任作诗悼念："转眼沧桑又一年，怜余后死亦凄然。九原休道人情薄，老友吞声送纸钱。"
⑩ "挺"，王陆一笺本为"出"。
⑪ "类"，王陆一笺本为"似"。
⑫ "先达"，王陆一笺本为"前辈"。
⑬ "孙豹人"即孙枝蔚（1621—1694），字豹人，陕西省三原县人。以诗文名满海内，累致千金，皆分予穷人。清廷两次征召，拒不为官。此诗句以乡贤前辈的高风亮节来赞誉茹怀西的革命精神。

十三　观我生

　　痛哭平生掉首看，盲人瞎马据征鞍。奇魔住脑除难净，热血盈腔耗不干。肯信性情投豕圈，漫矜旗鼓霸骚坛。庐山面目知真伪，瘦损腰围写未安。

　　奴性侠心几冲突，伏魔精彩万千重。惊人绝作搜荷马，冒险豪情爱阁龙（"爱"，一作"拜"）。恃体天亡俄国蟑，无计种灭澳洲蜂（二事见严氏《天演论》案语）。欣看物我无殊性，世界争存忍负侬。

十四　和朱□□先生步施州狂客元韵①

　　万丈阴霾万丈幽，拔云偃起未曾休。人权公对文明敌，世事私怀破坏忧②。巨蟹横行戕种类，群龙纵欲扼咽喉。英雄时势循环铸，□□才能脱羁囚。

　　醉时歌哭醒时愁，愿力推开老亚洲。学界风潮才撼梦，天行酷烈几经秋。贯输思想国民脑，交易太平蛮野头。觅遍城中男子少，执鞭得此尚何尤。

十五　兴平咏古③

　　功狗功人两擅长，曹因萧创各流芳。事功无极心何尽，酣醉庸臣胜斗量。（萧何曹参墓）

　　谨慎传家郡国推，子孙碌碌免罹灾。羡君万石堪何用，莫个经邦济世

---

　　① 王陆一笺本中此诗题为《和朱佛光先生步施州狂客原韵》，诗末有注："朱先照先生，字漱芳，亦署佛光。三原恩，治汉学，博览群籍，议论多创解。清末以新学倡西北，主张革命甚早。右任先生礼敬如师长。总陕西靖国军时，延幕府讲学，且以余时课各校文辞，忾恳训诲青年。泥途曳杖，穷困传书，数十年如一日也。"（第9页）

　　② 王陆一笺本中仅有这两句，其他都与抄本不同。

　　③ 抄本中的《兴平咏古》存39首，王陆一笺本仅录9首。

才。(石奋)

绝大规模绝谬才,罪功不在悔轮台。百家罢后无奇士,永为神州种祸胎。(汉武帝冢)

威行胡虏捍云中,拊髀忧边剩此翁。痛恨古今刀笔吏,沙场屈死几英雄。(魏尚)

精绝公羊异目虾,遭时潦倒使人嗟。① 儒生眼界容方寸,抵死昌言罢百家。(董仲舒)

殉②国莫哀窈窕身,唐惩祸首溯原③因。女权滥用千秋戒,香粉不应再误认。(杨妃墓)

椎生凹凸剑生棱,游侠初④闻徙茂陵。断自公孙诬郭解,人豪挫折腐儒兴。(郭解)

跋扈将军跋扈才,夷酋衅鼓亦豪哉。燕然山畔封隆碣,汉族威名万里开。(梁冀)

祸解群贤出网罗,高情义气重山河。除谗反被群谗噬,天道无知独奈何。(窦武)

博学鸿才赋两都,园林苑囿尽陈铺。史家奴性君开创⑤,迁固龙猪未尽诬。(班固)

力陈灾异念时艰,苦口苦心异邪奸。洪水未兴兴兵火,血成江海骨成山。(李寻)

王气西川咽暮笳,当年割据识⑥堪嘉。废兴有命⑦羞低首,漫道公孙井底蛙。(公孙述)

时艰年荒力辑柔,垂循疾苦抚并幽。儿童亦解思循吏,竹马欢迎郭细侯。(郭伋)

岳岳饶储干国才,私恩公法妙分开。力摧权要安良善,当世不容归去

---

① 王陆一笺本为"少治春秋学有加,暮年灾异乱如麻"。
② "殉",王陆一笺本为"误"。
③ "溯原",王陆一笺本为"岂无"。
④ "初",王陆一笺本为"曾"。
⑤ "奴性君开创",王陆一笺本为"今古真评在"。
⑥ "割据识",王陆一笺本为"跃马亦"。
⑦ "废兴有命",王陆一笺本为"宁为玉碎"。

来。（苏章）

百死埋名报世仇，郭泰何休公论①重时流。江潮夜夜灵胥恨，北望平陵死抱羞。（苏不韦）

建策东南几战争，不堪为训好屠城。肯将贼虏遗君父，有志驱除事竟成。（耿弇）

功名盖世起人奴，天幸适由胆气粗。羞死俗儒居宰相，口多文法腹无谋。（卫青墓）

未灭匈奴肯恋家，膏身绝域冒风沙。祁连冢祀雄风在，石马石人抵夜叉。（霍去病墓）

是否奸雄是否侠，改行自喜类骄淫。操何秘诀施何术，养士都能得死心。（原涉）

逡巡陇汉苦无名，讲武传经倍有情。梁邓疾威惊破胆，始终屈节为贪生。（马融）奔走风尘一世豪，公仇私恨两劳劳。马儿不死吾无葬，生未捉曹气夺曹。（马超）

抚结群雄辑众酋②，经营惨淡辟西州③。风尘偏霸男儿事，何必低头定依刘④。（窦融）

百年兵火酿奇灾，八虎群中擅狡才。断送支那无寸土，前朝返照又重来。（刘瑾）

历史英雄有数传，据鞍顾盼⑤羡文渊。谅为烈士当为此，是好男儿要死边。（马援）

骨相生成万里侯，掀翻笔砚事兜鍪⑥。穷荒血食穷荒死，临老何心恋首邱。（班超）

击剑高歌好读书，少年心慕蔺相如。汉廷颠倒真无趣，璧碎头焦愿子虚。（司马相如）

无术孟坚莫妄诃，非常大节奠山河。周官烂熟成何事，饱学不通史上

---

① "公论"为衍字。
② "酋"，王陆一笺本为"羌"。
③ "经营惨淡辟西州"，王陆一笺本为"西州遗种计还长"。
④ "定依刘"，王陆一笺本为"入洛阳"。
⑤ "顾盼"，王陆一笺本为"犹自"。
⑥ 王陆一笺本为"立功应在海西头"。

多。(霍光墓)

忧国忧家屋圣衷,含饴抱恨万年终。肃宗岂是私生子,汉史不闻和两宫。(明德马皇后)

恶佞当年请尚方,忧时我亦欲刜创。愿持十万横磨剑,斩尽庸臣断祸秧。(朱云) 老青山大放抱歌①,亦和亦介亦英多。江湖侠骨无连(鲁仲连)季(吴季札),死②傍要离愿若何。(梁鸿)

心死巢夷抱旧窠,古人书到奈君何。敦煌倘有神仙迹,只向西风慨叹多。(矫慎)

十六 书愿

世界风潮泄尾闾,一堂学战力驱除。霸才扼腕斯多噶,败将谈兵李左车。有胆横行椎宿怨,无权破产购新书。文明倘道头颅换,西北狂生尚有渠。

十七 吊古战场

无数英雄无数骸,青山③青史两沉埋。我来凭吊奇男子④,懊恼鸱鸮叫断崖⑤。

十八 发愿编《世界真理发达史》与《世界妖魔出没史》以诗督之

世界英灵哲教丹,欧魂墨胆亚心肝。善哉善哉发心愿,学海风潮汇壮观。朗镜悬空百怪驰,露肝露胆露须眉。道高万丈魔应堕,我佛休谈比例差。

---

① 王陆一笺本此处加注云:"亦作东出关门"。
② "死",王陆一笺本为"曾"。
③ "青山",王陆一笺本为"黄沙"。
④ "凭吊奇男子",王陆一笺本为"数数诗难就"。
⑤ "崖",王陆一笺本为"厓"。

十九　读《李鸿章》①

蹉跎复蹉跎，愁杀英将戈。英雄造时势②，一败醒支那③。

二十　咏史

独立亭亭命世雄，才奇④何必哭途穷。卢骚寡妇淮阴母，慧眼侠心⑤不愿逢。

二十一　杂感⑥

柳下爱祖国，仲连耻帝秦。子房抱国难，冒险不顾身。抱怨男儿事，报国烈士忱⑦。文谢媾奇变，力竭以身殉。顺王黄李辈，国戚死不瞑。豪胆沁侠骨，结成爱国心。侧闻报准部，归化享三军。老胡歌慷慨，口吻吞征人。民族倔强气，可敬不可瞋。寰宇独立史，一读一沾襟。逝者今如斯，伤哉亡国民。

蜂蚤蝥指爪，全神不能定。蚊虻嘈皮肤，痴者睡半醒。忧患撄人心，千钧万钧力。庞然绝大物，横卧东半径。一拳不能碎，一割不知痛。一棒不能创，一针不及病。强权大棒喝，去去复梦梦。冤鬼当恩人，朽木作国栋。狐鼠抗虎狼，豚犬认麟凤。燕巢幕上嬉，鱼游釜中弄。绣壤群盗诞，

---

① 1901年，在李鸿章病逝两个月后，梁启超写成《中国四十年来大事记》（一名《李鸿章》），这是最早的李鸿章传记。于右任此诗应当是读梁启超《李鸿章》的读后感。

② 梁启超在《李鸿章》一书中评价李鸿章："西哲有恒言曰：时势造英雄，英雄亦造时势。若李鸿章者，吾不能谓其非英雄也。虽然，是为时势所造之英雄，非造时势之英雄也。"于右任此句"英雄造时势"，当从梁启超的评语中拈出。

③ "一败醒支那"，指的是1895年清政府在中日战争中失败，令中国人痛定思痛，对面临的民族危机和国家落后的局面有所觉察，决意救国图强。

④ "才奇"，王陆一笺本为"男儿"。

⑤ "侠心"，王陆一笺本为"豪情"。

⑥ 据抄本，《杂感》一诗原为四节。此诗在王陆一笺本中存三节，系保留抄本中第三节和第一、四节的少数几行诗句，并添加一些句子而成。

⑦ "忱"，王陆一笺本为"身"。

天马朽索鞍。蹉跎复蹉跎，请君自入瓮。无端诏开通，操戈非资镜。一幅好山河，奴才定断送。

伟哉汤与①武，革命协天人。夷齐两饿鬼，名理认不真。只怨干戈起，不见涂炭深②。心中有商纣，目中无商民。叩马复絮絮，兵之快绝伦。纵云暴易暴，厥暴亦攸分③。仗义讨民贼，何愤尔力伸。吁嗟莽男子，命尽歌无因。耗矣首阳草，顽山惨不春。

信天行者妄，避天行者非。地球战场耳，物竞微乎微。腐败④老祖国，孤军陷⑤重围。愿歌⑥祈战死，冲开血路飞。不然大破坏，同胞安适归。宁为国殇死，莫作人奴威。

---

① "与"，王陆一笺本为"至"。
② "深"，王陆一笺本为"臻"。
③ "亦攸分"，王陆一笺本为"实不伦"。
④ "腐败"，王陆一笺本为"嗟嗟"。
⑤ "陷"，王陆一笺本为"入"。
⑥ "愿歌"，王陆一笺本为"谁作"。

史实遮蔽与形象建构

——《北方学者对于大众语各问题的意见》辨伪及其思考

20世纪30年代的大众语运动有没有形成北方学者热烈讨论的局面？作为大众语运动重要参与者的陈望道、金絮如等对此予以否认，但是发表在《社会月报》第1卷第4期（1934年9月15日出版）的《北方学者对于大众语各问题的意见》（以下简称《意见》），详细记录了北方学者聚集一堂热烈讨论大众语各问题。长期以来，《意见》被视为大众语运动的重要文献史料。例如，焦润明的《中国现代文化论争》、刘泉的《文学语言论争史论（1915—1949）》、卓如和鲁湘元主编的《二十世纪中国文学编年（1932—1949）》都把《意见》当作有力证据，并以一定的篇幅引录该文。① 如此，则关于大众语运动是否形成北方学者热烈讨论局面，似乎已有定论。但《意见》所记并不可靠，所述问题有考辨的必要。

一 刘复、刘梦苇、赵元任等不可能出席谈话会

《意见》开卷交代此次北方学者关于大众语问题谈话会的情况。时间是"前儿"即前天。我们不能确定这个"前天"具体指哪一天。但曹聚仁在1934年8月初写给沈从文的信中多次提到"北方学者对于大众语问

---

① 参见焦润明《中国现代文化论争》，社会科学文献出版社2012年版，第127—129页；刘泉《文学语言论争史论（1915—1949）》，社会科学文献出版社2013年版，第108页；卓如、鲁湘元主编《二十世纪中国文学编年（1932—1949）》，河北教育出版社2013年版，第738页。

题沉默"①，这说明，直到此时北方学者尚未召开大众语问题谈话会。又，考察《社会月报》出版周期，知其不会超过半个月，于是可推算，此次谈话会的时间"前儿"指的是《意见》发表时间（1934年9月15日）之前半个月以内的某一天。谈话会的地点是"北京西北园九号"，与会者有钱玄同、黎锦熙、胡适、周作人、刘复、赵元任、林语堂、顾颉刚、孙伏园、俞平伯、魏建功、江绍原、吴稚晖等，发言者为周作人、俞平伯、胡适、钱玄同、魏建功、林语堂、吴稚晖、孙伏园、黎锦熙、刘梦苇。

首先，从时间上看，说刘复、刘梦苇出席了此次谈话会，这完全是杜撰，他们绝不可能与会。因为，刘复（刘半农）病逝于1934年7月，而刘梦苇病逝于1926年9月。

其次，从地点上看，赵元任、江绍原、林语堂都不在北京。1934年赵元任在上海主持《语言区域图》的绘制，这一年下半年他偕太太在皖南调查徽州方言，最终为上海申报馆编制《中华民国新地图》第五图乙之《语言区域图》。② 既然如此，他怎么可能在北京参加北方学者谈话会？据《郁达夫日记》，1934年8月29日、9月1日，郁达夫在杭州与江绍原等同席吃饭。③ 1934年10月6日，周作人致信在杭州的江绍原，称"今日得两信，甚喜"④。而《江绍原生平及其著作年表》亦载，1934年秋江绍原在杭州。⑤ 据《林语堂年谱》，1934年7月至8月，林语堂全家在庐山避暑，林语堂在庐山完成《吾国与吾民》一书；同年9月，林语堂在上海筹办《人世间》杂志（10月创刊）。⑥

最后，经查考相关文献史料，未见胡适、周作人、顾颉刚参加此次大

---

① 曹聚仁此信未署写作日期，但信中提到"自由谈于八月二日打破七月五日'拟停登'的宣告，重开大众语讨论"，说明此信写于1934年8月2日或之后。又，沈从文回复曹聚仁的信写于1934年8月7日。故，可断定曹聚仁此信写于1934年8月初。曹、沈之信均参见《沈从文全集》第17卷，太原北岳文艺出版社2002年版，第70—77页。
② 参见赵新那、黄培云编《赵元任年谱》，商务印书馆1998年版，第147—215页。
③ 参见吴秀明主编《郁达夫全集》第5卷，浙江大学出版社2007年版，第369、370页。
④ 参见鲁迅博物馆编《鲁迅研究资料》第24册，中国文联出版公司1991年版，第22页。
⑤ 参见王文宝、江小蕙编《江绍原生平及其著作年表》，载《江绍原民俗论集》，上海文艺出版社1998年版，第366、377页。
⑥ 参见冯羽编《林语堂年谱》，载《林语堂与世界文化》，江苏文艺出版社2005年版，第209页。

众语问题谈话会的记录。查《胡适日记》，1934年1月至9月，均无胡适参加大众语问题谈话会的只言片语。而且，《意见》所罗列的其他与会者在1934年9月也不曾与胡适有往来（仅9月9日胡适曾致信赵元任①，这反倒证实此时赵不在北京）。查《周作人日记》，1934年9月1日至15日，均无周作人参加大众语问题谈话会的只言片语。② 查《顾颉刚日记》，1934年8月和9月，均无顾颉刚参加大众语问题谈话会的记录。事实上，因继母病逝，顾颉刚为奔丧，于1934年8月18日早上离开北京，辗转济南、上海，8月20日到杭州家中，直到9月底才返回北京。③ 查《钱玄同日记》，1934年期间均无钱玄同参加北方学者大众语问题谈话会的记录。④

那么，有没有可能，《意见》中提到的刘复、刘梦苇、赵元任、胡适等，都是记录者认错了人呢？不可能。因为，记录者说他在文中罗列的出席者都是"我认得的"。

二 《意见》是一篇通过剪辑拼接而成的伪作

从上文可知，刘复、刘梦苇、赵元任、江绍原、林语堂、胡适、周作人、顾颉刚都不可能参加北方学者关于大众语问题的谈话会。也就是说，《意见》提到的与会人员，竟有超过一半的人不可能出席此次谈话会，这意味着，所谓北方学者关于大众语问题谈话会，可能子虚乌有。又，记录者声称"从头至尾，一五一十把他们的谈话记了下来"，但是经笔者核查，《意见》中的发言，其实出自各人已经发表的相关文章和书信。详情如下（依照发言先后）：

（1）周作人的发言，出自1925年7月26日周作人所作之《理想的国语》（原载1925年9月6日《京报·国语周刊》第13期）。

（2）俞平伯的发言，出自1925年8月21日俞平伯所作《〈吴歌甲集〉序》（见顾颉刚编《吴歌甲集》，上海文艺出版社1990年影印本）第

---

① 参见曹伯言整理《胡适日记全编》第6册，安徽教育出版社2001年版，第409页。
② 参见《周作人日记（影印本）》下册，大象出版社1996年版，第670—676页。
③ 参见《顾颉刚日记》，《顾颉刚全集》卷3，中华书局2011年版，第226—242页。
④ 参见《钱玄同日记（整理本）》（下），北京大学出版社2014年版，第981—1058页。

二自然段至第五自然段。

（3）胡适的发言，出自1925年9月20日胡适所作《〈吴歌甲集〉序》（见顾颉刚编《吴歌甲集》，上海文艺出版社1990年影印本）。

（4）钱玄同的第一次发言，基本上抄录自1925年9月2日初成、1926年2月8日改定的钱玄同所作《〈吴歌甲集〉序》（见顾颉刚编《吴歌甲集》，上海文艺出版社1990年影印本）。

（5）孙伏园的发言，基本上摘录自他所作《国语统一以后的附言》（原载1925年12月13日《国语周刊》第27期）。

（6）林语堂的发言，系依据他的《谈注音字母及其他》（原载1925年《京报·国语周刊》第1期），经剪裁、拼接而成。林语堂在《谈注音字母及其他》中提出了23条主张。据笔者核对，《意见》中林语堂的发言，第一至四条摘录自《谈注音字母及其他》一文中第一至四条，第五条由《谈注音字母及其他》一文中第十四至十七条拼接而成，第六条摘录自《谈注音字母及其他》一文中第十八条，第七条摘录自《谈注音字母及其他》一文中第二十条。

（7）魏建功的发言，出自1925年6月22日魏建功写给钱玄同的信（原载1925年7月5日《国语周刊》第4期）。

（8）刘梦苇的发言，出自1925年7月6日刘梦苇写给钱玄同的信（原载1925年7月26日《国语周刊》第7期）。

（9）钱玄同的第二次发言，全部出自1925年7月22日钱玄同给刘梦苇的复信（原载1925年7月26日《国语周刊》第7期）。

（10）吴稚晖的发言，出自吴稚晖1927年所作《草鞋与皮鞋》（《吴稚晖学术论著第三编》，广智书局1931年版）。

综上所述，可判定《意见》是一篇通过剪辑拼接各人旧作而成的伪作。

三 《意见》作伪者及其作伪动机

判定《意见》为伪作之后仍需进一步考察的是：《意见》在何种情形下因何目的被作伪并经何途径怎样留存下来，以及这样留存下来的《意见》在多大程度上能使后人了解或认识到"历史真相"发生发展过程。

下文拟先探讨《意见》作伪者及其作伪动机。

　　《意见》发表在《社会月报》的"北京通信"栏目。虽然文前有记录者的一段说明，但全文未见记录者署名。欲知记录者（作伪者）情况，还得从刊物本身入手。经查，《社会月报》于1934年6月15日创刊，编辑者陈灵犀，理事编辑冯若梅，发行者胡雄飞。《社会月报》第3、第4期卷首均为"大众语问题特辑"，《意见》便属于该特辑刊载的文章之一。这两期"大众语问题特辑"，实由曹聚仁发起和主编，其依据有三：一是曹聚仁为《社会月报》编辑人陈灵犀的"至好"，曹聚仁曾替陈灵犀编办的《社会日报》撰写社论，每日一篇，还"为社会日报拉稿子"①；二是发起大众语问题讨论的《征求意见的原信》由曹聚仁署名并寄出，而《社会月报》第3期刊载的鲁迅、吴稚晖、赵元任等的回信，也都是写给曹聚仁的；三是中国新闻史学界泰斗方汉奇认为，曹聚仁是《社会月报》的实际主编（编辑）②。既然"大众语问题特辑"由曹聚仁发起和主编，他即便不是《意见》的作伪者，此作伪行为也得到了他的默许。这么说，虽然不能从《意见》本身获得有力证据，但是我们能够肯定，曹聚仁在编辑"大众语问题特辑"时，确实存在作伪行为。朱正已撰文证实，《社会月报》第3期刊载的题为《答曹聚仁先生信》的信件，并不是鲁迅写给曹聚仁的，而是鲁迅写给魏猛克的。③ 鲁迅本人对此不但有怨言④，还颇感恼怒，他在1934年11月14日声明说："我并无此种权力，可以禁止别人将我的信件在刊物上发表，而且另外还有谁的文章，更无从预先知道，所以对于同一刊物上的任何作者，都没有表示调和与否的意思；但倘有同一营垒中人，化了装从背后给我一刀，则我的对于他的憎恶和鄙视，

---

①　陈灵犀：《社会日报杂忆·忆曹聚仁先生》，载中国社会科学院新闻研究所《新闻研究资料》编辑室编辑《新闻研究资料丛刊》1981年第4辑（总第9辑），新华出版社1981年版，第43页。

②　参见方汉奇《中国新闻事业通史》第2卷，中国人民大学出版社1996年版，第504页；香港文学研究社出版部编《中国新文学大系续编》第1集，香港文学研究社1968年版，第57页。

③　参见朱正《鲁迅：有人化了装，背后给我一刀》，《时代周报》2009年第59期。

④　"《答曹聚仁先生信》原是我们的私人通信，不料竟在《社会月报》上登出来了，这一登可是祸事非小，我就成为'替杨邨人氏打开场锣鼓，谁说鲁迅先生器量窄小呢'。"（鲁迅：《附记》，载《鲁迅全集》第6卷，人民文学出版社2005年版，第216页。）

是在明显的敌人之上的。"① 此事当时文化界人士多有知道的,如1935年1月28日田汉致鲁迅的信中就说:"我们知道先生那信是写给猛克的,曹聚仁君不能不负擅登的责任。"②

上文已证,《意见》杜撰了刘复、刘梦苇、赵元任、胡适等参加所谓北方学者对于大众语各问题的谈话会,竟然言之凿凿说是记录者亲身见闻。类似的假话,曹聚仁是说过的。曹聚仁在《北行小语》一书的序言《自古成功在尝试》里提到,他在50年代的北京旧书摊上"找到了所有胡适之博士的著作",并且还提到并引录了胡适写给张慰慈的一封赞美苏俄的书信。曹聚仁说这封信是他在《独立评论》上看到的。据曹聚仁所言,他到达北京时,适逢中国大陆正开展"胡适思想的批判",曹聚仁看到了"胡适著作被焚被禁的实情"③,既然如此,他竟然还能够在北京旧书摊上"找到了所有胡适之博士的著作",这不能不令人怀疑其真实性。再说他引录的胡适致张慰慈信,此信写于1926年胡适游苏之时(徐志摩曾在1926年9月11日出版的《晨报副刊》公布此信),而《独立评论》创刊于1932年,经查《独立评论》,根本就没有刊登这封信。这种把他人旧作硬说成是新作的张冠李戴的做法,与《意见》的作伪手法,何其相似!曹聚仁在此文中抄录了他写给胡适的一封信,他在信里邀请胡适去新中国看看。这封信辗转多年后才到达胡适手中,据1957年3月16日胡适日记:"收到妄人曹聚仁的信一封,这个人往往说胡适之是他的朋友,又往往自称章太炎是他的老师。其实我没有见过此人。"④ 胡适此言固然透露出他在1957年海峡两岸关系紧张背景下对偏向新中国的曹聚仁抱有敌意,但以胡适的为人,当不至于捏造事实诋毁曹。就这些情况推断,既然曹聚仁曾多次说谎甚至杜撰事实,那么,他在1934年杜撰北方学者举办大众语各问题谈话会,也不无可能。退一步说,即使《意见》并非他

---

① 鲁迅:《答〈戏〉周刊编者信》,载《鲁迅全集》第6卷,人民文学出版社2005年版,第152页。

② 周海婴编:《鲁迅、许广平所藏书信选》,湖南文艺出版社1987年版,第169页。

③ 曹聚仁:《序"自古成功在尝试"》,载《北行小语》,生活·读书·新知三联书店2002年版,第2、3页。

④ 胡适:《日记1957·1957年3月16日》,载《胡适全集》第34卷,安徽教育出版社2003年版,第462页。

炮制的产物，我们也至少可以肯定两件事：一是既然曹聚仁关注北方学者对大众语的态度，他就应该清楚当时北方学者其实并没有举办大众语问题谈话会，换言之，他应该知道所谓北方学者谈话会实属子虚乌有；二是作为编辑，曹聚仁默许了《意见》的作伪行为。

曹聚仁杜撰或默许他人杜撰北方学者举办大众语各问题谈话会的动机是什么呢？这还得从大众语运动的发起说起。1934年5月4日，汪懋祖在南京的《时代公论》发表文章《禁习文言与强令读经》，主张中小学生学文言和读经，小学学习文言，初中读《孟子》，高中读《论语》《大学》《中庸》等。6月1日，汪懋祖又在《时代公论》发表《中小学文言运动》。同日，许梦因在《中央日报》发表《文言复兴之自然性与必然性》。南方（主要是上海）的一班文化人士，酝酿反击这些言论。陈望道、曹聚仁、乐嗣炳对此分别作过回忆。

陈望道在1975年口述、邓明以记录的《谈大众语运动》里说：

> 一九三四年……当时的复古思潮很厉害。汪懋祖在南京提倡文言复兴，反对白话文，吴研因起来反击汪的文言复古。消息传到上海，一天，乐嗣炳来看我，告诉我说：汪在那里反对白话文。我就对他说，我们要保白话文，如果从正面来保是保不住的，必须也来反对白话文，就是嫌白话文还不够白。他们从右的方面反，我们从左的方面反，这是一种策略。只有我们也去攻白话文，这样他们自然就会来保白话文了。我们决定邀集一些人在一起商量商量。第一次聚会的地点是当时的"一品香"茶馆。应邀来的有胡愈之、夏丏尊、傅东华、叶绍钧、黎锦晖、马宗融、陈子展、曹聚仁、王人路、黎烈文（《申报》副刊《自由谈》主编），加上我和乐嗣炳共十二人。会上，大家一致决定采用"大众语"这个比白话还新的名称。①

1934年秋曹聚仁写信给沈从文：

---

① 陈望道：《谈大众语运动》，载朱萍、龙升芳主编《陈望道全集》第1卷，浙江大学出版社2011年版，第233页。

上海方面的反复古运动，起于几个关心语文问题的人。有一天，乐嗣炳先生往访陈望道先生，晤谈中说及复古倾向的可怕，想邀同一些关心语文问题的人联合发一反对文言复兴的宣言。第一次参加讨论的，有陈望道，胡愈之，叶圣陶，夏丏尊，傅东华，黎烈文，黎锦晖，王人路，乐嗣炳，陈之展，魏猛克和我，共十二人。还有陶行知赵元任两先生不及参加讨论，而同意于这宣言。宣言底稿，由陈望道先生起草，除表示反对文言复兴，还提出语文合一的积极主张，那草案定名为话语文学运动宣言。第二次集会讨论，在加厘饭店，在新雅酒楼，剧辩了四五点钟。关于消极方面，彼此意见颇能一致，关于积极建设，彼此主张各有出入。……乃由傅东华先生提议，定名为"大众语文学"，同时又决定几个基本原则。①

信中的叙述较为简略，1949年后的回忆比较详细：

一九三四年夏天，一个下午，我们（包括陈望道、叶圣陶、陈子展、徐懋庸、乐嗣炳、夏丏尊和我）七个人，在上海福州路印度咖喱饭店，有一个小小的讨论会。我们讨论的课题，针对着当时汪懋祖的"读经运动"与许梦因的"提倡文言"而来……我们认为白话文运动还不够彻底，因为我们所写的白话文还只是士大夫阶层所能接受，和一般大众无关，也不是大众所能接受。同时，我们所写的，也和大众口语差了一大截；我们只是大众的代言人，并不是由大众自己来动手写的。因此，大家就提出了大众语的口号，并决定了几个要语，先由我们七个人轮流在《申报·自由谈》上发表意见，我的主张，大致是相同的；至于个人如何发挥，彼此都没受什么拘束。事先，由我商得了《自由谈》主编张梓生的同意，撇开《自由谈》地位来刊载这一课题的论文；那几个月的《自由谈》就成为大众语的讲坛。当时，由抽签得了顺序，陈子展兄得了头签，笔者第二，以下

---

① 曹聚仁：《上海通信——大众语问题的新局面》，载《沈从文全集》第17卷，北岳文艺出版社2002年版，第74页。

陈、叶、徐、乐、夏诸先生这么接连下去……①

而乐嗣炳的回忆是：

（一九三四年）六月初的一天，我和望老分别联系在"一品香"茶馆举行一个聚餐会，当时我正在主编《乒乓世界》附刊《连环两周刊》，就用此刊物征稿的名义，开了这个会。当时邀集名单十二人：

陈望道、叶圣陶、陈子展、乐嗣炳、马宗融（复旦教授）、王人路、赵元任、沈雁冰、夏丏尊、胡愈之、黎烈文、黎锦晖、文振庭。②

那天的聚餐会，沈雁冰待了一会儿就离开了，赵元任没有参加。经商量，陈望道等决定再召集一次聚会。

六月十五日，又召集了第二次会，在四马路聚丰园，每人出一元钱，出席的三十多人，名单背不出了，其中有曹聚仁，傅东华，很多是手上掌握报刊的人。在会上，傅东华提出，把运动名称改做"大众语运动"，他提的根据是《文学》前一两年，曾讨论过文学大众化问题，是沈雁冰、瞿秋白为主进行讨论的。但这也不是主要根据，主要是我们提倡大众化语言，语文一致，反对广大群众不能接受的夹杂文言的白话，对法西斯小丑取不理睬态度，而把林语堂、胡适等作为点名对象。两次会都同意这个基本提法。

……

我们定调子不划圈圈，展开广泛的讨论，在讨论中建立大众语。当前的主要任务是反复古反文言，只要在这一点上志同道合，各人都

---

① 曹聚仁：《大众语运动》，载《我与我的世界》，人民文学出版社1983年版，第464—465页。

② 乐嗣炳：《乐嗣炳谈大众语运动和鲁迅先生》，载《文艺大众化问题讨论资料》，上海文艺出版社1987年版，第408页。

可以发表自己的意见，扩大反文言反复古的统一战线。

　　具体办法，由黎烈文联系《申报·自由谈》为据点，发表一组文章作为大众语运动的引论，开展讨论。名单先后由各人自己认定。认第一篇的是陈子展，二、陈望道，三、乐嗣炳，四、胡愈之，五、叶圣陶，六、夏丏尊，傅东华……①

以上三人的叙述，出入比较大：一是参加第一次聚会的人数不同，陈望道说的是"十二人"；曹聚仁在写给沈从文的信里说"共十二人"，后来又回忆说"七个人"；乐嗣炳说，第一次聚会的人数是"十二人"，第二次出席的有"三十多人"。二是聚会地点不同，陈望道说是"一品香"茶馆，曹聚仁说是"上海福州路印度咖喱饭店"，乐嗣炳说，第一次在"一品香"茶馆、第二次在"四马路聚丰园"。三是对白话文的评价和提倡大众语的动机所作叙述不同。综合所说，容易发现，三人都提到大众语问题聚会有两次，各家关于第一次聚会的时间、出席人数的说法基本相同，因而可以肯定：第一次聚会的时间在1934年6月初，地点是"一品香"茶馆，12人出席，主要内容是反对文白夹杂，不反对白话文；第二次聚会在1934年6月15日，地点是"上海福州路印度咖喱饭店"或"四马路聚丰园"，有30多人参加，这次会谈决定了一个各人轮流发表言论的秩序。乐嗣炳说："曹聚仁没有参加发动大众语运动前两次会谈。"② 这恐怕不是事实，曹聚仁至少参加了一次聚会。

　　三人回忆中的南方学者聚会，不但在当事人及研究者的叙述中，成为揭橥大众语运动的标识，而且其文学史意义至今被人们津津乐道。可是，当时掀起的大众语运动，虽然在南方轰轰烈烈，在北方却显得十分冷清。金絮如说："文白大众语的斗争，在京（南京——引者按）沪一带，已然成了很能引人注意的论战，而在北国文化界中，却未见有热烈的探讨。"因此，"这个问题，无论在任何立场上，都有注意之必要"③。如何"注

---

① 乐嗣炳：《乐嗣炳谈大众语运动和鲁迅先生》，载《文艺大众化问题讨论资料》，上海文艺出版社1987年版，第409页。
② 同上书，第411页。
③ 金絮如：《文言白话大众语论战之经过及其批判》，《众志月刊》1934年第2卷第3期。

意"呢？办法便是，不能任由南方学者单方面讨论大众语问题，还要带动、催促北方学者参与进来，造成一种南北学者"热烈的探讨"的声势。曹聚仁对此颇感急切，1934年8月他在邀请沈从文参与大众语讨论的信里把"北方学者对于这问题（大众语问题——引者按）的沉默"归因于"最大原因还是对于这问题的隔膜"，因此详述南方学者发起大众语讨论的经过和主要观点，最后殷切地说："我诚恳地请求北方学术界，莫再矜持了，即算南方学术界是空虚浅薄，有切实研究的更该发表一点切实的意见！"[①] 在曹聚仁的恳求下，部分北方文人如沈从文、吴敬恒作了答复。据曹聚仁回忆，当他把这些回信拿给陈望道看时，陈几乎"高兴得跳了起来"[②]。问题是，仅有沈从文等少数几个北方学者对大众语发表意见，显然不够。可以解决问题的办法，便只能是从北方学者以往发表的关于文言白话的文章中，摘录若干，经剪辑拼接而成文。于是，也就不难明白，为何《社会月报》的"大众语问题特辑"会出现《意见》？为何此文以醒目的标题突出"北方学者"？《意见》一文表明，不仅南方曾有过陈望道、乐嗣炳等召集的大众语问题聚会，北方也有钱玄同黎锦熙主持，胡适、周作人、赵元任、林语堂等参加的大众语各问题谈话会，于是乎一南一北，俨然形成了地不分南北、人不分保守激进，"热烈的探讨"大众语问题的局面。

四　思考：史实遮蔽与形象建构

从1927年陈望道等南方学者召集聚会反对复古反对文言文开始，大众语运动伴随着新派、旧派、不新不旧派之间激烈的话语权力斗争，当胜利者最终大权在握时，对其当初的种种言行如何表述，自然是极其关心的。当学界就谁最早提出"大众语"口号而聚讼纷纭时，曹聚仁以当事人的身份指出，并非陈子展或者瞿秋白，他还很关注王瑶的《中国新文学史稿》对大众语运动领导人的论说。同时，曹聚仁明确告诉人们，要

[①] 曹聚仁：《上海通信——大众语问题的新局面》，载《沈从文全集》第17卷，第73—77页。

[②] 曹聚仁：《大众语运动》，载《我与我的世界》，人民文学出版社1983年版，第466页。

想知晓事实真相,"那就该看看大众语运动专辑再说了"①。他关心大众语运动发起人的文学史书写,试图把人们的视线引到包含《意见》在内的"大众语运动特辑"。即便陈望道、乐嗣炳等当事人对"大众语运动"的回忆,也颇多着墨于本人在其中起到的作用,所以他们的相关回忆对1934年南方学者聚会的描写便是"语多微文"。各人对大众语运动的过程叠经删削,起先是汪懋祖、许梦因的形象被刻意矮化以彰显大众语的正当性,接着是胡适和林语堂被当作阻碍、反对大众语的新典型,遭受批评和抨击。光有这些负面形象自然不够,还需要从两个方面建构正面形象。一是明确大众语运动发起人名单,二是营造南北学者热烈讨论大众语问题的声势。于是,就有了上述陈望道、曹聚仁、乐嗣炳述说的1934年参加大众语讨论聚会的"十二人"/"八个人",就有了"大众语问题特辑"及《意见》的出笼。

作为南方学者关于大众语问题聚会的主要参与者,陈望道、曹聚仁、乐嗣炳对与会者名单和讨论主题的回忆,有些作了遮蔽处理,有些则被突显。陈望道比较详细地叙述了第一次聚会,对第二次聚会一字不提;曹聚仁在1949年后的回忆中突出了他本人的地位和起到的积极作用,却漏掉了他在1934年致沈从文信中提到的聚会的真正组织者陈望道;乐嗣炳的回忆相对比较完整、详细,但他先说曹聚仁参加了第二次聚会,接着又肯定地说"曹聚仁没有参加发动大众语运动前两次会谈",所述前后矛盾。这些遮蔽与凸显的真实意图,无劳分辨,但是陈望道、乐嗣炳、曹聚仁作为大众语运动发起人的形象却深入人心,以致我们今天在书刊和网络上,随处可见曹聚仁等乃"大众语运动始作俑者"之语,这不能不归功于相关回忆对史实的清洗和对其人历史形象的建构。

作为北方学者热烈讨论大众语问题的直接证据,《意见》一方面强调这次谈话会的真实性,另一方面遮蔽北方学者对大众语的不同意见,突出他们观点中的相似或相同点,借此给读者造成一种印象,即通过谈话会,北方学者对大众语问题达成了共识。为此,《意见》的写作、发表和内容,都经过了精心的"制造"。

---

① 参见曹聚仁《大众语运动》,载《我与我的世界》,人民文学出版社1983年版,第465页。

第一,《意见》采用会议记录方式写作,发表在"北京通信"栏目。用会议记录方式写作,不仅强化了谈话会的真实性,还能够使读者获得现场感。至于《意见》在《社会月报》发表时,标题前用方框醒目地标注"北京通信",这也是别有意味的。在民国报刊中,"××通信"栏目刊载的大都是新闻稿。编辑把《意见》嵌入"北京通信"栏目,可使《意见》获得新闻报道的真实性和及时性。

第二,《意见》的发言者都是长住北方的新文学作家,而且基本上都是语言学家或语言改革的积极推动者。最先发言的几个人,周作人、俞平伯、胡适、钱玄同、孙伏园,都是著名新文学作家,黎锦熙是影响很大的语言学家。这些人无疑是北方学者的代表。容易注意到,当天出席谈话会却没有发言记录的,有赵元任、顾颉刚。是他们不曾发言还是记录者疏漏了?《意见》中没有赵元任的发言,应当是《意见》作伪者考虑到赵元任对大众语的意见已发表在《社会月报》第3期,故无须赘述。没有顾颉刚的发言,则是因为顾颉刚从编办《歌谣周刊》开始,就主张文学语言的民间化方向,这与《意见》中其他发言者的意见,不大同调。只有具备相同或相近的大众语观念者,才在《意见》中发言,这个遴选条件及其实际效果,便是要给读者带来北方学者就大众语问题达成某些共识的印象。虽然如此,记录者仍担心读者未必看得明白,于是借黎锦熙之口,在《意见》结尾作出宣言式的"结论":"我们主张汉字革命"。

甚至,连《意见》发言者所占篇幅,也刻意作了"厚此薄彼"的安排:一方面,以较多篇幅突出周作人、钱玄同、胡适等名人的发言;另一方面,以极少篇幅记录刘梦苇、魏建功等青年作家的意见。这个做法,与陈望道、曹聚仁等在1949年之后关于大众语运动发起人的回忆中突出自我、弱化他人,如出一辙。由于一部分史实被遮蔽或者叙述含糊其辞、模棱两可,致使相关文献史料对事实真相的记录显得颇为轻率,遂引起后人作出各种猜测乃至议论纷纭。

然而,无论陈望道等三人回忆当年发起大众语运动的聚会,还是曹聚仁杜撰或默许他人杜撰《意见》,其心血都没有白费。经过精心选择与遮蔽,三人在中国现代文学史上作为大众语运动发起人的形象深入人心,而其他人的面目暧昧、模糊。《意见》发表后,南北学者积极参与大众语论争遂被写进文学史,只有当人们看到曹聚仁当年恳请北方学者参与大众语讨论的信函时,才可能对文学史中相关书写产生怀疑。质言之,曹聚仁对于《意见》被编造出来并广泛传播的真相,不可能一无所知,但他似乎要故意遮蔽北方学者没有积极参与讨论大众语问题的客观性,而硬要描述成南北学者热烈讨论的局面,其目的在于通过凸显大众语运动的社会反响,建构和巩固他作为大众语运动发起人之一的历史形象。柯文(P. A. Cohen)在《历史三调》中指出,真实的事件、当事人的经历与后人建构的历史神话是历史的三个面向[①],被书写的历史与历史的真实之间有着巨大差异。历史需要"为政治、意识形态、自我修饰和情感等方面的现实需要服务"[②]。当事人的某种"现实需要"驱使他们对历史事件进行剪辑拼接,借此建构形象、制造神话,后人对"现实需要"的坚持,往往使他们轻信当事人的相关陈述,以致历史过程中的种种细节被遮盖,掩埋在时间的尘埃之下。

中国现代文学史料异常丰富繁杂,其中难免有真伪难辨者,因此史料辨伪在中国现代文学研究领域尚需得到进一步重视和更有力的提倡。既要加强史料辨伪,也应该注意到,真史料和伪史料各有其用(作伪的需求、作伪者的动机、伪史料产生和作伪过程等都能揭示很多问题)。比如,由于被判定为伪作,《意见》的史料价值下降。如果我们就史料而谈史实,《意见》及其叙述的北方学者大众语问题谈话会很容易被人们排除在信史的范围之外,认为这些仅仅是曹聚仁出于某种目的而编造的谎言,是历史的"虚像"。其实,《意见》仍可在一定程度上传递相关历史信息,如果把它与其他文献史料放在一起,进行重新解读,就可能表达新的含义,乃至与其他文献史料互证。而《意见》便会从伪作转变为大众语运动研究的重要资料,通过它得以重新建构历史"虚像"叙述背后隐藏的"实像"。这使我们意识到,通过伪作去寻找那些被遮蔽与建构的历史图景,未尝不是一种值得探索的研究路径。如此研究路径,既不同于梁启超把史

---

① 参见保罗·柯文《历史三调:作为事件、经历和神话的义和团·序》,杜继东译,江苏人民出版社 2000 年版,第 1—6 页。
② 保罗·柯文:《历史三调:作为事件、经历和神话的义和团》,杜继东译,江苏人民出版社 2000 年版,第 182 页。

料处理分别为"正误"和"辨误"①，也不同于杜维运概括的"史料的考证"②。梁启超和杜维运处理史料的重点在于辨别真伪，本文的研究路径并不满足于辨别史料真伪，而是在此基础上继续追问：史料是怎样形成的？史家为什么要这样书写？这样的书写，有无以及有何史实遮蔽与形象建构？毋庸讳言，这体现出自觉的史料批判意识。

（刊载于《学术研究》2017 年第 2 期）

附录 北方学者对于大众语各问题的意见

发言人：

周作人　俞平伯　胡　适　钱玄同　魏建功

林语堂　吴稚晖　孙伏园　黎锦熙　刘梦苇

前儿，北京西北园九号热闹得很；钱玄同黎锦熙是主人，到的客很多，我认得的有胡适、周作人、刘复、赵元任、林语堂、顾颉刚、孙伏园、俞平伯、魏建功、江绍原，还有南边来的无锡老头儿吴稚晖，他们酒酣耳热，谈得十分起劲。我坐在角儿上，静静地听，默默地记；现在从头至尾，一五一十把他们的谈话记了下来。

周作人：玄同，近来很流行"民众"这个字，容易生出许多误解。譬如说"民众的言语"，大家便以这是限于小百姓嘴里所说的话，他们语汇以外的字都是不对的，都不适用。其实这民众一个字乃是全称，并不单指那一部分，你我当然也在其内——所谓平民国民等等名词，含义也当如此。以前绅士们关了门做文章，把引车卖浆之徒推出去，这是我们所反对的；觉得不足为法；现在这班"之徒"擂鼓似地打门，打了几年，把这扇牢门总算打开了，那么这问题也就解

---

① 梁启超：《中国历史研究法》第五章"史料之搜集与鉴别"，上海古籍出版社 1998 年版，第 77—107 页。

② 杜维运：《史学方法论》第十章"史料的考证"，三民书局 1986 年版，第 153—167 页。

决,大家只要开着门去做文章好了;倘若那些新贵人依照古法关起门来,定出他们的新义法,那么这与桐城选学何择?古文不宜于说理,不必说了。狭义的民众的言语,我觉得也决不够用,决不能适切地表现现代人的情思:我们所要的是一种国语,以白话(即口语)为基本,加入古文(词及成语,并不是成段的文章)方言及外来语,组织适宜,具有理论之精密与艺术之美。这种理想的言语倘若成就,我想凡受过义务教育的人民都不难了解,可以当作普通的国语使用。平伯,(平伯正在听他的谈论)你以为怎样?

俞平伯:我是主张方言文学的。我有一信念,凡是真的文学,不但要使用活的话语来表现它,并应当采用真的活人的话语。所以我不但主张国语的文学,而且希望方言文学的产生。我赞成统一国语,但我却不因此赞成以国语统一文学。文学的国语,国语的文学,如胶似漆的挽手而行,固不失为一个好理想;不过理想终久只是理想,不能因它的好而陡变为事实。方言文学的存在——无论过去,现在,将来——我们决不能闭眼否认的,即使有人真厌恶它。在我的意中,方言文学不但已有,当有,而且应当努力提倡它。我主张尽量采用方言入文,其理由有二:一、凡一切文学中的人物,都是应当活灵活现的。现在真的活人们口中所说的,大都是庞杂的方言。文学的描写如不要逼真则已;如要逼真,不得不采用方言以求逼肖。二、作者于创作时,使用的工具原是可以随便的。但是,恕我又说句讨厌的话。我觉得最便宜的工具毕竟是母舌,这就是牙牙学语后和小兄弟朋友们抢夺泥人竹马的话。惟有它,和我最亲切稔熟;惟有它,于我丝毫的隔膜;惟有它,可以流露我的性情面目于诸君之前。这种话的神气自然是土头土脑,离漂亮、流利、简洁等等差得远;只是记住了,我们既一不做演说者,二不做辩论者,三不做外交官,四不做国语专家,五不做太太小姐们的情人;为什么厌弃你的髫年侣伴而力趋时髦呢?(对适之)我想适之先生一定赞成我的话。

胡适:我赞成您的说法。我从前,会说"将来国语文学兴起之后,尽可有'方言的文学'"。方言的文学越多,国语的文学越有取材的资料,越有浓富的内容和活泼的生命。国语文学造成之后,有了标准,不但不怕方言的文学与它争长,并且还要倚靠各地方言供给它新材料,新血脉。当时我不愿惊骇一班提倡国语文学的人,所以我说这段话时,很小心地加上几句限制的话。老实说罢,国语不过是最优胜的一种方言;今日的国语文学在多少年前都不过是方言的文学。正因为当时的人肯用方言作文学,所以一年多年之中积下了不少的活文学,其中那最有普遍性的部分遂逐渐被公认为国语文学的基础。我们自然不应该仅仅抱着这一点历史上遗传下来的基础就自己满足了。国语的文学从方言的文学里出来,仍须要向方言的文学里去寻它的新材料,新血液,新生命。这是从国语文学的方面设想。若从文学的广义着想,我们更不能不倚靠方言了。文学要能表现个性的差异;乞婆娼女人人都说司马迁、班固的古文固是可笑,而张三李四人人都说《红楼梦》《儒林外史》的白话也是很可笑的。古人早已见到这一层,所以鲁智深与李逵都打着不少的土话,《金瓶梅》里的重要人物更以土话见长。平话小说如《三侠五义》《小五义》都有意夹用土话。南方文学中自晚明以来昆曲与小说中常常用苏州土话,其中很有绝精彩的描写。试举《海上花列传》中的一段作个例:

"双玉近前,与淑人并坐床沿。双玉略略欠身,两手都搭着淑人左右肩膀,教淑人把右手勾着双玉头项,把左手按着双玉心窝,脸对脸问道:'倷七月里来里一笠园,也像故歇宝概样式一淘坐来浪说个闲话,耐阿记得?'"

假如我们把双玉的话都改成官话:"我们七月里在一笠园,也像现在这样坐在一块说的话,你记得吗?"意思固然一毫不错,神气却减少多多了。所以我常常想,假如鲁迅先生的"阿Q传",是用绍兴土话做的,那篇小说要增添多少生气呵!玄同先生是提倡国语的,你意下以为如何?

钱玄同:平伯先生和适之先生底意见,大部分我都同意的。你们说"真的文学应当采用真的活人的话语","方言文学应当努力提倡它","尽量采用方言入文",这些话,我不仅是完全同意,我平日也就是这样主张的。可是我就是平伯先生说的国语热的一个人,我因为有国语热,所以连带有国语文学热。我对于文学虽然完全是个外行,可是我极相信文学作品对于语言文字有莫大的功用,它是语言文字的血液。语言文字缺少了文学,便成了枯槁无味的语言文字:低能儿的语言,今天天气哈哈哈的语言;"老虎"派不通的文字,市侩们编的国语教科书的文字。拿人来比,这种缺少文学的语言文字便好像是一个"鲜鲜活死人!"这样,我是提倡国语文学的人了,似乎跟平伯先生要努力提倡方言文学的有点背道而驰的样子了。其实不然。我以为国语应该用一种语言做主干。这种语言,若用官话,固然也好;不过我底意见最好还是用一种活语言,就是北京话。我们用了北京话做主干,再把古语、方言、外国语等等自由加入。凡意义上有许多微细的辨别的,往往甲混乙析,或丙补丁缺;国语对于这些地方,应该冶古今中外于一炉,择善而从,例如甲混乙析则从乙,丙补丁缺则从丙是也。我认为国语应该具有三个美点:活泼,自由,丰富。采自活话,方能活泼;(做主干的北京话,加入的方言跟外国语,这三种都是活话,惟有古话是死语;但它底本质虽是死的,只要善于使用,自能化腐臭为神奇,变成活泼泼地。总而言之,我们尽可以把古语这死鬼捉来给今语做奴隶,听候驱遣;万不可自己撞进鬼门关,给鬼捉住,亲笔写下卖身字据,愿为鬼伥。)任意采之,斯乃自由;什么都采,然后丰富。因为我的国语观是这样,所以我承认方言是组成国语的分子,它是帮国语底忙的,不是拦国语底路的。用古文八股底笔调来说:"方言与国语,乃不相反而相成者也。"因为我有了以上的信念,所以我要这样说:在我底意中,方言文学,不但已有,当有而且应当努力提倡它;它不但不跟国语文学背道而驰,而且它是组成国语文学的最重要的原料。方言文学日见发达,国语文学便日见完美。

——以上谈方言问题

孙伏园:你们提倡方言文学,其实这是太早了。如果中国文还是同现在一样的方块儿字,那么方言文学与非方言文学其间的差别到底有得了多少,还不是就是那么一回事吗?如果写到像九尾龟类一样,那么,中国字总有一些中国字衍形的来历,这么一来反使一般人看不懂了。吴语"耐",国语"你",在字形上差得甚远;一旦能代以拼音文字，那么便有一个表 N 音的字母相同，比现在方块儿字如此通行的局面之下发展方言文学一定要容易多了。所以在方块儿字没有成拼音文字以前，提倡方言文学是徒然的，要求文学的进步也是徒然的。现在我们的路只有一条，就是赶紧把我们的文字改成与欧洲的拉丁一样。所谓拉丁者，就是拉丁曾以拼音文字统行全欧，我们也必须以拼音文字统一全华。语堂，您对于这方面一定会有挺好的意见的，玄同，您往常不是为了废汉字挨许多骂声吗？

林语堂：我的意见还是让我一条一条的说来：

一、中国不亡，必有二种文字通用，一为汉字，一为拼音字。

二、汉字是废除不了的，但是必逐渐的变简单化。

三、汉字之外，必须有一种普遍可用的易习易写的拼音文字。反对一种普遍可用的易习易写的拼音文字而以汉字美质为词者，是普及教育的大罪人。

四、凡文字有"美"与"用"两方面。知道"美"不知道"用"的人不配谈文字问题，也不配谈普及教育开通民智的话。

五、拼音文字不过是拼说话的声音。凡话，听时可用懂的拼下来，看时也必可用懂，不懂便是拼写上的乖谬所致。说话本是一个字，拼下来分为两字，便是拼写上的乖谬，便惹人家不懂起来。犹如不说"牌楼"而说"牌"，再说"楼"，也是说话说的乖谬。说"东"及"动"，听起来时是极端不同，拼写时把他弄成同了，也是拼写的乖谬。果使说话时的确有意义不相同而音相同的，文字上拼为相同之字，其错不在字而在话。说话时不明之处少，文字的不明处也必少；说话时有法子使此不明白的话变为明白，文字上也有法子可使不明白的变为明白。

六、天下没有一种话言不可拼音的，只有中国语言不可拼音，奇不奇？别种语言的拼音字读起来都可懂，中国的拼音字读起来倒必不可懂，此亦是奇闻。

七、拼音本很容易，只不要学究及发音大家来干涉，便样样好弄。我的意见如此。

魏建功：我常望我们的刊物能做到满纸不见一个方块字，虽然林语堂说汉文是废除不了的。

刘梦苇：先生以"满纸不见一个方块字"为鹄的，我颇有些怀疑；我觉得不但如林先生所说不可能，而且是不必如此。我以为方块字有方块字的好处，正如虫形字有虫形字的好处一样。

钱玄同：我从中国文字底变迁上研究，认为今后的国语应该废除汉字而改用拼音文字。中国文字底进化，走的路也和欧西文字相同，最初是象形，稍进是象意，再进是象声。六书的形声，还是一半象意，一半象声。到了假借，便纯粹主声了。写假借字的人对于一切固有的字，完全当它音标看待，所以凡同音的字，随便写那一个都行。所未达一间者，便是未分析音来，改成拼音形式而已。自反切法兴而韵书及字母继作，注音字母承其流，拼音之法已具。再进一步，便可用通行世界之罗马字母构成拼音的中国字了。我对于国语底拼音字母，主张用罗马字母，并非主张用注音字母；不过我也不摈斥注音字母像林语堂先生那样。我和吴稚晖先生底意见一样，认为注音字母可以做正式拼音文字底草稿。

吴稚晖：天下的事物有两种不同的价值，一是自己的价值，一是从他方面发生的价值。譬如皮鞋价高，草鞋价低，这是一定的；有时在那山路泥泞的地方，草鞋的价值比皮鞋要高多了。我们中国是一个穿草鞋的国家，很多地方是需用草鞋的，是故在中国是草鞋的价值高些。这种拼切国音或土音的注音字母，我们有二个法子去研究他：（一）像皮鞋一样的研究，字母要极好极完善；（二）像草鞋一样的研究，不过要将草鞋做得精美一点；（三）只要有草鞋穿，不必一定要多费时日去做好，因为即刻就要穿。我们的注音字母，自然应该要造得极好，研究得极精细，和造皮鞋一样。但皮鞋的工程大，价值又贵，皮子要到国外去买，本地的皮工手艺又不好；我们既然马上就要鞋子穿，那就要急求近取，没奈何暂且做一双草鞋穿了。我们是一个共和国，内忧外患又很紧急，普及初等教育是救国的根本法子；这个火烧眉毛时应急的注音字母，是普及教育的最好的利器。现在有一个随地拼音的好法子，用注音字母随地拼切土音，一般人只要用二三月功夫，就能够识字，看报，计帐，写信了，你看好不好呢！这就是我主张穿草鞋应急的道理。

黎锦熙：好了！我们主张汉字革命，我们深信这一条路是一定要走的。我轻脆地作一个结论：

    你们要科学救国吗？

    非汉字革命不可！

    你们要读书救国吗？

    也非汉字革命不行！

新月社若干史实考辨

在中国现代文学中，有不少重要概念，几乎大家都认为不辨自明，其实不然，这些概念的模糊性和歧义，导致一些文学事实真相被一种约定俗成的认识所掩盖。例如，学界对于"新月社""新月派""新月诗派"这三组概念的使用，长期处于混淆状态。程凯华等主编的《中国现代文学辞典》（1988）、董兴泉等主编的《中国文学艺术社团流派辞典》（1992）、陆耀东等主编的《中国现代文学大辞典》（1998）对这三组概念的解释有较大差别。① 钱理群等主编的《中国现代文学三十年》，以"新月派"指称"新月诗派"②，王瑶的《中国新文学史稿》、刘绶松的《中国新文学史初稿》以及著名诗人艾青都使用这种指称方式③；另有论者以新月社指称新月派④，还有论者认为新月派包括俱乐部时期乃至更早时期

---

① 参见程凯华、龚曼群、朱祖纯编《中国现代文学辞典》，华岳文艺出版社1988年版，第374—375页；董兴泉、任惜时、冯传玺、黄万华主编《中国文学艺术社团流派辞典》，吉林人民出版社1992年版，第212—214页；陆耀东、孙党伯、唐达晖主编《中国现代文学大辞典》，高等教育出版社1998年版，第486页。

② 参见钱理群、温儒敏、吴福辉《中国现代文学三十年》，北京大学出版社1998年版。钱理群等在该书中以"新月派"指称"新月诗派"，并明确把"新月派"分为前后期（"前期新月派，是1927年以前，以北平《晨报副刊》'诗镌'为基本阵地的诗人群。"见该书第129页。"后期新月派是前期新月派的继续与发展。它以1928年创刊的《新月》月刊新诗栏目及1930年创刊的《诗刊》季刊为主要阵地。"见该书第357页）。

③ 参见王瑶《中国新文学史稿》（上），上海文艺出版社1982年版，第222—224页；刘绶松《中国新文学史初稿》（上），人民文学出版社1979年版，第301—302页。此外，1984年10月，艾青在为《中国新文学大系（1927—1937）》作序时说："二十年代末期、三十年代初期，中国诗坛上出现两个主要的流派，'新月派'和'象征派'。"（艾青：《序》，载《中国新文学大系（1927—1937）·诗集十四》，上海文艺出版社1985年版，第1页。）

④ 参见魏晓耘、魏绍馨《新月社作家与民国前期的人权法治运动》，《齐鲁学刊》2006年第5期，第95—98页。

的新月社①。多年来，陆续有一些研究者注意到这种混淆状况，并试图予以辨析。② 遗憾的是，他们的努力没有引起学界应有的关注，而且他们或是未能提供某些结论的合理解释，或是其观点仍有商榷的必要。保存下来的"新月"文献资料有限，这是造成前述三组概念混淆不清的主要原因。然而，新月社、新月诗派、新月派之间存在互相纠缠、千丝万缕的复杂关系，以致即使当事人也很难厘清，这也是不争的事实。

据笔者浏览所及，要厘清上述三组概念的关系、分辨彼此，首先要弄明白新月社若干模糊不清的问题。令人吃惊的是，当笔者梳理史料、厘清史实之后，竟然得到这样一个结论：新月社既不是文学社团，更不是文学流派。

本文拟先考辨新月社名称由来、缘起、始末、创始人和成员等若干问题，最后在此基础上辨析、澄清新月社的属性。

---

① 周晓明认为："新月派的社团活动，起于1922年新月社成立，终于1933年《新月》的停刊。"（陈安湖主编：《中国现代文学社团流派史》，华中师范大学出版社1997年版，第378页。）朱寿桐也认为："新月派在其前期（新月社俱乐部时期）和后期（《新月月刊》的最后几期可以看出），它并不是一个纯文学性的组织。"（朱寿桐：《论中国现代文学社团的研究方法》，《文艺理论研究》2005年第3期，第8页。）

② 中国大陆学者中，尹在勤、王强对这一问题关注较早也较多。尹在勤在《新月社的形成——新月派研究之一》[《四川大学学报》（哲学社会科学版）1983年第1期]、《"新月"派中有派》[《四川大学学报》（哲学社会科学版）1984年第4期] 中，指出了新月社和新月派的历史渊源，但没有予以详细辨析。干强在《新月社四题》中梳理了新月社的历史演变（《齐鲁学刊》1983年第5期，第87—88页），从而为澄清新月社与新月派之关系奠定了基础；在《必须历史地评析"新月"》一文中，王强明确指出："新月派之所以得名根本与新月社无关系，而且新月派之所谓历史也根本不应从新月社算起。"（《上海师范大学学报》1995年第4期，第56页），然而他没有说明理由。此外，施建伟明确指出："新月派和新月诗派是两个既有区别又有联系的概念。"他从新月派和新月诗派的成员、性质、存在时间三个方面区分了二者。（施建伟：《新月诗派是新诗格律运动的必然产物》，《中国现代文学流派论》，陕西人民出版社1986年版，第197页。）赵遐秋认为："从整体上看，它（新月社）是一个社交团体，既和1926年《晨报副刊诗镌》的诗人群有区别，也和1927年后上海的新月书店、《新月》月刊、《新月诗选》的出版者、编辑者、作者群不同。"（赵遐秋：《徐志摩传》，中国人民大学出版社1989年版，第98—100页。）

一 新月社名称由来和缘起

（一）新月社名称由来

关于新月社名称的由来，说法不一，有的认为是从泰戈尔的《新月集》而得名，有的则认为是取"新月必圆"之意。由于梁实秋曾明确说："在北平原有一个'新月社'，新月二字是套自印度太戈尔的一部诗集《新月集》，太戈尔访华时，梁启超出面招待，由志摩任翻译，所以他（徐志摩——引者注）对新月二字特别感兴趣，后来就在北平成立了一个新月社。"① 陈源也说："他（徐志摩——引者注）那时对太戈尔极崇拜，等于狂热，社以新月命名，也是当然的了。"② 梁实秋是新月派重要成员，而陈源更是新月社创始人之一，故学界取其说。但新月社成员张彭春之女张新月近年认为，新月社的命名者是张彭春，并强调指出："外传先有'新月社'，不确。"③ 此论受到新闻媒体和一些学者的关注，但尚无人质疑。

据说，张彭春在次女张新月于 1923 年 11 月出生后，给她取名"张新月"。"这一时期，张彭春正在北平同胡适、徐志摩、梁实秋、陈源（西滢）等朋友筹备组织文学社，社名尚未确定。他便把'新月'二字推荐给朋友们，大家欣然接受，于是就产生了'新月社'。"④ 这里有两个疑点：第一，下文将证，新月社成立于 1923 年 3 月，换言之，新月社成立 8 个月后才有张彭春之女张新月出生及为女取名"张新月"之事发生，既然如此，"外传先有'新月社'，不确"从何谈起？第二，倘若如张新月所言，新月社的名称来自张彭春"把'新月'二字推荐给朋友们"，那么，为何新月社创始人徐志摩等言及新月社时从未提到此事？

新月社于 1923 年 3 月成立时，张新月尚未出生，可见她的上述回忆

---

① 梁实秋：《忆〈新月〉》，载方仁念选编《新月派评论资料选》，华东师范大学出版社 1993 年版，第 13 页。
② 陈源：《关于"新月社"——复董保中先生的一封信》，（台湾）《传记文学》1971 年第 18 卷第 4 期，第 24 页。
③ 龙飞：《"新月派"的由来》，《今晚报》2004 年 8 月 25 日。
④ 同上。

并非本人亲历,而是来自其他人的述说,因而难免会有错误。例如,她说"张彭春正在北平同胡适、徐志摩、梁实秋、陈源(西滢)等朋友筹备组织文学社",依照她的讲述,当时胡适、徐志摩等"筹备组织文学社",但不论胡、徐等人的日记还是书信中,都没有提到这一点。而且事实上他们筹备组织的新月社,在创办之初只是一个聚餐会式的沙龙,基本上与文学无关。又,张新月说梁实秋"参与筹备组织文学社"(新月社),而实际上据梁实秋自己说,"我没有参加过北平的新月社,那时候我尚在海外"①。

综上可见,新月社得名于张彭春的说法不能令人置信。

根据叶公超的回忆,当时新月社同人对"新月"这个名称"并不曾正式讨论过,只是徐志摩一时的灵感,我们觉得也不错,就用了"②。这里所说"新月社"这个名称是由徐志摩提出来的,以及并未经新月社同人正式讨论过这两点,是可信的,也与梁实秋对新月社名称由来的解释相吻合。又,考虑到徐志摩崇拜泰戈尔、喜爱泰戈尔诗歌,特别是当时(1923年初)正在张罗泰戈尔访华事宜,他因为泰戈尔的诗集《新月集》而得"新月社"名称,应该是合理的。

(二)新月社缘起

徐志摩等人创办新月社的缘由是什么?学界大致有四种说法:一是胡适的《努力》周刊办不下去以后,为了继续《努力》周刊的精神和在思想文艺上给中国政治建筑一个可靠的基础,于1923年发起成立③;二是1922年印度诗人泰戈尔访华后,为了纪念这位"诗圣",徐志摩等在1923年发起成立④;三是为了探讨新诗的创作和艺术表现形式⑤;四是因

---

① 梁实秋:《忆〈新月〉》,载方仁念选编《新月派评论资料选》,华东师范大学出版社1993年版,第13页。

② 叶公超:《新月拾旧——忆徐志摩二三事》,载关鸿、魏平主编《新月怀旧》,学林出版社1997年版,第174页。

③ 参见薛绥之《关于"新月派"》,载《中国现代文艺资料丛刊》第3辑,1963年11月,第253页。

④ 据笔者所知,此论很可能最早出自吴奔星,见《试论新月诗派》,《文学评论》1980年第2期。

⑤ 胡凌之:《新月派与徐志摩》,《文艺丛刊》第11辑。

戏剧而缘起组织①。我认为，除第四种说法"因戏剧而缘起组织"之外，其他几种说法都与事实不相符合。

首先，1925年4月7日，林语堂在写给钱玄同的信中说："新月社的同人发起此社时有一条规则，请在社里什么都可来（剃头、洗浴、喝啤酒）只不许打牌与谈政治，此亦一怪现象也。"② 林语堂言及的新月社不谈政治，与徐志摩基本上不和朋友谈政治的习性相符合，而胡适的《努力》周刊是以谈政治为主要内容的，因而说新月社的缘起是"为了继续《努力》周刊的精神和在思想文艺上给中国政治建筑一个可靠的基础"，未免牵强。何况，新月社最主要的发起人是徐志摩，而不是胡适。

其次，印度诗人泰戈尔一生共访华两次，一次在1924年，另一次在1929年，而新月社成立于1923年。泰戈尔第一次访华期间，为了纪念他的生日，新月社同人还曾专门为他排演了短剧《齐德拉》，故泰戈尔访华时新月社已成立，两者不成因果关系，第二种说法不能成立。

最后，1925年3月14日，徐志摩曾在赴欧途经西伯利亚时写下《给新月》一文，在文中提到新月社的成员有政客、大学教授、银行职员等，梁实秋的回忆也证实了这一点。③ 这些身份复杂的成员有些毕生与新诗无染甚至反对新诗，如余上沅、冯友兰、熊佛西、张君劢、林长民等。退一步说，倘若新月社缘起是"为了探讨新诗的创作和艺术表现形式"，那么，为新月社垫付经费的徐申如、黄子美至少是新诗的热爱者，而事实上我们知道，他们两人毕生与新诗无染。此外，直到1926年3月底，徐志摩"才知道闻一多的家是一群新诗人的乐窝"，于是加入进去，并于1926年4月1日创办了"专载创作的新诗与关于诗或诗学的批评及文章"的《晨报副刊·诗镌》④，可见，1926年3月底以前，新月社并未正式"探讨新诗的创作和艺术表现形式"。所以，第三种说法也与诸多事实不相符合。

徐志摩在《给新月》中谈到发起新月社的缘由时说：

---

① 王强：《新月社四题》，《齐鲁学刊》1983年第5期，第84—85页。
② 梁实秋：《剪拂集》，北新书局1928年版，第7页。
③ 梁实秋：《忆〈新月〉》，载方仁念选编《新月派评论资料选》，华东师范大学出版社1993年版，第13页。
④ 徐志摩：《诗刊弁言》，《晨报副刊·诗镌》第一号，1926年4月1日。

> 我们当初的想望的是什么呢？当然只是书呆子们的梦想！我们想做戏，我们想集合几个人的力量，自编戏自演，要得的请人来看，不要得的反正自己好玩。①

徐志摩是新月社主要发起人，上面是他本人于新月社成立两年后的陈述，相隔时间并不长，应该不会存在记忆失误，因而可信。1924年底张君劢在新月社演讲时的说法可证实这点，他说："诸君之结社，诗人之结社也；以编新剧演新剧为目的之结社也。"② 况且正是在新月社成立之时的1923年春夏，徐志摩连续发表了两篇长长的剧评连载在《晨报副刊》上，其中《"我们看戏看的是什么"？》一文与陈西滢的《看新剧与学时髦》一道发表在5月24日《晨报副刊》"戏剧谈"里，这两篇剧评同时出现在《晨报副刊》版面上，形成了一股谈戏剧的声势。同年9月，陈西滢又在论坛里连载剧评《高斯楼绥之幸运与厄运——读陈大悲先生所译的"忠友"》。此外，徐志摩还翻译了《涡堤孩》与《死城》两个剧本。尤其值得注意的，是新月社社员不曾正式提出过什么文学主张或文学理论，除了戏剧。

因此，"想做戏""想集合几个人的力量，自编戏自演"，是他们发起新月社的缘由。新月社成立后的两年内，主要成绩就是排演了"几个小戏"，也证实了这一点。正是因为新月社主要因为戏剧而创办，所以1926年6月《剧刊》创刊时，徐志摩才会"不由的不记起三年前初办新月社时的热心"。

二 新月社始末

1926年6月徐志摩在《剧刊始业》一文中说："我今天替剧刊闹场，不由的不记起三年前初办新月社时的热心。"③ 可知，新月社成立于1923

---

① 徐志摩：《给新月》，《晨报副刊》1925年4月2日。
② 张君劢：《诗人之反柏剌图主义——新月社之演说》，《晨报六周年纪念增刊》（1924年12月1日），第252页。
③ 徐志摩：《剧刊始业》，《晨报副刊·剧刊》第一号，1926年6月17日。

年。又，胡适在 1923 年 3 月的日记中曾提到"新月社成立"①。因此，新月社应该成立于 1923 年 3 月，学界对这一时间基本上没有异议。但近年韩石山通过考证认为，新月社应该成立于 1924 年 3 月。韩先生的一个重要证据，就是徐志摩 1924 年 2 月 1 日写给胡适的信和 1924 年 1 月 5 日胡适的日记中，都提到"聚餐会"，于是韩先生断定："此时仍是'聚餐会'，还不是新月社。"② 然而，韩先生所言，无法解释两个疑点：（1）韩先生由 1924 年初徐、胡提到"聚餐会"而断定"此时还不是新月社"即新月社尚未成立，按照这种逻辑推理，1925 年、1926 年闻一多在书信中、胡适在日记中多次提到"聚餐会"，岂非直到此时新月社还没有成立？（2）假若新月社成立于 1924 年 3 月，如何解释徐志摩 1926 年说"三年前初办新月社"？③

聚餐会是从新月社成立以前到该社解体一直举办的活动，而且只是新月社众多活动当中的一种，所以不论徐志摩、胡适等人何时何地提到它，都不能仅据此就断定新月社成立或解体的时间。

新月社成立于 1923 年 3 月，仍是令人信服的。

较大的分歧在于新月社的解体时间。程凯华等主编的《中国现代文学辞典》（1988 年版）指出："1927 年，新月社由于胡适、徐志摩等人离开北平而解体。"而董兴泉等主编的《中国文学艺术社团流派辞典》（1992 年版）和陆耀东等主编的《中国现代文学大辞典》（1998 年版）都

---

① 胡适 1923 年 3 月日记，《胡适全集》第 30 卷，安徽教育出版社 2003 年版，第 15 页。
② 韩石山：《徐志摩传》，北京十月文艺出版社 2001 年版、2004 年版，第 108—110 页。
③ 《中国现代文学研究丛刊》2007 年第 3 期刊登了刘群的论文《关于新月社成立的时间、地点及相关情况的考述》，经考述后，该文认为"韩石山的推断是基本成立的"。为了考证新月社成立时间，韩石山共提出了四点证据，但在我看来，其他三点也尚难置信。兹简要辨析其他三点证据，与韩、刘两位先生商榷：第一，在韩先生所引的 1923 年 3 月 21 日徐志摩致成仿吾信中，徐志摩仅仅表达了对创造社成员的仰慕之意，并没有涉及"他还没有自己组织社团的想法"；第二，徐志摩接受为泰戈尔访华做翻译的时间在 1923 年春天，因此新月社成立于 1923 年 3 月，在时间上与韩先生所论"新月社成立必在……徐志摩接受翻译任务之后"并不矛盾，换言之，新月社成立时间并非如韩先生所言在 1923 年 7 月 26 日之后；第三，徐志摩在《给新月》中说"去年四月里演的《契玞腊》要算我们这一年来惟一的成绩……"这里的"这一年来"指的是新月社俱乐部成立一年来，即 1924 年 4 月至 1925 年 4 月，所以此言表明的是新月社俱乐部成立时间而非新月社。

认为，新月社解体于 1933 年 6 月。① 学界大都赞同后一种说法。

由于至今尚未见到任何有关新月社宣布解体的文献，我们不妨认为，新月社并未正式宣布解体，而是逐渐自行解散，因此没有准确、具体的解体日期，我们只能给出一个大致的时间。可资参考的资料有以下几条：

（1）1925 年 3 月 14 日，徐志摩曾在赴欧途经西伯利亚时写下《给新月》一信，可见此时新月社尚未解体。

（2）徐志摩在此信中以一定的篇幅谈到会费收缴困难，导致"单就一二两月（即 2005 年 1 月、2 月——引者注）看，已经不免有百数以外的亏空"②。这些亏空由黄子美"每月自掏腰包贴钱"。长此下去，不难推断，新月社难以为继。

（3）1926 年 1 月 23 日，闻一多在写给梁实秋的信中说："新月社每两周聚餐一次。"③ 说明，直到此时新月社仍然存在并定期举办聚餐会。

（4）1926 年 2 月 26 日（元宵节前夕），在上海的徐志摩写信给在北京的陆小曼，信中说："新月社一定什么举动也没，风景煞尽的了！"④ 徐志摩人在上海，却如此肯定在北京的新月社连元宵节也不会举办任何活动，可见当时新月社的活动已经不能正常举办。

（5）徐志摩在发表于 1926 年 6 月 17 日的《剧刊始业》一文中说："我今天替剧刊闹场，不由的不记起三年前初办新月社时的热心。最初是'聚餐会'，从聚餐会产生'新月社'，又从新月社产生'七号'的俱乐部，结果大约是'俱不乐部'！这来切题的唯一成绩就只前年四月八日在协和演了一次泰谷尔的《契玦腊》，此后一半是人散，一半是心散，第二

---

① 参见程凯华、龚曼群、朱祖纯编《中国现代文学辞典》，华岳文艺出版社 1988 年版，第 374—375 页；董兴泉、任惜时、冯传玺、黄万华主编《中国文学艺术社团流派辞典》，吉林人民出版社 1992 年版，第 212—214 页；陆耀东、孙党伯、唐达晖主编《中国现代文学大辞典》，高等教育出版社 1998 年版，第 486 页。

② 徐志摩：《给新月》，晨光辑注《徐志摩书信》，湖南文艺出版社 1986 年版，第 6 页。此信原刊 1925 年 4 月 2 日《晨报副刊》，为《欧游漫录》的第一节，其标题为"给新月"，晨光辑注《徐志摩书信》将标题改为《致新月社朋友》。我认为，还是使用此信最初发表时的标题《给新月》为妥，故在正文中将此信标题写作"给新月"。

③ 《闻一多全集》第 3 册，生活·读书·新知三联书店 1982 年版，第 633 页。

④ 徐志摩：《爱眉小札》，上海古籍出版社 2003 年版，第 161 页。

篇文章便没有做起。所以在事实上是失败……"① 遗憾、伤感之意，溢于言表。据此大致可以断定，此时新月社即便仍然存在，也是"人散""心散"，差不多名存实亡了。

（6）1928年3月10日《新月》月刊在上海创刊，徐志摩在发刊词《"新月"的态度》中申明：我们这月刊题名新月，不是因为曾经有过什么新月社，那早已消散。② 1930年2月，他在给郭有守的信中表示："我本在想重振新月社。"③ 一个"早已消散"，一个"想重振新月社"，这两点有力地反驳了新月社1933年才解体的观点，同时说明新月社在1928年3月以前已经解散，直到1930年初仍未恢复，而我们现在也看不到1928年后新月社开展活动的记载。④

（7）1971年4月，陈源在致董保中的信中说："可是'新月社'一九二四年在北平开办起，到一九二七年便停办了。'新月书店'一九二八年在上海开办，那时候已经没有'新月社'了。"⑤ 20世纪80年代蒋复璁在回忆徐志摩时也说："泰戈尔来华后，聚餐会更多了，所以即将聚餐扩大为固定的新月社。……这个新月社直到以后志摩和小曼结婚南下也就无形解散了。"⑥ 根据上下文，可知陈源、蒋复璁说的"新月社"指的是1924年挂牌的新月社俱乐部。陈源、蒋复璁都是新月社创始人之一，故所谓1927年新月社"便停办了""无形解散了"是可信的。

（8）1980年7月21日梁实秋在台湾会见新月派研究者梁锡华，据台

---

① 徐志摩：《剧刊始业》，《晨报副刊·剧刊》第一号，1926年6月17日。

② 徐志摩：《"新月"的态度》，《新月》第1卷第1期。或参见《徐志摩全集·补篇3·散文》，上海书店1994年版，第357页。

③ 《致郭有守》，虞坤林编《志摩的信》，学林出版社2004年版，第345页。

④ 《胡适日记》和徐志摩的来往信函中，多处提到1928年及之后仍然举办有胡适、徐志摩、罗隆基等参加的"聚餐会"，叶公超也说："新月每星期几乎都有次饭局，每次两桌，有胡适之、徐志摩、余上沅、丁西林、潘光旦、刘英士、罗努生、闻一多、梁实秋、饶子离、张滋、张禹九和我。"（叶公超：《新月拾旧——忆徐志摩二三事》，载关鸿、魏平主编《新月怀旧》，学林出版社1997年版，第174页。）从出席会餐的人员名单来看，此时的聚餐会，基本上属于平社的主要活动，与新月社无关。

⑤ 陈源：《关于"新月社"——复董保中先生的一封信》，（台湾）《传记文学》1971年第18卷第4期，第23页。

⑥ 蒋复璁：《徐志摩先生佚事》，载韩石山编《难忘徐志摩》，昆仑出版社2001年版，第14页。此文原载（台湾）《传记文学》第45卷第6期。

湾《中国时报》报道，梁实秋有如下谈话内容："然后他（梁实秋——引者注）开始说起新月成立的经过，他说：新月本来是北海公园的一个俱乐部，由胡适、徐志摩和几个银行家组成，最初只是大家常聚在一起聊天玩玩，当时我在美国没有参加，我回国的时候，因为北方形势不稳，徐志摩、胡适等人到了上海，新月就解散了。"① 可见，根据所引的梁实秋的谈话内容，新月社解散的时间在"徐志摩、胡适等人到了上海"之时。

将以上资料结合起来，可以看出，1927年创办的新月书店、1928年3月创刊的《新月》月刊及1931年创办的《诗刊》，都与新月社没有直接关系，因为，新月社解体于1926年秋天。

断定新月社解体于1926年秋天，还基于以下考虑：

（1）从1926年7月到10月中旬，徐志摩一直忙于和陆小曼的订婚、结婚典礼等事宜，比如《晨报副刊·剧刊》上那篇《剧刊终期》，徐志摩只匆匆忙忙写了一半，后一半还是余上沅续完。既然徐志摩当时如此忙碌，估计没有多少时间和精力顾及新月社——这恐怕是新月社逐渐解体的原因之一。

（2）据梁实秋回忆，1926年10月3日在北京北海董事会参加徐志摩婚礼的人，有梁启超、叶公超、杨今甫、丁西林、任叔永、陈衡哲、陈源、唐有壬、邓以蛰等②，基本上都是新月社成员，可见，当时新月社多数成员在北京，该社尚有开展活动的可能，因之该社此时仍有可能存在，尽管早在1925年1月、2月时就已经出现经费收缴困难的问题，到1926年6月更是"人散""心散"。

（3）由于胡适、徐志摩是新月社的核心人物，他二人先后离开北京，加剧了新月社的分崩离析。胡适于1926年7月出国，直到1927年初回国到达上海，徐志摩携陆小曼于1926年10月12日到达上海。

综上推断，新月社解体的时间在1926年7—10月，即1926年秋天。

有必要指出，1930年1月、3月鲁迅先生分别发表《新月社批评家的

---

① 林清玄：《揭开历史的新月——梁实秋与梁锡华的谈话》，（台湾）《中国时报》1980年7月24日、25日。

② 参见梁实秋《谈徐志摩》，载《梁实秋文集》第2卷，鹭江出版社2002年版，第322页。

任务》和《"硬译"与"文学的阶级性"》两文①，后来不少论者据此认为新月社在当时仍存在。然而只要仔细读一下这两篇文章即可知，他在前文中提到的"新月社中的批评家"指的是梁实秋。梁氏在1929年7月发表的《论批评的态度》②中，提倡所谓"严正的批评"，攻击"幽默而讽刺的文章"是"粗糙叫嚣的文字"，指责"对于现状不满"的青年只是"说几句尖酸刻薄的俏皮话"；鲁迅先生在《"硬译"与"文学的阶级性"》中提到的"新月社的声明""新月社的'言论自由'""新月社的'严正态度'"等，指的都是发表于《新月》创刊号上的发刊词《新月的态度》。综述之，在这两篇文章中，鲁迅先生以"新月社"指称《新月》杂志社（主要包括《新月》月刊的编辑及其主要撰稿人），因而两文中出现"新月社"字样并不能说明新月社在当时仍然存在。

于是，可以整理出新月社大事纪如下：

　　1922年10月，徐志摩留学美国和英国之后回到北京，发起组织"聚餐会"，轮流到各家吃饭聊天③，此为新月社的筹备性组织。

　　1923年3月，新月社成立，并无固定社址，比较经常去的是徐志摩居住的北京石虎胡同七号，活动形式主要是聚餐会。

　　1924年初，更名为"新月社俱乐部"，简称"俱乐部"或"新月社"。④俱乐部的开办费是黄子美和徐申如垫付的，租了北京松树胡同七号的房子作为活动场所⑤，并且公开挂出了"新月社"的牌子。主要活动有新年舞会、元宵灯谜会、中秋赏月会、古琴会、读书会、朗诵会、书画会、排演戏剧等。聚餐会一般每两周举办一次。活动经费主要来自会员交纳的会费。

---

①《新月社批评家的任务》《"硬译"与"文学的阶级性"》均收入《鲁迅全集》第3卷，人民文学出版社1982年版。

② 梁实秋：《论批评的态度》，《新月》第2卷第5期。

③ 梁锡华：《新月社的问题》，（香港）《晨报》第172期。

④ 1924年5月8日为了给正在中国访问的泰戈尔庆祝生日，新月社成员曾以"新月社俱乐部"名义演出戏剧。又，同时期胡适在日记中也多次提到"俱乐部"（参见《胡适全集》第30卷，安徽教育出版社2003年版，第190、191页）。

⑤ 徐志摩：《给新月》，《晨报副刊》1925年4月2日。从徐志摩在信中的话可知，黄子美、徐申如垫付的是新月社俱乐部的开办费，有论者竟混淆为1923年初创新月社时的费用。

1924年4月12日，新月社迎接泰戈尔访华，徐志摩任翻译，这是该社第一次以团体名义出现在社会公众面前。

1924年5月8日晚，为庆祝泰戈尔的生日，新月社同人在北京协和医学校礼堂演出戏剧《齐德拉》，主演者林徽音、张歆海、徐志摩。① 此外年底还排演了余上沅的几个小戏。

1925年，由于会员欠交会费，新月社出现经费紧张现象。

1926年2月下旬，新月社的活动已不正常举办。

1926年春夏，由徐志摩主编的《晨报副刊·诗镌》和《晨报副刊·剧刊》先后创刊，部分新月社社员在这两种刊物上发表作品。

1926年秋天，多数新月社同人（特别是胡适、徐志摩）相继离开北京南下，新月社解体，"新月社俱乐部"的大地毯也被金岳霖搬去自己家中②。

其中，我们有必要辨析最初的新月社和后来的新月俱乐部之间的关系以及各自社址。

1925年3月徐志摩在写给新月社朋友的信中说：

> 新月初起时只是少数人共同的一个想望，那时的新月社也只是一个口头的名称，与现在松树胡同七号那个新月社俱乐部可以说并没有

---

① 徐志摩在《这是风刮的》（1926年4月10日《晨报副刊》）和《剧刊始业》（1926年6月17日《晨报副刊·剧刊》第一号）两文中都回忆说，新月社在泰戈尔的生日即4月8日晚于北平协和医学校礼堂演出《齐德拉》。但，泰戈尔到达上海是1924年4月12日上午10点，在《齐德拉》主角徐志摩陪同下到达北平的时间是1924年4月23日（《泰戈尔抵京》，载1924年4月26日《申报》第3版），所以，《齐德拉》在北平协和医学校演出的时间不可能是1924年4月8日。会不会徐志摩所回忆的时间是农历一九二四年四月八日，而这一天正是公历5月8日呢？不会。经查万年历，农历一九二四年四月八日是公元1924年5月11日，而公元1924年5月8日是农历一九二四年四月五日。又，泰戈尔的生日是5月8日。由此可以推断，徐志摩所回忆的新月社在协和演出《齐德拉》的时间是错误的。后世研究者以误传误，例如《徐志摩年谱》等。兹对这一史实予以澄清：新月社于北平协和医学校礼堂演出《齐德拉》的时间应为1924年5月8日晚。

② 1928年12月11日徐志摩从上海来到北平的金岳霖家，"初进厅老金就打哈哈，原来新月社那方大地毯，现在他家美美的铺着哪"。（《致陆小曼》，载虞坤林编《志摩的信》，学林出版社2004年版，第94页。）

怎样密切的血统关系。①

1926年6月在《剧刊始业》中又说：

  最初是"聚餐会"，从聚餐会产生"新月社"，又从新月社产生"七号"的俱乐部……②

  可见，最初的新月社与后来的新月社俱乐部既有联系（最初的新月社是后来的新月社俱乐部的前身），又有区别。二者的区别，应该主要在于：前者"只是一个口头的名称"，以聚餐会为主，没有明确、固定的社址（经常的活动场所是北京石虎胡同七号，但有时也在胡适、林徽音等主要社员家中），没有明显的文艺倾向性；而后者既有明确、固定的社址（北京松树胡同七号）也有明显的文艺倾向（"要做戏剧"），尤其是举办了一些比较具有影响的文艺活动，比如演戏、元宵灯谜等。

  需要说明的是，1922年10月徐志摩回国后，在北京石虎胡同七号松坡图书馆任职，他是新月社最主要的发起人，因此在新月社尚无正式社址前，聚会大都在他所住的北京石虎胡同七号举办。徐志摩曾作诗《石虎胡同七号》，对当时新月社在石虎胡同七号举办活动的情景作了隐喻性叙述，同时歌吟新月社诸君之间的温情和友爱。此诗可印证新月社刚成立时经常举办活动的地点，的确是石虎胡同七号。

  但，饶孟侃回忆说："徐（志摩）那时已经是个大忙人……他那门前挂着新月社牌子的寓所，石虎胡同七号，早已成为一个名声颇大的文艺沙龙……"③ 从所引句子上下文看，句中的"那时"应指1925年闻一多留学回国后不久的一段时间——当时已是新月俱乐部时期，徐志摩已搬到松树胡同七号居住，因此饶孟侃说"那时"徐志摩的寓所是"石虎胡同七号"乃记忆错误。不过，他说徐志摩"门前挂着新月社的

---

① 徐志摩：《给新月》，《晨报副刊》1925年4月2日。
② 徐志摩：《剧刊始业》，《晨报副刊·剧刊》第一号，1926年6月17日。
③ 此语出自饶孟侃未刊手稿《关于新月派》。详见王锦厚、陈丽莉编《饶孟侃诗文集》，四川大学出版社1997年版，第423页。

牌子"，应该是准确的。新月社刚在北平成立的时候，并没有挂牌，因而徐志摩说那时的新月社"只是一个口头的名称"。直到新月社俱乐部成立时租下松树胡同七号，新月社才有了固定社址，并挂出"新月社"的牌子。

三 新月社创始人和新月社成员

新月社创始人有哪些？学界的说法也有些混乱，其中一种比较具有代表性的意见认为，新月社是由徐志摩、闻一多、梁实秋、胡适和陈源等创办起来的，程凯华等主编的《中国现代文学辞典》（1988年版）、陆耀东等主编的《中国现代文学大辞典》（1998年版）采纳了这种意见。应该指出，这种意见并不准确。

首先，蒋复璁是新月社创始人之一。蒋复璁与徐志摩是表兄弟，两人早在1911年就已经相识。1923年年底徐志摩回国后，与蒋复璁同在北京松坡图书馆任职，两人还同住在石虎胡同七号的好春轩中，朝夕相见，关系很是融洽。徐志摩等起先经常在好春轩举办聚餐会，后来创办新月社，对此，与志摩同住一屋、相互关系又融洽的蒋复璁不可能置身事外。事实上，1975年蒋复璁为徐志摩作传，说："于是始为酒食谈筵之集会，继乃有新月社之创设；新月社者，当时北平文人之俱乐部也。时余亦厕其列，偶为志摩助理杂务，盖此非其所长，亦非其所乐为也。"①蒋复璁不仅是新月社成员，而且在新月社创办之初曾经处理该社杂务，因而他应该是新月社创始人之一。

其次，如前所述，新月社筹备于1922年10月徐志摩回国后，成立于1923年3月，而闻一多1922年7月赴美国读书、1925年5月回国，梁实秋在1923年8月赴美国读书、1926年7月回国，出国前两人只是清华学校的年轻学生，在国外读书期间，两人和徐志摩等新月社成员基本上没有联系。他俩怎么能是新月社创始人呢？所以，闻一多、梁实秋不是新月社创始人，新月社创始人应该是徐志摩、胡适、陈源、蒋复

---

① 蒋复璁：《小传》，《徐志摩选集》第2册，黎明文化事业股份有限公司1975年版，第11页。

璁等。

　　最后，有必要说明一点，闻一多不是新月社创始人，并不意味着他不是新月社成员：闻一多1925年5月回国时新月社尚未解散，他又在北平工作（任北平艺术专科学校教务长），因而参加过新月社的活动。① 特别是，他回国后在写给其弟闻家驷的信中说："我等已正式加入新月社，前日茶叙时遇见社员多人，中有汤尔和、林长民、丁在君（话间谈及舒天）等人。此外则北大及北大外诸名教授大多皆会员也。"② 1946年熊佛西在悼念闻一多的文章中说："不错，你曾加入新月社。"③ 梁实秋也说："一多是参加过的。"由此可以肯定，闻一多的确是新月社成员。不过梁实秋接着说："但是他的印象不大好，因为一多是比较的富于拉丁趣味的文人，而新月社的绅士趣味重些。"④ 新月社是个成员复杂、见解不统一的松散的社团，所以闻一多的"趣味"与新月社成员不同，不认同新月社比较重的"绅士趣味"，并不能说明他不是新月社成员。至于梁实秋，他1926年7月留学回国前"没有参加过北平的新月社"，回国时，正是新月社解体的时间，那么，会不会他回国后加入了新月社呢？不会，因为在回国后的1926年秋天，他任教于南京，很少在北平，所以他说："我和志摩本不熟悉识，回国后在酬酢中见过几面。"⑤（由"几面"可见梁实秋和徐志摩很少见面；由"酬酢"二字可见两人是在一般的社交场合见面，而不是在有一定目的性、组织性的新月社活动场所。）1927年梁实秋到上海编辑《时事新报》副刊《青光》之后，才经常与徐志摩等人聚会，是时新月社"早已消散"。概言之，1926年7月留学回国前，梁实秋没有参加过新月社，回国后先是任教于南京，1927年居住于上海，所以他不可

---

　　① 1926年1月23日，闻一多在写给梁实秋的信中说："新月社每两周聚餐一次。志摩也常见。"（《九十致梁实秋》，载《闻一多书信选集》，人民文学出版社1986年版，第205页。）可见，闻一多当时经常参加新月社的聚餐会。
　　② 《闻一多全集》第12卷，湖北人民出版社1993年版，第226页。
　　③ 熊佛西：《悼闻一多先生》，《文艺复兴》第2卷第1期。
　　④ 梁实秋：《忆〈新月〉》，载方仁念选编《新月派评论资料选》，华东师范大学出版社1993年版，第13页。
　　⑤ 梁实秋：《谈徐志摩》，载《梁实秋文集》第2卷，第321页。

能是新月社成员。①

需要指出，偶尔参加新月社活动者未必就是新月社成员②，不常参加新月社活动者未必就不是新月社成员，经常参加新月社活动者大致可看作新月社成员。总之，以参加新月社活动次数的多少来判断其人是否属于新月社成员，是不科学的。③所以，尽管闻一多"对新月社的高级气味并不欣赏，所以很快就绝迹不前"④，却不妨碍他成为新月社成员。同理，闻一多是新月社成员，并不意味着1925年闻氏回国后与之交往甚密、聚集在他周围的"清华四子"一定是新月社成员（稍后再详列理由）。

既然闻一多说自己"正式加入新月社"，简单的入社手续应该还是有的，比如缴纳少许会费、填表等。那么，是否有一个社员名册呢？新月社重要成员陈源（西滢）说："我也没有见过社员名册，所以谁是社员，谁是客人也无从知道。"⑤据一些新月社成员回忆，俱乐部聚餐会每次来的人都有所变化，徐志摩的朋友很多，他随时都邀请一些新朋友到俱乐部来，所以来过的人中究竟哪些是新月社成员，也实在无法搞清。综合一些新月社成员的回忆，可以肯定是新月社成员的，大约有如下一些：

> 胡适、徐志摩、梁启超、张君劢、徐申如、黄子美、蒋百里、蒋复璁、陈源、林语堂、王赓、叶公超、凌叔华、林徽音、陆小曼、汤尔和、林长民、林宰平、张歆海、陈博生、丁西林、张彭春（仲

---

① 鲁迅先生在《新月社批评家的任务》（《萌芽》第1卷第1期，1930年1月1日出版）中，以"新月社中的批评家"暗指梁实秋，这一称谓成为后来梁氏被指认为新月社成员的滥觞。从《新月社批评家的任务》的写作背景及当时梁氏发表言论的主要阵地为《新月》月刊来看，文中的"新月社"显然是"《新月》杂志社"的简称。因而鲁迅先生在文中的称谓不能作为梁实秋是新月社成员的依据。

② 例如郁达夫不是新月社成员，但他曾经参加过新月社于1924年1月5日的聚餐会。详见1924年1月5日《胡适日记》。

③ 有论者指出："新月社只是一个一般性的社交集合体，它并不是一个文学流派。参加过新月社的人，有的后来并未进入'新月派'，而未参加过新月社的人，有的后来倒进入了'新月派'。以是否参加过新月社来判断其人是否属于'新月派'，是极不科学的。"（张劲：《闻一多与"新月派"辨析》，《贵州社会科学》1988年第12期，总第72期，第32页。）笔者认为，类似的道理适用于对新月社成员与非成员的区分。

④ 转引自张劲《闻一多与"新月派"辨析》，《贵州社会科学》1988年第12期，第31页。

⑤ 陈源：《关于"新月社"——复董保中先生的一封信》，（台湾）《传记文学》1971年第18卷第4期，第23页。

述)、肖友梅、蒲伯英、邓以蛰①、刘勉己②、金岳霖、任叔永、陈衡哲、杨景任、熊佛西夫妇、余上沅夫妇、陶孟和夫妇、邓叔存、冯友兰、杨金甫(振声)、丁在君、吴之椿、瞿菊农(世英)、彭春③、张奚若、钱端升④；1925年夏加入的"中华戏剧改进社"主要成员闻一多、赵太侔、张禹九(嘉铸)，以及"清华四子"(朱湘、饶孟侃、孙大雨、杨子惠)中的饶孟侃。

关于上述名单，尚有几点需要予以辨析、说明：

其一　朱湘不是新月社成员。理由有：(1) 朱湘向来就对徐志摩有很深的成见。朱湘说，1926年筹办《晨报副刊·诗镌》时，"我当时已经看透了那副刊主笔徐志摩是一个假诗人，不过凭借学阀的积势以及读众的浅陋在那里招摇。"⑤《晨报副刊·诗镌》第三号将朱湘最得意的《采莲曲》排在第三篇，位于饶孟侃之后，致使朱湘与徐志摩彻底闹翻，并声称胡适、徐志摩等人是"新诗发达上的一个大阻梗"，很快退出了"诗镌"活动。⑥试想朱湘一直对徐志摩有很深的成见，以"朱湘孤傲、自

---

① 闻一多写于1925年8月11日的家信中提到这些新月社成员的姓名。(详见《闻一多选集》第2卷之《论文杂文书信》，四川文艺出版社1987年版，第589、599页。)

② 闻一多在致闻家骢的信中说："刘勉己与弟已有来往，昨日来函为特约投稿员，稿费每千字在二元以上。刘初次遇弟时，甚表敬意。刘亦属新月社。"(《闻一多全集》，湖北人民出版社1993年版，第12卷。)除闻一多此言外，很少见到有人提到刘勉己为新月社成员。考虑到刘勉己是《晨报副刊》的总编，和徐志摩来往较多，在尚无资料证明刘不是新月社成员之前，暂且认为他是新月社成员。

③ 徐志摩在给陆小曼的信中说："星期中午老金为我召集新月故侣，居然尚有二十余人之多。计开：任叔永夫妇、杨景任、熊佛西夫妇、余上沅夫妇、陶孟和夫妇、邓叔存、冯友兰、杨金甫、丁在君、吴之椿、瞿菊农等，彭春临时赶到。"(《致陆小曼》，载虞坤林编《志摩的信》，第94页。)信中所列之人，可肯定是新月社成员。胡适、林徽音等其余成员名单，为各类论著所常见，故不一一例证。

④ 1969年8月陈源(西滢)在回答董保中关于新月社成员的问答时说："我与丁西林之外，大约有钱端升(我记得他在新月社请过一次客)，张奚若(他与志摩原来在美国同学相识)，陶孟和(我在新月社见过他)、杨振声。"[陈源：《关于"新月社"——复董保中先生的一封信》，(台湾)《传记文学》1971年第18卷第4期，第24页。]

⑤ 朱湘：《刘梦苇与新诗形式运动》，载方仁念编《新月派评论资料选》，华东师范大学出版社1993年版，第205页。

⑥ 王伟、周红：《朱湘霓君》，中国青年出版社1995年版，第12—13页。

尊、耿直、狷介、坚韧的性格"①，又怎么可能加入以徐志摩为创始人和主要成员的新月社？（2）1992年骞先艾先生撰文认为，朱湘不是新月派，并提出了四条主要理由。②由于骞先艾是当年《晨报副刊·诗镌》八位发起人之一，此论被研究者普遍接受。骞先艾先生提出的这四条理由，亦可作为朱湘不是新月社成员的参考。

  其二　饶孟侃是新月社成员。（1）1926年1月23日闻一多在给友人的信中说："时相过从的朋友以'四子'为最密。"③ 而且，1925年6月至8月，"清华四子"与闻一多住在相同公寓的另一房，"每天论诗、做诗、写文章"④。在"四子"中，又以饶孟侃和闻一多的关系最密切、性情最为相投（这一点，从闻一多致饶孟侃的书信可以看出）。既然如此，正式加入新月社的闻一多介绍饶孟侃加入新月社，应在情理中。（2）事实上，据闻一多之弟闻家驷回忆："子离兄（饶孟侃字子离——引者注）……从参加文学社到新月聚餐会，到创办《晨报副刊·诗镌》、《新月》月刊、《诗》月刊、《学文》月刊，开办新月书店……他几乎都参加了，始终是一位热心分子。"⑤ 亦即，闻家驷认为，饶孟侃参加过新月社举办的聚餐会。

  其三　陈梦家不是新月社成员。上海文艺出版社出版的《中国新文学大系·史料索引一》指出陈梦家是新月社成员。对此，我认为需要予以订正：1927年秋陈梦家以同等学力考入国立中山第四大学（后改为国立中央大学），与徐志摩相识，并在《新月》上发表作品，但，当时新月

---

  ① 方族文：《朱湘研究的几个疑点问题》，《安庆师范学院学报》（社会科学版）2004年第6期，第80页。

  ② 骞先艾提出的四条主要理由是：（1）《晨报副刊》只是几位中青年诗人发起的，根本没成立什么诗社，与新月社没有关系；（2）朱湘并没有参加过1926年《晨报副刊》编辑工作，仅仅在第一、二、三期上发表过评论和诗歌，从第四期起，由于他与徐志摩、闻一多不和，断绝了关系；（3）在思想感情上，朱湘与新月派貌合神离；（4）尤其1928年《新月杂志》创刊以后，该刊几位主持者发表了一系列资产阶级文学论和自由主义的政治主张，而朱湘的思想恰恰与新月派相反。（参见骞先艾《朱湘并非新月派》，《花溪》1992年第1期，总第147期，第47—48页。）

  ③《闻一多全集》第3册，生活·读书·新知三联书店1982年版，第633页。

  ④ 王锦厚、陈丽莉编：《饶孟侃诗文集》，四川大学出版社1997年版，第417页。

  ⑤ 闻家驷：《序》，载王锦厚、陈丽莉编《饶孟侃诗文集》，四川大学出版社1997年版，第2页。

社"早已消散",故陈梦家不可能是新月社成员。

其四 沈从文没有加入新月社。丁玲说,沈从文一贯与新月社、现代评论派有些友谊。① 可能正是由于沈从文与徐志摩等新月社成员"有些友谊",特别是受到徐志摩的赏识,沈从文是新月社成员似乎显而易见。新中国成立后,沈从文因为被认定参加新月社而受到压制和批判,《中国新文学大系·史料索引一》(上海文艺出版社编辑出版)在《作家小传》中也指出沈从文是"新月社成员"②。但学者傅国涌却说:"虽然青年沈从文曾在《新月》发表文学作品,在新月书店出过好几本小说,受徐志摩等赏识,却不是'新月社'成员,始终是个文学'单干户'。"③ 经查阅、分析有关史料,笔者认为,沈从文的确没有加入新月社,并不是新月社成员,主要理由有:(1)1925 年 9 月,经新月社成员林宰平引领,沈从文在新月社的院子里第一次见到了正在朗诵诗歌的徐志摩④,此事在学界成为沈从文参加新月社的一个心照不宣的证据。但,沈从文在《谈朗诵诗》中又说:"在客厅里读诗供多数人听,这种试验在新月社已有过,成绩如何我不知道。"倘若他是新月社成员,必定不止一次参加包括诗朗诵在内的新月社活动(沈本人当时也写诗,诗朗诵会符合他的兴趣),因而应该了解诗朗诵会的效果,可他却说新月社举办的诗朗诵会"成绩如何我不知道"。唯一合理的解释,就是他很少甚至基本不参加新月社的活动,而根据目前我们掌握的资料来看,除《谈朗诵诗》里谈到的那一次外,实在找不到他参加新月社活动的其他记录。事实上,1925 年秋至 1926 年秋天新月社解散,沈从文一方面疲于为生计奔波,另一方面正忙于写稿、与丁玲、胡也频办刊物⑤,并无多少时间经常性参加新月社活动。何况由于新月社是一个松散、各种人士混杂的社团,偶尔参加一次或几次该社活动者,自然不能因此视为其中一员。综而述

---

① 转引自李辉《沈从文与丁玲》,百花文艺出版社 1992 年版,第 217 页。
② 《中国新文学大系》编辑委员会编:《中国新文学大系·史料索引一》,上海文艺出版社 1989 年版,第十九集,第 452 页词条"沈从文"。
③ 傅国涌:《沈从文与胡适》,《外滩画报》2005 年 2 月 1 日。
④ 参见沈从文《谈朗诵诗》,载《沈从文选集》第 5 卷,四川人民出版社 1983 年版,第 195 页。也可参见《沈从文文集》第 11 卷,花城出版社 1984 年版,第 249 页。
⑤ 参见糜华菱《沈从文年表简编》,《新文学史料》1995 年第 4 期,第 186—187 页。

之,1925年9月沈、徐初识于新月社诗朗诵会的记叙,并不能说明沈从文是新月社成员,也不能证明他此后一定会加入新月社。(2)退一步说,倘若1925年9月沈从文初识徐志摩并得到徐赏识、知遇后加入了新月社,那么他就肯定会在1926年秋以后的新月社活动上结识胡适。但事实上,沈从文是1929年经徐志摩介绍才认识胡适的,而且"因(胡适——引者注)所搞政治和哲学,我兴趣不高,我写的小说,他也不大看",两人"私谊好,过从不多"①。这样,就只有一个可能,即由于沈从文仅仅是和徐志摩等几个新月社成员认识,而并未加入新月社,很少参加新月社的活动,所以,才有直到1929年沈从文通过徐志摩的介绍认识胡适之事。(3)沈从文被误以为是新月社成员的一个主要原因,恐怕要归于沈从文和新月社成员徐志摩、林徽因等密切的私交,特别是具有近似的文艺旨趣,比如作品的风格追求形式美、内容远离当前实际生活等。沈与新月社成员徐等私交颇好,这是毋庸置疑的事实,然而和某些新月社成员私交好就一定是新月社成员吗?由于新月社不是一个纯粹的文学社团,一个作家作品的风格和内容既不是加入新月社的要求,也不是学界区分新月社成员与非成员的准绳,那么沈和新月社成员徐等"具有近似的文艺旨趣",当然不能成为沈是新月社成员的理由。(4)从1924年到1926年,"他卖文为生,并没有固定的体面的职业。他'乡下人'的学识和流浪作家的实际身份,使他无法真正成为'新月社'——'现代评论'文人群体的一员,而只能是这个由大学教授或文化名人组成的自由主义文人群体的边缘人物"②。

　　应该指出,沈从文不是新月社成员,并不意味着他不属于新月派或者新月诗派。新月社与新月派或者新月诗派,这是区别大于联系的几组概念,关于这一点,详见后文。

四　新月社不是文学社团流派

　　由于学术界至今在文学社团、文学流派的概念界定方面存在较大分

---

① 沈从文:《博物馆工作人员交代社会关系表》,载《沈从文全集》第27卷,北岳文艺出版社2002年版,第132页。

② 沈卫威:《胡适周围》,中国工人出版社2003年版,第207页。

歧，笔者不打算套用某种权威或影响深远的界定方法来辨析新月社的属性。我们对概念的界定和使用，不宜拘泥，要避免以模式化、静止的眼光看待概念。实践是检验真理的唯一标准，我们辨析新月社属性应该以文学实践活动为主。因此，结合上述对新月社若干史实考辨所得结论，本节拟通过考察新月社从成立到解体的实践和行为而不是其他，来确认该社的属性。

第一，从新月社始末来看，它举办的主要活动有聚餐会、新年舞会、元宵灯谜会、中秋赏月会、古琴会、读书会、朗诵会、书画会、排演戏剧等，这些活动充其量只是文艺活动，不是文学活动。而且，除 1924 年 5 月 8 日上演《齐德拉》以外，新月社的活动都是内部的，基本上没有产生社会影响。

诚然，1926 年春夏由徐志摩主编的《晨报副刊·诗镌》和《晨报副刊·剧刊》，其大多数作者是新月社成员，但，首先这两种刊物不是新月社的社刊；其次，在《晨报副刊·诗镌》上发表作品的只是徐志摩、闻一多、饶孟侃等个别新月社成员，在《晨报副刊·剧刊》发表作品的，也只是新月社中对戏剧热心的少数人，换言之，新月社中大多数成员没有在《晨报副刊·诗镌》《晨报副刊·剧刊》上发表作品，也不参与编辑工作，既然如此，这两种刊物不能代表新月社。否则，胡适、丁西林、陈西滢、陈衡哲、凌叔华、杨振声等新月社成员经常在《现代评论》上发表作品，丁西林还担任过主编，岂不是《现代评论》杂志也代表新月社？

第二，作为一个文学流派，新月派并非因为"曾经有过什么新月社"而得名。因为：（1）新月社解体于 1926 年秋天，与此后的新月书店、《新月》和《诗刊》，"没有必然的联系"；（2）新月社的名称来自泰戈尔的《新月集》，而"文学史上所说的'新月派'与《新月》杂志的创刊和发行有关系"[①]。1931 年 5 月，上海《民报》发表文章认为："中国目前三个思想鼎足而立：一，共产；二，《新月》派；三，三民主义。"[②] 该

[①] 袁国兴：《1898—1948 中国文学场态》，广东人民出版社 2005 年版，第 333 页。
[②] 《罗隆基致胡适信》（1931 年 5 月 5 日），载《胡适来往书信选》（中册），中华书局 1979 年版，第 64 页。

报直接以《新月》指称新月派,足见《新月》在当时影响之大,因故新月派由《新月》而得名,在情理中。

第三,新月社缘起动因是"想做戏"。从新月社大事纪来看,直到1925年该社"做戏"的活动,主要是排演戏剧(这也是该社最有影响的活动),参与戏剧文学创作活动者,只有丁西林、余上沅、熊佛西等几个人,此外徐志摩和陆小曼合写了一个三幕剧,因而新月社"做戏"的活动,主要是文艺演出而不是文学创作。

第四,从新月社成员来看,当时参与文学创作活动的,只有徐志摩、凌叔华、丁西林、闻一多等十余人,约占新月社总人数的1/5;其余人当中,有不少当时已停止文学创作,如蒋百里、汤尔和等,有些人尚未开始文学创作,如林徽因直到30年代初期才开始写诗,有些人基本上终生不曾涉及文学创作,如徐申如、黄子美、王赓等。既然如此,倘若说新月社是一个文学社团、文学流派,那么,这些在当时没有写文章甚至一辈子不写文章的人岂非也是文学社社员,也是一个文学流派成员?倘若因为新月社有徐志摩等约1/5成员是作家、诗人,而断定该社是文学社团、文学流派,未免过于以偏概全!

综上所述,不论从新月社的主要实践活动、名称由来、缘起、创始人和成员,还是从该社既无明确文学宗旨也无社刊,在当时的文坛没有什么作为、对中国现代文学谈不上有多少影响来看,新月社的属性只能是文艺团体,而不是文学社团或者文学流派。

值得注意的是,就徐志摩而言,创办新月社的初衷是"想做戏",进而希望新月社"露棱角"、在文艺界打开一条新路[1],也就是说要把新月社办成文学社团。只是事与愿违,1925年以后,新月社不幸被徐志摩言中,变成了一个"有产有业先生女士们的娱乐消遣"场所。徐志摩对新月社的变化很不满,1925年3月18日写信给陆小曼说:"安乐是害人的,像我在北平的生活是不可以为常的,假如我新月社的生活继续下去,要不了两年,徐志摩不堕落也堕落了,我的笔尖上再也没有光芒,我的心再也

---

[1] 参见徐志摩《给新月》,载晨光辑注《徐志摩书信》,湖南文艺出版社1986年版,第8页。

没有新鲜的跳动,那我就完了——'泯然众人'矣!"① 由于对新月社深感失望,1926年他的兴趣转移到了主编《晨报副刊》,期望通过办报振兴文学。徐志摩的兴趣转移,应该是新月社解体的又一个重要原因,同时也从侧面印证了新月社不是文学社团流派。

(刊于《中国现代文学研究丛刊》2007年第6期)

---

① 徐志摩:《致陆小曼》,载虞坤林编《志摩的信》,学林出版社2004年版,第41页。

蔡孝乾和叶荣钟的《中国新文学概观》校读

第一部"中国新文学史"何时出现，出自何人之手？黄修己《中国新文学史编纂史》一书判断，1933年9月出版的王哲甫《中国新文学运动史》是第一部新文学史著作。1982年，经王瑶、赵园整理，1933年以前朱自清在清华大学国文系讲授的中国新文学研究讲义，以"中国新文学研究纲要"为题首次发表。王瑶说："朱先生的《纲要》可以说是最早用历史总结的态度来系统研究新文学的成果。"① 2013年初，谢泳在《新文学史料》上披露了陆永恒的《中国新文学概论》一书，此书版权页注明"杰克印务局承印。民国二十一年八月"出版，比王哲甫和朱自清的"新文学史"要早，因此，谢先生断定："就目前发现的较为系统的中国新文学史著述判断，陆书应当是最早完全以新文学为研究对象的著作。"②

因近年笔者主持国家社科基金后期资助项目"20世纪前期中国文学史写作编年研究"，所以平时很留意民国初期完成或出版的各类中国文学史著版本。功夫不负有心人，我先后发现了两种由台湾学人在20世纪20年代中后期编写的《中国新文学概观》：一种是蔡孝乾的《中国新文学概观》，发表在1925年春夏出版的《台湾民报》第3卷第12—16号；另一种是叶荣钟的《中国新文学概观》，1930年6月8日由新民会在日本东京出版。这两种《中国新文学概观》，均未见于陈玉堂编《中国文学史书目提要》（黄山书社1986年版）、吉平平和黄晓静编《中国文学史著版本概览》（辽宁大学出版社1992年版）、黄文吉编《中国文学史总书目

---

① 王瑶：《先驱者的足迹——读朱自清先生遗稿〈中国新文学研究纲要〉》，载《文艺论丛》第14辑，上海文艺出版社1982年版，第49页。

② 谢泳：《陆永恒〈中国新文学概论〉简介》，《新文学史料》2013年第2期，第117页。

(1880—1994)》(万卷楼图书有限公司 1996 年版)、陈飞主编《中国文学专史书目提要》(大象出版社 2004 年版)诸书，也很少有学者（尤其大陆学者）提及。就目前发现的较为系统的中国新文学史著述判断，蔡孝乾的《中国新文学概观》(1925) 应该是第一部"中国新文学史"，其次是叶荣钟的《中国新文学概观》(1930)，但叶荣钟的《中国新文学概论》是第一部成书的"中国新文学史"。

这两种《中国新文学概观》的重要价值，不在于所谓"第一部"或"第二部"的位置，而在于它们提供了考察日据时期台湾接受五四新文学运动的独特视角，同时为台湾学人的中国文学史书写树立了范型。

一　蔡孝乾和他的《中国新文学概观》

蔡孝乾（1908—1982），台湾彰化人，曾用名蔡干、蔡前、杨明山。蔡孝乾可谓中国现代史上一位富有传奇色彩的人物。他 1924 年春离家赴大陆留学，入读邓中夏创办、瞿秋白任系主任的上海大学社会学系，当时社会学系的教员几乎都是共产党员，如邓中夏、萧楚女、蔡和森、恽代英等，培养的学生有不少成为中共重要领导人，因此该系在 20 世纪 20 年代初期的左翼运动中的地位很高，有"文有上大，武有黄埔"[①] 之说。上海大学的学生在瞿秋白等教师的影响下，特别重视社团活动。瞿秋白建议学校鼓励学生组织各种类型的社团，提倡学生深入社会生活和革命斗争的实际，加强自我锻炼。[②] 在这种思想的指导下，"上大的学生可以说没有一个是只读书不做事的"，他们"鄙弃那讲坛上高谈阔论的教授，和学而不行的学生，认为那只是把学问储藏起来作为自己个人生活的资本的凉血行为"[③]。蔡孝乾自然不例外，刚到上海就加入了以"打到日本帝国主义"为宗旨的"上海台湾青年会"，担任出版部干部，当时的会员有张我军、

[①] 王家贵、蔡锡瑶编著：《上海大学（一九二二——一九二七年）·前言》，上海社会科学院出版社 1986 年版，第 1 页。
[②] 参见陈铁健《从书生到领袖——瞿秋白传》，上海人民出版社 1995 年版，第 186 页。
[③] 张士韵：《中国民族运动史的上海大学》，载《上海大学留沪同学会成立特刊》，1936 年 9 月，收入黄美真等编《上海大学史料》，复旦大学出版社 1984 年版，第 33 页。

许乃昌、谢廉清等。① 蔡孝乾在校期间很活跃，参与台湾的新旧文学之争，组建或参加多个台湾左翼学生团体，是"台湾学生中左倾之代表人物之一"②。1928年4月，被缺席选举为台湾共产党中央常委、常任委员兼宣传鼓动部长，负责宣传部工作。随后在台湾建立了支部。1932年，他进入江西苏区，主持"苏区反帝总同盟"的工作，并随红军长征，是走完长征路的唯一一个台湾人。他在延安曾历任反帝联盟（后改为抗日联盟）主席、"省苏维埃政府"内务部长、敌工部长等职，是当时中共53位重要政治领袖之一。抗战胜利后，他奉命潜返台湾，担任中共台湾省工作委员会书记，是中共在台最高领导人，后被捕变节，长期在台湾情报局从事"匪情研究"工作，成为"白区"研究"赤匪"的"专家"。纵观蔡氏一生，可谓跌宕起伏，他的传奇经历和人生起落，折射出国共两党斗争的残酷与政治人物个人命运之间的微妙关系，是一个有代表性的研究个案。然而，对于这样一个比较重要而有研究价值的历史人物，海峡两岸学术界都没有给予多少关注，就笔者观察所及，台湾似乎只有一篇比较简略的生平传记发表③，大陆也直到近年才出现了研究蔡孝乾的论文④。当然，论及蔡氏一生并非笔者所需，本文仅考察他在上海大学时参与台湾新文学运动的情况。

在上海大学期间，热衷于社团活动的蔡孝乾认识了张我军（1902—1955，台湾台北县人，台湾新文学运动的开拓者、奠基者），后者早蔡孝乾几年来到大陆，经受了五四新文化运动洗礼。笔者现在没有材料能够证明张我军对蔡孝乾的影响有多深，但是张我军发表在《台湾民报》上的

---

① 参见《蔡孝乾先生传略》，载胡健国主编《国史馆现藏民国人物传记史料汇编》第26辑，台湾"国史馆"，2003年6月，第506页。

② 谢国兴：《中国往何处去：1930年前后台湾的左右论辩》，《近代史研究》2003年第2期，第54页注4。

③ 这篇文章是翁佳音的《安享天年的"省工委会主委"——蔡孝乾》（收入张炎宪、李筱峰、庄永明编《台湾近代名人志》第4册，（台湾）《自立晚报》，1987年，第273—285页）。此文又以"蔡孝乾先生传略"为篇名收入胡健国主编《国史馆现藏民国人物传记史料汇编》第26辑，台湾"国史馆"，2003年6月，第516—517页。

④ 杜继东：《留学上海——蔡孝乾红白人生研究之一》，中国社会科学院近代史研究所主办"近代中国研究"网站（http://jds.cass.cn/Item/8058.aspx）。杜继东撰写了三篇系列研究蔡孝乾的论文，本文对蔡孝乾生平的介绍，参考了《留学上海——蔡孝乾红白人生研究之一》。

那几篇在台湾轰动一时的文章，蔡氏肯定读过，对蔡氏的震撼是可想而知的。蔡氏参加台湾新文学论争，在《台湾民报》发表长篇论文《中国新文学概观》，未尝不是受到张我军的影响，呼应他的文学主张。

张、蔡二人的新文学言论，主要发表在《台湾民报》上，因而有必要简述《台湾民报》和20年代前期台湾的文坛状况。

五四新文化运动对台湾岛内外的文化人产生了极大的影响，1920年7月16日在东京的台湾留学生组织"新民会"创办了《台湾青年》，开展新文化运动，与大陆的新文化运动遥相呼应。1922年4月，《台湾青年》为扩大业务，更名为《台湾》，刊发了一些呼吁在台湾改革汉文、推行白话文的文章。

为了弥补《台湾》杂志"页数有限，汉和兼写之不足"，决定创办一份"介绍世界的事情，批评时事，报导学界的动静……提倡文艺，指导社会，连络家庭与学校"①的白话报纸，这便是1923年4月15日在东京创刊的《台湾民报》。起先由《台湾》杂志社以增刊的形式发行中文半月刊，后来相继改为旬刊、周刊，从1927年8月1日的第167号起迁台发行。1929年1月成立以林献堂为董事长的"株式会社台湾新民报社"；次年3月把《台湾民报》社合并入《台湾新民报》社，并于1930年3月29日发行的306号改名为《台湾新民报》；1937年6月1日被迫取消中文版，1941年更易名为《兴南新闻》，1944年被迫停刊。

在"台湾民报系列"中，《台湾民报》的影响最大，可谓日据时期台湾人民的主要喉舌，文学色彩最浓，被誉为"台湾新文学的摇篮"。《台湾民报》创刊的宗旨之一是"提倡文艺"，亦即提倡新文学，设置了"文艺""学艺"等文学栏目。不仅转载鲁迅、胡适等新文学代表作家的作品，还全文连载胡适的《五十年来中国之文学》、刘梦苇的《中国新诗底昨今明》，而张我军等人发起台湾新文学运动的主张，也主要在"学艺"和"随感录"中发表。

1924年4月21日，张我军在《台湾民报》第二卷第七号发表《致台湾青年的一封信》。他措辞激烈地指出："台湾的诗文等，从不见过真正有文学价值的，且又不思改革，只在粪堆里滚来滚去，滚到百年千年，也

---

① 《〈台湾民报〉预告广告》，《台湾》（汉文版）第四卷第三期。

只是滚得一身臭粪。"① 当时的台湾文学界是旧诗人的天下，他们沉醉于击钵吟和应酬诗中，"各地诗会之多，诗翁、诗伯也到处皆是，一般人对文学也兴致勃勃"，总之，"差不多是有史以来的盛况"。然而在张我军看来，这"不但没有产出差强人意的作品，甚至造出一种臭不可闻的恶空气来，把一班文士的脸丢尽无遗，甚至埋没了许多有为的天才，陷害了不少活泼泼的青年"。他在《糟糕的台湾文学界》一文中痛心地指出："现在台湾的文学，如站在泥窟里的人，愈挣扎愈沉下去，终于要溺死于臭泥里了啊！"他大声疾呼："我的朋友，我的兄弟，快来协力救他，将他从臭泥窟救出来吧！新文学的殿堂，已预备着等我们去住啊！"②

张我军的文章发表后，台湾岛内文坛被这突如其来的一击惊呆了，从震撼中清醒过来的台湾旧文坛立即发动了猛烈反击，于是台湾新旧文学第一阶段的论战③开始。反击火力最猛的是旧诗领头人连雅堂，他在自己主编的《台湾诗荟》上发表他为林小眉《台湾咏诗》写的《跋》，间接反驳张我军的《糟糕的台湾文学界》，其中一段文字这样写道："今之学子，口未读六艺之书，目未接百家之论，耳未聆离骚乐府之音，而嚣嚣然曰，汉文可废，汉文可废，甚而提倡新文学，鼓吹新体诗，秕糠故籍，自命时髦，吾不知其所谓新者何在？其所谓新者，特西人小说戏剧之余焉。其一滴沾沾自喜，是诚坎井之蛙不足以语汪洋之海也噫！"④

对连雅堂的攻击，张我军发表《为台湾的文学界一哭》加以反驳，他说："我们读了这篇妙论之后，立刻可以知道这位大诗人是反对新文学而又不知道新文学是什么的人（着重号为原文所加——引者按）。"面对

---

① 张我军：《致台湾青年的一封信》，《台湾民报》第二卷第七号（1924年4月21日），第10页。

② 张我军：《糟糕的台湾文学界》，第6、7页。

③ 据廖汉臣对台湾新旧文学论战的分法，第一阶段肇始于1924年11月张我军的《糟糕的台湾文学界》，止于1925年8月26日张我军的《新文学运动的意义》。参加论战的人在新文学阵营中，除了张我军外，还有张梗、前非、懒云（赖和）、蔡孝乾、张维贤等人，他们以《台湾民报》为主要发表园地。至于旧文学阵营的攻击者，除了连雅堂外，还有闷葫芦生、赤崁王生、艋舺黄衫客、郑军我、蕉麓、一吟发等，他们以《台湾日日新报》《台湾新闻》《台南新报》《黎华报》为发表园地。（参见廖汉臣《新旧文学之争——台湾文坛一笔流水账》，载李南衡主编《日据下台湾新文学·明集5·文献资料选集》，明潭出版社1979年版，第421页。）

④ 廖汉臣：《新旧文学之争》，载李南衡主编《日据下台湾新文学·明集5·文献资料选集》，明潭出版社1979年版，第416页。这段文字，亦被张我军在《为台湾的文学界一哭》中引录。

此种状况，"我能不为我们的文学界一哭吗？"①

蔡孝乾看到张我军的文章后，于1925年1月8日写成《为台湾的文学界续哭》一文，对台湾文学界提出严厉批评，声援张氏。他说："台湾的文学界，好像霜天的枯木，好像荒野中的墟墓，好像沙漠中的石头堆，毫无生气，毫无光彩。我们在这岑寂的空气中，在这黑雾的尘埃中，怎样能够有趣味的生活、有快乐的生活呢？"他感叹道："唉！三十年于今，只听着火车轰轰，制糖会社的汽笛吼吼。满眼都是枯瘦焦黄的世界，可怜我们在这寂寞弥漫的空间里，终露不出一朵文化艺术的珠蕾，终奏不起一段快乐的歌曲，可是快乐之花枯折了，人生的温热的慰藉绝望了。"面对这种局面，"我们怎能无哭呢？唉！我们不能无哭了"。②

张我军、蔡孝乾等很快发现，台湾推行新文学的最大困难，在于那些持有或同情旧文学者往往都是"反对新文学而又不知道新文学是什么的人"，也就是说，解决问题的关键在于使台湾岛内国民了解新文学的发生和发展趋势，这就有必要向台湾公众系统介绍中国新文学。就是在这种背景下，蔡孝乾撰写长文《中国新文学概观》，介绍中国新文学的发展概况，以便台湾文学界了解中国新文学的发展趋势，同时也为台湾新文学运动提供借鉴。

蔡孝乾这篇长文《中国新文学概观》，完成于1925年2月，分6次刊载在《台湾民报》"学艺"栏目第三卷第五号（1925年4月21日）、第十三号（1925年5月1日）、第十四号（1925年5月11日）、第十五号（1925年5月21日）、第十六号（1925年6月1日）、第十七号（1925年6月11日），总字数约2万。

为什么要写这篇长文？因为，"现在中国的文学已经焕然一新了"，而台湾的情况却让蔡孝乾"觉着一种悲愤"，所以他要把"纯洁可爱、没有一毫的虚伪、足以赞美于人间"的中国新文学"介绍做寂寞的台湾的

---

① 张我军：《为台湾的文学界一哭》，《台湾民报》第二卷第廿六号，1924年12月11日，第11版。

② 蔡孝乾：《为台湾文学界续哭》，《台湾民报》第三卷第五号，1925年2月11日，第13版。

好伴侣"。①

第一节阐释"新文学"。什么是新文学?"就是现在的白话文学,就是现在中国的活文学"。此语取自胡适,所以他紧接着就转述了胡适在《文学改良刍议》中提出的"八不主义"。他特别强调了文学中的"文字问题":"文字是文学的基础,是文学的工具","凡有生命有价值的文学都用活文字做的。白话文学是活文字做的,所以称做活文学"。那么,怎样才能"做活文学"?"我们要做活的文学必将我们日用之白话为工具作起,否则无论怎样苦心终不能产出活文学。"②

第二节介绍中国新诗。之所以在各种文类中先谈新诗,是因为蔡孝乾注意到,"中国新文学先着手改革的,是白话诗与短篇小说,两者之中白话诗的成就比小说为多,而且有进步,同时引起反对派的张目与口实还是以白话诗为甚,自然文学革命的先锋对此方面的努力的为最。"③ 这个观察,大致没错,但只是对中国新文学作出了一种印象式的整体评议,因而并不准确,比如他说白话诗的成就超过短篇小说,乃言过其实。

关于新诗的理论,蔡氏着重介绍了刘半农《诗与小说精神上之革新》、胡适《谈新诗》和康白情《新诗的我见》中的各种观点。然后,介绍"中国新诗中最发达的抒情诗",他把抒情诗分为三大类(偶感诗、感境诗、冥想诗),按照这三类分别列举了一些新诗,如郑伯奇的《别后》、康白情的《干燥》、冰心的《春水》、馥泉的《妹嫁》、俞平伯的《欢愁的歌》、郭沫若的《胜利的死》④,以及徐玉诺的《墓地之花》、梁宗岱的《太空》、刘燧元的《夜忏》、玄庐的《十五娘》。他推许《十五娘》"可算是代表现在的叙事诗"⑤。在蔡孝乾看来,这些诗是抒情诗和叙事诗中

---

① 蔡孝乾:《中国新文学概观》(一),《台湾民报》第三卷第十二号,1925 年 4 月 21 日,第 12、13 版。
② 同上书,第 13 版。
③ 同上。
④ 蔡孝乾:《中国新文学概观》(二),《台湾民报》第三卷第十三号,1925 年 5 月 1 日,第 13 版。
⑤ 蔡孝乾:《中国新文学概观》(三),《台湾民报》第三卷第十四号,1925 年 5 月 11 日,第 13—14 版。

的代表作,虽难免"举一漏万",但他"确信可以代表现在中国的新诗"①。

第三节是"新小说"。蔡孝乾首先分析了第一次世界大战以来文学的新趋向,认为随着世界被压迫阶级"抬起头来","无产阶级的文艺","为新社会的艺术"已成为必然的趋势,而原来那种"为艺术的艺术""便成了一句死语",尤其"为人生的艺术"观念"也不大风行了"。他对中国新文学发展趋势的认识,有着明显的左翼文学观倾向。文学研究会提出的"为人生的艺术""为艺术而艺术",作为中国新文学的一脉,始终存在,而非"便成了一句死语"。但他指出,在新小说发展趋势下,"不但那描写的方法大起变化,就是描写的对象(材料)也变化了",却是准确的。蔡孝乾又说:"现在文坛作家所取的材料是平民社会,如农家、男女职工、车夫等的贫苦情形。又如由新旧思想的冲突所演出来的家庭悲剧、婚姻苦痛等。"②"平民社会"固然是新小说作家的重要材料,但不是唯一。蔡孝乾这个判断明显受到了当时的左翼文学思潮的影响。为了让读者"大体知道现在新小说的体形和趋向",蔡孝乾摘录并点评了鲁迅的《孔乙己》、雪村的《风》和《私逃的女儿》、胡适的话剧《终身大事》中的片段。

蔡孝乾这部《中国新文学概观》,虽以介绍中国新文学作品为主,却既有新文学的理论阐述,也有配合理论的新文学作品摘录和评析,其文学观、文学史观比较清晰,因此考虑到当时中国文学史写作尚不成熟,可视之为一部简略的中国新文学史。缺点主要在于仅述及新诗和短篇小说。他解释说,这是因为这两类作品在中国新文学中成就比较高,"至于长篇小说(回章小说)因自文学革命以来日子尚浅,到今日出世的作品仅少,而成就还是比不上短篇的好,所以现在不能介绍于读者前"③。蔡氏道出了一些事实,但他没有述及新式话剧、散文等文类,其主要原因恐怕还是

---

① 蔡孝乾:《中国新文学概观》(三),《台湾民报》第三卷第十四号,1925年5月11日,第14版。
② 蔡孝乾:《中国新文学概观》(四),《台湾民报》第三卷第十四号,1925年5月11日,第12版。
③ 蔡孝乾:《中国新文学概观》(六),《台湾民报》第三卷第十七号,1925年6月11日,第12版。

他对中国新文学的了解不够全面、深入。在文章最后,蔡氏对于没有在文中提及其他文类表示遗憾,说"今后如有机会再来研究罢"。后来并未见到他"再来研究"中国新文学,他的兴趣转到社会革命方面了。①

二 叶荣钟和他的《中国新文学概观》

叶荣钟(1900—1978),字少奇,台湾彰化人。叶荣钟的一生,可谓是一部台湾现代史,这么说,是因为:第一,他的一生刚好跨过台湾现代史上两个最重要的时期,一为日本据台的殖民时代,一为国民政府时代;第二,作为两个时代的历史见证者,他不仅积极参与社会活动,还书写所见所闻,留下了大量文献资料,2002年叶荣钟先生的全集由台北晨星出版,共九集十二册。陈昭瑛在《叶荣钟〈早年文集〉的志业与思想》一文里说:

> 叶荣钟具有历史家对杂多经验的综合能力,具有新闻工作者对事件的敏锐和冷静的观察,也具有运动参与者的热情和诗人的触感,也因此他一生通过古典诗歌、评论、杂文、日记、历史著作写下了他对生活于二十世纪的台湾的所思所感以及所有值得纪录的经验。要了解二十世纪前半叶的台湾,叶荣钟的著作具有不可抹灭的历史价值,要了解二十世纪前半叶的台湾人在新文学的评论和创作方面的成就,叶荣钟的著作也具有不容取代的独特地位。②

叶荣钟先生《早年文集》,以日据时期发表在《台湾青年》《台湾民报》《台湾新民报》《南音》等刊物的作品为主。而其中最能表现他对中

---

① 此后蔡孝乾在《台湾民报》发表的文章有《五年来的台湾》(1925年8月26日)、《从恋爱到结婚》(1926年1月17日、24日、31日,2月7日、14日、28日)、《驳芳园君的"中国改造论"》(1926年12月5日)、《产业政策与台民应有的觉悟》(1927年1月16日、23日)、《转换期的文化运动》(1927年1月30日,2月6日、13日),都是社会革命方面的,与新文学无关。

② 陈昭瑛:《谁召同胞未死魂:叶荣钟〈早年文集〉的志业与思想》,载《叶荣钟早年文集》,晨星出版社2002年版,第47页。

国新文学的批评和继承的是收录在《早年文集》的《中国新文学概观》及《第三文学提倡》二文。令人讶异的是，近年海峡两岸学界研究叶荣钟文学观的论文和著作，都很少提到叶荣钟的《中国新文学概观》。这可能与该书的出版发行地点在日本东京有很大关系。《中国新文学概观》1930年6月由新民会发行，东京印刷制本株式会社印刷，列为杨肇嘉编辑兼发行人的新民会文存第三辑，繁体竖排，32开本，78页，共3万余字。书末标注："一九二九·十一·七·夜半，脱稿于冷雨凄迷的高圆寺精舍"。

由该书脱稿时间和最后一节"结论"部分的内容可知，这是叶荣钟参加台湾第二阶段新文学论战后所作。廖汉臣先生把台湾第二阶段新文学论战的时间定在1925年8月至1940年间。他认为，第二阶段的论战和第一阶段的不同，在于第一阶段论战内容是提倡白话文和排斥文言文，第二阶段的攻击，则是排除一般旧文人的劣根性。[①] 据观察，并非如此，提倡白话文、排斥文言文，主要发生在1920—1923年，而以张我军为主的第一阶段新旧文学论战，主要论及的是改革台湾传统汉诗和旧小说。至于第二阶段论战，应当是新文学支持者陈虚谷在1926年11月发起，主要是针对旧文学文人迎合台湾总督府的不合时宜做法行为和实施新文学的顾虑。比较而言，第一个阶段的论战较为热烈，在第二阶段旧文人很少作正面的还击。

叶荣钟参与了第二阶段论战，并成为新文学方面的代表之一。因此，欲了解他撰写《中国新文学概观》的动机，欲分析他的《中国新文学概观》，就必须把这个文本置于台湾第二阶段新文学论战的语境中加以考察。

尽管叶荣钟在20世纪20年代初曾发表新文学作品，但他的兴趣在于社会运动，此时卷入论战的原因是：1926年11月，时任台湾总督上山在报上发表诗作欢迎两位来台的日本诗人，结果有一些台湾旧诗人"发扬风雅"，在报上作诗与总督唱和，吹捧上山的诗"堂皇典雅"。此举引起陈虚谷（1896—1965）、叶荣钟等人的不耻，首先由陈虚谷于1926年11

---

① 参见廖汉臣《新旧文学之争——台湾文坛一笔流水账》，引自李南衡《日据下台湾新文学·明集5·文献资料选集》，第428—430页。

月 21 日在《台湾民报》第 132 号发表《驳北报的无腔笛》，他抨击那些旧诗人是"狐媚诗人"——"彻首彻尾，带着一种野狐的气味。一见了，便令人联想到你们的品性是何等虚伪劣贱！"① 虽有如此措辞严厉的指摘，一般旧诗人此后痼疾犹存，不仅"击钵吟会"变本加厉，而且旧诗人也"大众化"了，明明是与台湾总督"敬和瑶韵"的颂德诗，却俨然以"民意代表"自居。一时间，言不由衷的旧诗，日日散见各报上。为此，叶荣钟于 1928 年 12 月作成《堕落的诗人》一文，并于次年元月发表在《台湾民报》。该文以反讽的修辞手法对一般"堕落的诗人"嬉笑怒骂，火药味浓厚，而叶氏从此正式加入新旧文学论战。

继《堕落的诗人》之后，叶荣钟又陆续在各报章杂志发表一些与新文学论战相关的文论，《中国新文学概观》就是其中之一，也是最能系统完整反映叶先生新文学观的著作。这本书由五章组成，依次为：一、序论，二、文学革命的演进，三、新文学作品，四、文坛的派别，五、结论。下面分别予以介绍和评论。

第一章即"序论"概述中国新文学运动的缘起、经过和现状。他在这一章中并未明确表明自家文学观，但从他对文学功利性的指责和不满，可见其纯文学观。他在书中虽肯定梁启超对白话文学有些贡献，但也指出启超先生对文学"始终抱着利用的态度，对文学自身完全没有改革之意识"②，评论说：

> 任公先生是政论家，而不是纯粹的文学者，他以小说有四种支配人道之力……他虽然知道小说有伟大的感化力，却是把他当作转移道德、宗教、政治——所谓移风易俗，或是鼓舞士气的工具看待，而不曾用纯粹的文学眼光去观察。③

这是对梁启超先生的比较客观、公允的评价。叶先生能拥有如此"纯粹的文学眼光"，与他的教育背景有很大关系。据洪铭水先生分析：

---

① 陈虚谷：《驳北报的无腔笛》，《台湾民报》第一三二号，1926 年 11 月 21 日，第 13 版。
② 叶荣钟：《中国新文学概观》，东京新民会 1930 年版，第 8 页。
③ 同上。

"叶荣钟在日据时代所受的教育是透过日语的西式教育；他的文学修养以及对西洋文学的认识，勿宁是比较西方的，所以才会强调文学的纯粹性。"① 不过，也应该看到五四新文化运动对他的影响。质言之，叶荣钟此时的纯文学观，是新文学运动所倡导的文学观，其中包含对白话语体的肯定、对文言语体的排斥。他说："古文是已死的文字，无论你怎样做得好，也只够供少数人赏玩，无法行远普及。"因此，叶先生对林纾（琴南）用古文翻译外国文学作品表示惋惜，"他白费了许多宝贵的精力和光阴，结局对新文学运动殆没有裨益"②。

叶先生无疑是坚定的中国新文学的支持者，但他作为史家，并没有对新文学运动出现的问题视而不见。他一方面对新文学运动"在短短的十年间，能够开拓了那么广泛的新地域，收获了那么多的新作品"，表示自豪；另一方面也指出，"量与质究竟是另一个问题……在那汗牛充栋的作品中，除去两三部的杰作而外，尽是粗制滥造的文学水平下的作品"③。如果说，这个对中国新文学成绩的评价，因其过低而偏离了事实，那么，接下来，他批评新文学作家面临海外纷至沓来的各种文艺思潮，竞相模仿，而"不能抱定坚确的信仰去从事创作"④，却是中肯的。

第二章"文学革命的演进"。之所以要专门谈文学革命，是因为"中国的新文学是文学革命的产物，我们若能够明白当时的情形以及运动的经过，对于新文学的理解上一定有很多的便宜处"⑤。叶先生对于五四文学革命显然还没有形成自己的见解，对文学革命经过的了解也尚未超出胡适等当事人的叙述，因此他在书中摘录了胡适《五十年来中国之文学》叙述文学革命运动的第十部分。胡适这篇长文，因叙述基本客观平实、相对全面，因作者的文学革命倡导者身份，因最早以"历史的进化观念"阐述文学革命经过，无疑是了解文学革命的绝佳文献材料，但叶荣钟先生在书中如此大篇幅引录，却是欠妥的。何况，早在1925年《台湾民报》已

---

① 洪铭水：《叶荣钟先生"五四"新文学与"第三文学"的提倡》，载《叶荣钟早年文集》，晨星出版社2002年版，第26页。
② 叶荣钟：《中国新文学概观》，东京新民会1930年版，第9页。
③ 同上书，第5页。
④ 同上书，第10页。
⑤ 同上书，第11页。

全文转载了胡适这篇文章。

第三章"新文学作品"在书中篇幅最大,约占全书1/2,依次按照新诗、小说、戏曲、小品散文分类叙述。这个分类法,显然采自西方的文学"四分法",这在30年代初期的中国文学史写作中颇为流行。

第一节"新诗"。先是指出胡适等的早期新诗存在未能摆脱旧诗影响和太明白的毛病,而刘半农、沈尹默的新诗渐渐摆脱了这两个毛病,"但真正伟大有力的表现,隽永深刻的情感的新诗,还要推郭沫若,徐志摩两家的作品,郭沫若的《女神》和徐志摩的《志摩的诗》可以说是新诗中的两部好作品"①。这个评价虽有值得商榷之处,但总体上不算错。然则叶先生以徐志摩《叫化活该》《沙扬娜拉》和郭沫若的《笔立山头展望》为例,却未能展现郭、徐两位诗人的作品精华,因为所选录的诗作并非二人作品中最好的,《叫化活该》和《笔立山头展望》也不是公认的代表作。叶先生认为胡适在《五十年来中国之文学》中预言的"中国诗界定有大放光明的一个时期"尚未到来,但"我相信……现代中国必然也会有大放光明来照耀世界的一日"②。

在第二节"小说"开卷,叶先生说:"新文学运动以来的小说家很多,作品也算不少,但是能够代表时代的作品却是寥若晨星。"其中,短篇小说的成绩最高,"长篇小说则可以说是完全没有"③。并就现代作家所处生态环境,阐释了缺乏长篇小说的缘由。对于短篇小说,"我们可以毫不迟疑地举鲁迅来做代表","他的作品虽不多,但几乎没有一篇不好的"。④ 接着评析了《阿Q正传》。又说:"鲁迅以外的作家,第一自然要推郁达夫了","他的作品大抵是写他的自己的经验,规模很少(小),没有浑雄的社会意识。但是他那'世纪末'的气分(氛)却很能代表一部分的青年的生活,他的艺术的技俩也很巧妙,文字又极优婉流丽,自成风格,终不失为好作品。"⑤

第三节"戏曲"。新文学运动中,戏曲的成绩比较弱,"不但没有好

---

① 叶荣钟:《中国新文学概观》,东京新民会1930年版,第37页。
② 同上书,第42页。
③ 同上书,第44页。
④ 同上书,第49页。
⑤ 同上书,第54页。

戏曲,就是剧作家也几乎是没有的"①。为此,叶先生不但分析了"没有好戏曲"的原因,还就中国新剧运动的失败原因及其对策,提出了自己的思考。

第四节对"小品散文"现状及趋势作如是观察:"中国现在的'小品散文'实在是很发达了,产品也多……小品散文遂有独霸文坛之势。"②可贵的是,叶荣钟先生把中国小品散文的发达,置于世界文学发展的大背景下予以考察,于是发现,虽然"小品散文的风行是世界的趋势……有人说这是因为现代人的生活繁忙使然",但中国小品散文风行"是传统的支配使然的较为恰切"③。最好的中国现代小品散文作家,叶先生推周氏兄弟、徐志摩、陈西滢、钟敬文、朱自清。

第四章"文坛的派别"介绍了四家中国现代文学社团流派,即创造社派、语丝派、文学研究会、新月派。接下来对这四家的介绍,虽有失误之处,但总体上离事实不远。例如,把胡也频划入新月派实在是误会,但书中列举的其他诸人确是新月派。新月派是以1928年3月创刊的《新月》月刊为主要发表园地的文学流派,叶先生在1929年时能够注意到这点并预感到这一派重要的文学史地位,可见他敏锐的学术眼光。

第五章"结论"指出,新文学运动"虽然还不会产生伟大的杰作,但它这十余年的历史却是向着进步的一路跑来的"。勉励有志于新文学运动的台湾青年,"你们不必以没有传世的杰作为耻,你们若能尽开拓的能事,就是你们的功劳了。……你们还有远大的前程,还有可托重的后辈,向前去吧!我们的先驱者!文学的革命家!"④

三 多元比较视野下的蔡著、叶著

蔡孝乾的《中国新文学概观》(以下简称蔡著)和叶荣钟的《中

---

① 叶荣钟:《中国新文学概观》,东京新民会1930年版,第56页。
② 同上书,第62页。
③ 同上书,第65页。
④ 同上书,第76、77页。

国新文学概观》（以下简称叶著）无疑是较早介绍中国新文学的史论，但不是最早的。姑且不说类似胡适《五十年来中国之文学》（1922）那样以"附翼"方式介绍新文学，即便在台湾，在《台湾民报》也早就有介绍中国新文学的文章——苏维霖发表在《台湾民报》第二卷第十号（1924年6月11日）的《二十年来的中国古文学及文学革命的略述》。此文以不足2000字概述文学革命，脉络清晰，事实准确。在此以前，张我军于1924年2月21日开始在《台湾民报》连载的《文学革命以来》，摘录胡适《五十来中国之文学》中关于文学革命的段落，算不得张我军的文章。不过，苏维霖的《二十年来的中国古文学及文学革命的略述》虽取材于胡适《五十年来中国之文学》，内容却十分简略。因此，如果说台湾文人对中国新文学的最早的系统介绍，还是蔡著。但是第一部台湾人编写的成书的"中国新文学史"，却是叶著。这是因为，比较而言：

（1）蔡著只是一篇在报纸上连载的长文，并未成书出版，而叶著以单行本方式由新民会在1930年出版发行。

（2）蔡著对于中国新文学仅重点介绍了新诗和短篇小说，对戏剧和散文几乎不置一词，而叶著主要介绍了新诗、小说、戏曲和小品散文，还专辟一章概述"文坛的派别"，质言之，叶著对中国新文学的介绍比较全面、系统。

（3）虽然两部书都有明确的文学观和文学史观，但蔡著对中国新文学的介绍，很大程度上停留于对新文学作品的印象式的点评，基本上没有涉及作家作品的文学史地位，而叶著能够结合作家作品分析，对其文学史地位作出评估。换言之，叶著的"历史"意识明显要浓厚许多。

（4）蔡著通过对中国新文学作品及其他相关史料的爬梳，所完成的是一个初步阶段的成果报告，在体裁上较接近中国新文学史志资料汇编。而叶著依据纯文学观和文学进化论，建构出可资了解新文学历史过程的基本框架，是一部文学史特征明显的著作。

这两部史论虽有上述差异，却有一个共同的特征，即与胡适《五十年来中国之文学》（1922）、周作人《中国新文学的源流》（1932）、朱自清《中国新文学研究纲要》（1933）等中国新文学运动建设者对新文学运动的"自我书写"相比较，蔡著和叶著是处于中国新文学运动"边缘"的台湾人书写的中国新文学史，可谓对中国新文学史的最早的"他者书写"。尽管不论"自我书写"还是"他者书写"客观上都为中国新文学运动张目，但因为二者的主体的身份不同，述史原因及目标不同，他们笔下呈现的中国新文学史面貌有很大差异。

首先，胡适、周作人、朱自清等既是中国新文学的建设者，也是叙述者，这种双重身份，容易令人怀疑叙述的客观、公允。为此，叙述者往往采取策略抹去叙述痕迹，如胡适在《五十年来中国之文学》中凡是讲到自己，都冠以"胡适如何如何"，周作人和朱自清则干脆不提自己。这种"自我书写"其实非常表面化，用"胡适如何如何"来取代原本的"我如何如何"，只不过是一种修辞学上的托词和欲盖弥彰的叙述策略。蔡孝乾和叶荣钟则不同，他们以处在中国新文学运动边缘的台湾学人的特殊身份考察十年来的中国新文学，这种"他者"视角使他们能够保持相对冷静的态度和客观的叙述。这是他们相对于祖国大陆述史者而言的一个优势，自然也是蔡著、叶著具有的特别的价值。不过，蔡、叶二人在当时似乎并未意识到这点，因而他们在《中国新文学概观》中，不但没有充分发挥这个优势，反而花费很大篇幅引录胡适的《五十年来中国之文学》。

其次，蔡、叶之所以要介绍中国新文学，除了因为当时一般台湾文人对中国新文学缺乏了解，也是为了张扬中国文化、抵制日本殖民文化。与胡适等通过"自我书写"进一步确立新文学的文学史地位不同，蔡、叶等台湾学人叙述中国新文学的首要目标，就是要通过介绍祖国大陆新文学运动，让台湾民众明白新文学运动的必然性，为台湾新文学运动提供可资借鉴的经验。而更长远的关怀，则是帮助台湾人从大陆的中国新文学运动历史中了解和认同自己，进而建立起对台湾新文学运动的自知与自信。因此，他们对于台湾新文学运动持有一种紧迫感和焦虑感。蔡孝乾面对大陆新文学运动的蓬勃形势和取得的巨大成绩，自问道：

> 台湾……和中国的文学不是同云落来的雨吗？现在中国的文学已焕然一新了，台湾呢？

他"心内又觉着一种悲惋",于是决定把祖国大陆的新文学运动"介绍做寂寞的台湾的好伴侣"①。叶荣钟则从台湾的教育现状来谈新文学运动的必要性和紧迫性:

> 现在的台湾不但无产大众全部是文盲无智,就是所谓小市民阶级的大多数也是目不识丁的,学校教育的普及迟迟不振,社会教育更不足道……"大众教育"的问题,老早就成了我们岛内文化运动的目标,和各种解放运动的先行条件了,可惜从来少有人们论及具体的解决方法,这也许是初期的运动摸不着头脑,逼于目前的利害,无暇顾及这样远大的计划的缘故。现在我们的解放运动已经入了一定的轨道,这个问题自然也就成为燃眉的急务逼着我们去解决了。②

当时台湾的教育为何如此不济?虽然叶荣钟没有明说,但从他的言辞间不难知道,正是日本的殖民文化统治所导致。叶先生所要建构的中国新文学运动史,其视野是宽宏的,不仅包括从台湾人视角批判性接受中国新文学运动,也有世界文学的眼光。这一点,既是叶著与胡适等"自我书写"新文学运动史的一个重要的不同点,也是叶著与蔡著的一个明显差异。比如,叶著在论述小说、戏曲和小品散文时,都从世界潮流来分析这些文类的发展趋势。在他看来,中国新文学运动既是本国文学发展的必然,也是世界文学所赋予的使命。

由于蔡著和叶著的目标是为台湾新文学运动服务,它们在支持文学革命、新文学的前提下,对大陆的新文学并非盲从,而是批判地接受。比如,它们都指出"胡适体"新诗存在太明白的毛病,新文学作品量多但质佳者不多,而且都对长篇小说的缺乏提出批评。叶荣钟先生更指出五四新文学运动是缺乏内容和思想方面的改革,因受古文的惰性支配而导致成绩并不乐观,以及文学功利性浓厚,等等。

---

① 蔡孝乾:《中国新文学概观》(一),《台湾民报》第三卷第十二号,1925年4月21日,第13版。

② 叶荣钟:《关于罗马字运动》,《台湾民报》第二六一号,1929年5月19日,第8版。

蔡著写于蔡孝乾在上海大学读书期间，而叶著完成于叶荣钟留学东京的最后一年间，他们不约而同总结中国新文学运动的经验，为台湾文坛提供一面镜子，其用心与意义，值得我们肯定。蔡著和叶著除了呈现当时先进的文学观，更大的意义在于，反映了出生、成长在日本殖民地的台湾知识分子，能以相对超然的立场对祖国的新文学运动给予比较客观的历史总结，它们为后人提供了观察日据台湾时期台湾人批判地接受中国新文学的珍贵史料。

两位作者在民国时期书写中国新文学史的潮流中，扮演先驱者的角色。蔡孝乾呈现了中国新文学运动的十年概况，而叶荣钟规划出一部完整的中国新文学史应具有的纲目。这让后继者有遵循的范例，但也留下许多仍待发展的空间。其中较明显的问题是，两者所论述的"中国新文学史"范畴本身就是一个特定历史的产物，而他们笔下的《中国新文学概观》，虽然代表了20世纪20年代台湾青年对中国新文学的了解和认识，但奠基在胡适等人"自我书写"的新文学运动的基础上。因此，胡适等人对新文学运动的"自我书写"所呈现的问题固然应该受到诸多批判，同样地，蔡著和叶著的"他者书写"也要受到学术社群的批评和检讨，由此可提升研究者更成熟的反省能力。事实上，蔡、叶的"他者"身份并不纯粹，遑论当时正在上海大学读书的蔡孝乾，连在东京留学多年的叶荣钟也把皈依中国文化视为理所当然。叶先生对中国文化的感情是浓烈的，他的好友黄得时曾说：

> 叶先生好学不倦，并且很喜欢研究中国的传统文化，所以通过台北的某书店向东京诚文堂新光社订购一套《东洋文化史大系》，书名虽用"东洋"两字，其实写的都是中国的事情，我也订了一部。我们一有空就互相讨论中国文化的问题，增加不少的见识。①

"他者书写"对被叙述对象的文化皈依和浓烈情感，在一定程度上消解了述史的客观性。但是像叶著那样对中国新文学运动的批评，可为后人

---

① 黄得时：《辛酸五十，泪血写沧田》，载《叶荣钟年表》，晨星出版社2002年版，第183页。

提供另一种观看、了解与书写中国新文学史的途径。尤其是当我们把叶著和蔡著,置于日据时期台湾人建构自身述史主体性的背景下予以考察时,可能会发现这两种文献史料有着意想不到的价值。

(刊于《现代中文学刊》2014 年第 6 期)

第三编

文学史编写中的
文献史料问题

现代文学史编写中的文献史料问题

——《中国现代文学三十年》(1998年版)的瑕疵及补订

钱理群、温儒敏、吴福辉著《中国现代文学三十年（修订本）》（北京大学出版社1998年版，以下简称修订本）是近年国内高校普遍采用的文学史教材，无疑也是迄今为止各种中国现代文学史著作中影响最大的一种。虽然该书版权页没有写印刷数量，但自从1998年7月出版第1版（以下简称初版本）后，2004年4月第17次印刷，2005年7月第21次印刷，2006年5月第23次印刷，平均每年约印刷3次。该书不仅很受读者欢迎，也受到学界关注并给予较高评价①。不过，金无足赤，尽管著者在修订本《后记》中说，最后有专人负责"通读全书，并做了文字润饰和史实审核"，"清样稿出来后，经由严家炎、樊骏、杨义和费振刚等先生组成的专家小组的审定，封世辉先生和王信先生协助做了资料审核等工作"，该书初版本存在的若干瑕疵仍旧出现在修订本中。考虑到修订本是"普通高等教育'九五'教育部重点教材"，更是目前多数高校本科和研

---

① 修订本出版的第二个月，即1998年8月27日，北京大学召开了由北京大学中文系、中国现代文学馆、北京大学出版社联合举办的《中国现代文学三十年》（修订本）出版座谈会。洪子诚、旷新年、吴晓东等在会上高度评价该书及其出版的意义。（参见《现代文学的观念与叙述——〈中国现代文学三十年〉笔谈》，《文学评论》1999年第1期。）宋益乔、王同坤也对该书初版本和修订本作出简评。[参见宋益乔、王同坤《在沉思中拓进——读〈中国现代文学三十年〉》，《北京大学学报》（哲学社会科学版）1999年第1期。] 朱晓进称修订本为"一部有新意的文学史教材"。（参见朱晓进《一部有新意的文学史教材——略评〈中国现代文学三十年（修订本）〉》，《博览群书》1999年第10期。）

究生教育指定教材，下文拟指出该书在文献史料方面存在的瑕疵①并予以补订，以供著者再次修订时参考。

一 "本章年表"中的瑕疵及补订

（一）前后表述不一致

1. "第三章 小说（一）"所附"本章年表"1925年条下写道："8月 彭家煌《怂恿》集由开明书店出版"（第88页），1927年条下又有同样记录。

补订：彭家煌《怂恿》应是1927年8月初版。②

2. "第四章 通俗小说（一）"正文中说："1912年同年出现的徐枕亚的《玉梨魂》、吴双热的《孽冤镜》，还有李定夷的《霣玉怨》，三人被称为'三鼎足'"（第91页）。该章所附"本章年表"1914年条下写道："7月 李定夷《霣玉冤》由国华书局出版"（第100页）。

补订：李定夷所写的是《霣玉怨》，而非《霣玉冤》。

3. "第四章 通俗小说（一）"正文中说徐枕亚写有《雪鸿泪史》（第92页）。"本章年表"所附1916年条下却写道："1月 徐枕亚《血鸿泪史》由清华书局出二版"（第100页）。

补订：据1915年12月20日由枕霞阁印刷出版的徐枕亚著《玉梨魂》书影，其封面有徐枕亚自题"雪鸿泪史赠品"和"玉梨魂"字样，而《玉梨魂》于1913年9月已出版，故可知，此《玉梨魂》为《雪鸿泪史》出版时的赠品。换言之，其一，徐枕亚所著的是《雪鸿泪史》而非《血鸿泪史》；其二，《雪鸿泪史》已由枕霞阁于1915年12月20日印刷出版，1926年1月出版的只是"清华书局二版"。

4. "第十二章 巴金"所附"本章年表"1929年条下写道："1月始《灭亡》连载于《小说月报》第20卷第1号至第3号"（第272页）。

---

① 本文列举的修订本瑕疵，近年来已有网民注意到并以帖子形式公布在网络平台。由于这些网民未署真名，而且有些帖子已被删，不宜注明。其中一些对本文的写作有启发，在此致以感谢。

② 阿英选编《中国新文学大系·史料·索引》"小说"条目下云："《怂恿》彭家煌 1927年开明出版。按：此是作者第一个小说集。"（上海良友图书印刷公司1935年版，第343页）

在"第十四章 小说（二）"所附"本章年表"1929 年条下却写道："1 月始 巴金《灭亡》（长篇）连载于《小说月报》第 20 卷第 1 号至第 4 号。"（第 332 页）

补订：1929 年《灭亡》在《小说月报》第 1 号至第 4 号连载发表。1929 年 4 月刊载完《灭亡》时，"记者"还在《最后一页》中说："巴金的长篇创作《灭亡》已于本号刊毕了。"①

5. "第十三章 沈从文"所附"本章年表"1934 年条下有"10 月《边城》（中篇小说）由生活书店出版"（第 292 页）。

"第十四章 小说（二）"所附"本章年表"1934 年条下写道："10 月 沈从文《边城》（长篇）由生活书店出版。"

补订：沈从文的《边城》是中篇小说。

6. "第十三章 沈从文"所附"本章年表"1934 年条下有"10 月《边城》（中篇小说）由生活书店出版"（第 292 页）。

"第九章 文学思潮与运动（二）"所附"本章年表"1934 年条下却写道："同月沈从文《边城》在《国闻周报》第 11 卷第 11 期连载，至第 16 期止，单行本本年 9 月由上海生活书店出版。"（第 219 页）

补订：沈从文的《边城》由上海生活书店于 1934 年 10 月出版。

7. "第十二章 巴金"所附"本章年表"1931 年条下有"夏 作《雾》。连载于《东方杂志》第 28 卷第 20 至 23 号"（第 272 页）。

而"第十四章 小说（二）"所附"本章年表"1931 年条下却写道："10 月始 巴金《雾》（中篇）连载于《东方杂志》第 28 卷第 19 号至第 23 号"（第 333 页）。

补订：巴金的《雾》在《东方杂志》的连载开始于第 28 卷第 20 号，页码为第 89—102 页。

8. "第二十六章 新诗（三）"正文提到朱自清的《新诗杂话》（第 572 页）。而所附"本章年表"1947 年条下却写道："本年朱自清《新诗杂谈》（论文集）由作家书屋出版。"（第 601 页）

补订：朱自清此书名应为《新诗杂话》。1944 年 10 月，朱自清在该

---

① 记者：《最后一页》，《小说月报》第 20 卷第 4 号，1929 年 4 月 10 日。

书《序》中还解释了"我就用《新诗杂话》作全书的名字"的原因①。

9. "第二十八章 戏剧（三）"正文中曾先后四次提到杨绛的戏剧名作《弄真成假》（第 639、643 页）。但在所附"本章年表"1945 年条下却写成《弄假成真》（第 650 页）。

补订：应为《弄真成假》。

（二）表述与史实不符

10. "第六章 新诗（一）"所附"本章年表"1925 年条下说："约 9 月 徐志摩《志摩的诗》由中华书局代印，北新书局发行。"

补订：《志摩的诗》初版于 1925 年 8 月。

11. "第六章 新诗（一）"所附"本章年表"1926 年条下说："5 月 闻一多的《诗的格律》发表于 15 日《晨报副镌·诗刊》。"（第 144 页）

补订：（1）经查《晨报副刊》，闻一多的《诗的格律》发表于《诗镌》第七号（1926 年 5 月 13 日出版）。（2）把徐志摩、闻一多等在《晨报副刊》编办的诗歌周刊称为"《晨报副镌·诗刊》"，不妥。尽管徐志摩等当事人以"诗刊"称之，如《诗刊弁言》（发刊词）、《诗刊放假》（终刊词），但考虑到：①闻一多曾亲自为这个诗歌专刊画了刊头画，画中写着"诗镌"二字（无"诗刊"）；②"《晨报副镌·诗刊》"的简称"诗刊"容易与 1931 年徐志摩等创办的《诗刊》相混淆。故，建议以《诗镌》或《晨报副刊·诗镌》称之。

12. "第六章 新诗（一）"所附"本章年表"1926 年"12 月"下写道："本年 于赓虞的《晨曦之前》由北新书局出版。"

补订：于赓虞的《晨曦之前》由北新书局于 1926 年 10 月出版。②

13. "第九章 文学思潮与运动（二）"所附"本章年表"1934 年条下写道："同月沈从文《边城》在《国闻周报》第 11 卷第 11 期连载，至第 16 期止。"（第 219 页）

---

① 朱自清：《新诗杂话·序》，生活·读书·新知三联书店 1984 年版，第 1—2 页。此版的《新诗杂话》，据作家书屋 1947 年版排印。

② 参见《晨曦之前》（北新书局 1926 年版）版权页，或参见解志熙、王文金编校《于赓虞诗文辑存》（上、下），河南大学出版社 2004 年版。该书上卷收入《晨曦之前》并说明其版本，下卷附录王文金编《于赓虞年谱简编》。

补订：经查《国闻周报》，《边城》全文分 11 次分别发表于 1934 年 1 月 1 日—21 日，3 月 12 日—4 月 23 日《国闻周报》第 11 卷第 1—4 期，第 10—16 期。

14. "第九章 文学思潮与运动（二）"所附"本章年表"1933 年条下写道："12 月 沈从文主编《大公报·文艺副刊》。"（第 219 页）

补订：《大公报·文艺副刊》于 1933 年 9 月 23 日创刊。创刊前一日，《大公报》曾刊登《本报增刊"文艺副刊"启事》："本报现约定郑振铎，闻一多，朱自清，俞平伯，梁思成，金岳霖，余上沅，杨金甫，沈从文诸先生，及林徽音女士，编辑《文艺副刊》。"① 可见，当初《大公报》社约定的《文艺副刊》编辑有 10 人之多，而沈从文只是其中之一，且排名倒数第二位。当然，这并不能推翻一些研究者认为此时由杨振声和沈从文共同负责编辑《文艺副刊》的说法②，因为，把郑振铎、闻一多、朱自清、俞平伯等"前辈"列入编辑名单，有可能：一是为了借助其名声，二是他们参与编辑但不负主要责任，实际上的主编只是杨、沈二人。那么，有没有可能"12 月沈从文主编《大公报·文艺副刊》"？从现存资料看不出这点。周作人是《大公报·文艺副刊》的主要撰稿人。查《周作人日记》，1933 年 9 月 10 日记载："（下午）四时往达子营三九（号），应沈（从文）君茶话之约，谈《大公报》'文艺'副刊作文事。"从同年 10 月开始，周作人的日记中，几乎每月都有出席《大公报·文艺副刊》聚会的记录。如 10 月 22 日，"午（和俞平伯）同往北海漪澜堂'文副'之会，来者今甫、从文、废名、余上沅、朱孟实、振铎等共八人"；11 月 26 日，"午往丰泽园应《大公（报）》'文副'招，来者金甫、从文、平伯、佩弦、西谛、健吾、巴金、梁思成君夫妇等"③。在《周作人日记》中，每次都先述"金甫、从文"之名，显见杨振声、沈从文是聚会的主要人物。而与会之人，都是当初《大公报》约定的《文艺副刊》编辑，由此更可见，也许沈从文所做具体编辑事务较多，但这并不能说明就他一人是主编。这是我们在介绍《大公报·文艺副刊》主编时，应该予以说

---

① 《本报增刊"文艺副刊"启事》，《大公报》1933 年 9 月 22 日第一张。
② 参见糜华菱《沈从文年表简编》，《新文学史料》1995 年第 3 期，第 191 页。
③ 《周作人日记》（下册），大象出版社 1996 年版，第 487、508、526 页。

15. "第九章 文学思潮与运动（二）"所附"本章年表"1936 年条下写道："6 月 胡风《人民向文学要求什么》发表于《文学丛报》第 3 期，提出了'民族革命大众文学'的口号。"（第 220 页）

补订：所提出的口号应该是"民族革命战争的大众文学"。

16. "第十四章 小说（二）"所附"本章年表"1933 年条下写道："1 月 茅盾《子夜》（长篇）由开明书局出版"（第 334 页）。

补订：经查，茅盾《子夜》1933 年 1 月由"开明书店"初版。历史上无"开明书局"。

17. "第十六章 新诗（二）"所附"本章年表"1931 年条目载："1 月 徐志摩主编《诗刊》创刊（本年 9 月移交陈梦家主编），创刊号发表梁实秋的《新诗的格调及其它》。"（第 372 页）

补订：(1) 徐志摩并未在"本年 9 月移交陈梦家主编"《诗刊》。理由如下：

第一，第三期《诗刊》版权页标明"二十年十月五日出版"，也就是说，第三期直到 1931 年 10 月 5 日才出版；而刊登在这期的《叙言》是徐志摩撰写的，从其内容也可知，这期由他主编。因此，直到 1931 年 10 月 5 日第三期出版，徐志摩并没有把主编移交其他人。

第二，1931 年下半年，由于任教于北京大学等高校，徐志摩多数时间住在北平，虽然数次回上海探亲，但他毕竟对于编辑部设在上海的《诗刊》编务已多有不便。正是考虑到这点，徐在第三期《诗刊》"叙言"中公布了两个收稿人和通讯地址，第一个是"邵洵美 上海二马路中央大厦一九号"，第二个是"徐志摩 北平米粮库四号"。这说明：直到第三期出版之后，徐志摩仍然没有把《诗刊》移交陈梦家主编，否则，他为何不公布陈梦家的通讯地址？

第三，1931 年 12 月，陈梦家在为《诗刊》第四期撰写的《叙语》中说："三期的《诗刊》刚露出一点嫩芽，对花园起始照管的人听了上帝的吩咐飞上天去，他在那里？"所谓"对花园起始照管的人"，就是徐志摩。也就是说，按照陈梦家的说法，"三期的《诗刊》刚露出一点嫩芽"，徐志摩就死了（"听了上帝的吩咐飞上天去"）。此说颇可疑。倘若陈梦家所说无误，则直到徐志摩遇难的 1931 年 11 月 19 日，《诗刊》第三期尚未编辑就绪（"刚露出一点嫩芽"）。而事实上这是不可能的，因为第三期已于徐志摩遇难前一月出版。由此也可推断，陈梦家话中的"三期的《诗刊》"有误，应为"四期的《诗刊》"。也就是说，陈梦家那句话，不能证明他承担了第三期的编辑工作。

第四，陈梦家主编的是《诗刊》第四期。关于这点，陈梦家在刊登于第四期卷首的《叙语》中有清楚的交代。此外，从1931年12月他写信让胡适把徐志摩遗留在北平的《诗刊》稿件寄给自己①，也可见第四期由他主编。

（2）经查《诗刊》创刊号，梁实秋发表在该期的文章标题为《新诗的格调及其他》，而非《新诗的格调及其它》。

18. "第二十四章 通俗小说（三）"所附"本章年表"1940年条目载："本年 还珠楼主（李寿民）《蜀山剑侠传》由正气书局出版，至1948年共出50册。"

补订：所引句子表述有问题，据其意，1940年至1948年，正气书局出版的《蜀山剑侠传》"共出50册"，而《蜀山剑侠传》是当时风靡一时的小说，怎么可能在8年内才"共出50册"呢？事实是，自1932年7月上旬起，《蜀山剑侠传》在天津《天风报》连载；旋由天津励力印书局（后改名励力出版社）按集出版单行本；1946年10月，从第36集起改由上海正气书局出版，至1948年9月出版第50集。

二　正文中的瑕疵及补订

19. 修订本仍以初版本中王瑶先生1985年所写的《序》作为序言。王瑶先生在《序》中谈及"在不同时期出版的各种有关现代文学史的著作"时，列举了其中三部"较早的著作"，即胡适《五十年来中国之文学》（1922）、陈子展《最近三十年中国文学史》（1928）和周作人《中国新文学之源流》（1932）。

补订：（1）胡适那篇文章的标题，出现了两种写法，一为《五十年

---

① 《陈梦家致胡适》，1931年12月20日、29日，载耿云志主编《胡适遗稿及秘藏书信》第35册，黄山书社1994年版，第509、511页。

来之中国文学》，一为《五十年来中国之文学》。该文系胡适应邀为申报馆五十周年纪念而作。据《胡适日记》，1922年2月6日："开始做《五十年来的中国文学》一文。"3月3日："回家，作文，到十二时，居然把《五十年的中国文学》做完了。"3月7日："《五十年之中国文学》抄成了，又改作一节。"3月10日："孑民先生有信，他很赞许我的《五十年的中国文学》。"① 可见，在胡适那里，该文多数时候题为《五十年来的中国文学》。1923年2月，该文被收入申报馆五十周年纪念特刊《最近之五十年》由申报馆出版，题为《五十年来中国之文学》。1924年3月，该文收入"五十年来之世界文学"由申报馆出版单行本。需注意，据1924年3月申报馆印刷发行的单行本，其封面标题为《五十年来之中国文学》，而正文中的页眉却写为"五十年来中国之文学"。很可能由于这个缘故，上海良友图书印刷公司1935年出版的阿英选编《中国新文学大系·史料·索引》中，"论文集"所列《胡适文存二集》的目录中，写为"五十年来中国之文学"，而"专著"所列目录中却作"五十年来之中国文学"。据查，1924年上海亚东图书馆初版《胡适文存》时，此文标题为《五十年来中国之文学》。后来，此文标题大都写作"五十年来中国之文学"，比如安徽教育出版社（合肥）2003年9月出版的《胡适全集》。

既然如此，《五十年来中国之文学》是几乎通行的写法，王瑶先生并没有像某些读者认为的"写错了胡适那篇文章的标题"。但王瑶先生认为这篇文章发表于1922年，却有误。由前引《胡适日记》可知，《五十年来中国之文学》写于1922年2—3月，初稿写完后，他还先后请蔡元培、鲁迅为此文提意见，1922年8月21日鲁迅致信胡适说："大稿已读讫，警辟之至，大快人心！"② 需要指出，在上海书店1987年3月影印出版的申报馆五十周年纪念特刊《最近之五十年》扉页，有一段上海书店的出版说明，声称该影印本据"1922年2月初版本影印"，这显然有误，应据"1923年2月初版本影印"。

---

① 《胡适日记》，1922年2月6日、3月3日、3月7日、3月10日，载《胡适全集》第29卷，安徽教育出版社2003年9月，第511、528、534、537页。
② 《220821 致胡适》，载《鲁迅全集》第11卷，人民文学出版社1981年第1版，第412页。

（2）周作人那一部书的题目应为《中国新文学的源流》①。

20. "第一章 文学思潮与运动（一）"引述陈独秀《文学革命论》中的说法时，有"建设平易的抒情的平民文学"一句（第8页）。

补订：经查实，句中"平民"应作"国民"。

21. "第六章 新诗（一）"中提到了闻一多早年写作的《律诗底研究》（第131页），而在"第十六章 新诗（二）"中再次提到闻一多的这篇文章时，却写成《律诗的研究》（第360页）。

补订：《律诗底研究》是研究闻一多早年律诗观念的重要文献，后人尤其史家不宜更改其标题中任何一字，以免被人误以为是两篇不同的文献。

22. "第六章 新诗（一）"在谈到早期白话诗人时写道："新青年社中的沈尹默（1883—1971年）和新潮社俞平伯（1900—1990年）、康白情（1886—1958年）、傅斯年（1896—1950年）"（第123页），其中，康白情的生卒年有误。

补订：学界对于康白情的生卒年一直存在误传。经管林等考证，康白情生于1895年，卒于1959年。② 管林是康白情于新中国成立后在华南师范大学中文系任教时的学生，故其言可信。2006年12月华南师范大学举办了"康白情新诗创作研讨会"，与会的60多位专家学者均认为，康白情生于1895年，卒于1959年。

23. "第九章 文学思潮与运动（二）"提到了"这一时期最有影响的批评家刘西渭（李健吾的笔名）"，说："刘西渭能够容纳、理解不同艺术个性的作家，他的批评集《咀华集》所评论的对象中就包含了政治倾向和艺术流别彼此不同的作家：曹禺、卞之琳、朱大枬、沈从文、废名、夏衍、叶紫和萧军，等等。"（第207页）提到的8个作家中，朱大枬、夏衍、叶紫、萧军不见于《咀华集》。

补订：刘西渭（李健吾）于三四十年代先后出版了两部文学批评集，

---

① 参见唐文一、沐定胜《消逝的风景——新文学版本录》，山东画报出版社2005年版，第54页。

② 参见管林《"五四"时期诗坛上的一颗明星——康白情》，《华南师范大学学报》（哲学社会科学版）1988年第4期；范奎山《康白情生平辩误》，《内江师范学院学报》2001年第3期。

第一部为《咀华集》，评论的作家诗人依次为巴金、钱锺书、沈从文、林徽因、萧乾、蹇先艾、卞之琳、曹禺、李广田、何其芳。第二部为《咀华二集》，全书分为四类：甲类，《朱大枏》，《芦焚》，《萧军》，《叶紫》，《夏衍》及其附录《关于现实》；乙类，《悭吝人》，《福楼拜书简》，《欧贞尼·葛郎代》，《恶之华》；丙类《旧小说的歧途》，《韩昌黎的〈画记〉》，《曹雪芹的〈哭花词〉》；丁类，《假如我是》，《自我和风格》，《个人主义》，《情欲信》，《关于鲁迅》，《致宗岱书》，《序华玲诗》。① 事实上，评萧军的那篇文章，原题为《萧军论》，最初载于《大公报·文艺》（香港）第544、545、546、547、550、551期（1939年3月7、8、9、10、13、14日出版）；评叶紫的文章，原题为《叶紫论》，最初载于《大公报·文艺》（香港）第809、810、811期（1940年4月1、3、5日出版）；评夏衍的文章，原题为《夏衍论》，最初载于《大公报·学生界》（香港）第267期（1941年2月21日出版）、《大公报·文艺》（香港）第1036、1038期（1941年2月22、24日出版）、《大公报·学生界》（香港）第268期（1941年2月25日出版）、《大公报·文艺》（香港）第1039和1040期（1941年2月26、27日出版）、《大公报·学生界》（香港）第268期（1941年2月28日出版）、《大公报·文艺》（香港）第1043期（1941年3月3日出版）、《大公报·学生界》（香港）第269期（1941年3月4日出版）、《大公报·文艺》（香港）第1044期（1941年3月5日出版）。也就是说，评萧军、叶紫、夏衍的文章，都是初载于1939—1941年，它们怎么可能出现在1936年12月出版的《咀华集》中？所以，朱大枏、夏衍、叶紫、萧军系《咀华二集》中评论的作家，而非《咀华集》。

24. "第十四章 小说（二）"介绍京派小说家时说："有早期用本名王长简写出小说集《谷》而获《大公报》文艺奖金的芦焚。"（第313页）

补订：《谷》在1934年4月发表于《春光》杂志时，原题《一九二八》，署名"芦焚"；1936年5月，《谷》由文化生活出版社出版时，也

---

① 参见刘西渭《咀华集·咀华二集》，人民文学出版社2001年版。亦可参考魏东《被遗忘的〈咀华二集〉初版本》，《中国现代文学研究丛刊》2008年第6期。

署名"芦焚";1937年《大公报》公布的文艺金奖获得者名单中,《谷》的作者还是"芦焚"。因此,尽管王长简确实是芦焚的本名,但他没有"用本名王长简写出小说集《谷》而获《大公报》文艺奖金"。

25. "第十四章 小说(二)"介绍京派小说家时说:"几代的京派文人活跃在《现代评论》、《水星》、《骆驼草》、《大公报·文艺副刊》、《文艺杂志》(朱光潜编)这些重要的北方文学报刊上。"(第313页)

补订:这句话有两处误记。(1)《现代评论》不是30年代京派文人活跃的期刊。因为,1924年12月13日《现代评论》创刊于北京,出至1928年12月29日终刊。"第1—138期由北京大学出版部印刷,此后各期在上海印刷。"① (2)《文艺杂志》应改为《文学杂志》。《文学杂志》,1937年5月1日创刊于北平,主编朱光潜。

此外,《学文》月刊也是京派文人活跃的重要期刊。该刊1934年5月1日创刊于北平,1934年8月出至第4期停刊,前3期由叶公超主编,第4期由闻一多、余上沅、吴世昌合编。撰稿人基本上都是京派成员,有陈梦家、林徽因、卞之琳、沈从文、叶公超、胡适、闻一多、李健吾、季羡林、何其芳、芦焚、余上沅等。因此,"第十四章 小说(二)"介绍京派小说家时,可在《大公报·文艺副刊》与《文学杂志》之间加上《学文》。

26. "第十四章 小说(二)"介绍刘呐鸥时,附注其生卒年为"1900—1939"(第325页)。

补订:刘呐鸥于1905年9月22日出生于台南州新营郡柳营庄,于1940年9月3日被枪杀于上海四马路的晶华酒家②。

27. "第十六章 新诗(二)"中写道:"后期新月派是前期新月派的继续和发展。它以1928年创刊的《新月》月刊新诗栏及1930年创刊的《诗刊》季刊为主要阵地;其基本成员除前期新月派的徐志摩、饶孟侃、林徽因等老诗人外,主要有陈梦家、方玮德等南京中央大学学生为基干的南京青年诗人群。"(第357页)

补订:这段话中有两处误记。(1)从引文容易看出,著者认为,林

---

① 刘增人等撰:《中国现代文学期刊史论》,新华出版社2005年版,第255页。
② 参见1940年9月4日上海《申报》。

徽因既属"前期新月派"也属"后期新月派",而事实是,林徽因只能属"后期新月派"。初版本和修订本均以"新月派"指称新月诗派,书中的前期新月派(即前期新月诗派)指:"1927年以前,以北京《晨报副刊》诗镌为基本阵地的诗人群。"(第129页)姑且不说学界一般认为林徽因直到1930年秋天才开始写新诗,即使在目前已出版的林徽因文集①或各类著作中,也尚未见到她创作或发表于"1927年以前"的诗作。其次,经查"北京《晨报副刊》诗镌",林徽因(彼时名为林徽音)并未在该刊发表过一个字!事实上,1924年林徽因与未婚夫梁思成一道赴美留学,直到1928年8月才回国,也就是说,在前期新月派诗人活动期间,林徽因一直在美国,那时她着迷于建筑学。所以,林徽因没有参与过"北京《晨报副刊》诗镌"的编办,也没有在该刊发表过任何作品。修订本把尚未写过一首诗、身在美国的林徽因说成是"前期新月派老诗人",实误。

(2)《诗刊》季刊也不是1930年创刊。查《诗刊》季刊第一期,其版权页上印着"二十年一月二十日"字样,说明该刊创刊于1931年1月20日。

顺便提及,最近几年学界已基本上通用"新月诗派"一词,修订本仍以"新月派"指称,似乎不妥。

28. "第十六章 新诗(二)"中说:"新月派诗人曾试图引入多种西方诗体……转借十四行诗的试验,却产生了一批成果,如孙大雨的《决绝》、饶孟侃的《弃儿》、卞之琳的《一个和尚》、朱湘的《十四行英体》之十二、陈梦家的《太湖之夜》、罗念生的《自然》、李惟建的《祈祷》等。"(第361页)据此,显见著者视罗念生为新月派诗人。

补订:罗念生不是新月派诗人。理由:(1)除朱湘外,罗念生与徐志摩、陈梦家等新月派诗人素无往来;(2)罗念生没有在新月派编办的刊物发表过诗作;(3)1929年罗念生赴美留学,直到1934年才回国,是时新月派已解体。

29. "第二十九章 台湾文学"中先是在赖和的名字后面附注"(1894—1943)"(第655页),接着又说赖和"屡遭迫害,在日据时期和

---

① 尚未有林徽因全集出版,文集以梁从诫编《林徽因文集》相对最全,此外,近年陈学勇发现了一些林徽因创作于20世纪三四十年代的佚诗文。

光复后都曾被捕入狱"（第656—657页）。

补订：既然赖和已于1943年逝世，那他就不可能在"光复后""被捕入狱"。

对于一部60万字的著作而言，存在某些瑕疵，实属难免，因而修订本仍不失为目前优秀的现代文学史教材。上述瑕疵，也许能为学界重写文学史提供两点借鉴：

第一，编修史书，尤其编写教材性质的史书，是一项"利于当代，功在千秋"的神圣事业，要求编修者治学更严谨、态度更客观公正，并且严格遵循"史出有据，论从史出"的修史原则。

第二，集体修史固然具有个人修史不具备的许多优势，但在编写过程中很难处理好个性与整体特色的关系。为了解决这个问题，钱理群等在编写和修订过程中采取了分工协作的办法，即根据各人所擅长，每人负责书中若干章节的撰写与修订，最后由一人负责统稿、审核。这确实是一个行之有效的办法，但仍然难免书中出现疏漏。前文列举的修订本瑕疵，其中前后文表述不一致处较多。如果追究这些前后文不一致的原因，不难发现，多数因为三位作者每人负责部分章节，以致前后章节在表述上出现某些脱节现象。

王瑶先生在《序》中指出，初版本"吸收并反映了近年来的研究成果与发展趋势"，具有"比较鲜明的特色"。而著者也在初版本《后记》中说："我们同时力图在本书中体现自己的个性，显示我们对学科研究的一些新的观点。"① 由此可见，该书具有"比较鲜明的特色"，归因于著者对研究"个性"的追求。"个性"使这部书从众多现代文学史著作中脱颖而出，"个性"也使这部书与时俱进——不论在初版时的80年代末还是修订时的90年代后期，该书都能"吸收并反映了近年来的研究成果与发展趋势"。然而，对每位作者而言，既要"体现自己的个性"，又要保持全书的整体特色，这不是随时随地都可以轻易做到的。

钱理群等著《中国现代文学三十年》，自1987年初版以来，可谓影

---

① 钱理群、吴福辉、温儒敏、王超冰：《中国现代文学三十年》，上海文艺出版社1987年版，第664页。

响了几代人。笔者从本科至博士阶段都很喜欢这部书,并深受影响。上文列出修订本在文献史料方面存在的瑕疵并予以补订,一是期待钱理群、温儒敏、吴福辉三位先生再次修订该书,二是借此呼吁学界关注现代文学史编写中的文献史料问题。

(刊于《中国现代文学研究丛刊》2009 年第 6 期,收入本书时有增删)

当代文学史编写中的文献史料问题

——以陈思和《中国当代文学史教程》为考察对象

文学研究理应以史料为基础,这是一个"常识"。但落实到实践,特别是中国当代文学史编写,似乎就不那么简单了。新时期以来出版的各种"当代文学史",或多或少存在一些文献史料问题。其中,陈思和主编的《中国当代文学史教程》(复旦大学出版社1999年版,以下简称《教程》,引文凡出自该著者均只标注页码),因其对"重写文学史"作了大胆而有意义的探索,更突出地反映了新时期以来当代文学史编写的史料问题。鉴于此,本文以《教程》为考察对象,总结分析它在文献史料方面存在的一些问题,借此抛砖引玉,或可推进学界同人对当代文学史编写中的史料问题的思考和探究。

一 《教程》的选文

《教程》注定是一部引起争议的文学史。对此,陈思和在编写该书之初就有预感,他说:"我应该预先承认,相对以往的当代文学史教材而言,这可能是一部不够完整也不够全面、但具有一定探索性质的教材。"(第6页)从这部书在1999年出版开始,就断断续续传来各种质疑和讨论的声音。而其中,对《教程》的选文的质疑声音最大,讨论也比较热烈。约略而言,对《教程》选文的质疑有以下两类:

第一类是质疑《教程》漏选了一些当代文学的经典作品。如唐德亮最近指出,《教程》"对影响深远、发行量达八百多万册的革命现实主义经典《红岩》仅提了一下书名，不予置评；对描写知识分子的杰作《青春之歌》和歌颂伟大共产主义战士雷锋的长诗《雷锋之歌》表示冷漠；对脍炙人口、家喻户晓、当代诗歌高峰的毛泽东诗词一字不提（评论家李洁非曾说毛泽东是'二十世纪中国文学第一人'，'毛文体'影响无所不在）。五十年间，大批著名作家的杰出作品与经典被《教程》埋没，如赵树理的《三里湾》、王汶石的《新结识的伙伴》、马烽的《三年早知道》、王愿坚的《党费》与《七根火柴》、峻青的《黎明的河边》、郭小川的《厦门风姿》、《甘蔗林——青纱帐》、魏巍的《谁是最可爱的人》与《东方》、秦牧的《土地》与《社稷坛抒情》、刘真的《长长的流水》、周克芹的《许茂和他的女儿们》，创造中国长篇小说发行量之最的金敬迈的《欧阳海之歌》（发行超二千万册）、陈登科的《风雷》、阿来的《尘埃落定》、路遥的《平凡的世界》、柯岩的《船长》、《奇异的书简》、李瑛的《一月的哀思》、谌容的《人到中年》、何士光的《乡场上》以及吴伯萧、曹靖华、孙犁的散文，根据梁信电影剧本拍成的电影《红色娘子军》、根据巴金小说《团圆》改编的电影《英雄儿女》是战争电影的极品，观众数以十亿计，《教程》均不屑一顾"①。虽然笔者对这份名单中的一些"漏选"作品不敢苟同，但对路遥的《平凡的世界》、莫言的《透明的红萝卜》、阿来的《尘埃落定》等作品落选表示遗憾。这些作品之所以没有入选《教程》，应该是因为编者有意识地规避以作品的社会反响作为遴选标准。陈思和把"重写文学史"看作"一个重新筛选的过程"，"要不断筛去有共性而没有个性的作家作品，补充新的更能够体现时代特征和有个性的作品"②。由于没有一个客观的筛选标准，那些社会反响比较大的作品容易被视为"有共性而没有个性的作家作品"；相反，社会反响不大甚至长期没有社会反响的作品（如"潜在写作"），往往因为"它所含有的'无名'特征"（第13页），体现了"多层面"的复合文化，而被视为"新的更能够体现时代特征和有个性的作品"。

第二类是质疑《教程》选入了一些令人莫名其妙的作品。《教程》对

---

① 唐德亮：《〈中国当代文学史教程〉的错谬》，《文学自由谈》2013年第2期。
② 陈思和：《编写当代文学史的几个问题》，《郑州大学学报》（哲学社会科学版）2001年第2期。

沈从文1949年后公开发表的作品和未曾发表的其他书信日记视而不见，却挑中他写于1949年5月30日的《五月卅下十点北平宿舍》一文。《教程》将它的价值拔到极高，不但把它和鲁迅的《狂人日记》相提并论，认为此类私人性文字"比当时公开发表的作品更加真实和美丽，因此从今天看来也更加具有文学史价值"，而且视此文为"潜在写作"的开端（第30页）。众所周知，从1949年1月到9月，沈从文陷入精神失常，断断续续写"呓语狂言"，而《五月卅下十点北平宿舍》只是其中一篇（这类文章后来被收入《从文家书》"呓语狂言"辑）。既然如此，以1949年1月作为"潜在写作"的开端，反倒显得更恰当。退一步说，从写作时间看，写于1949年5月的《五月卅下十点北平宿舍》并不属于当代文学史范围，因为据"绪论"第二节"中国当代文学的分期及其发展概况"，《教程》对当代文学史分期的上限采用了一般的看法，即"1949年7月，中华全国文学艺术工作者代表大会（第一次文代会）召开。……这次大会被一般的文学史著作称为'当代文学的伟大开端'"（第5页）。

第十九章突然以一节谈电影，又以一节谈摇滚歌词，也让人觉得奇怪。其他章节的选文，不论小说、诗歌、散文、戏剧，都属于纯文学，突然插入电影《黄土地》《大红灯笼高高挂》和摇滚歌词《一无所有》，则使编者的文学观变得难以捉摸。无须讳言，这对全书结构的完整性造成消解。尤其是以一节篇幅谈崔健的摇滚歌词《一无所有》，让人莫名其妙。如果摇滚歌词《一无所有》可以进当代文学史，那么歌颂邓小平同志1992年南方谈话、传唱大江南北的《春天的故事》可不可以进文学史？华语区知名的摇滚歌手、词曲创作人伍佰可不可以进文学史？

文学史编写中的作品遴选，表面看是一个见仁见智的问题，其实并非主观随意，归根结底取决于史家的文学观和文学史观。《教程》在选文方面受到质疑，不是因为选文"不够完整也不够全面"，而是漏掉了一些经典作品，选入了个别莫名其妙的作品。如果说《平凡的世界》《透明的红萝卜》等作品漏选，是因为编者有意识地规避以作品的社会反响作为遴选标准，那么电影、歌词的入选，则反映了编者比较看重曾引起较大社会反响的某些文艺作品所体现的"多层面"的文化现象。如此，《教程》的选本呈现给读者的文学观和文学史观让人有些捉摸不定。

二 《教程》的正文

《教程》正文对一些作品的阐释，也引起质疑，比如有论者认为"该书在解读、评价《百合花》《组织部新来的青年人》《李双双小传》等作品时，多处出现脱离文本的过度阐释现象"①。论者对《百合花》《组织部新来的青年人》《李双双小传》等作品作出不同于《教程》的理解，在笔者看来，其本身未尝不是另一种"过度阐释"。然而，这样说并非肯定《教程》在文献史料阐释方面没有问题。事实上，问题体现在以下三个方面。

第一，对一些文献史料的阐释以偏概全。

例一：《教程》把沈从文归入"许多被剥夺了写作权利的知识分子"中的一个，并且"在非常时期不自觉的写作，如日记、书信、读书笔记等"，又说"如沈从文在1949年以后就绝笔于文学创作"（"前言"，第12页）；第28页引用《从文家书》一书的编者的话："1949年，正准备'好好的来'写一二十本文学作品的沈从文，终止了文学事业……"

许多人相信沈从文在1949年后被剥夺了写作权利，因此"1949年以后就绝笔于文学创作"。事实并非如此。1949年以后，沈从文固然写得比以前少，但还是发表了不少文学作品。"1951年写了随笔《我的学习》，刊于当年11月4日《大公报》；1953年9月出席全国第三次文代会，受到毛泽东、周恩来接见，毛泽东鼓励他重新写小说；1956年创作发表散文《天安门前》、《春游颐和园》；1957年，人民文学出版社出版了他的《沈从文小说选》，同年6月至7月，在《旅行家》上发表《新湘行记》和《谈'写游记'》；8月，在《人民文学》发表散文《一点回忆，一点感想》；1959年在《人民文学》发表散文《悼靳以》，在《乡土》发表《让我们友谊常青》；1961年6月在《光明日报》发表关于《不怕鬼的故事》的评论。12月与华山、阮章竞同游井冈山、庐山，写出《井冈诗草》等发表于1962年《人民文学》；1963年在《人民文学》发表散文

---

① 徐润润、徐霞：《"多义性的诠释"不是脱离文本的随意阐释——为陈思和主编的〈中国当代文学史教程〉指瑕》，《上饶师范学院学报》2007年第5期。

《过节与观灯》……"①

例二：第二章里为介绍赵树理创作小说《"锻炼锻炼"》的背景，先是列举了1959年赵树理写成并提交的《公社应该如何领导农业生产之我见》一文，又引录1962年8月赵树理在《在大连"农村题材短篇小说创作座谈会"上的发言》中所说的"六〇年简直是天聋地哑"，接着说，"《锻炼锻炼》（按：原文即缺少双引号）写于1958年，正是大跃进的高潮期间，与农民血肉相连的赵树理不会不敏锐地发现中国农村正处于这'天聋地哑'的前期"（第44页）。又说，"这篇作品即使在今天读来，仍然真实得让人读了感到心酸，'天聋地哑'也就落到实处"（第47页）。

以上令人产生疑问：《"锻炼锻炼"》既然写作并发表于1958年，那么赵树理在1959年、1962年的并不涉及这篇小说创作的言行，岂可作为背景？1962年8月赵树理《在大连"农村题材短篇小说创作座谈会"上的发言》中的那句"天聋地哑"的话，是在周立波谈到写内部矛盾问题时赵树理的插话，原话是"一九六〇年时的情况是天聋地哑，走五十里就要带粮票"②。从这个具体语境和含义，看不出赵树理的《"锻炼锻炼"》把1960年的"'天聋地哑'落到实处"。

第二，对一些人物和史实的评判过于绝对。

例如："直到这时为止，周扬一直是以解放区以来的毛泽东文艺思想传统的阐释者和捍卫者自居，如今周扬地位的被替代，使文艺界割断了自'五四'到1949年的所有传统，在这一连串的批判运动之后，新中国的文艺传统成了一片空白。"（第163页）

这里有两处说得过于绝对。

首先，周扬是自解放区以来毛泽东文艺思想传统的阐释者和捍卫者，他在新中国成立初期的文艺界的地位确实很高，但周扬显然不能代表自五四到1949年的所有传统。

其次，《教程》说"在这一连串的批判运动之后，新中国的文艺传统成了一片空白"，这个表述用绝对化的语言夸大了20世纪50年代一连串

---

① 唐德亮：《〈中国当代文学史教程〉的错谬》，《文学自由谈》2013年第2期。
② 赵树理：《在大连"农村题材短篇小说创作座谈会"上的发言》，载《赵树理文集》第4卷，工人出版社1980年版，第1960页。

批判运动对新中国文艺的影响。姑且不说新时期以来文艺界对五四知识分子批判现实的传统有继承和发扬，即使"文化大革命"期间和"文化大革命"后期也出现了一些能反映乃至代表新中国的文艺传统的文学作品。例如：反映革命战争传统的，有李心田的《闪闪的红星》，黎汝清的《万山红遍》、郭澄清的《大刀记》、前涉的《桐柏英雄》等；反映社会主义建设传统、影响较大的有浩然的《金光大道》、古华的《山川呼啸》；揭露知识青年生活状况的有张抗抗的《分界线》等。据统计，1972—1976年，"5年间共出版小说484部次。此外，出版故事集333部次，散文杂文集97部次，报告文学集198部次，诗集423部次，'三史'84部"①。一些在此期间开始活跃于文坛的新人，后来成为新时期重要作家，如张抗抗、蒋子龙、韩少功、朱苏进、古华、张笑天、陈忠实、贾平凹、路遥等。新中国的文艺传统并非"一片空白"。

第三，对一些作品的阐释过于主观。

例一：第二章第三节认为，赵树理的《"锻炼锻炼"》叙述的是1958年"大跃进"期间的农村公社。

其实，赵树理的《"锻炼锻炼"》叙述的是1957年的农业合作社。首先，从小说文本来看，赵树理写的是1957年秋天农村还是"农业合作社"高级社时期的事情，不是1958年的"大跃进"和农村公社。小说开卷就点明了故事发生的时间，"这是一九五七年秋末'争先农业社'整风时候出的一张大字报"②。小说中的"争先农业社"，是农业合作社时期的，不是"大跃进"时期；"争先农业社"的劳动主要是干农活，而不是大炼钢铁和兴修水利；社员在家里吃饭，还没有农村公社的公共食堂。其次，赵树理1957年10月至12月曾经下山西老家参加农村工作，深入生活。《"锻炼锻炼"》就是依据这次在农村体验生活的见闻和感想而作。直到《"锻炼锻炼"》发表几个月以后的1958年12月，赵树理才在山西省委安排下到阳城县委挂职县委副书记，到农村开始基层工作，实际体验"大跃进"及农村公社。

例二：第二章第四节说："对照小说《李双双小传》和电影《李双

---

① 杨匡汉主编：《20世纪中国文学经验》（上），东方出版中心2006年版，第325页。
② 赵树理：《"锻炼锻炼"》，《人民文学》1958年第9期。

双》，虽然是同一个作家所创作，也同样的带有歌颂农村'大跃进'中新人新事的主观意图，但前者只是一部没有生命力的应时的宣传读物，后者却超越了时代的局限，成为艺术生命长远的一部优秀喜剧片。""这部影片的成功取决于艺术的隐形，即来自民间的表演艺术模式。"（第51页）

当代文学史研究比较忽视作品版本，这一点在《教程》中也有体现。例如，书中没有提及也没有注意到小说《李双双小传》有五个版本：一是1960年初刊本（载《人民文学》1960年第3期），二是1961年初版本（作家出版社），三是1964年本（新疆人民出版社），四是1977年本（人民文学出版社），五是1978年本（人民文学出版社）。除了1964年本与初刊本完全相同之外，作者李準对其他三种版本都有所修改。以初版本为例。从初刊本到初版本的变化比较大，尤其是小说后半部分增添删减的段落非常多，最后两节几乎重写。虽然初版本作了如此修改，李準仍不满意，1963年在一次讲话中说："这部小说的后半部写的不好，将来还要改改。"① 在初版本中，作者有意识地弱化了阶级矛盾冲突（如删减阶级话语、弱化司务长金樵和炊事班长李双双的矛盾），削减了"大跃进"的狂热程度（如初刊本说鲁班庙周围盖了几千间猪场，有上万头猪，初版本删去了这些夸张的数字）。同时，作者提升了喜旺的形象，甚至把初刊本中李双双发明台阶式六个孔的煎饼灶，改写成喜旺连夜创造了一种"多孔台阶式煎饼灶"。初版本还删去了一些矮化喜旺的情节，把金樵和双双之间的尖锐矛盾巧妙地转换成双双和喜旺的夫妻拌嘴。至此，我们可以看出，其实初版本已经具备《教程》称道的二人模式的隐形结构。也就是说，初版本小说《李双双小传》也具备电影《李双双》那样"来自民间的表演艺术模式"，而非《教程》所认为的，"只是一部没有生命力的应时的宣传读物"。

例三：第八章第一节论及图解阶级斗争理论的叙事作品时，指出浩然的长篇小说《艳阳天》"缺乏思想的深度和现实主义的真诚态度是明显的缺点"，"它对当时农村生活状况的描写则是不正确的，只是以农村为舞台编造了阶级斗争的神话，为即将爆发的'文化大革命'残酷迫害'黑

---

① 李準：《情节、性格和语言——在旅大市业余作者座谈会上的讲话》，《鸭绿江》1963年1月号。

五类'和反'走资派'制造了舆论"（第147页）。

新时期以来，关于《艳阳天》反映的农村生活的真实性问题，有过两次比较大的争论。一次在20世纪70年代末期，一次在90年代中后期①。《教程》显然否定《艳阳天》反映了农村生活的真实性，这倘若是作为一种学术观点，自然无可厚非，但《教程》编者不顾学术界就这一个问题仍有较大争议的事实，把尚需辨正的观点写进教材、写进文学史，且不加说明，实在欠妥。《教程》又说，《艳阳天》"为即将爆发的'文化大革命'残酷迫害'黑五类'和反'走资派'制造了舆论"，其语气颇似"文化大革命"期间"上纲上线"式的批斗，所述也与事实不符。《艳阳天》以浩然在京郊农村收集的素材创作而成。浩然曾经明确表示过，他写作《艳阳天》的动机源于配合反右斗争，打退城市里的牛鬼蛇神，农村里的对党进行攻击的被打倒的阶级。②他设想创作出一部长篇作品，"它是反映农业社会主义改造全过程的'农村史诗'式的小说"③。质言之，无论浩然创作《艳阳天》的动机、设想、准备，还是发表时间［第一卷发表于《收获》1964年第1期，1964年9月作家出版社出版单行本，第二卷、第三卷（选载）发表于《北京文艺》1965年11月号、1966年1月号、2月号，第三卷发表于《收获》1966年第2期。1966年5月作家出版社出版单行本］，都可看出《艳阳天》的写作、初次发表和出版都与爆发于1966年5月的"文化大革命"无关。

三　几点思考

《教程》自1999年初版以来，到2002年已是第七次印刷。其间，李扬曾就"版本不一"现象对整个"潜在写作"的真实性和文学史意义提

---

① 关于这两次争论的较为详细的情况，可参见周文慧《几度风雨艳阳天——〈艳阳天〉创作、影响史话》（http：//www.chinawriter.com.cn/2011/2011-04-21/96637.html）。
② 参见浩然《永远歌颂》，《河北文学》1962年6月号。
③ 浩然：《为谁而创作》，载南京师范学院中文系资料室编《浩然作品研究资料》（修订本），南京师范学院中文系资料室1974年印刷，第34页。

出怀疑①,李润霞就《教程》中与"潜在写作"相关的一些具体史料问题作了辨析和校正②。2006年4月复旦大学出版社出版《教程》第2版,与初版本相比照,仅删去"代后记",增添了"附录三",几乎没有修订初版本中的文献史料讹误。

《教程》至今没有作过大的修订,这固然显示了编者对本书的自信,但也与近年现当代文学史编写普遍存在文献史料问题不无关系。据笔者观察所及,类似《教程》这样的文献史料方面的瑕疵,其实不同程度地出现在新时期以来的多数中国现当代文学史著中。例如,钱理群、温儒敏、吴福辉著《中国现代文学三十年(修订本)》(北京大学出版社1998年版)中的"本章年表"和正文出现文献史料讹误10多处。③就此而言,当代文学史编写之所以在文献史料方面出现一些失误,如果不是排印错误,则主要还是因为长期来学术界没有处理好以下文献史料问题。

(一) 作品的文学价值与文学史价值

编写当代文学史会遇到很多麻烦和不能回避的问题,其中一个是如何处理作品的文学价值与文学史价值的关系。有的作品的文学价值与文学史价值是一致的,有的则存在差别。《教程》选用的作品,多数偏重文学价值,但也有一些偏于另一方,如第九章"'文化大革命'时期的文学"所选作品,有些显然不是当时的优秀之作,有的甚至在作家当时创作的作品中都不算优秀。作为一部当代文学史,以文学价值作为主要的选文标准其实有很大的风险。姑且不说作品创作年代、发表年代与编写文学史的时间比较近,容易导致史家对作品的评价沦为一般性的作品鉴赏,即便对作品的文学价值评判,也容易受学术之外的政治或思想等因素影响而轻率地把那些与主流对抗的非主流视为文学价值高的一种标志。《教程》抬高"潜在写作"和贬低《"锻炼锻炼"》《李双双小传》《艳阳天》等作品,一定

---

① 参见李扬《当代文学史写作:原则、方法和可能的原则——从陈思和主编的〈中国当代文学史教程〉谈起》,《文学评论》2000年第3期。

② 参见李润霞《"潜在写作"研究中的史料问题》,《中国现代文学研究丛刊》2001年第3期。

③ 参见付祥喜《〈中国现代文学三十年〉(1998年版)的瑕疵及补订》,《中国现代文学研究丛刊》2009年第6期。

程度上便缘于此。

强调作品的文学价值，势必突出文学史编者的主体意识。陈思和在《教程》"前言"中讨论"当代文学这门学科的研究和教学具有开放性和整体性两大特点"时，明确提出要"容许研究者的主体意识对学科的积极注入"（"前言"，第1页），对文学作品作"多义性的诠释"（"前言"，第9页）。他还在《没有结束的结语（代后记）》中说："现在这部文学史，因为是以解读作品为主，我试图用我自己的心得来分析作品，挖掘作品可能存在的隐性意义。所以说，这里有很大程度上是主观成分。"（第435页）看来，正是由于《教程》的编者过于突出主体意识的"积极注入"，忽略了对作品创作背景等历史因素的把握，对某些作家的创作意图加以拔高或扭曲，致使"多义性的诠释""很大程度上是主观成分"，脱离了作品的实际。

（二）文献史料与文学史理论

文献史料与文学史理论的关系是近年来中外学者都比较关注的问题。就当代文学史编写而言，这个问题更为突出，即文献史料和文学史理论孰轻孰重。如洪子诚的《中国当代文学史》（北京大学出版社1999年版，以下简称《文学史》）和吴秀明主编的《中国当代文学史写真》（北京大学出版社2010年版）注重文献史料，理论方面显得薄弱。《教程》则以贯穿"潜在写作""无名和共名"等理论性质的概念为特色，文学史料则被大量压缩，读者于其时代背景、政策内幕等，往往所获甚少。尽管两方面各有优点，却也难掩盖其不足。鉴于此，笔者认为，当代文学史编写必须是开放性的，研究者应以开放的心态利用一切可利用的方法和理论。各种文学的或非文学的理论，都可能有助于研究者观察、了解和分析问题，多接触、引进、借鉴各类理论尤其西方理论是有益的，甚至是必要的。但中国当代文学不能盲目跟着西方跑。有一段时期，西方尤其英美的时髦理论被引进，直接影响到现当代文学史研究，以至生搬硬套西方的概念、术语和逻辑方式。这种趋时趋新的横向移植所造成的学术领域的浮躁喧嚣、避难趋易、急功近利等倾向，已经妨碍了当代文学史研究的进一步发展。因此，当代文学史编写不能"以论代史"，文学史理论的提出或移植必须以大量的文本阅读和个案研究为基础。学界期盼的当代文学史编写应该是这样的，即既有丰富、可靠的文献史料，也有文学史理论创新，二者兼顾、水乳交融。

（三）教材型文学史与学术著作型文学史

《教程》和《文学史》"被视为当代文学史研究在90年代以来获得突破性进展的标志性著作"[①]，从一定意义上说，它们用事实回答了20世纪80年代学术界关于"当代文学能否写史"的争议和疑问。此后尽管另有多种当代文学史，有的反响也不错，如王庆生主编的《中国当代文学史》（高等教育出版社2003年版），但直到近年，《教程》和《文学史》仍是国内高校中文专业使用比较广泛的教材，影响很大。这两部文学史有不少惊人的雷同：一是初版时间相差仅一个月，二是作者身份相似，三是"作家缺席"[②]，四是"去政治化"，关注非主流文学。然而，它们的不同更令人印象深刻。不论学术界对二者的评价，还是高校师生使用后的反响，人们普遍认为，《教程》比《文学史》好看（易懂、有趣），《文学史》比《教程》有用（文学史知识丰富）。之所以如此，个中道理很简单，即多数读者把《教程》当作教材，《文学史》则是一部学术著作。

于是容易让人想起，在20世纪90年代"重写文学史"讨论中，"有的学者提出应该有分别给专家看的文学史和作为教材的一般文学史"，"所谓给专家看的文学史，是指包含了研究者独特见解和研究个性的学术著作，可供专业同行和研究生学习参考之用；而作为教材的文学史则是比较规范的、以文学史知识为主的文学史读本"（"前言"，第6页）。这种对教材型与学术著作型文学史的理解，至今仍然普遍。按照这个理解，教材型文学史应该保持一定的"规范性""稳定性"，在文学史观、内容与体例上不需要什么创新。无须讳言，近年来当代文学史的编写之所以几成泛滥之势，出现了为数众多、千人同面的文学史教材，这种对教材型文学史的理解是难辞其咎的。就此而言，单一的文学史编写（教材型文学史）对当代文学史研究是一种损害。值得庆幸的是，纵观20世纪90年代后期

---

① 温儒敏等：《中国现当代文学学科概要》，北京大学出版社2005年版，第179页。
② 参见郜元宝《作家缺席的文学史——对近期三本"中国当代文学史"教材的检讨》，《当代作家评论》2006年第5期。

以来出版的"当代文学史",单纯的教材型文学史并不是很多,常见的是兼有教材和学术著作功能的史著。不过,就已有的当代文学史著来看,多数对教材和学术著作功能的兼容不大成功。即便被认为是"一个标志性的著作,标志着当代文学有'史'了"①的《文学史》,也因为未能处理好教材和学术著作之间的关系而存在难以弥合的裂痕。比如陈平原认为,"这本书仍然在一定程度上承担了教科书的功能,从而构成了写作上的内在矛盾"②。学术著作型的《文学史》尚且如此,打算"把这本当代文学史当作'初级教程'来编"的《教程》,对教材功能的重视自不待言。然而,不论《教程》"前言"提出的"潜在写作""民间隐形结构""共名与无名"等关键词,还是书中提升"潜在写作"的文学史地位,无不"包含了研究者独特见解和研究个性"。如此,则《教程》的定位(初级教程)与实际编写目标(学术著作)之间的裂缝比较明显。无须讳言,这种裂缝的存在提醒我们,如何在当代文学史编写的定位和实际编写目标两方面弥合教材和学术著作之间的裂缝,理应成为当代文学史研究的一个重要议题。

然而,当代文学史编写是否一定要弥合教材和学术著作之间的裂缝?我们能否转换一直以来的思路,把"教材"与"学术著作"区别开来,编写纯粹的"文学史教材"和纯粹的"文学史著作"?吴秀明主编的《中国当代文学史写真》(北京大学出版社 2010 年版)和傅书华、徐慧琴主编的《中国现当代文学史综合教程》(北京师范大学出版社 2010 年版),在这方面做了有益的尝试。如果比照传统的文学史著,这两部书都不大像文学史。但是,如果真正把前者视为探索性的学术著作,把后者看作一部教材的话,我们又不得不承认,这样的体例其实是再正常不过的。

当代人写当代史,总是要比书写比较远的过去面临更多困难。我们对于《教程》和其他当代文学史著的瑕疵,应该持"了解之同情"的态度。何况,以今天的学术眼光发现一些《教程》的瑕疵,并不能掩盖它曾经为当代文学史书写树立了一种成功范型的事实。因此,不论李扬等学者对《教程》的质疑,还是本文指出《教程》的上述文献史料问题,目的都在

---

① 钱理群:《读洪子诚〈当代文学史〉后》,《文学评论》2000 年第 1 期。
② 同上。

于借此检讨当代文学史编写，发现问题，以便引起学界同人注意和思考。

陈思和是"重写文学史"的倡导者和实践者，《教程》是"重写文学史"的重要实绩，那么《教程》中出现的文献史料方面的瑕疵，可视为"重写文学史"存在的问题。从《教程》出现的文献史料问题来看，20世纪八九十年代"重写文学史"口号的提出及实践，似乎有些仓促和急于求成。当时学术界对于当代文学史编写的一些基本问题尚未有过比较深入的研究探讨，例如，没有对"两种文学史"（"历史的"和"审美的"）作出质疑和检讨，以至对于如何编写"历史的审美的文学史"未能展开理论探索和实践指导。关于文学史研究中"历史"和"审美"不可或缺，陈思和在1989年已有认识，他说："我们所说的历史和审美的观点两者是不可分的。"① 问题是，如何把握文学史研究及文学史编写中的"历史"和"审美"标准？洪子诚曾为此"感到矛盾与困惑"，他的《文学史》偏重于历史性，"努力将问题'放回'到'历史情境'中去审察"②。然而，他在给钱理群的信中说："我感到矛盾与困惑的是，我们究竟能在多大程度上搁置评价，包括审美评价？或者说，这种'价值中立'的'读入'历史的方法，能否解决我们的全部问题？在这条路上，我们能走多远？""……如果不是作为文学史，而是作为文学史，我们对值得写入'史'的文学的依据又是什么？如果说文学标准、审美标准是必要的话，那么，我们的标准又来自何方？"③ 无须讳言，洪子诚的"矛盾与困惑"也正是许多当代文学史研究者的。

与《文学史》偏重历史性不同，在"历史"和"审美"之间，《教程》偏重"审美"。尽管《文学史》和《教程》的这种偏重在当时有其必然性和历史意义，但是以长远眼光看，文学史编写出现这种偏颇，不利于文学史研究和学科发展。矛盾的是，陈思和在1989年提出"重写文学史"口号时对"审美"不能脱离"历史"早有明确认识，他说："文学史研究必须有历史的视角，考察文学发展现象所含有的历史文化内容。如果离开了历史而谈审美，这当然也是一种文学批评的标准，但很难构成文

---

① 陈思和、王晓明：《关于"重写文学史"的对话》，《上海文论》1989年第6期。
② 洪子诚：《中国当代文学史·前言》，北京大学出版社1999年版，第V页。
③ 钱理群：《读洪子诚〈当代文学史〉后》，《文学评论》2000年第1期。

学史研究。光用审美的视角回顾文学史，看到的也许如茫茫云海上的几座群山之巅，只是抽去了时间意义的一些零星的孤立的文学高峰，却无法寻找出它们之间的联系。"① 陈思和的这种矛盾，容易让我们想起近年钱理群面对文学史研究时发出的感慨："越研究下去越不敢写史。"② "不敢写史"是深入文学历史以后油然而生的对文学史编写的敬畏。就当代文学史编写现状特别是其中的文献史料问题而言，这种敬畏之心，实在很重要！

（刊于《文艺研究》2014 年第 3 期）

---

① 陈思和、王晓明：《关于"重写文学史"的对话》，《上海文论》1989 年第 6 期。
② 陈樱：《中国文学史出版泛滥，有多少值得信赖》，《南方都市报》2004 年 12 月 1 日。

中国小说史编写中的文献史料问题

——黄霖等著《中国小说研究史》勘误

文献史料问题不仅在现当代文学史编写中有若干呈现，在其他文学史编写中也不同程度地存在。比如，黄霖先生是享有国际声誉的中国古代小说史研究专家，由他主编的《中国小说研究史》（以下简称《研究史》。下文凡是引用该书，均只标页码）一书，自2002年7月由浙江古籍出版社出版以来，受到学界关注。然而，可能因为该书不少章节由黄霖先生门下弟子执笔的缘故，书中出现了颇多文献史料纰误。① 兹列举并予补正，以供著者修订和读者阅读时参考。

一 史实纰误

《研究史》中出现了一些与史实不符的叙述。

1. 第6页第二行说，《汉书》在《诸子略》中特立了"小说"一门，撮录了"小说十五家，千三百八十篇"，著者在此句后加按"实录1390篇"。

补正：经统计，《诸子略》的"小说"一门，实际共录小说1398篇。

2. 第208页第十四、十五行："（《〈块肉余生述〉前编序》，商务印书馆1908年版卷首）"。

---

① "淮茗"（网名）在"淮茗的个人空间"指出《研究史》不少纰误（参见http://blog.xinli110.com/html/4/4-1184.html），本文采录其中一些，笔者在此特予说明，并对"淮茗"先生表达敬意与感谢。

补正：应当为"《〈块肉余生述〉前编序》"，《块肉余生述》前编系林纾与魏易合译，1908 年由商务印书馆出版。

3. 第 208 页倒数第三、四行："胡适于 1902 年发表的《水浒传考证》"。

补正：胡适的《〈水浒传〉考证》最早刊于汪原放用新式标点排印的《水浒》七十回本中，由上海亚东书局于 1920 年 8 月出版。

4. 第 258 页第十四行："齐裕焜等的《中国武侠小说史》"。

补正：经笔者在国家图书馆检索，《研究史》出版前坊间已有的《中国武侠小说史》或类似著作仅四部：王海林《中国武侠小说史略》（北岳文艺出版社 1988 年 10 月版），罗立群《中国武侠小说史》（辽宁人民出版社 1990 年版），刘荫柏《中国武侠小说史·古代部分》（花山文艺出版社 1992 年版），徐斯年《侠的踪迹：中国武侠小说史论》（人民文学出版社 1995 年版），没有齐裕焜等的《中国武侠小说史》。事实上，齐裕焜先生也没有编写过《中国武侠小说史》。

5. 第 261 页第六、七、八行："蔡翔的《侠与义——武侠小说与中国文化》（1993）、程毅中等的《神怪情侠的艺术世界》（1994）等文章，则体现了大陆侠文化研究的新态势"一语有误。

补正：（1）蔡翔的《侠与义——武侠小说与中国文化》和程毅中等著的《神怪情侠的艺术世界》是两部字数逾十万的专著，不是文章；（2）《神怪情侠的艺术世界》一书的副标题为"中国古代小说流派漫话"，即便《研究史》不录其副标题，也依据此标题即知，此书不能"体现大陆侠文化研究的新态势"。

6. 第 273 页第三段论述"国内陆续出版了一些小说批评史专著"时，列举了几种书，其中有陈洪的《中国小说理论史》。

补正：陈洪的《中国小说理论史》从小说概念初生，写到现代小说理论形成之前，总结了我国小说理论的方方面面。此书对我国小说理论研究的成果，进行宏观的总体性研究，阐明各时期思想文化的背景，分析在这背景下小说理论的不同形态、不同蕴涵，并结合小说创作的倾向，来提示中国小说理论的发展规律。① 可见，此书也许涉及小说批评，但显然不

---

① 摘录自该书"内容介绍"。

是"小说批评史专著"。

7. 第283页注释4："《罗贯中与〈三国志通俗演义〉》，《群众论丛》第266页，四川省社会科学院出版社1983年版"。

补正：王利器的《罗贯中与〈三国志通俗演义〉》一文，收入四川省社会科学院文学研究所编辑的《三国演义研究集》一书，由四川省社会科学院于1983年出版，所以，注释4中的"《群众论丛》"应改为"《三国演义研究集》"。

二 错字、漏字

8. 第212页倒数第五、六行："早在解放前如萨孟武《水浒传与中国社会》（南京正申书局1934年7月初版）"。

补正：萨孟武的《水浒传与中国社会》于1934年7月由南京正中书局初版。

9. 第223页第7行："但《红楼梦》写的却是封建家族的衰落"。

补正：《研究史》在注释中表示，这句出自毛泽东的话，系转引单世联《知在红楼第九层》（载于《江汉论坛》1989年12月）。而单世联又系转引龚育之等《毛泽东的读书生活》（生活·读书·新知三联书店1986年版）。据查，龚育之等《毛泽东的读书生活》一书引录的毛泽东那句话，出自毛泽东1961年12月在中央政治局常委扩大会议和各大区第一书记会议上的谈话。《研究史》本来不必如此反复转引，完全可以"按图索骥"，找到毛泽东这句话的最初出处。由于辗转引述，《研究史》转引的话与毛泽东的原话有一定的出入，原话是："但是《红楼梦》里写的却是封建家族的衰落。"①

10. 第232页倒数第九行："1924年，鲁迅在《中国小说的历史变迁》中就指出"。

补正：此为1924年7月鲁迅西安讲学时的记录稿，经鲁迅修订后，收入西北大学出版部一九二五年三月印行的《国立西北大学、陕西教育

---

① 龚育之、逄先知、石仲泉：《毛泽东的读书生活》，生活·读书·新知三联书店1986年版，第87页。

厅合办暑期学校讲演集》（二），标题为"中国小说的历史的变迁"，此后各种版本的文集或全集收入该讲演稿时，都用此标题。

11. 第234页倒数第一、二行："谭正璧编纂出《三言二拍资料》（上海古籍出版社1980年版）"。

补正：谭正璧先生编纂的这本书的书名，被许多读者包括一些研究者误写成"《三言二拍资料》"，如黄大弘《谭正璧〈三言二拍资料〉札记》（载于《古籍整理研究学刊》2002年第4期）。其实，谭正璧编的这部书为《三言两拍资料》（上海古籍出版社1980年版）。

12. 第234页倒数第三、四、五行："赵景深的《〈喻世明言〉的来源和影响》、《〈警世明言〉的来源和影响》、《〈醒世恒言〉的来源和影响》等（收入《小说丛考》，齐鲁书社1980年版）"。

补正：赵景深的那几部书，由齐鲁书社收入《中国小说丛考》于1980年出版，分上下册。

13. 第257页第一行："如聂绀弩的《中国小说论集》（1981）"。

补正：应当为"如聂绀弩的《中国古典小说论集》（1981）"。此书由上海古籍出版社1981年1月初版。

14. 第257页第一、二行："傅继馥的《明清小说的思想和艺术》（1984）"。

补正：应为"傅继馥的《明清小说的思想与艺术》（1984）"。此书由安徽人民出版社1984年6月初版。

15. 第257页第十行："萧相恺的《中国古典通俗小说史论》（1994）"。

补正：此书为萧相恺、张虹合著，1994年5月南京出版社出版。

16. 第259页倒数第十一、十二行："他（李剑国）的另一部专著《唐前志怪传奇叙录》"。

补正：李剑国此书应当为《唐五代志怪传奇叙录》，该书由南开大学出版社1993年12月出版。李剑国先生曾于1984年在南开大学出版社出版《唐前志怪小说史》一书。笔者猜测，《研究史》著者可能混淆了这两种书名。

17. 第257页倒数第九、十行："杨子坚的《新编中国小说史》"。

补正：杨子坚此书应为《新编中国古代小说史》，南京出版社1990

年6月出版。

18. 第258页倒数第四、五行："林辰的《明末清初小说叙录》"。

补正：林辰此书应为《明末清初小说述录》，该书由春风文艺出版社1988年出版。

19. 第262页注释3："《宋人'说话'分类商榷》，《北方学刊》1987年第1期"。

补正：书中引用的是红学专家皮述民先生之言，但《研究史》此处注释3有两个纰误：（1）皮述民此文应为《宋人"说话"分类的商榷》，（2）刊发该文的是《北方论丛》1987年第1期。

20. 第264页第一、二行："孙绿怡的《左传与中国小说》一书"。

补正：应为"孙绿怡的《左传与中国古典小说》一书"，该书由北京大学出版社于1992年出版。

21. 第265页第十行："段启明在《试论古代小说的'概念'与'实绩'》一文中指出"。

补正：段启明此文标题为《试说古代小说的"概念"与"实绩"》，此文发表在《明清小说研究》1993年第4期。

22. 第269页倒数第二、三行："赵毅衡的《苦恼的叙事者：中国小说的叙述形式与中国文化》一书"。

补正：赵毅衡此书名应为《苦恼的叙述者：中国小说的叙述形式与中国文化》，北京十月文艺出版社1994年出版。

23. 第270页第一行："张念穰、张连庚《佛道影响与中国古典小说的民族特色》"。

补正："张念穰"应为"张稔穰"。

24. 第272页注释1："长江人民出版社1982年版"。

补正：应为"长江文艺出版社"。

25. 第272页第三、四行："孙逊等人的《中国古代小说美学资料汇释》"。

补正：此书名应为《中国古典美学资料汇粹》。该书由孙逊、孙菊园编，上海古籍出版社1991年5月出版。

26. 第274页倒数第一行、第275页第一行："胡大雷的《汉魏六朝明代对小说观赏性的认识》"。

补正：胡大雷此文标题应为《汉魏六朝时代对小说观赏性质的认识》。

27. 第275页第二行："陈亚东《近代小说理论起点之我见》"。

补正："陈亚东"应改为"陈业东"，作者当时为澳门培正中学教师。

28. 第275页第七行："章培恒、马美信等关于凌梦初"。

补正："凌梦初"应为"凌濛初"。

29. 第277页倒数第十行："他在该书中专列'中国文化与中国小说思维的思考'一章"。

补正：吴士余《中国小说美学论稿》一书第一辑为"中国文化与小说思维的思考"。

30. 第280页第三段阐述罗贯中的生卒年时引用《录鬼簿续编》中一句话："罗贯中……至正甲辰复会，别来又六十余年，竟不知所终。"

补正：引语中"竟不知所终"应为"竟不知其所终"。

31. 第300页倒数第十一、十二行："郭勋著《水浒传》说是80年代初戴不凡在他的《疑施耐庵即郭勋》的长文（见《小说见闻》）中提出的……"

补正：1980年浙江人民出版社出版了戴不凡的《小说见闻录》一书，书中收入《疑施耐庵即郭勋》一文，故"《小说见闻》"应改为《小说见闻录》。

32. 第304页注释1："《明清小说研究》第5辑，中国文联出版社1987年版"。

补正：《明清小说研究》创办于1985年8月，先以书代刊由中国文联出版公司出版，共出六辑，故注释1中"中国文联出版社"应改为"中国文联出版公司"。

33. 第312页倒数第一、二行："李真渝的《〈水浒传〉与中国封建文化片论》"，注释7："《北京师范大学学报》1987年第6期"。

补正：李真渝（应为李真瑜）的这篇论文标题应为"《〈水浒传〉与中国封建政治文化片论》"，文章发表于《北京师范大学学报》1990年第3期，而不是"1987年第6期"。

34. 第321页注释2："《〈西游记〉版本流源的一个假设》，江苏古籍出版社出版的《西游记研究》第190页"。

补正：陈新的这篇论文标题应为《〈西游记〉版本源流的一个假设》；此文收入《西游记研究——首届〈西游记〉学术讨论会论文选》，江苏古籍出版社1984年版，第190—205页。

35. 第329页注释2："《孙悟空的血统》，《学术漫林》第2辑"。

补正："《学术漫林》"应为《学林漫录》。

36. 第446页倒数第四行："朱眉权《红楼梦的背景与人物》"。

补正：《红楼梦的背景与人物》的作者应当为朱眉叔，此书1986年由辽宁大学出版社出版。

三 所引著作出版年代错误

37. 第272页注释5："华东师范大学出版社1989年版"。

补正：朱一玄编的《古典小说版本资料选编》，由山西人民出版社1986年8月出版。1984年7月朱一玄曾于南开大学内部油印此书。

38. 第257页第五、六行："鲁德才的《中国古代小说艺术论》（1988）"。

补正：鲁德才的《中国古代小说艺术论》于1987年由百花文艺出版社出版。

39. 第259页倒数第八行："俞汝捷的《仙、鬼、妖、人志怪传奇新论》（1992）"。

补正：俞汝捷此书应为《仙·鬼·妖·人——志怪传奇新论》，由中国工人出版社1992年出版。

40. 第223页注释1："龚育之等《毛泽东的读书生活》，生活·读书·新知三联书店1985年版"。

补正：此书目前共出三种版本：三联书店共出两种版本——1986年版（第一版）、1996年版（第二版），2009年三联书店重印了1996年版；还有一个版本，是2003年中央文献出版社版。故，注释1应该改为"三联书店1986年版"。

41. 第275页注释1："《文学评论》1985年第4期"。

补正：胡大雷那篇文章发表在《文学评论》1985年第1期。

42. 第277页注释1："江苏人民出版社1985年第6期。"

补正：吴功正的《小说美学》于1985年6月由江苏人民出版社出版。

43. 第309页注释3："《水浒争鸣》第3辑，长江文艺出版社1983年版"。

补正：长江文艺出版社出版的《水浒争鸣》，创刊后一段时期，一年出版一辑，1982年出版第1辑，也就是说，第3辑是1984年出版的。

比较视野下的中国文学史
著作之史料错讹

中国文学史编纂史，从 1880 年俄国人王西里出版的《中国文学史纲要》算起，迄今已有 100 多年。百年来，中国和西方总共出现了几千种各类中国文学史著作。对如此浩瀚的史著一一进行精细研究，是不可能的，也无此必要。因而选择其中有代表性的数种，对中国文学史编写的历史与现状作出切片式考察，既可行也颇有意义。然而，"翻检以往数量惊人的作家作品、文学思潮和文学史论等著述，我们发现它们在历史观、价值观和艺术观等方面尽管存在着不小的差别，但彼此在研究的基本框架和思路上却往往具有惊人的相似或一致之处。"① 究其原因，在于"文学史（中国古代文学史、中国现当代文学史、外国文学史）书写，过于强调体系性、理论性、思想性、规范性和资料丰富，而对于（资料的）信度问题却不暇顾及"，以致"不少文学史的资料错讹是比比皆是，甚至到了触目惊心的地步"。② 鉴于此，本文选取影响较大的几种文学史著作，即中国学者钱理群、温儒敏、吴福辉著《中国现代文学三十年（修订本）》，黄霖等著《中国小说研究史》，陈思和主编《中国当代文学教程（第 2 版）》和西方学者夏志清的《中国现代小说史》，顾彬的《二十世纪中国文学史》，孙康宜、宇文所安主编的《剑桥中国

---

① 吴秀明、章涛：《当代文学文献史料研究的历史与现状——基于现有成果的一种考察》，《文艺理论研究》2012 年第 6 期。

② 黎保荣：《现当代文学史著作的史料错讹》，《中国现代文学研究丛刊》2015 年第 1 期。

文学史》①，对其出现的史料错讹进行辨正和归类考察，进而比较中国和西方中国文学史著作的史料错讹，思考其启发意义。

一　十类史料错讹

根据笔者多年来观察中国和西方中国文学史著作的史料错讹所得，可将其概括为以下十种类型。

第一类是史料理解的错讹。

这其实是一个能否真正看懂史料的问题。所谓"看懂"，不但要明白文献史料的字面意义，更要看出字面背后的意思。其中必须有一个史料字面意义与读者掌握的相关文化知识对接的过程。对接得好，就能"看懂"，反之，则会产生对史料理解的偏差乃至曲解。

1.《中国小说研究史》第273页论述"国内陆续出版了一些小说批评史专著"时，列举了几种书，其中有陈洪的《中国小说理论史》。

陈洪的《中国小说理论史》"从小说概念初生，写到现代小说理论形成之前，总结了我国小说理论的方方面面。此书对我国小说理论研究的成果，进行宏观的总体性研究，阐明各时期思想文化的背景，分析在这背景下小说理论的不同形态、不同蕴涵，并结合小说创作的倾向，来提示中国小说理论的发展规律。"② 可见，此书也许涉及了小说批评，但显然不是"小说批评史专著"。

2.《中国小说研究史》第261页："蔡翔的《侠与义——武侠小说与中国文化》（1993）、程毅中等的《神怪情侠的艺术世界》（1994）等文章，则体现了大陆侠文化研究的新态势。"

蔡翔的《侠与义——武侠小说与中国文化》和程毅中等著的《神怪

---

① 参见钱理群、温儒敏、吴福辉《中国现代文学三十年（修订本）》，北京大学出版社2011年版；黄霖等《中国小说研究史》，浙江古籍出版社2002年版；陈思和主编《中国当代文学史教程（第2版）》，复旦大学出版社2006年版；夏志清《中国现代小说史》，刘绍铭等译，复旦大学出版社2005年版；顾彬《二十世纪中国文学史》，华东师范大学出版社2008年版；孙康宜、宇文所安主编《剑桥中国文学史》，刘倩等译，生活·读书·新知三联书店2013年版。以下引文凡出自这些著作，均只标注书名、卷次和页码。

② 转引自该书"内容介绍"。

情侠的艺术世界》是两部字数逾十万的专著,不是文章。《神怪情侠的艺术世界》一书的副标题为"中国古代小说流派漫话",即使不看副标题,依据书中内容也可知,此书不能"体现大陆侠文化研究的新态势"。

3.《剑桥中国文学史》下卷第326页:"在这样一个叙述中,石头变成了贾宝玉,也同时化身为一块宝玉,由贾宝玉('假宝玉'的谐音)口衔出世。"

在《红楼梦》中,贾宝玉的前身是灌溉绛珠仙草的赤霞宫神瑛侍者,石头只是变成了贾宝玉口衔出世的玉,而不是"石头变成了贾宝玉"。

第二类是史料阐释的错讹。

史料阐释的错讹有三种:过度阐释、阐释啰唆和阐释不足。

过度阐释是因为阐释者让某种理论或观念先入为主,由此放大了史料包含的文学史信息。就文学批评而言,我们不主张以过度阐释来限制它的边界。因为,文艺评论的魅力和特色,源于人们可以驱使想象的翅膀,自由阐释作品。对于文学史编写而言,我们应该警惕史料的过度阐释。任何文学史料必然包含一定的文学史信息、反映某种文学史现象,这就决定了史料阐释边界的存在。史料阐释不能脱离史料,不能突破史料阐释的边界,否则就会作出无边无际、无止无休的阐释——这无异于取消了史料的必要性和阐释的合理性。

在文学史编写中,还应该警惕对史料的阐释啰唆和阐释不足。阐释啰唆,是阐释者尚未贴近史料,无法简明扼要、直奔主题,不得不翻来覆去地陈述似是而非的对史料的理解,或者顾左右而言他。阐释不足则是阐释者出于某种个人原因,有意无意地遮蔽史料中某些文学史信息,以致他对史料的阐释不完整、不全面。

看得出来,上述三种史料阐释,归根结底源自阐释者过于主观。应该承认,任何史料阐释都难免会留下阐释者的主观烙印,都无法做到绝对的客观和实事求是。但是如果主观色彩比较浓厚,往往导致史料阐释的错讹,其典型表现是,以绝对化的言辞表述史实。这"不能不说是犯了史学之大忌。这样一种'以论带史'的方法,而且发展到'以论代史',成了建国后占主导地位的学术研究方法,至今不衰"[①]。在西方汉学界,虽

[①] 黄修己:《中国新文学史编纂史》,北京大学出版社2007年版,第108页。

然没有像中国大陆这样"以论代史"泛滥,但是受西方"后现代主义"思潮影响,文学史研究者对颠覆、解构中国传统文学观文学史观的执着,对接受美学的热情,等等,无疑是导致其史料阐释出现错讹的原因。

4.《中国当代文学史教程》(第2版)第179页,"40年代中国最优秀的青年诗人穆旦……"

穆旦无疑是20世纪40年代中国优秀的青年诗人,但冠之以"最"就意味着他在20世纪40年代的中国优秀青年诗人中排名第一。这种评价,过誉了。20世纪40年代中国优秀的青年诗人,有"七月派"和"中国新诗派"诸人,如李季、绿原、冯至、袁水拍等,无论诗作水平还是当时在文坛的影响,都不在穆旦之下。尤其冯至,曾被鲁迅称为"中国最为杰出的抒情诗人"①。

5.《中国现代小说史》第4页在叙及五四文学革命时说:"传统派的文人中,只有林纾一人对这场运动自开始就密切注意的。"

林纾的确"对这场运动自开始就密切注意",但在"传统派的文人中",他绝非独自一人。比如,胡先骕也"对这场运动自开始就密切注意",他在1919年发表长文《中国文学改良论》②,驳斥胡适、陈独秀的文学革命主张。

6.《中国现代小说史》第29页:"《呐喊》集中的最长的一篇当然是《阿Q正传》,它也是现代中国小说中惟一享有国际盛誉的作品。"

即使就夏志清撰成《中国现代小说史》的20世纪50年代后期而言,《阿Q正传》也显然不是"现代中国小说中惟一享有国际盛誉的作品"。

7.《中国现代小说史》第40页:"大体上说来,鲁迅为其时代所摆布,而不能算是他那个时代的导师和讽刺家"。第254页:"张爱玲该是今日中国最优秀最重要的作家"。第261页:"《金锁记》长达50页,据我看来,这是中国从古以来最伟大的中篇小说"。

《中国现代小说史》的"偏见"历来是遭受批评的焦点所在,普实克

---

① 鲁迅:《鲁迅全集》第6卷,人民文学出版社1981年版,第243页。
② 参见胡先骕《中国文学改良论》,《东方杂志》第16卷第3号,1919年3月。此文系转载自《南京高等师范日刊》,也就是说,其完成和初次刊发时间应在1919年3月之前。

曾批评其文学研究的"非科学化"与"主观化"①，而著者夏志清对鲁迅等革命作家的评价整体偏低，同时极力抬高张爱玲等现代作家，这是很明显的。

8. 《剑桥中国文学史》上卷第275页："鲍照从未涉足北方"，第305页："从未涉足北方的南方诗人鲍照"。

鲍照一生主要生活在南方，但若是说他"从未涉足北方"，则言过其实。宋文帝元嘉十二年（435）秋，鲍照为求仕途，从南京出发去江陵拜见临川王刘义庆。《南史·宋临川烈武王道规传附鲍照传》说："照始尝谒义庆，未见知，欲贡诗言志，人止之曰：'卿位尚卑，不可轻忤大王。'照勃然曰：'千载上有英才异士沉没而不闻者，安可数载！大丈夫岂可遂蕴智能，使兰艾不辨，终日碌碌，与燕雀相随乎？'于是奏诗。义庆奇之，赐帛二十匹。寻为国侍郎。"可见，鲍照不仅到达江陵，而且在此地受封官职。当时刘义庆的治所江陵即为今湖北江陵县，该县位于湖北省中南部，地处江汉平原腹地、长江中游荆江北岸，无疑属于北方。大明六年（462），子顼被任命为荆州刺史，鲍照也跟随子顼由吴兴经由京都前往荆州的江陵。这是他第二次来到江陵，他还在此地写下《在江陵叹年伤老》一诗。

第三类是史料复述的错讹。

当史料原文过长或较为繁复而不适合引录时，文学史家必须进行史料复述。忠实于原文是史料复述的基本原则。一旦偏离或无视原文，自然会导致错误的复述，但如果对相关史料反映的史实叙述不完整乃至断章取义，同样也会出现史料复述的错讹。

9. 《中国现代文学三十年（修订本）》第169页："同月沈从文《边城》在《国闻周报》第11卷第11期连载，至第16期止。"

经查《国闻周报》，《边城》全文分11次分别发表于1934年1月1日—21日，3月12日—4月23日《国闻周报》第11卷第1—4期、第10—16期。

10. 《中国现代小说史》第4页述及钱玄同和刘半农在《新青年》

---

① 普实克：《中国现代文学史的基本问题——评夏志清的中国现代小说史》，载《普实克现代中国文学论文集》，李燕乔等译，湖南文艺出版社1987年版。

宣扬文学革命："钱玄同和刘复就是两个显著的例子。……钱玄同只好在1918年3月号上，用笔名写了一封'严重抗议'的信给《新青年》编辑，希望借此引起争论。"接着，叙述1919年3月林纾致蔡元培信，然后说："可是，胡适这时已经写好了他那篇见解精辟的《建设的文学革命论》（载《新青年》1918年4月号），以中国文学发展史的眼光去替白话文学辩护。对比之下，林纾责难白话文破坏道统的话，就站不住脚了。"

这段话涉及的是五四文学革命时期两个著名的事件，即"双簧戏"事件和林蔡之争，但是读者通过夏志清的复述，只能看见钱玄同和林纾各自唱"独角戏"，至于当时刘半农、蔡元培分别与他们二人合演之事，竟然未见提及。夏著在史料复述时的不完整，给读者带来一个印象，即当时只有过"希望借此引起争论"的钱玄同发表"一封'严重抗议'的信"，和林纾对蔡元培的指责、胡适对白话文的辩护，并未出现"双簧戏"、林蔡之争。

第四类是把有争议的史料当作信史。

有些文学史料所含文学史信息，在学术界存在争议，未能达成统一认识。史家对此种史料尤需小心，切不可直接当作信史。

11.《剑桥中国文学史》下卷第79页："拟古者李攀龙编选了他的两个唐诗选本：《古今诗删》和《唐诗选》。"

已有论者考实："《唐诗选》是否为李攀龙所编选，历来有争议。明代凌濛初认为此书非李攀龙所编，而是'馆客某者'从王世贞携归的李攀龙《古今诗删》原稿中唐诗部分摘抄而成。《四库全书总目提要》卷一百九十二亦认为，'此乃摘其（《古今诗删》）所选唐诗'，'割取其注，皆坊贾所为'，国内学界大体认可《唐诗选》非李攀龙编选的说法。"①

12.《剑桥中国文学史》下卷第114页："'小品'这一文类的成立是被追认的，这也是1920年代新文化运动的一部分。"

小品文虽在20世纪二三十年代盛极一时，但"小品之名当时即有，明末陆云龙辑有《翠娱阁评选十六名家小品》，今存崇祯刊本，可知并非

---

① 赵红娟、陈海英、齐钢：《〈剑桥中国文学史〉下卷摘误》，《浙江外国语学院学报》2014年第3期。

后人所命名"①。虽然如此，如钟敬文在1929年所言，"古人于小品云云，似指的是一些篇幅不长的文章"，"现在的小品两字，则用得更其泛滥，不但把杂色的散文，都算是小品，有时连韵文都被隶属这个名词之下了"。②可见，明末的"小品"与20年代的小品文不是一回事，而"'小品'这一文类的成立"时间，至今仍有争议，难下定论。

13.《剑桥中国文学史》下卷第531页："《女神》是五四运动兴起之后出现的首部现代诗集。"

胡适《尝试集》在1920年3月出版，郭沫若的《女神》在1920年8月出版，因此仅从时间上看，前者无疑"是五四运动兴起之后出现的首部现代诗集"。中国大陆学术界至今仍持这种观点。但，胡适《尝试集》中一半以上的诗作，都不是严格意义上的现代新诗，因此海外中国现代文学研究界有一些意见倾向于认为，"《女神》是五四运动兴起之后出现的首部现代诗集"。

第五类是史料引用的错讹。

史料引用的错讹有两种情况，一种是因引用虚假或有误的史料而致错，另一种是因引用方法不科学、不规范而致错。第二种表现在三个方面：一是史家录入原文时出现疏漏和错字；二是转引其他文献，不加核对原文，以至延承了其他文献引用原文时产生的错讹；三是把史料原文乔装打扮成自家的发现或心得，而不加说明。毋庸讳言，史料引用的错讹很常见，几乎在所有中国文学史著作中或多或少有出现。

14.《中国现代文学三十年（修订本）》第169页："同月沈从文《边城》在《国闻周报》第11卷第11期连载，至第16期止，单行本本年9月由上海生活书店出版。"

沈从文的《边城》由上海生活书店于1934年10月出版单行本。

15.《中国小说研究史》第223页："但《红楼梦》写的却是封建家族的衰落。"

---

① 蒋寅：《〈剑桥中国文学史〉读后》，载《全球化视野下的中国文学史观国际学术研讨会论文集》，首都师范大学中国诗歌研究中心2013年印制，第135页。

② 钟敬文：《试谈小品文》，《文学周报》第7卷第326—350期，1929年1月，第779页。

此书相应注释表示，上述出自毛泽东的话，系转引单世联《知在红楼第九层》（载《江汉论坛》1989年12月）。而单世联又转引自龚育之等《毛泽东的读书生活》（三联书店1986年版）。据查，龚育之等《毛泽东的读书生活》一书引录的毛泽东那句话，出自毛泽东1961年12月在中央政治局常委扩大会议和各大区第一书记会议上的谈话。由于辗转引述，《中国小说研究史》转引的上述之言与毛泽东的原话已有一定的出入，原话是："但是《红楼梦》里写的却是封建家族的衰落。"①

16.《中国小说研究史》第280页："罗贯中……至正甲辰复会，别来又六十余年，竟不知所终。"

引语中"竟不知所终"应为"竟不知其所终"。

第六类是史料版本的错讹。

在中国，重视版本是历史悠久的学术传统，与版本研究直接相关的版本学、目录学、校勘学十分发达。对于文学史编写而言，重视史料版本亦其来有自。众所周知，几乎所有优秀的文学作品都有多个版本，版本众多决定了版本辨识和遴选的必要性。以新文学为例。由于传播方式、审查机构介入、意识形态影响和语言文字及其规范变化等原因，许多新文学作品在作者有生之年及过世后出现了众多版本。这些版本，不只是简单的版次不同，有些在篇幅、内容和文字等方面存在差异。版本的差异可能带来文本的不确定性和复杂性，也给文本的"经典化"带来困难。如众所见，一些新发现的版本可以改变人们原有的对作品的了解和评价。因此，对于严谨的中国文学史编写而言，应排比各种版本，尽量使用善本，以免出现史料版本的错讹。

一般来说，史料版本的错讹主要有两种情况：一是忽略或不了解作品存在多种版本的事实；二是没有使用善本，而是使用史料价值较低的版本（如盗版本）。

17.《中国当代文学史教程（第2版）》第51页："对照小说《李双双小传》和电影《李双双》，虽然是同一个作家所创作，也同样的带有歌颂农村'大跃进'中新人新事的主观意图，但前者只是一部没有生命力

---

① 龚育之、逄先知、石仲泉：《毛泽东的读书生活》，生活·读书·新知三联书店1986年版，第87页。

的应时的宣传读物，后者却超越了时代的局限，成为艺术生命长远的一部优秀喜剧片。""这部影片的成功取决于艺术的隐形，即来自民间的表演艺术模式。"

关于这段话，有两个需要回答的问题：第一，小说《李双双小传》"只是一部没有生命力的应时的宣传读物"吗？第二，小说《李双双小传》有没有电影《李双双》那种"艺术的隐形，即来自民间的表演艺术模式"？如果《中国当代文学史教程（第2版）》的著者注意到小说《李双双小传》有五个版本他应该会得到与上述迥然不同的答案。比较五个版本，可发现，即便小说《李双双小传》初版本，也并非"只是一部没有生命力的应时的宣传读物"，它已经在一定程度上具备《中国当代文学史教程（第2版）》的著者称道的"来自民间的表演艺术模式"。①

18.《二十世纪中国文学史》第297页叙及食指（郭路生）时说："这里以郭路生第一本薄薄的诗集《相信未来》的标题诗为例。"相应的注释③："食指：《相信未来》，广西新华书店1988年，26、27页。这个版本有别于林莽和刘富春选编的《食指卷》，作家出版社1998年，11—12页。"

诗集《相信未来》未经作者校正，书中错误较多，因而不是食指《相信未来》一诗的善本。顾彬虽然发现"这个版本有别于林莽和刘富春选编的《食指卷》"，但是未能看出后者的版本价值明显高过前者，以致他在《相信未来》一诗的版本选择上出错。令人不解的是，顾彬接下来引述的食指《希望》一诗，却出自林莽和刘富春选编的《食指卷》（即《诗探索金库·食指卷》）。

19.《二十世纪中国文学史》第298—299页、《中国当代文学史教程（第2版）》第182—183页都引录了食指的《这是四点零八分的北京》，二者均声称引自林莽和刘富春选编的《食指卷》。

经对照，笔者发现，以上两本史著与林莽等选编的《食指卷》所录《这是四点零八分的北京》，有以下不同：

---

① 参见付祥喜《当代文学史编写中的文献史料问题——以陈思和〈中国当代文学史教程〉为考察对象》，《文艺研究》2014年第3期。

《二十世纪中国文学史》	《中国当代文学史教程（第2版）》	《食指卷》
一片手的**海洋**翻动	一片手的**海浪**翻动	一片手的**海浪**翻动
一声**雄伟**的汽笛长鸣	一声**尖利**的汽笛长鸣	一声**雄伟**的汽笛长鸣
我**双眼**吃惊地望着窗外	我吃惊地望着窗外	我吃惊地望着窗外

可见，其实两本史著依据的都不是《食指卷》。据说，发表在《今天》第4期（1979年6月20日）的《这是四点零八分的北京》，最接近1968年的初稿。既如此，把两本史著引录的该诗与"《今天》版"对照，可发现，在"《今天》版"中，食指这首诗每行末尾都有标点符号，这有助于读者理解、把握诗人的思想情感，而两本史著中都没有标点符号。这说明，它们也没有依据"《今天》版"。那么，它们依据的是哪个版本呢？据《中国当代文学史教程（第2版）》相关注释，该书引录《这是四点零八分的北京》，依据的是"史料的错讹、疏漏委实不少""书中所摘引的很多是第二手资料"[①]的杨健的《文学大革命中的地下文学》。

20.《二十世纪中国文学史》根据1981年出版的《九叶集》引录郑敏《来到》一诗，并认为"在春天的夜里／'未来'吹着沉黑的大地"中加引号的"未来"，揭示了全诗主题（第218页）。

被著者顾彬忽略或是他根本就不知道的是，"《来到》在1981《九叶集》和1949年郑敏的《诗集1942—1947》中刚好有一处微妙差异，《九叶集》中才是'在春天的夜里／'未来'吹着沉黑的大地'"，"而1949年本中是'在春天的夜里／上帝吹着沉黑的大地'，'上帝'并没有像'未来'那样以双引号突出来。"（"译者注"，第218页）两个版本虽仅有一词之差，各自指向的意思却迥异。

第七类是史料混淆的错讹。

史料混淆有两种情况：一种情况是，几种史料纠合在一起，出现张冠李戴、指鹿为马的现象；另一种情况是，反映同一事物的史料，前后不一致，有的甚至自相矛盾。出现第一种情况，一般是因为几种史料在某些方面相似，著者不予辨识，故将之混淆。第二种情况，则经常出现在集体编写的文学史著作中。集体编史必须有分工，各人负责编写一部分，于是容

---

① 李润霞：《"潜在写作"研究中的史料问题》，《中国现代文学研究丛刊》2001年第3期。

易出现各部分描述同一事物而采用的史料不尽相同,以至混淆不清。

21. 作为集体编写的史著,《中国现代文学三十年(修订本)》各章所附"本章年表",存在不少前后不一致的史料混淆问题。对此,已有读者予以指出。① 这里仅列举一条鲜为人知的。

该书第159页:"他(刘西渭)的批评集《咀华集》所评论的对象中就包含了政治倾向和艺术流别彼此不同的作家:曹禺、卞之琳、朱大枬、沈从文、废名、夏衍、叶紫和萧军,等等。"

以上提到的8位作家中,朱大枬、夏衍、叶紫、萧军不见于《咀华集》。

刘西渭(李健吾)在20世纪三四十年代先后出版了两部文学批评集。第一部为《咀华集》,评论的作家诗人依次为巴金、钱锺书、沈从文、林徽因、萧乾、蹇先艾、卞之琳、曹禺、李广田、何其芳。第二部为《咀华二集》,全书分为四类:甲类,《朱大枬》,《芦焚》,《萧军》,《叶紫》,《夏衍》及其附录《关于现实》;乙类,《悭吝人》,《福楼拜书简》,《欧贞尼·葛郎代》,《恶之华》;丙类《旧小说的歧途》,《韩昌黎的〈画记〉》,《曹雪芹的〈哭花词〉》;丁类,《假如我是》,《自我和风格》,《个人主义》,《情欲信》,《关于鲁迅》,《致宗岱书》,《序华玲诗》。② 事实上,评萧军的那篇文章,原题为《萧军论》,最初载于《大公报·文艺》(香港)第544、545、546、547、550、551期(1939年3月7、8、9、10、13、14日出版);评叶紫的文章,原题为《叶紫论》,最初载于《大公报·文艺》(香港)第809、810、811期(1940年4月1、3、5日出版);评夏衍的文章,原题为《夏衍论》,最初载于《大公报·学生界》(香港)第267期(1941年2月21日出版)、《大公报·文艺》(香港)第1036、1038期(1941年2月22、24日出版)、《大公报·学生界》(香港)第268期(1941年2月25日出版)、《大公报·文艺》(香港)第1039和1040期(1941年2月26、27日出版)、《大公报·学生界》(香

---

① 参见付祥喜《中国现代文学三十年(1998年版)的瑕疵及补订》,《中国现代文学研究丛刊》2009年第6期;黎保荣《也说〈中国现代文学三十年〉(修订本)中作品与史料复述瑕疵》,《南京师范大学文学院学报》2013年2月。

② 参见刘西渭《咀华集·咀华二集》,人民文学出版社2001年版。亦可参考魏东《被遗忘的〈咀华二集〉初版本》,《中国现代文学研究丛刊》2008年第6期。

港）第 268 期（1941 年 2 月 28 日出版）、《大公报·文艺》（香港）第 1043 期（1941 年 3 月 3 日出版）、《大公报·学生界》（香港）第 269 期（1941 年 3 月 4 日出版）、《大公报·文艺》（香港）第 1044 期（1941 年 3 月 5 日出版）。也就是说，评萧军、叶紫、夏衍的文章，都是初载于 1939—1941 年，它们怎么可能出现在 1936 年 12 月出版的《咀华集》中？可见，著者把《咀华二集》中评论的作家朱大枬、夏衍、叶紫、萧军，混淆为《咀华集》。

22. 作为集体编写的史著，《剑桥中国文学史》同样存在不少前后不一致的史料混淆。比如，下卷第 328 页："贾瑞的父母斥之为妖镜。"《红楼梦》第十二回有明确交代，贾瑞父母早亡，由祖父贾代儒教养。下卷第 532 页："徐志摩深受欧美人文主义传统影响，他是新月社（1928）的创始人。"新月社创办于 1923 年，徐志摩编办的《新月》杂志创刊于 1928 年。有不少人（如鲁迅）以"新月社"称呼《新月》杂志社。可能由于这个缘故，《剑桥中国文学史》的著者混淆了新月社和《新月》杂志社。

23. 《中国现代小说史》第 96 页："1934 年，名小说家沈从文主编天津和上海《大公报》文艺副刊。"

即便在 1934 年，沈从文也并未"主编天津和上海《大公报》文艺副刊"，而且《大公报·文艺副刊》有天津版，没有上海版。准确的说法是，1934 年 9 月，杨振声、沈从文等主编《大公报·文艺副刊》。关于这一点，笔者已撰文予以考证，并被《中国现代文学三十年（修订本）》采纳。①

24. 《中国小说研究史》第 259 页："他（李剑国）的另一部专著《唐前志怪传奇叙录》。"

李剑国此书应当为《唐五代志怪传奇叙录》，该书由南开大学出版社 1993 年 12 月出版。李剑国曾于 1984 年在南开大学出版社出版《唐前志怪小说史》一书。显见，《中国小说研究史》著者混淆了这两种书名。

第八类是捏造史实的错讹。

---

① 参见付祥喜《中国现代文学三十年（1998 年版）的瑕疵及补订》，《中国现代文学研究丛刊》2009 年第 6 期。

虚假史料，必定是文学史家深恶痛绝的。不幸的是，许多捏造的史料，恰是出自文学史家之手。如果史家迫切希望解释某种现象、论证某个道理，往往就会情不自禁，按照主观臆想编造事实，且言之凿凿，俨然确有相关史料存在。

25.《中国小说研究史》第258页："齐裕焜等的《中国武侠小说史》。"

经笔者在中国国家图书馆检索，《中国小说研究史》出版之前，坊间已有的《中国武侠小说史》或类似著作仅有四部：王海林《中国武侠小说史略》（北岳文艺出版社1988年版），罗立群《中国武侠小说史》（辽宁人民出版社1990年版），刘荫柏《中国武侠小说史·古代部分》（花山文艺出版社1992年版），徐斯年《侠的踪迹：中国武侠小说史论》（人民文学出版社1995年版）。其中，未见齐裕焜等的《中国武侠小说史》。又，据查齐裕焜先生的学术研究史，也没有他编写《中国武侠小说史》的记录。

26.《剑桥中国文学史》下卷第90页："胡应麟曾以一种典型的江南沙文主义的姿态声称，帝国各地的读者所读之书全都出自苏州、南京，但苏州、南京的本地人却瞧不起其他地区出产的书籍。书籍制作的另一主要地区——北京不在此例，胡应麟解释说，因为北京纸张的价格高出江南三倍。"

上述这段话，不知出自何处。其表述模糊、前后矛盾，尤其所述与事实相去甚远。据此推断，应出自作者的捏造。

第九类是注释的错讹。

注释的错讹可划作两大类：一是注释的方式有误，如不符合一般的学术规范；二是注释的内容有误。第二类又包括这样几种情况：（1）错字、漏字、衍字、跳字等，倘若作注释时不够谨慎、细心，极容易出现此等错误；（2）常识性错误，如作者姓名、书刊名、卷次期数、发表日期错误等；（3）引文与注释的部分内容乃至全部内容无关，这种情况往往是史料混淆所致。

27.《中国小说研究史》第304页注释1："《明清小说研究》第5辑，中国文联出版社1987年版。"

《明清小说研究》创办于1985年8月，先以书代刊由中国文联出版公司出版，共出六辑，故注释1中"中国文联出版社"应改为"中国文联出版公司"。

28.《中国小说研究史》第262页注释3："《宋人'说话'分类商榷》，《北方学刊》1987年第1期。"

有两个纰误：（1）此文应为《宋人"说话"分类的商榷》；（2）刊发该文的是《北方论丛》1987年第1期。

29.《中国现代小说史》第84页注释①："张文题为《读〈创造社论〉》。"

张文即张资平的文章，不是"题为《读〈创造社论〉》"，而是《读"创造社"》。

30.《二十世纪中国文学史》第297页注释③："食指：《相信未来》，广西新华书店1988年，26、27页。"

食指的第一本诗集《相信未来》于1988年由漓江出版社出版，而不是"广西新华书店"。

第十类是史料校对的错讹。

史料校对的错讹，指的是引用和复述史料时出现错字、漏字、衍字、跳字及其他常识性错误，却没有校对出来。由于中国文学史著作动辄数十万字，出现校对错误在所难免，因而此类错误最为常见，有的史著甚至比比皆是。据笔者粗略统计，《中国小说研究史》中此类错误最多，有30多处。比如，第234页："谭正璧编纂出《三言二拍资料》（上海古籍出版社1980年版）"。此书名经常被误写成"《三言二拍资料》"，如黄大弘《谭正璧〈三言二拍资料〉札记》（载《古籍整理研究学刊》2002年第4期）。其实，应为《三言两拍资料》。

二　文学史编写中的几种史料关系

毋庸讳言，以上指出并订正的中国和西方中国文学史著作存在的各类史料错讹，只是冰山一角。即便如此，我们已可管窥一斑。比较中国和西方中国文学史著作的史料错讹，给我们诸多启示，使我们认识到，不论中国还是西方的中国文学史编写，都有待于妥善处理以下几种史料关系。

第一，史料的"新"与"旧"。

就中国和西方中国文学史著作的史料错讹来看，有不少是没有处理好史料"新"与"旧"的关系所致。关于史料的"新"与"旧"，学界先贤已予指出，新史料的发现，须以充分掌握旧史料为前提。傅斯年在《史学方法导论》中说：

> 必于旧史史料有工夫，然后可以运用新史料；必于新史料能了解，然后可以纠正旧史料。新史料之发见与应用，实是史学进步的最要条件；然而但持新材料，而与遗传者接不上气，亦每每是枉然。从此可知抱残守缺，深固闭拒，不知扩充史料者，固是不可救药之妄人；而一味平地造起，不知积薪之势，相因然后可以居上者，亦难免于狂猖者之徒劳也。①

陈寅恪有类似主张：

> 必须对旧材料很熟悉，才能利用新材料。因为新材料是零星发现的，是片断的。旧材料熟，才能把新材料安置于适宜的地位。正像一幅已残破的古画，必须知道这幅画的大概轮廓，才能将其一山一树置于适当地位，以复旧观。②

上引两位先贤之言，值得我们学习、深思。就新史料的发现而言，中国的文学史家固然比西方具有优势，但在旧史料的掌握（文本细读）方面，往往不如西方学者。中西之间应该发挥各自优势，取长补短。

首先，"必须对旧材料很熟悉，才能利用新材料"，熟悉相关旧史料是发掘、整理新史料的前提与基础。近年在中国大陆学界，对新史料的追逐俨然成为时尚。这本身没有错，但若是一味追求新史料、撇弃旧史料，或者不熟悉相关旧史料、不对新史料予以辨识整理，就容易出现史料理解

---

① 傅斯年：《史学方法导论》，载欧阳哲生主编《傅斯年全集》第2卷，湖南教育出版社2003年版，第335页。

② 蒋天枢：《陈寅恪先生编年事辑（增订本）》，上海古籍出版社1997年版，第96—97页。

和引用的错讹。

其次,"必于新史料能了解,然后可以纠正旧史料"。新史料能纠正或补充旧史料,但前提是"必于新史料能了解"。如何做到"于新史料能了解"?整理可致。任何史料只是对文学史某方面的记录,具有不完整性和片断性,即使某种文学史料繁多,它对于相关文学史的记载也不可能全面,不大可能完整保存、传世,那么,没有整理,则难以显其志、成其篇。关于史料的整理,人们往往误以为,只是一般抄录拼凑的"笨功夫"。其实,里头大有学问。史料向来有直笔、曲笔、隐笔之别,一般整理者限于收集、排比、综合新史料,虽能以"新"吸引人、以量多见长,但其实鱼目混珠,且只见其表,未见其里,充其量只是"为他人作嫁衣"。史料整理应发掘与阐发新史料的隐曲面,并与旧史料相呼应,从而使旧史料化腐朽为神奇。"与旧史料相呼应"有两层意思:一是零散的新史料连成一片,二是旧史料在新史料观照下得以重组。新史料比如作家佚作,只能反映某些方面,因而是片断,必须与旧史料(作家相关旧作)联系起来才能获得相对全面、客观的理解;旧史料已被学界反复引用,只有与新史料相观照,才能激发新的生命。

第二,史料的"多"与"真"。

文学史研究必须尽量扩展史料,许多学者甚至期望对史料能够涸泽而渔,占有得越多越好。可是,如果研究者对史料一味贪多,他们热衷于扩展史料的时候,往往就容易忘记对史料进行必要的、科学的甄别、比较或还原。若说尽量扩展史料是"求多",那么史家对史料的真实性、可靠性的追求,则是"求真"。史料的"多"与"真"并行不悖,理应紧密结合。上述中西史著竟然出现许多史料漏洞,很明显是忽视了史料的"多"与"真"应紧密结合。

史料的"多"与"真"之间紧密结合的关系,落到研究实践中,即为如何从几近浩瀚无垠的史料中找到研究所需的"真"史料。比较而言,西方学者在这方面遇到的困难要比中国学者更大。在西人编写的中国文学史著作中,史料版本的错讹、史料混淆的错讹更常见。这应该与他们未能从史料("多")中找出合适的("真")有很大关系。以往我们一般认为,身居海外的"他们"不但面临语言差异和文化传统的隔膜,而且由于长期身处"中国文学"的边缘,能接触到的中国文学史料比较有限,自然更不容易及时阅读到新发掘整理的史料。事实未尽如此。就近年的情况看，他们的困难不在于手头的史料太少，而是太多。面对数量庞大的中国文学作品和错综复杂的中国作家关系，他们往往"望洋兴叹"。孙康宜在《剑桥中国文学史》的"中文版本序言"里，便发出感叹，流露出无可奈何的情绪（第5页）。虽然她只是为了向读者解释，为何"我们这部文学史后面所列出的'参考书目'只包括英文的资料，并未开列任何中文文献"，但确实表露出无力解决浩如烟海的参考书目与有限的著作篇幅之间的矛盾的无奈。类似的无奈，在顾彬那里也有过（"前言"，第3—4页）。尽管编写史著的西方学者阅读了很多中国文学作品，"曾经参考了很多中文（以及其他许多语文）的研究成果"，但他们对于数量众多、关系复杂的中国文学版本缺乏了解，对于相同和不同史料之间的差异缺乏认识，因此他们的中国文学史著作中，经常可以见到史料版本的错讹和史料的混淆。

第三，史料的"史"与"论"。

从前文可知，史料阐释错讹，在中国和西方的中国文学著作中都比较常见。究其原因，根本在于未能处理好史论关系，"以论代史"或"以论带史"，对史料缺乏足够的重视，以致对史料阐释过度或阐释不足。由于事先就怀揣某种理论、观念或个人企图，于是难免"为了论述方便，删改史料，削足适履，偷梁换柱；或者'窃史出论'，剽窃抄袭他人观点、材料，据为己有"[1]。对此，已有学者作出反思："不去认真地占有资料，从事实出发去研究历史，从中引出其固有的规律，而只是凭着现有的、已被普遍使用的材料，从外部用某种一时被认为先锋的理论包装一下，以为这就提高了史著的质量，完全是一种误解。由于这种包装不是量体裁衣，所以尽管也颇为鲜艳夺目，却并不好看，甚至还要削足适履式地去修改、歪曲史实。其结果，反而是损害了历史，也降低了史学的威望。"[2]

就上述史著来看，近年来，各种形形色色的文学理论已经取代以往的政治意识形态，成为新的"论"，由此构成新时期以来的新型"以论代

---

[1] 黎保荣：《现当代文学史著作的史料错讹》，《中国现代文学研究丛刊》2015年第1期。
[2] 黄修己：《中国新文学史编纂史》，北京大学出版社2007年版，第270页。

史""以论带史"。这一点,在以新的文学观文学史观为特色的西方学者编写的中国文学史著作和陈思和主编《中国当代文学史教程(第2版)》中,较为突出。

西方学者编写的中国文学史著作,如《剑桥中国文学史》的一些论述,之所以让众多的中国大陆学者感到不适应,大抵是因为其像北美诸多文学史著作一样,贯穿了解构主义。宇文所安作为《剑桥中国文学史》的两位主编之一,在很多场合都曾谈及他的文学史观,如"瓠落的文学史"。其核心理路,不免使人想到耶鲁批评学派的解构主义。如有人认为,宇文所安暗用了德里达的延异概念和"惯例与倒置"[①]。另一主编孙康宜,在"中文版序言"中坦言:"《剑桥中国文学史》较多关注过去的文学是如何被后世过滤并重建的"(第3页)。把解构主义引入文学史编写,可以赋予一直处在文学史边缘的作家作品以重要的地位,从而颠覆传统的二元对立的等级结构,比如重要作家/次要作家、传世作品/佚作、经典文本/手抄异文本,等等。然而,解构主义擅长的是"在文本内部小心翼翼地抽绎出互不相容的指意取向"(巴巴拉·琼生语),宇文所安等在中国文学史编写中对解构主义的贯彻,始终有赖于对具体文本的精深细读。但限于篇幅,《剑桥中国文学史》的写作必须大刀阔斧、删繁就简,不能详细品读中国文学史上的重要作品,这两者之间显而易见的矛盾,宇文所安等著者并没有处理得很好,于是在该书中出现许多重要作家作品"缺席"。比如,"书中涉及的作家、作品太少,全书出现的作家如果作个统计,数量将会是令人惊讶的少。论及元杂剧,竟然未出现关汉卿的名字,更不要说《窦娥冤》了,王实甫和《西厢记》似乎也没进入叙述,让人费解。"[②] 由于"史"相对欠缺,"以论代史"在所难免,其史述常常流于武断、虚构和臆测。类似的现象,在宇文所安的《初唐诗》《盛唐诗》《中唐文学文化论集》等史著中也存在,如中国大陆学者莫砺锋、刘建明教授曾指出,这几部负有盛名的著作存在字句和诗意的误读、过度诠

[①] 参见张定浩《解构主义的招数——读〈剑桥中国文学史〉上卷》,《文学报》2013年9月25日。

[②] 蒋寅:《〈剑桥中国文学史〉读后》,载《全球化视野下的中国文学史观国际学术研讨会论文集》,首都师范大学中国诗歌研究中心2013年印制,第133页。

释、历史知识及典故知识的欠缺、文学史研究中以偏概全等。①

陈思和主编的《中国当代文学史教程（第2版）》，虽然初版时间（1999年）要早许多，主导观念也不是解构主义，但该书以贯穿"潜在写作""无名和共名"等理论性质的概念为特色，文学史料被大量压缩，读者于其时代背景、政策内幕等，往往所获甚少。该著对"论"的强调，在一定程度上遮蔽了"史"的意识，以至出现一些对史料的过度阐释。②

第四，史料的"引"与"注"。

前述史著中史料引用和注释的错讹，就数量而言，有的达到了令人咂舌的程度。

一般来说，中国学者编写的史著中，史料引用和注释错讹，大都属于不符合学术规范，这说明，很有必要加强相关学术规范建设。清代学者陈澧所订八条"引书规范"③，值得推荐。其中，"前人之文，当明引而不当暗袭"，既是引用的基本原则，也是尊重他人研究成果、杜绝抄袭的需要。"引书必见本书而引之。若未见本书而从他书转引者，恐有错误，且贻诮于稗贩者矣。或其书难得，不能不从他书转引，宜加自注云：'不见此书，此从某书转引'，亦笃实之道也。若其书已亡，自当从他书转录，然亦必须注明所出之书也。"强调引用须尽量引原文，若是不得不转引，也必须注明。这一点，今天已成常识，可是很多人往往忽视了转引本身也要谨慎，有时所引述的文字与被转引的原文有差异，以至无意中制造了新的"异文本"。

在西方学者编写的上述史著中，史料引用和注释错讹，大都因接触和掌握的文献史料原著比较有限所致。在夏志清编写《中国现代小说史》的20世纪50年代，中国几乎与西方隔绝，夏志清能接触和掌握的中国文学资料十分有限。据他在"中译本序"中自述，当时他主要阅

---

① 参见《初唐诗和盛唐诗》，载《唐研究》第二卷，北京大学出版社1996年版，第488—505页；《中国"中世纪"的终结：中唐文学文化论集》，载《唐研究》第三卷，北京大学出版社1997年版，第508—513页。

② 详见付祥喜《当代文学史编写中的文献史料问题——以陈思和〈中国当代文学史教程〉为考察对象》，《文艺研究》2014年第3期。

③ 陈澧：《东塾未刊遗文》，转引自张舜徽选编《文献学辑要》，陕西人民出版社1985年版，第413—414页。

读耶鲁大学、哥伦比亚大学所藏的中国现代文学作品，此外就"差不多全是香港好友宋淇、程靖宇两兄弟寄赠我的"（第8页）。因参考资料十分有限，《中国现代小说史》只能引用夏氏能见到的为数极少的文献资料，比如据书后"参考书目"，报刊史料方面，虽罗列了《新青年》《小说月报》等31种文学期刊，但显然尚有许多缺漏，特别是，报纸上的文艺副刊，只罗列了《大公报·星期文艺》一种。在顾彬编写《二十世纪中国文学史》的21世纪初期，因中外学术文化广泛交流，他所面临的不再是所见资料十分有限的困难，而是不能自如地阅读原著。作为西方的中国文学研究专家，顾彬、宇文所安等远比夏志清幸运，他们不仅能阅读到中国最新的文学作品、获悉最新的文学研究状况，更有机会亲自到中国参加学术交流，与中国作家和学者面谈。顾彬自述："如果不是同陈思和（上海；1954年生）、翟永明（成都；1955年生）……这些作家学者们持续的交谈，我可能永远无法完成写作计划。除了对问题的深入看法之外，我还要感谢他们一贯的鼓励。"（"前言"，第3页）但这并不意味着他能够非常自如地阅读中国文学原著。奠定顾彬的中国现代文学研究基础的文学作品，竟是日文转译。顾彬说，1975年他到了日本后，"在那里更加勤奋地阅读了大量译成日文的中国现代文学作品，从而为以后的研究打下了基础"（"中文版序"，第2页）。结果，我们从《二十世纪中国文学史》的脚注很容易看出，绝大多数文献出自非中文的转译本；另外，书后"参考文献目录"所列书籍，几乎都是德文版和英文版。相似的情况，在夏志清的《中国现代小说史》和孙康宜、宇文所安主编的《剑桥中国文学史》也存在。对于一部研究中国文学史的学术著作而言，所引用的文献当中几乎没有中文原著，主要依靠转译的文献史料，这显然是不正常的。

有趣的是，尽管顾彬声称"所有引用到的作品我都阅读和查看过原文"（"前言"，第4页），但是书中注释极少有中文版的原著。这种言行不一，可能由于"不是总能找到最初的版本"，所以"有时只能满足于重印和新版本"，但这样"显然也会带来问题"（"前言"，第4页），以至书中出现不少史料引用和注释的错讹。

《二十世纪中国文学史》中的引文毕竟有注释可查，《剑桥中国文学史》索性不要任何形式的注释，只在书末附录"英文版参考书目"，这不但给那些需要查考引文注释的读者带来不小的麻烦，也似乎给该书部分编写者过度阐释史料、轻率引文甚至捏造史料，提供了某种程度的庇护。

第四编

现代文学史料学建设

奠定现代文学史料学基础的力作

——评谢泳《中国现代文学史研究法》

从1985年马良春提出建立"中国现代文学史料学"的倡导，至今（2011年）已26年。这20多年里，一方面学术界对于建立中国现代文学史料学的必要性和重要性达成基本一致认识，另一方面践行者寥寥无几，以致直到今天，这门学科尚处于筹建阶段。由此可见践行者的重要意义。谢泳是积极践行者之一。他的《中国现代文学史研究法》（广西师范大学出版社2010年版，以下简称《研究法》），是他在厦门大学中文系讲授"中国现代文学史料概述"课程的讲稿。此前，谢泳曾先后出版了《中国现代文学史料概述》（厦门大学出版社2009年版）和《中国现代文学史料的搜集与应用》（台北秀威信息科技股份有限公司2010年版），《研究法》在这两部书基础上修改而成。与之前面两部书相比，《研究法》的系统性、理论性得到加强，尤其结构更加严谨、合理。书中的篇章，多数直接来自课堂，是授课讲义；有的来自课堂上的触发或在此基础上的引申，是教学相长的见证；有的则来自课外翻阅旧书时的意外发现。因而虽然主要满足于教学需要，却不拘泥于此，涉猎范围广泛，许多篇章和论题都是富有前沿性与创造性的论述。特别是，不仅分别讲述了中国现代文学史料概念、范围、类型、成型的与不成型的中国现代文学史料及掌故之学，并针对搜集史料所应具有的意识和应掌握的方法作了细致的梳理，还总结出扩展中国现代文学史料的先行规则和基本方向。而这些，显然都是建构中国现代文学史料学所必需的。笔者认为，这不单是一本"主要讲如何搜集史料"和"研究方法"的文学教材，也是奠定中国现代文学史料学基础的力作。

一　"中国现代文学史料学"的命名

20世纪的中国文学研究首先是从史料工作开始起步的，老一辈中国现当代文学研究者，一贯重视基本史料的收集、整理与研究工作。例如，30年代赵家璧主编的《中国新文学大系》，对五四文学革命至1927年期间的新文学，作了"整理、保存、评价"，无疑是这个时期收集整理中国现代文学史料的重大成果，尤其第10卷还是专门的《史料·索引》卷。此后，阿英、唐弢、王瑶等作出了大量中国现代文学史料整理考据实绩。然而，虽有深厚的史料工作积累，却并未体现出自觉的建立中国现代文学史料学的学科意识。直到1985年，才有马良春明确提出建立"中国现代文学史料学"的倡导[1]，论证了建立中国现代文学史料学的必要性和可能性。接着朱金顺对中国现代文学史料工作方法和理论进行了系统总结，他的《新文学资料引论》[2] 充分借鉴传统朴学的方法，极具"方法论意义"[3]，是中国现代文学史料学的第一本系统论著。1989年樊骏发表长文《这是一项宏大的系统工程：关于中国现代文学史料工作的总体考察》[4]，从宏观上再次提出史料建设的重要性。进入21世纪以来，越来越多的学者意识到了文献史料对于现当代文学研究的必要性和重要意义，在2003年12月于清华大学召开的"中国现代文学的文献问题座谈会"，2004年10月于河南召开的"中国现代文学文献问题学术研讨会"，2009年11月于现代文学馆召开的"中国现代文学新史料的发掘与研究国际学术研讨会"上，都有学者发出了"建立中国现代文学史料学"的呼吁。但多年来，用行动响应呼吁的学者仅见潘树广、陈子善、谢泳、解志熙等少数

---

[1] 参见马良春《关于建立中国现代文学"史料学"的建议》，《中国现代文学研究丛刊》1985年第1期。

[2] 参见朱金顺《新文学资料引论》，北京语言学院出版社1986年版，第128—130页。

[3] 马良春：《新文学资料引论·序》，载朱金顺《新文学资料引论》，北京语言学院出版社1986年版，第4页。

[4] 参见樊骏《这是一项宏大的系统工程：关于中国现代文学史料工作的总体考察》，《新文学史料》1989年第1、2、4期。

人。2008年，谢泳发表论文《建立中国现代文学史料学的构想》①，对中国现代文学史料学的概念、内容等作出了较为深入的探讨。一门学科的建立，必须有系统的理论著作作支撑。但直到此时，尚无一部从理论上相对全面、系统论述中国现代文学史料学的著作出现。在这种背景下，谢泳集多年研究成果而成《中国现代文学史研究法》，顺应了建立文学史料学的需要，为中国现代文学史料学奠定了学科基础。

诚如樊骏先生所言，"中国现代文学史料工作是一项宏大的系统工程"，因而有必要将之上升到"学"的高度，也就是从学科化、系统化、理论化的层次去建立"中国现代文学史料学"。首先要面对的问题就是"中国现代文学史料学"的命名。学术界对于到底用"中国现代文学文献学"还是"中国现代文学史料学"，存在争议。谢泳说："我不主张称'中国现代文学文献学'，而称'中国现代文学史料学'，主要是考虑中国现代文学还是一个发展的变化过程，虽然早期中国现代文学的相关活动已大体具备稳定性，但毕竟时间还不够长久，史料的积累还需要一个过程。当然以后这方面的研究工作成熟了，是不是可以有一门中国现代文学文献学，也很难说，但我相信，这门学科以后会建立起来。"②

谢泳考虑到中国现代文学的发展状况，才采用"中国现代文学史料学"这个命名。这当然是不错的思路。不过，笔者认为，我们需要主要考虑的，恐怕还是"文献"与"史料"乃至"中国现代文学文献"与"中国现代文学史料"这两组概念的区别。"文献"用作一个词指称文字类的典籍资料古已有之，如元代马端临的《文献通考》最早取"文献"二字作为类书书名③，明代敕编的《永乐大典》，始名曾作《文献大成》，其中"文献"所称限定在图书文字资料的范围之内。晚近至今，"文献"虽有广义、狭义之分，但均指文字资料。而"史料"则包括文字类和非文字类（如照片、实物等）的一切资料。也就是说，文献只是史料的一部分。由此引申出，在研究对象方面，文献学的研究对象只是史料学当中

---

① 参见谢泳《建立中国现代文学史料学的构想》，《文艺争鸣》2008年第7期。
② 谢泳：《中国现代文学史研究法》，广西师范大学出版社2010年版，第24页。
③ 马端临在《文献通考》"自序"中对他所称的"文献"进行解释说："引古经史谓之'文'，参以唐末以来诸臣之奏议、诸儒之议论谓之'献'。"可见马氏已将文献限定在指称文字资料的范围之内。

的文字典籍部分。再从中国现代文学研究而言，我们需要和面对的材料不单是文字性质的，也有照片、作家遗物遗迹以及录音等非文字的。因而也有必要把材料由文献拓展至非文字史料。

此外，以"中国现代文学史料学"命名，还出于对现代文学文献史料整理研究状况的特别考虑。现代文学文献的保存研究，以传统的文献学为基础，我们有着一套相当成熟的考据、辨伪、校勘等整理研究的方法，如朱金顺所著的《新文学资料引论》充分借鉴传统朴学的研究方法。但该书对于文献以外的史料的研究理论则鲜有提及。这是一个普遍的现象。比如影响很大的《中国新文学大系》，全属文献史料。在现代作家研究中，鲁迅的研究资料可谓最详尽，却鲜有研究者注意到他的演讲和同代人对他演讲的口述材料。前几年，北大的陈平原教授注意到现代作家的演讲与中国现代文化演进路径之间的微妙关系，由此探讨作为"传播文明三利器"之一的"演说"，如何与"报章""学校"结盟，促成了白话文运动的成功，并实现了近现代中国文章（包括述学文体）的变革。[①] 这些实例说明，目前的中国现代文学史料工作在影音史料、口述史料、实物等非文献史料的整理和研究方面还很不成熟，既有拓展的广阔空间，更有推进现代文学研究的诱人前景。

二 现代文学史料学的对象

中国现代文学史料学，归属于现代文学这个二级学科。也就是说，在建立这门学科时必须明确，现代文学史料学的服务对象是现代文学教学和研究。谢泳在编写讲义时有意识地突出了现代文学史料学的对象，他始终把建构现代文学史料学与提高现代文学学科的地位联系起来，认为：

> 作为学科建设，中国现代文学研究者应当自觉意识到依靠史料基础来提升自己学科的学术地位，应当把中国现代文学史料学作为中国现代文学研究的基础方向确定下来，在本科生的基础课程中，强调它

[①] 参见陈平原《有声的中国——"演说"与近现代中国文章变革》，《文学评论》2007年第3期。

的重要性和体系性，不然中国现代文学研究的学科地位就建立不起来。①

搞古代文学研究的一些学者看不起搞现当代的，这是学界公开的秘密。他们的自信主要建立在古代文学的史料基础上。并非现当代文学没有史料或史料不够多，事实上，现当代文学史料可谓浩如烟海。问题在于，现当代文学研究与史料工作之间不是无缝连接，而是有相当的裂缝。1988年，樊骏先生指出："不难发现迄今所做的，无论就史料工作理应包罗的众多方面和广泛内容，还是史料工作必须达到的严谨程度和科学水平而言，都还存在许多不足。"② 遗憾的是，他在文中提出的动议应者寥寥，并没有引起一般研究者对史料学的重视。21世纪以来，越来越多的学者认识到，史料工作远滞后于现当代文学研究，已成为制约学科进一步发展的瓶颈。③ 这不是危言耸听。中国现代文学研究要想摆脱那种"以论代史"、主观发挥的不良印象，建立良好的学科形象和令人敬佩的学科地位，确实需要研究者"自觉意识到依靠史料基础来提升自己学科的学术地位，应当把现代文学史料学作为现代文学研究的基础方向确定下来"。

这里还牵涉现代文学史料学的教学问题。一方面，自20世纪50年代现代文学学科建立以来，多数高校中文系没有为这门学科配备史料整理研究方面的课程，即使有，也以作品选介替代史料学。另一方面，尽管现代文学早已成为二级学科，却由于现代文学史料学教材贫乏，长期来国内多数中文系不得不以作品选代替史料学课程。也有些高校用古典文学史料学取而代之。无须讳言，其后果严重：一是直接导致学生缺乏起码的现代文学史料学常识，一些研究生乃至中青年学者的史料专门知识缺乏，有人甚至错把版次当版本④；二是形成忽视史料工作、以论代史的不良学风；三

---

① 谢泳：《建立中国现代文学史料学的构想》，《文艺争鸣》2008年第7期，第93页。
② 樊骏：《这是一项宏大的系统工程：关于中国现代文学史料工作的总体考察》，《新文学史料》1989年第1期，第61页。
③ 2009年11月，笔者在北京参加"中国现代文学新史料发掘与研究国际学术会议"时，听到一些现代文学研究的前辈学者表达了这样的忧虑。
④ 有人就曾注"《鲁迅全集》，人民文学出版社1998年版"，这里应该是"1981年版，1998年印刷"，混淆了"版次"和"印次"这两个版本学的基本概念。（参见赵普光《中国现代文学史料学》，《长江师范学院学报》2010年第1期，第14页。）

是混淆古典文献史料学与现代文学史料学，乃至以前者遮蔽后者。就此而言，谢泳强调"在本科生的基础课程中，强调它（中国现代文学史料学）的重要性和体系性"，在本科阶段就打好史料学方面的底子，这是有现实针对性的举措。也应该成为今后现代文学史料学教学的一个重要方向。

三 "史料先行"

在中国现代文学史料的教学和研究中，容易出现两种截然相反的倾向：一为"以论代史"，一为"史学即史料学"。

中国大陆学术界过去曾盛行"以论代史"的倾向，结果造成研究的空洞化。现在这种风气有了改变，绝大多数研究者知道了史料在研究中的重要性。但用观念宰割现代文学历史的现象仍然存在。体现在教学中，便是在课程设置、课时安排等方面偏重文学理论和作品鉴赏。有的高校（包括名牌大学）倒是开设了中国现代文学史料这门课，但教师在课堂上列举中国现代文学史料的主要来源了事，并未系统讲授史料学知识，即便有，也只是简单介绍校勘、注释、考证等传统的文献史料整理法。归根结底，这还是没有从思想意识上足够重视中国现代文学史料。当然，也与迄今为止尚无一部这方面的通行教材有关。

"史学即史料学"是傅斯年先生在20世纪20年代提出的著名观点。这个观点在当时对确立史学的客观地位起到了重要作用，成为客观主义史学在中国的滥觞。近二三十年来，历史学界对傅斯年此论以及客观主义史观已有诸多批评，其理论缺陷及其对史学研究的副作用，也已为人们所认识。[①] 但在中国现代文学研究界，由于近年越发意识到史料对学科发展的必要性、重要性，遂出现了夸大史料作用的倾向，像傅斯年那样把史料和史料学的地位人为拔高，认为"我们只要把材料整理好，则事实自然明显了"。体现在史料工作中便是，或者发掘出新史料后，不加整理就出版发表，以为这样才能保持史料"原汁原味"的客观性；或者强调史料的校勘、注释和考证，反对或轻视解读。体现在现代文学研究中，便是迷信

---

① 参见桑兵《傅斯年"史学即史料学"再析》，《历史研究》2007年第5期；蒋大椿《傅斯年"史学即史料学"析论》，《史学理论研究》1996年第4期。

一手资料、直接史料,在研究生论文答辩或学术期刊选录稿件时,论文中一手资料、直接史料的多寡,成为重要的标准。还有不少著作或论文作者宣称,自己致力于通过史料"还原历史",提出"回到历史现场"的口号。

谢泳不属于上述情况,他在书中明确表示不赞同"史学即史料学",反复主张"做学问,要史料先行"。尽管"史料先行"和"史学即史料学"都强调史料对于史学研究的重要意义,但二者区别迥然。"史料先行"是基于"论从史出"而提出,主张做学问须首先掌握大量相关资料,而不是先有观点,再找材料。这个掌握相关资料的过程,并不排斥文学理论和文学史观念。"史学即史料学"则不同,它反对任何观念进入史学。傅斯年认为,任何历史观进入史学,都会带来主观成分,历史学就不能成为如地质学、生物学那样的纯科学了。所以他宁肯让历史是一个缺边掉底、折把残嘴的破罐子,而反对加以整齐,以避免主观成分的加入。但实际上,不管文献史料的成文过程还是史料工作者的发掘整理,都不可避免主观情感的介入。任何研究成果,都是研究客体和研究主体统一的结果。客体和主体完全隔离,便不会有任何科学成果。否认人类在认识上的主观能动性,也就无法揭示事物发展的连续性和客观规律性。史学和文学研究成果当然也是如此。因此,原汁原味的史料是不可能不存在的,不管人们掌握的史料多么丰富,都不可能"还原历史",而"回到历史现场"也只能是一种乌托邦式的理想。

四 现代文学史料应用的道德

建立现代文学史料学,还需要确立一些本学科规范,也就是谢泳说的"中国现代文学史料应用的道德"。他在书中提出了两条:史料来源的首发权和公开性。这两条应该引起重视,而且笔者相信将来会成为重要的学科规范。

为什么现在的青年学生和研究者都不愿意从事史料发掘整理工作?固然与商品经济潮流下,物欲横流,青年们耐不住寂寞有直接关系,但根本原因在于这是一项基本上无利可图的工作。"无利可图"指两个方面:一是由于史料方面的书籍出版利润微薄,多数出版社不愿出版,自然无版税可言；二是根据高校和研究机构现行的科研评价机制，发表史料方面的文章或书籍，一般不纳入科研成果。当然，并非人人都"求利"。但，即便不求利，做史料工作也得有坐冷板凳、敢为他人作嫁衣的精神。如今，论文或著作的版权受到法律的严格保护，即便他人引用只言片语，也须注明作者等出处。但，发掘一篇或数篇作家佚文，引用者却无须标注发现者，几经辗转，就无人知晓曾经付出艰辛劳动的发现者。有感于此，谢泳提出首发权问题。他说：

> 强调史料的首发权，主要是为了尊重史料发现者的贡献，在这方面，发现史料的意义虽然不能和科学发现相比，但在基本的意义上，二者有相似的地方。①

在中国现代文学研究中，虽然史料研究的地位不高，但许多重要的学术突破却是依赖史料发现才发生。比如，钱理群等编著的《中国现代文学三十年》，采用了1993年后发现的新史料，使1998年修订版成为影响最大的现代文学史教材。又如，《小团圆》的出版，为解开张爱玲生前若干谜团提供了可信的解释。因此，应该尊重史料发现者的贡献。退一步说，尊重他人劳动，也是无可厚非的。

谢泳还认真分析了两种史料首发的情况："一种是完全的新发现，比如发现了作家的私人书信、日记以及其它对于解释历史有说服力的材料，无论规模大小，这些发现者的工作，都应当视为是重要的学术贡献。""还有一种是在现有成型文献或者一般为人熟悉的文献中，把相关史料给予新解或者解读出新的史料意义与方向的工作。"在确立中国现代文学史料学学科规范时，这都是值得注意的。

不过，谢泳没有指出如何才能把首发权确立为学科规范。笔者以为，可以借鉴目前通行的学术论文引用规范，要求引用者也必须按规则注明首发者信息，如"此文由某某于何年何月发现，发表于某杂志第 N 期"。当然，这将会碰到一个问题，即"暗引"。比如有研究者明明是先看到别人在文章引述了一则新史料，他也在文中引用了这则新史料，但他不说明是

---

① 谢泳：《中国现代文学史研究法》，广西师范大学出版社2010年版，第197页。

从别人文章中看到并获得了新史料的方向，而是直接找到原书，把那条已有明确史料方向和意义的新史料摘出来，而不加以说明，造成自己"首发"那条新史料的假象。这样的情况，外行很难看出来，内行不好明说，单纯依靠学术良心和学术道德恐难奏效。究竟该如何通过学术规范来加以约束？尚需探讨。

类似的问题也出现在"史料来源的公开性"上。有的学者发现新史料后，由于各种原因不愿公开，比如在自己的研究成果没有公开前，不愿意先行公布史料来源，或者出于为作家及其亲友避讳而不愿公开部分日记、书信。这本来是情有可原的，但由于他同时也不愿公开史料来源、史料方向等，由此阻碍或取消了史料可能对学术研究产生的突破性影响。这种情况该怎么解决？这就需要确立史料共享的原则。谢泳提出了三点：（1）及时公开史料来源；（2）具体说明史料获得方式；（3）史料来源的准确完整。如能做到这三点自然是很不错的。问题是如何确保至少多数人做到？

近年来，建立现代文学史料学的呼声颇高，但总体上"雷声大雨点小"，积极为这门科学的建立出谋划策的人不多。谢泳这本书，虽然奠定了中国现代文学史料学的基础，但也应该看到，此书源自中文系本科生教学的讲义，只是贡献于普通读者和初入学术研究门径的青年。这便限定他这本书侧重于文学史料工作的实践，而不作高深的理论探讨。并未涉及史料的性质、史观与史料的关系等重大理论问题。

事实上，《研究法》不是一本理论著作，而是实践性很强的教材。实践性有助于中国现代文学史料学迅速与课堂教学相结合，从而推进这门学科的建立。这恐怕也是谢泳所考虑的。他写《研究法》有一个简单的目的，就是让学生能在短时间内大体掌握一般文史研究的史料方法。因此他一般不作高深的讨论，而是单刀直入地告诉学生如何寻找相关史料。他在后记里这样说道：

> 说到寻找史料，我一定要告诉学生具体的基本方向，这个方向一定是可以操作的，而不是只能玄想的。我上课时讲到的材料，特别是有些不容易见到的，我一定要把实物当堂展示给学生……把这些史料

一页一页展示给学生，让他们从中获得研究灵感。而且我还会告诉他们这些材料是如何得到的，甚至价格也告诉他们，目的就是想让学生明白获得史料的具体途径。①

他干脆直接告诉学生，"传记不如年谱，年谱不如日记，日记不如第一手的档案"②。这种对不同史料类型的价值判断，有助于在研究中选择出最有说服力的史料。

说实话，谢泳对史料搜集方向和史料价值的判断未必全都精准，但在当下像他这样愿意把所有发现和判断史料的经验与方法和公众分享的人不多，何况他这部书为我们建立中国现代文学史料学提供了有益的方向。

（刊于《社会科学论坛》2012 年第 6 期）

---

① 参见谢泳《中国现代文学史研究法》，广西师范大学出版社 2010 年版，第 211—212 页。
② 同上书，第 140 页。

建立现代文学史料学仍然任重道远

——评刘增杰《中国现代文学史料学》

20世纪80年代以来，建立中国现代文学史料学的倡议及其努力一直不绝如缕。这项工作，开始于1985年马良春提出建立中国现代文学"史料学"①。接着，朱金顺对现代文学史料工作方法进行了系统总结，他的《新文学资料引论》充分借鉴传统朴学方法，极具"方法论意义"②，是现代文学史料研究的第一本论著。1989年樊骏发表长文《这是一项宏大的系统工程：关于中国现代文学史料工作的总体考察》③，从实践角度以大量材料证实中国现代文学史料建设的重要性和必要性。进入21世纪以来，越来越多的学者意识到了文献史料对于现代文学研究不可缺少的作用——2003年12月于清华大学召开的"中国现代文学的文献问题座谈会"，2004年10月于河南召开的"中国现代文学文献问题学术研讨会"，2009年11月于中国现代文学馆召开的"中国现代文学新史料的发掘与研究国际学术研讨会"上，都有学者发出"建立现代文学史料学"的呼吁。但多年来，用行动积极响应呼吁的学者仅见朱金顺、严家炎、刘增杰、陈子善、谢泳、解志熙等。2008年，谢泳发表论文《建立中国现代文学史

---

① 参见马良春《关于建立中国现代文学"史料学"的建议》，《中国现代文学研究丛刊》1985年第1期。

② 马良春：《新文学资料引论·序》，载朱金顺《新文学资料引论》，北京语言学院出版社1986年版，第4页。

③ 参见樊骏《这是一项宏大的系统工程：关于中国现代文学史料工作的总体考察》（上、中、下），《新文学史料》1989年第1、2、4期。

料学的构想》,从教学和学科建设的角度,提出了一些建立现代文学史料学的初步构想。① 两年后,谢泳在所著《中国现代文学史料概述》(厦门大学出版社2009年版)和《中国现代文学史料的搜集与应用》(台北秀威信息科技股份有限公司2010年版)基础上,经修改删订,出版《中国现代文学史研究法》(广西师范大学出版社2010年版)一书。该书不单是一本"主要讲如何搜集史料"和"研究方法"的文学史料教材,也可谓奠定中国现代文学史料学基础的力作。② 然而,直到此时,尚无一部全面、系统论述现代文学史料学的著作出现。在这种背景下,刘增杰集多年现代文学史料研究和研究生教学成果而成《中国现代文学史料学》(中西书局2012年版)一书,既是对数十年来建立现代文学史料学呼声的积极响应,也为这一学科的建设打下坚实基础。刘增杰先生是成绩卓越的现代文学史料研究家。此书被学者视为2012年现代文学史料考释与研究方面的"重大突破"③,2015年获得教育部第七届高等学校科学研究优秀成果奖。那么它的出版,是否标志着现代文学史料学从此正式建立起来了呢?

诚如樊骏先生所言,现代文学史料工作"是一项宏大的系统工程",因而这项"系统工程"要上升到"学科"的高度,以学科的面貌建立起来,就必须理论化、系统化。本文基于刘增杰《中国现代文学史料学》(以下简称《史料学》,引文凡出自该著者均只标页码),从理论和学科系统这两个层面检视中国现代文学史料学的建构工作,进而试图回答前面的问题。

一 基础理论滞后成为制约
现代文学史料学的瓶颈

一般来说,任何一门学科的建立,都应解决一些该学科研究要解答的基本范畴和基本理论问题,它们构成了学科的基础理论。中国现代文学史

---

① 参见谢泳《建立中国现代文学史料学的构想》,《文艺争鸣》2008年第7期。
② 详见付祥喜《奠定现代文学史料学基础的力作——评谢泳〈中国现代文学史研究法〉》,《社会科学论坛》2012年第6期。
③ 段美乔:《中国现代文学研究年度扫描》,《中国社会科学报》总第395期(2012年12月21日出版)。

料学的建立当然不能例外。遗憾的是，纵观迄今为止的现代文学史料研究著作，没有一部书曾经用哪怕很小的篇幅作过基础理论方面的阐述。① 朱金顺先生很早就认识到理论建设对于建立新文学史料学的必要性，他相信他的《新文学资料引论》就是这方面的"理论研究"。实际上，朱先生对新文学史料学理论建设的理解稍有偏差。他说："要建设新文学史料学，就必须有理论研究，就必须从方法论上解决问题，能够指导别人的研究工作。"② 从这句话的逻辑来看，因为方法论"能够指导别人的研究工作"，所以朱先生认为，"从方法论上解决问题"便是新文学史料学的理论研究。这并没有错，但方法论只是理论研究的一个方面，属于文学史料工作方法和原则的总结归纳，并非基础理论研究。

说到这里，有一个现象值得注意。新时期以来现代文学领域并不缺乏理论建设的热情，而20世纪80年代成为几乎所有人文学科理论建设的"高潮期"，1985年甚至被称为"理论年"。但在此次理论建设高潮中，似乎很少有人提及或致力于现代文学史料学的理论建设。正是这种疏忽，对当时乃至今天的现代文学史料研究带来不可小觑的影响。于是，一个吊诡的现象出现了：一方面，诚如胡风批评的，几乎所有的现代文学先驱都存在为了启蒙而一味"坐着概念的飞机去抢夺思想的锦标奖"③ 的问题，重"理论"轻"实证"成为20世纪中国现代文学研究的一个通病。另一方面，作为实证研究基础的文学史料工作不受重视乃至被鄙视，遑论文学史料研究的理论探讨。樊骏、钱理群和孙玉石都曾指出，近年来专业技术人员职称评定和学术考核的考察标准对史料研究成果"不屑一顾"："且不说至今还有人将史料研究工作视为'小儿科'，在职称评定中史料研究的成果不予承认的现象还时有发生"④，"即使一些好的成果，一拿到那个

---

① 需要说明的是，近年有研究者发表了一些涉及现代文学史料学理论建构的论文，如潘树广《论古典文献学与现代文献学的交融》[《苏州大学学报》（哲学社会科学版）2000年第4期]；徐鹏绪、逄锦波《中国现代文学文献学之建立》（分上、中、下三篇依次发表于《东方论坛》2009年第1、2、3期）；徐鹏绪、赵连昌《中国现代文学辑佚述略——中国现代文学文献学类型研究之一》（《山东社会科学》2004年第7期）。
② 朱金顺：《关于建设新文学史料学的认识和设想》，载《中国新文学考据举隅》，中国文史出版社1990年版，第290页。
③ 胡风：《胡风评论集》（中），人民文学出版社1984年版，第165页。
④ 钱理群：《重视史料的"独立准备"》，《中国现代文学研究丛刊》2004年第3期。

会上，不是嗤之以鼻，就是看成二等、三等的"①。这种情形不但伤害了史料工作者的研究热情，同时也说明史料研究的理论建设相当缺乏。学界召开的现代文学史料方面的会议，也透露了这点。以2003年12月在清华大学召开的那次座谈会为例，会上"围绕现代文学文献整理工作的意义和方法等话题，进行了充分的讨论和坦率的交流，最后在若干问题上达成了共识"②。这些"共识"在学界反响很大，后来多数成为现代文学文献整理工作的准则和指南，但是会上几乎无人提到史料的理论建设。

近年出版的谢泳《中国现代文学史研究法》、刘增杰《史料学》，也基本上只是总结、概括现代文学史料工作。与谢泳《中国现代文学史研究法》相似，刘增杰在《史料学》中提出了对"中国现代文学史料学"的定义，并指出学界对"史料"和"文献"两词互用、并用的现象。两位学者都没有进一步辨析这两个词的差异，也没有对"史料"作出自己的定义。"史料"作为人文科学研究中使用频率极高的词，其含义仿佛众所周知，无须界定。事实上，由于"史料"是现代文学史料学的核心概念，更由于"现代"背景下史料类型多样化——从过去单一的纸质史料拓展至今天的音像史料、电子媒介史料等，现代文学史料的"史料"概念已到了非重新界定不可的地步。而对"史料"概念的界定，必然涉及文学史料的本体和本质等基础理论。

由于诸如文学史料本体和本质这样的基础理论问题没有得到解决，现代文学史料类型研究长期陷入一种尴尬处境。一方面，史料类型研究进展缓慢，成果寥寥可数；另一方面，这些寥寥可数的成果，也众说纷纭，并且存在某些缺漏。20世纪30年代中期，阿英在编《中国新文学大系·史料索引》时，把现代文学史料分为十一类。这个"十一类法"显然过于庞杂，刘增杰认为，它只不过"具备了现代文学史料分类的雏形"（第169页）。1961年，周天把现代文学资料区分为五类，即"一、调查、访问、回忆；二、专题文字资料的整理、选辑；三、编目；四、影印；五、

---

① 孙玉石：《积极倡导　努力落实》，《中国现代文学研究丛刊》2004年第3期。
② 解志熙：《"中国现代文学的文献问题座谈会"共识述要》，《中国现代文学研究丛刊》2004年第3期。

考证"①。刘增杰在《史料学》中认为这个分类法,"在当时的具体语境下,自有其新的学术意义"(第170—171页)。刘先生没有注意到,周天的"五类法"存在明显的缺漏,比如说,索引、音像史料不在这五类中。1985年,马良春把现代文学史料分作七大类,这个分类比周天的"五类法"要准确,很可能是至今概括最准确的。它在当时学界没有引起大的争议,对此后的文学史料分类有重要启发。但是因时代局限,马良春未能把网络文学史料、电子媒介文学史料等考虑在内。《史料学》中提到的、受马良春"七类法"启发而形成的河南大学中文系"七类法"(第172—173页),也存在类似的缺漏。

假如文学史料的本体和本质问题在相关著作中得到了解决,人们对文学史料有了根本的、深刻的了解和把握,就应该明白,"史料"是一个随着时代变迁而不断丰富的历史概念。因此,"史料的分类永远具有多元性。不能用已经体制化了的史料分类来凝固类型。"(第174页)

令人讶异的是,尽管现代文学史料研究中基础理论薄弱已成为不争的事实,却极少有人做这方面的工作。1989年,樊骏在前文所述长文中总体考察了各方面的现代文学史料工作,却几乎没有提到理论建设。就此而言,《史料学》专辟一节谈"史料研究的薄弱来自理论的贫困",颇有填补学术空白的意义。书中先是指出现代文学史料研究忽视理论的现象:

> 史料研究的薄弱表现在史料理论研究方面尤为突出。中国现代文学史料研究长期以来缺乏理论自觉,中国现代文学史料研究轻视理论,向往于把新发掘出来的史料堆彻出来以示丰富,缺乏对已有的史料作深入的理解与阐释。

接着,概要地阐述理论与史料研究的关系,由此凸显理论研究的必要性:

> 史料研究永远是历史与事实无休止的对话、交流;而对话、交流

---

① 周天:《关于现代文学资料整理、出版工作的一些看法》,载《中国现代文艺资料丛刊》第1辑,上海文艺出版社1961年版,第268页。

却要由理论来指导。史料不等于能力。理论是一种把史料变为能力的转化。（第214页）

"理论是一种把史料变为能力的转化"，此言强调了理论对史料工作的指导作用。这个论断，可谓代表了近年学界对现代文学史料的最新认识。但在笔者看来，此言只指出了理论拓展史料的功能，而尚未揭示其根本。从学科建设角度说，理论尤其基础理论对于现代文学史料学的意义，根本上在于它自身就是这一门学科必不可缺的核心内容。若是把现代文学史料学比作钢筋水泥筑成的大厦，各项文学史料工作是柱梁，那么基础理论是柱梁中的钢筋。

理论研究的滞后，已成为制约现代文学史料学建构的瓶颈。表现有二：一是由于理论基础薄弱，史料发掘整理被误以为是类似"剪刀加糨糊"的粗浅工作，至今仍受到一些人包括部分中国现当代文学研究者轻视；二是因为没有系统的理论构建，长期以来，现代文学史料工作未能走出文献学尤其古典文献学的影子，学科独立的诉求难以得到伸张。

既然理论建设对于现代文学史料学如此重要，而基础理论建设滞后已成为制约现代文学史料学的瓶颈，我们如何解决这个问题？刘增杰的主张是，"加强对作家作品、报刊等原始史料的阅读。……只有这样，史料学研究才可能从别人的阅读经验中分离出来，而凸显出研究者个人的阅读体验和个性化的理论品格。"（第214、215页）此论为解决史料理论研究薄弱问题指出了一条可行的路径，但只是治标的办法。要彻底解决问题，还得从根本上提升研究者的理论水平和理论研究的兴趣。就目前情况而言，要做到这点，绝非短期内可奏效。

二 对学科系统复杂性和不确定性的认识不足

在学科建设中，充分考虑到并保障学科系统性，是这门学科得以确立的重要前提。因而有必要检视、讨论中国现代文学史料学的学科系统。

现代文学史料学的系统是复杂系统，其复杂性不仅表现在它涉及文学、史学、文献学、目录学、版本学等多个学科，还表现为该学科的外部环境复杂多变而难以预测。长期以来，我们的学科建设采取一种传统思维进行学科规划与设计，这种传统的思维比较看重对事物的精确描述与预测。以为只要解决了学科的基本问题，将复杂问题简单化，就等于建立了学科框架。其后果是，导致一门学科被宣称成立之后，往往要等上若干年，才能够趋于成熟。当然，这种传统的思维对传统学科仍是有用的。问题在于，今日之现代文学史料学的学科系统异常复杂，如果仍然用传统的思维来处理学科建设问题，那就只能看到问题的局部，而不能统观问题的整体，最终影响学科建设的质量和效益。从学科系统来检视《史料学》及其他现代文学史料学研究成果，笔者不得不遗憾地指出，学界在这方面的准备和认识不够，尤其是对学科系统的复杂性和不确定性认识不足，自然地，在这方面取得的成效不大。

（一）对现代文学史料学的学科系统复杂性认识不足

1. 宏观结构散乱，中观结构有缺漏，微观结构丰富、具体；纵向研究有余而横向不足

现代文学史料学的学科系统结构像其他学科一样复杂，既包括宏观结构、中观结构和微观结构，也包括纵向结构和横向结构，是一个宏中微渗透、纵横交错的网状结构体系。这一点，在《史料学》的篇、章、节有直观体现。从宏观结构看，《史料学》分为四篇，即"源流篇""形态篇""应用篇""史料研究家篇"。这四篇的内容包括现代文学史料学的发生与流变、新形态、史料应用和史料研究，粗略地看，似乎比较完整，细看之下可发现，全书没有专门为史料发掘整理和史料保存检索设置章节。各篇之间，彼此独立，没有什么联系，致使全书结构显得有点松散、零乱。从标题看，"应用篇"本该谈史料的运用，而实际上讨论的是史料分类、编目、校勘、考证、辨伪。从"形态篇"跳到"应用篇"，又从"应用篇"跳到"人物篇"，也给人突兀的感觉。当然，这个指责有些苛刻，毕竟《史料学》作为第一本试图确立现代文学史料学的论著，诚如作者所言，"本书写作真正的难度，是缺少现成的体例可以遵循"（第10页）。

书中有些篇章存在不同程度的缺漏，内容也嫌简略。如"形态篇"，专列一章介绍"文本修改"，这固然是独具慧眼的，但此处却仅述"现代报纸与期刊""网络与中国现代文学史料研究"，而对档案、音像等重要文学史料避而不谈，显得单薄。具体内容方面，也简略了一些，有时涉及重大概念、重要现象，也述而不作。至于微观结构，整体上丰富、具体。作者很关注现代文学史研究中的细节问题，不仅篇幅大、数量多，而且研究比较深刻、充分。如第四章先后论述现代报刊的产生与发展、作家与文学期刊的关系、文学期刊中的文学史料对文学研究的重要作用，并指出文学期刊、报纸文学副刊的文学史料价值。青岛大学的刘增人教授等人曾撰文论述现代文学期刊与现代文学研究、现代文学期刊的生存机制与生态环境①，他的研究视角是宏观的，不如《史料学》具体。

刘增杰先生擅长爬梳、分析纷繁芜杂的史料。这一点，在《史料学》中表现得淋漓极致。纵向研究几乎触目皆是，全书每篇每章中都有一定的此类篇幅。其中，"源流篇"可谓全书最出彩的部分。作者把现代文学史料研究划分为三个时期，虽嫌粗糙，却准确。此篇不及樊骏《这是一项宏大的系统工程：关于中国现代文学史料工作的总体考察》全面、详细，却是第一次从整体上梳理现代文学史料研究的历史，并勾画出轮廓。相比之下，横向研究稍显不足。如第十二章第一节叙录史料研究家王瑶、唐弢、李何林，第二节叙录严家炎、樊骏、孙玉石等，未作横向比较研究，故而没有指出从唐弢、王瑶到严家炎、樊骏、孙玉石，沿承了现代文学史料研究的传统。

2. 对现代文学史料学与中国古代文学史料学、西方现代文献学的关系认识不足

现代文学史料学建构要在融汇中国古代文学史料学和西方现代文献学理论的基础上进行。这在今天已无须讨论。问题在于，如何融汇？《史料学》第十章以一节来讨论"研究中运用西方理论与中国实际相结合的问题"。作者开篇指出，"这同样是关乎中国现代文学史料学建设的关键问题之一"。说明他很重视这个"关键问题"。这一节通过列举正反两面的实例，指出了对待西方理论的正确态度，但没有作学理上的分析。又指出，"同样，对待中国自身的史料研究也应该鼓励不同见解的兼容并包"（第219、210页）。针对的是现代文学史料研究多样性问题，而没有涉及对中国古代文学史料学的融通。这一节的篇幅也很短，不足2000字。为何"风声大雨点小"？问题可能出在作者对现代文学史料学学科系统中各

---

① 参见刘增人等纂著《中国现代文学期刊史论》，新华出版社2005年版，第3—26页。

学科之间关系的复杂性，认识不足。

"科学是内在的统一体，它被分解为单独的部门不是由于事物的本质，而是由于人类认识能力的局限性，实际上存在着从物理到化学，通过生物学到人类学到社会科学的链条。"① 从组织形态看，现代文学史料学既是相对独立的学术组织，也与其他人文学科之间存在共生或共栖关系。从纵向看，现代文学史料学被"套"在现代文学这个大学科系统之内，而现代文学史料学里面又"套"着更小的学科系统。再从横向看，现代文学史料学与古代文学史料学彼此相对独立，但又密切联系，它们既是教学和科研资源争夺的对象，同时又可以为对方的发展提供动力和营养。不同学科、学科系统之间互相制约、互相渗透，构成纵横交叉的网络式的复杂系统。现代文学史料学与不同学科之间的这种复杂关系，是构建这一门学科必然面对的。自然地，这种复杂关系远非"兼容并包"所能解决。

另外，现代文学史料学的学科系统是开放的，这就意味着它能从各种环境系统中吸取能量信息。如果把现代文学史料学孤立起来，断绝其与外界环境之间的一切联系，其学科系统将陷入自我封闭的状态。无须讳言，现代文学史料学的学科建设之所以进展缓慢，一个重要原因便是学科系统长期处在封闭状态，研究方法相对保守。从朱金顺《新文学资料引论》、谢泳《中国现代文学史研究法》到刘增杰《史料学》，都以传统的朴学方法见长，而极少运用诸如定量法、统计法之类源自西方的文献研究方法。至于罗兰·巴特的文本理论、海登·怀特的"历史的虚构性"、福柯的"知识考古"等理论，也几乎没有影响到中国现代文学史料研究。

（二）对现代文学史料学的学科系统不确定性认识不足

现代文学史料学学科系统的不确定性，与史料观、文学史观的不稳定性有关。史料观可以决定何为史料和非史料，文学史观往往决定对文学史料价值的评判，这两者在文学史料学中举足轻重。史料观和文学史观从来不是静止不变的，而是随着社会发展不断演变，因故不同时期的史料观、文学史观很少相同。二者的这种不稳定性，导致现代文学史料学的学科系统如同海面上晃荡不已的船只。

---

① 赵文华：《高等教育系统论》，广西师范大学出版社 2001 年版，第 22—23 页。

刘增杰先生对于上述不确定性有一定程度的认识。他在《史料学》"前言"中列举了胡适、马良春、樊骏等文学史料研究家混用史料、资料、文献的情况之后，说：

> 目前，史料、文献两个词语互用、并用的现象仍继续存在。应该承认，每位研究者根据自己对概念的界定，只要论述的内在理路有其合理性，他们学术追求的表述方式都应该得到应有的尊重。（第5页）

刘先生不仅注意到了"史料"概念的不稳定性，还提出这种现象"应该得到应有的尊重"。这是令人钦佩的学术见识。不过，他没有进一步指出"史料"概念不稳定性对现代文学史料学学科建设的影响，也没有解释为何《史料学》以"史料"而非"文献"为题。

对于建立现代文学史料学的可能性及其发展前景，刘增杰像其他多数学者一样表示乐观——这恰是他们对学科系统不确定性认识不足的表现。马良春最早提出建立现代文学史料学的可能性。他认为，在1985年提出建立现代文学史料学，"更具有可能性"，理由有三："首先，现代文学资料工作在发展中已经打下了很好的基础，为建立'史料学'提供了条件。""其次，建国以来，在现代文学领域，陆续出现了一大批热心于资料工作的人，可以说已经有了资料工作队伍的雏形。""再次，长期以来，领导部门对资料工作十分重视（很多项目就是根据领导的指示进行的）。"① 此后刘增杰、谢泳等学者对"可能性"的表述，基本上是这三点的具体化，他们没有提出更有说服力的说法。在笔者看来，直到今天，这三点仍不乐观，理由如下：

首先，现代文学史料工作确实取得了有目共睹的一些重大成绩，"为建立'史料学'提供了条件"，但是正如樊骏先生在那篇总结回顾现代文学史料工作的长文中所述，这项"系统工程"还存在许多明显的问题和缺陷。这些问题和缺陷不解决，现代文学史料学就不可能真正建立起来。

---

① 马良春：《关于建立中国现代文学"史料学"的建议》，《中国现代文学研究丛刊》1985年第1期，第79、80页。

其次，经过几代学人不懈努力，轻视文学史料工作的观念在近年有很大改观，多数学者乃至现当代文学专业研究生，均已经意识到文学史料的重要性，但是很少落实到具体研究实践中。现代文学史料学在多数高校中文专业教学平台一直没有得到应有的重视。关于这点，遑论高校本科生课程，就连现当代文学专业研究生课程，也极少开设"现代文学史料学"（一般以作品选予以代替），以致不少研究生竟然把版本和版次混为一谈。在现代文学领域，真正"热心于资料工作的人"并不多，即使"陆续出现了一大批"，当中不少人也只是短期或偶尔涉足，长期从事现代文学史料工作的，只是极少数。

最后，关于"领导部门对资料工作十分重视"，这一点在计划经济时代确实起到了相当大的作用，当时由有关部门牵头整理出版了一批工程浩大的现代文学史料集，如中国社会科学院文学所主持征集的《中国现代文学史资料汇编》。进入市场经济时代以来，文学史料整理出版受到冷落。此类纸质书籍的出版几乎完全依赖不计成本的有关部门拨款或个人投资。最近几年，因为现代文学史料数字出版和数据库开发兴起，现代文学史料整理受冷落的状况有所改变，但前景究竟如何，目前还难以预测。

以上说明，在现代文学史料学的学科建设过程中，存在各种涨落。受外界因素和内部非确定因素的影响，其涨落的时间、规模和程序都无法准确预测和估计，学科系统呈现出不确定性。不过，也应该看到，这种不确定性是相对的，微小的涨落通过政治、经济、文化因素和文学史料研究人员的科研活动而形成大涨落，多种涨落产生合力，推进学科系统稳定性的形成。如果对此认识模糊，就容易对建立现代文学史料学作出过于乐观或悲观的预测和评估。

三 现有相关成果不能满足学科理论化、系统化要求

从 1985 年马良春提出"建立现代文学史料学"，到 2012 年刘增杰出版《史料学》，近 30 年间，"建立中国现代文学史料学"的呼声不绝于耳，但终归是"风声大雨点小"，积极响应者寥寥无几。这么说并非否认现代文学史料工作取得的成绩，事实上，这近 30 年的成绩，很可能超过

了之前的总和。笔者只是指出，建立现代文学史料学的条件虽然趋向成熟，但时机仍未到。对此，那些积极响应"建立现代文学史料学"号召的学者，其实心知肚明。

1984 年，马良春"在资料建设蓬勃发展的态势中"发现"一些弱点"，进而意识到，"资料建设需要向科学化方向迈进"，"要把资料建设作为一门学问"，于是撰文提出"建立现代文学史料学"。① 自然地，当时建立中国现代文学史料学的条件还很不成熟，极少有人响应这个建议。两年后，最早讲授新文学资料课程的朱金顺鉴于现代文学史料工作问题重重，在他出版的《新文学资料引论》中谨慎地提出"建立资料学新体系的要求和希望"，可他同时提醒说：

> 一个新学派、新体系的建立，要经过一个探索、形成的过程，如同乾嘉学派的建立有个历史积累过程一样，新文学资料学体系的建立，也应当有一个相当的过程，这中间需要有一批志士，有一批埋头苦干的开拓者。②

1989 年，樊骏在总结马良春、朱金顺等人研究经验的基础上，肯定"创造现代文学史料学，无疑是必要而且有益的"，但他也清醒地认识到"这是一项宏大的系统工程"：

> 把史料工作称为宏大的系统工程，除了说明它所包括的方面和内容应该是繁杂而不是单一的，丰厚而不是贫瘠的，广泛而不是狭小的以外，又在于强调不能满足于搜罗、蒐集尽可能齐全丰富的材料，获得它们之后就以为大功告成，裹足不前了，而需要以此作为又一个起点，向新的阶段和深的层次推进，全面展开工作。③

---

① 马良春：《新文学资料引论·序》，载朱金顺《新文学资料引论》，北京语学学院出版社 1986 年版，第 3 页。
② 朱金顺：《新文学资料引论》，北京语学学院出版社 1986 年版，第 11 页。
③ 樊骏：《这是一项宏大的系统工程：关于中国现代文学史料工作的总体考察》（中），《新文学史料》1989 年第 2 期。

刘增杰相信，"朱、樊两人提出的建立中国现代文学史料学的目标已经明确具体，创建史料学的梦想似乎已经呼之欲出"（第89页）。可是《史料学》交送给出版社时的书名，却定为《中国现代文学史料学论稿》，后来刘增杰接受编辑建议才把"论稿"两字删去。据刘先生自己解释，原书名中的"论稿"两字，"是为了强调写作内容的随意性"。又说，"我的研究当然没有建立体系的奢望，不追求认知结构的完整"（第9页）。这些话，既透露了著述的旨趣，也隐约可见他对于建立现代文学史料学尚无足够信心。

朱金顺《新文学资料引论》、谢泳《中国现代文学史研究法》和刘增杰《史料学》，可谓现代文学史料学的奠基之作。有意思的是，这几部书都脱胎于大学授课讲稿。这一现象，一方面说明30年来现代文学史料学的学科诉求不仅通过马良春等学者的呼吁表达出来，还直接以大学课堂讲授的方式体现出来。另一方面，作为筹建现代文学史料学的重要著作，这三部书最初不是以专著形式，而是以讲稿形式出现，成书时作者未作重大修改，如此则导致全书的完整性、系统性打了折扣。因为，与学术著述不同，"教学不刻意追求体系的完整性，而总想强调使用，让青年人多了解一些相关的基础知识，有较多机会进行学术研究的初步训练"（第9—10页）。谢泳那本书缘于硕士生的"中国现代文学史料概述"课程，当初编写讲义时，"我追求的是想让有兴趣并试图作中国现代文学研究的学生，开始接触这门学科时，在一两天时间内能对这个学科的基础史料和研究方法有个初步了解"①。具体到《史料学》，"面对面与接受对象交流的随意性，使本书不像教科书那么严肃、完整，也使本书缺乏学术的谨严"。又因"本书的主体部分是多年教学札记的整理以及笔者发表的相关论文的整合"，"文字风格也不一致"（第9、10页）。由于三位作者虽有意于建立现代文学史料学，却主要面对学生授课，因而几乎无一例外强调全书的实用性，忽视了现代文学史料学理论建构。此外，讲稿不像专著那样要求学术严谨，因而难免出现疏漏、纰误。谢泳《中国现代文学史研究法》第132页把"自定年谱"写成"自定义年谱"、第203—204页出现多处赘词和有歧义的句子。刘增杰《史料学》第258页提到胡适"早期著作

---

① 谢泳：《中国现代文学史研究法·后记》，广西师范大学出版社2010年版，第211页。

《中国五十年来之文学》",实为"《五十年来中国之文学》"①。这些可能是印刷时的排印错误或作者的疏忽,但如此教材性质的著作,是否能够满足建立现代文学史料学必需的理论化、系统化的严谨要求?

总之,笔者也很期待现代文学史料学早日建立起来,但是考虑到目前这门学科尚未具备理论性和相对稳定性,不得不提醒有志于此的同行:建立中国现代文学史料学仍然任重道远。

(刊于《文艺研究》2016年第8期)

---

① 笔者曾就胡适此书的名称作过考辨(参见付祥喜《〈中国现代文学三十年〉(1998年版)瑕疵及补正》,《中国现代文学研究丛刊》2009年第6期)。

附 论

树立文学史料新观念的
必要性和可能性

最近几年，史料的发掘整理及以"重写文学史"为口号的对中国文学史的再审、重写，已成为新的学术动向或潮流。在这种情形下，陆续有学者提出建立中国现代文学史料学。表面看，这种提议没有引起学界的积极响应，其实，无人反对也可说明，多数人默认了这项提议。然而，尽管阿英、唐弢、王瑶等前辈学者对中国现代文学史料的重视已成为一种重要的治学传统，并且早在1985年马良春先生就发表了《关于建立中国现代文学"史料学"的建议》一文，提出建立中国现代文学史料学的构想，但关于建立中国现代文学史料学之事，一直"风声大，雨点小"，以至直到今天，这一学科的建立，尚处在筹备阶段，并未取得实际性的大的进展。究其根本原因，在于学界没有树立文学史料新观念。

所谓文学史料新观念，简言之，"就是把任何一件作品、一篇文章，都当做史料看待，只要是公开发表了，就变成一种社会存在，成为一件史料"（朱金顺）。在传统的史料观念里，史料仅指"过去的文献资料"。按照新史料观，史料除了包括"过去的文献资料"，还包括非文献资料和当下的文献资料。也就是说，在文学史料的新观念中，史料按呈现的物质形态之不同，分为文献史料和非文献史料两类。非文献史料指以胶卷、图画、电脑存储设备和建筑物等非纸质方式存在的记录或反映文学历史的资料。按照产生年代的不同，史料又可分为过去的史料和现在的史料。以文学作品为例。一篇文学作品，不管它的写作时间在唐宋时期，还是民国时期，或者发表在今年最新一期《人民文学》，它都已经"变成一种社会存在，成为一件史料"。依照新史料观，不论古代文学研究、现代文学研究还是当代文学批评，它们的工作对象只有一个：史料。我们甚至可以说，所有文学研究者都是史料工作者，他们只有史料工作具体分工的不同，没有价值高低、工作贵贱之分。

树立文学史料新观念有其必要性，这个必要性与以往文学史料观念存在的问题和不足有密切关系。举例说明：（1）2004年有人质疑，"1600种中国文学史，何以佳作寥寥"。中国文学史著作汗牛充栋，却"佳作寥寥"，固然有文学史写作方法上的原因，但不应忽视史料观念上存在若干问题，致使认识受到限制。比如，林传甲、黄人等早期文学史家编纂的《中国文学史》，由于太注重史料，述而不作，被后人讥为"资料汇编"；而胡适《白话文学史》之后尤其新中国成立"十七年"时期的不少文学史著，又因为太不重视史料，存在"以论代史"的缺陷。（2）在一些论文中常出现关于史料的常识性错误（如版本与版次不分、版本误用等），作品张冠李戴，致使论述失去科学性，结论出错也就在所难免。这些问题的本身，说明史料的考辨工作没有得到应有的重视。（3）我国学者历来不注意史料的首发权，导致新史料发现者的功绩被埋没；在学术评价体制中，发掘整理史料的学术价值不受重视，史料整理类成果不能评职称、不能获得科研奖励。就连出版社也因为史料书籍利润不佳，不大愿意出版。凡此种种现象，说明我国史料工作缺乏有效的激励机制，结果是，研究者尤其青年研究者，一般对史料工作没什么热情，史料研究长期冷清，选择史料研究等于选择了"坐冷板凳"。（4）近年陈思和、孙绍振等著名学者倡导"文本细读"，呼吁细读作品、引导文学研究回到作品本体，这自然有补时救弊的重要意义，但也难免使人产生疑问：专注于作品而罔顾作品之外的史料的"细读"，是否足以探寻文学真相？而且，文本细读常遇到这种情况：由于拘囿于单篇或几篇作品，有些疑点经久不解，后来却在无意中听到作家的谈话或见到作家写的回忆文章而恍然大悟。这种情况启示我们，文学研究的对象远不止作家加作品，而应扩展到包括作家音像资料在内的各种史料。进入21世纪以来，文学的主要载体从传统的印刷品向多媒体转型，史料的来源和类型也相应多样化、复杂化。网络文学中的超文本，是一种比以往任何印刷品文本都要复杂的多声部话语系统。这种情形下，传统的以作品为中心的文学研究模式，理应作出调整和改变。（5）受传统史料观念影响，尚有些文学史料的发掘整理仍为空白。比如文学史上的理论家、翻译家、教育家的研究资料尚未进入整理出版视野。

如果说，树立文学史料新观念的必要性，早在以往文学史料观念存在的问题与不足中已经酝酿，那么它的可能性则立足于目前我国（主要是中国大陆）的文学研究状况：

首先，我国文学史料研究工作在发展中已经打下了很好的基础，为新史料观的树立提供了条件。近代以来，从梁启超把史料分为"文字记录以外者"和"文字记录者"两类，到蔡元培"史学本是史料学"的主张，再到20世纪80年代及后马良春等学者提出"建立古代文学史料学""建立中国现代文学史料学"，其理论固然尚不完善，但这些主张和概念的逐步发展，无疑层累地造成了新的史料观念。譬如蔡元培和傅斯年都认为"史学即史料学"，在今天看来，此论并不准确，可是如果考虑到他们把史料的重要性推到极端的良苦用心，我们就没理由轻视史料工作。

其次，近年的报刊研究热，以丰富的实践拓展了文学史料观念。传统的史料观只把报刊当作参考文献，很少把报刊特别是存在时间短、影响不大的报刊列为研究对象。近年的报刊研究表明，"尘封的泛黄的报刊中，藏有可能改变文学史叙述的新资料"。甚至，"借助报刊触摸历史，进入当时规定情境与历史氛围是研究必不可少的"（陈平原）。报刊研究不但成为现代文学研究的新的学术生长点，而且报刊还提供了作家佚文、文学广告等新的史料来源，拓展了史料类型。

最后，为我国学者普遍熟悉的达里德的文本理论和海登·怀特的"叙事史学"，奠定了新史料观的理论基础。达里德称"文本之外，别无它物"。海登·怀特认为历史学是诗化性质的，史学不是科学而是艺术创作，这就颠覆了传统史学的科学性。把文学史料视为文本，史料自身就具有自我阐释的功能，史料不再需要通过文学史家，它自身就可以讲述文学故事。这实际上消解了传统史料观中史料的客观性，而置史料于摇摆不定的、不确定的位置。史料的这种不确定性，使史料具有更大的包容性和广泛阐释的可能性。这主要指的是，文学史料不再被认为是直接、简单反映文学历史，而是被引进到它所处的"话语系统"中。于是，对于一部文学作品或其他文学史料，不仅应该关注它现存的字面意义，而且还应该注意到，它隶属于一个"话语系统"，"这个系统指的是在某一特定的时间阅读、倾听、写作、再生产、改变以及传播文本的团体"（宇文所安）。学者们有时会指出一种作为史料的文本会"影响"另一种，也就是"互文性",但是这种简单考察两个文本之间关系的做法,给不同的文本分了原本并不存在的"先后",而且还隐含一种文本凌驾另一种文本的意思,从而把文本之间的复杂关系单向化了,因此,在作文学史料研究时,不能就史料论史料,而是要注意到原始材料在文学话语系统里传播流通的实际景象。进而言之,任何资料,只有放在文学话语范围内来解释才能称为文学史料。

作为学科的中国文学即便从20世纪初算起,也有百年历史了,但近年来它的史料观念仍停留在传统基础上,这在很大程度上影响了这门学科的专业建设。实际上,文学史料观念不论在历史基础上还是现实可能性方面,都已经具备了更新的条件。现在,是时候树立新的文学史料观念了。虽然我们已有古代文学史料学,而现代文学史料学也在筹建中,但文学史料的独立地位还不高,中国文学研究者应当自觉意识到依靠新的史料观念来提升学科的学术地位,应当把新史料观作为当代中国文学研究的基础理念确定下来。

主要参考书目

一　文学史料学著作

朱金顺：《新文学资料引论》，北京语言学院出版社1986年版。

樊骏：《这是一项宏大的系统工程——关于中国现代文学史料工作的总体考察》（上、中、下），《新文学史料》1989年第1、2、4期。

刘增杰：《中国现代文学史料学》，中西书局2012年版。

谢泳：《中国现代文学史研究法》，广西师范大学出版社2010年版。

徐鹏绪等：《中国现代文学文献学研究》，中国社会科学出版社2014年版。

潘树广、黄镇伟等主编：《中国文学史料学》，黄山书社1992年版。

潘树广、黄镇伟等主编：《中国文学史料学》（增订本），华东师范大学出版社2012年版。

徐有富：《中国古典文学史料学》，北京大学出版社2008年版。

张可礼：《中国古代文学史料学》，凤凰出版社2011年版。

二　史学、校雠学、文献学、文学史著作

梁启超：《中国历史研究法》，上海古籍出版社1998年版。

钱穆：《中国历史研究法》，生活·读书·新知三联书店2001年版。

海登·怀特：《元史学：十九世纪欧洲的历史想象》，译林出版社2004年版。

安作璋：《中国古代史史料学》，福建人民出版社1994年版。

程千帆、徐有富：《校雠广义》，齐鲁书社1998年版。
张舜徽：《中国文献学》，上海古籍出版社2009年版。
董乃斌主编：《文学史学原理研究》，河北人民出版社2008年版。
佴荣本：《文学史理论》，社会科学文献出版社2012年版。
钱理群、温儒敏、吴福辉：《中国现代文学三十年（修订本）》，北京大学出版社1998年版。
陈思和主编：《中国当代文学史教程》，复旦大学出版社1999年版。
洪子诚：《中国当代文学史》，北京大学出版社1999年版。
黄霖主编：《中国小说史》，浙江古籍出版社2002年版。

三　现代文学史料研究著作

阿英：《阿英书话》，北京出版社1998年版。
唐弢：《晦庵书话》，生活·读书·新知三联书店2007年版。
姜德明：《姜德明书话》，北京出版社1998年版。
倪墨炎：《倪墨炎书话》，北京出版社1998年版。
朱金顺：《新文学考据举隅》，中国文学史出版社1990年版。
孙用：《〈鲁迅全集〉校读记》，湖南人民出版社1982年版。
陈子善：《捞针集》，浙江人民出版社1997年版。
陈子善：《这些人，这些书：在文学史视野下》，湖北人民出版社2008年版。
陈子善：《沉香谭屑——张爱玲生平和创作考释》，上海书店出版社2012年版。
解志熙：《考文叙事录——中国现代文学文献校读论丛》，中华书局2009年版。
解志熙：《文学史的"诗与真"——中国现代文学文献校读论集》，北京大学出版社2013年版。
金宏宇：《新文学的版本批评》，武汉大学出版社2007年版。
金宏宇：《中国现代长篇小说名著版本校评》，人民文学出版社2004年版。
眉睫：《中国现代文学史料探微》，上海远东出版社2009年版。

眉睫：《文学史上的失踪者》，金城出版社 2013 年版。

刘涛：《现代作家佚文考信录》，人民出版社 2012 年版。

廖久明：《中国现代文学史料研究举隅：鲁迅、郭沫若、高长虹及相关研究》，中国社会科学出版社 2013 年版。

周锦：《中国现代文学史料术语大辞典》，智燕出版社 1988 年版。

赵普光：《书话与现代中国文学》，博士学位论文，南京师范大学，2009 年。

四　现代作家、学者文集

唐弢编：《鲁迅全集补遗》，上海出版公司 1947 年版。

鲁迅大辞典编纂组编：《鲁迅佚文集》，四川人民出版社 1979 年版。

朱金顺：《鲁迅演讲资料钩沉》，湖南人民出版社 1980 年版。

姜义华主编：《胡适学术文集》，中华书局 1993 年版。

欧阳哲生主编：《傅斯年全集》，湖南教育出版社 2003 年版。

顾颉刚：《顾颉刚全集》，中华书局 2010 年版。

阿英：《阿英全集》，安徽教育出版社 2003 年版。

王瑶：《王瑶全集》，河北教育出版社 2000 年版。

后　　记

　　收入本书的是近年来写的一组中国现代文学史料研究方面的文章。这组文章，最早撰写的是《〈中国现代文学三十年〉（1998年版）的瑕疵及补订》（2007），此文得到《中国现代文学三十年》编者之一的温儒敏教授指正，并发表在由他主编的《中国现代文学研究丛刊》。文章发表时，温先生在首页下方附注说：

　　　　此稿编发前，曾经《中国现代文学三十年》作者过目，他们对付祥喜先生的指正表示衷心感谢。《三十年》1987年初版，1998年修订，至今已32次印刷，印数近80万。其间有过一次改版型和多次挖版补正，均吸纳诸多专家的意见。《三十年》二次修订时将再认真补订。

　　温儒敏先生虚怀若谷令我感佩，但我当时受益最大的是，温先生和《中国现代文学研究丛刊》编辑部对拙文的肯定，使我获得了从事中国现代文学史料研究的信心。此后，我不仅相继完成多篇类似文章，还引申出对中国现代文学史料研究存在的问题与方法的思考，这便萌发了就此做一个课题的想法。我的想法得到博士后导师浙江大学吴秀明教授的支持和鼓励。2010年，我以《中国现代文学史料研究的问题与方法》申报教育部人文社会科学研究青年项目，获得立项。当初的设计是，回顾、总结中国现代文学史料研究，指出存在的问题并提出具体解决办法。从2010年开始到2014年这个课题结项，陆续形成七八篇既彼此独立又有联系的论文。此后几年，依循原有思路，又完成几篇。随着对中国现代文学史料研究的思考逐渐成熟、深入，我对这一写作方式的逻辑性、有效性产生怀疑，就不想再继续下去。现在将它们收集在一起成书。除个别文章外，大部分都已在刊物上发表。这次收入集子时有一些增删修改。

以今天看来，这个集子所收文章的水平可谓参差不齐，各篇章之间逻辑性不够，而且，虽说涉及中国现代文学史料研究的史料搜集整理、鉴别保存和史料应用、阐释等各方面，却大抵研究深度不够、视野狭窄。尽管存在诸多缺漏和不足，书中的文章还是在一定程度上反映了2007年以来我致力于中国现代文学史料研究的心路历程。我的经验和教训，或许对那些有志于此的在校研究生和青年学者，会有所裨益。

感谢《文艺研究》《中国现代文学研究丛刊》《学术研究》《社会科学论坛》等学术期刊发表了本书部分篇章！感谢厦门大学谢泳教授欣然赐序！中国社会科学出版社的吴丽平博士促成本书的出版，在此亦深表谢意。

付祥喜

2016年11月8日于榕轩寓所